한숨
쉬며
만나다

○ 민혜 장편소설

한숨 쉬며 만나다

2008년 3월 18일 초 판 발행
2019년 6월 10일 개정판 인쇄
2019년 6월 13일 개정판 발행

지은이 민 혜
발행인 이종주

기획 편집 정시연 이은정 송영경
경영 지원 배진경
마케팅 김정수

발행처 (주)로크미디어
출판 등록 2003년 3월 24일
주소 서울시 마포구 성암로 330 DMC첨단산업센터 318호
편집 문의 (02)6365-5156 **구입 문의** (02)3273-5135
홈페이지 rokmedia.blog.me
E-mail romance@rokmedia.com

ⓒ 민혜, 2019

값 10,000원

ISBN 979-11-354-3167-8 03810

ROCODO

한숨
쉬며
만나다

○ 민혜 장편소설

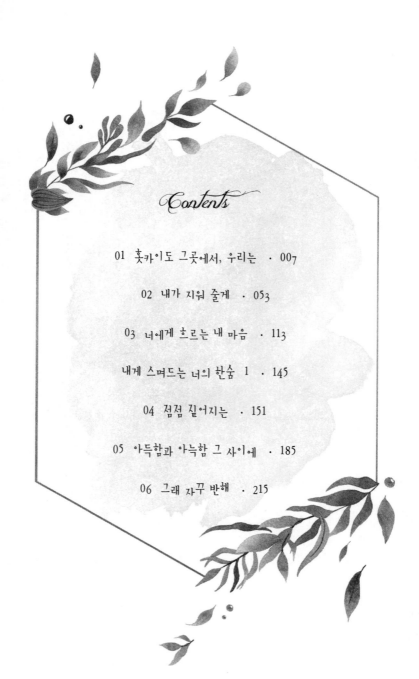

Contents

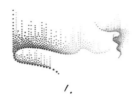

1.
홋카이도 그곳에서, 우리는

우라지게 춥다.

낯선 이의 등장에 남의 나라는 날씨부터 매정하다. 입국 심사를 마치고 같은 비행기를 탔던 사람들은 다들 바쁘게 공항을 빠져나갔다.

나는 그 무리들을 한동안 멍하니 바라만 봤다. 낯선 말소리, 눈길 닿는 곳 모든 게 다 어색했다. 한참을 뚫어지게 봐야 이해되는 안내문들이 제멋대로 춤을 춘다. 갑자기 무서움이 인다.

두리번거리다 보이는 커피숍으로 들어갔다. 평소 잘 먹지도 않는 진한 에스프레소를 한 잔 시켜 놓고 겁이 나는 마음을 살살 달랬다. 그렇게 조금씩 낯설음을 옷처럼 걸치고 나서야 움직일 생각이 들었다.

아주 천천히 가방에서 교통 패스 교환권을 꺼냈다. 나의 행동은 시작부터 느렸다. 교통 패스를 교환할 안내 데스크를 찾아 더듬거리는 영어로 적은 일정대로 예약했다. 한 짐 덜은 기분으로 삿포로 시내로 향했다.

끊임없이 내리는 눈은 내게는 아무런 감흥이 없다. 낯선 나라의 풍경도 지금의 나에게는 두근거림도, 기대감도 주지 못했다.

그렇게 태어나 처음으로 하는 혼자만의 여행이 시작되었다. 아직도 적응 안 되는 짧은 커트 머리는 목을 더 시리게 했다. 갑갑하다는 이유로 목이 드러나는 스웨터를 입은 내가 초라하게 보였다. 슬쩍 드러난 목덜미를 쓸어내리다 차가운 내 손에 움찔, 어깨를 들썩였다.

주섬주섬 곱은 손으로 머플러를 목에다 칭칭 감았다. 가방을 어깨에서 내려 장갑을 찾았다. 흐릿해진 시야에 바삐 움직이는 사람들이 잡혔다. 하나같이 머리카락 대신 덮인 모자를 보고 나도 그들처럼 모자를 찾아 썼다.

이 여행의 이유가 청승맞아서인지 시작부터 불안했다. 비행기는 강풍과 꼭 배설물처럼 여겨지는 눈에 1시간 가까이 착륙 허가가 떨어지지 않아 공중을 선회했다. 가까스로 비행기에서 내리자 이번에는 입국 심사를 하려는 순간 하필 내 앞에서 전산망이 탈이 났다고 한참을 서 있어야 했다.

덜컥 혼자 도착한 홋카이도. 스물여덟 살에 결혼하면 좋다고 처녀 보살이 그리 말했다며 엄마는 좋아라 하셨다. 지난 김장철에는 내가 봄에 결혼하면 김치도 챙겨 가야 한다면서 김장을 더 많이 했다. 그나저나 그 많은 김치를 어쩌나 걱정이 되었다. 세상에, 여기까지 와서 걱정하는 게 김치라니.

난 번잡한 삿포로 역에서 혼자 정신이 나간 것처럼 한참을 깔깔거리며 웃었다.

내가 아는 범위에서 내 남자라 믿었다. 올해는 결혼이란 걸 하고 몇 년 뒤에는 아이 엄마가 되겠지 그렇게 생각했다. 세월 따라 나이가 여물고 내 인생이 정해질 거라 당연하게 여겼다. 하지만 그런 의미 없

8

는 절차는 깡그리 없어지고 혼자가 되어 여기를 찾아왔다. 청승을 떠는 영화 주인공 흉내를 내고 있다.

비련의 여주인공으로 어울리긴 하다는 생각을 했다. 거의 10년 가까이 내 인생을 나눠 줬던 사람을 이제 끝이다 정리하고 신혼여행을 오기로 한 곳을 혼자 찾아오다니. 머리까지 짧게 자르고 별짓을 다 한다.

수많은 사람들 사이에서 지하철역을 찾아 고개를 이리저리 돌려 가며 살폈다. 친절한 안내 표지판은 쉽게 나를 그곳으로 안내해 주었다.

여행사에서 건네준 팸플릿에 적힌 호텔은 지금 내가 서 있는 역에서 지하철을 타고 가야 한다고 되어 있다. 여행사 직원은 내리는 눈이 불편하지 않으면 구경 삼아 한 20분 걸어도 상관없다고 해서 역 밖으로 나갔다.

종종걸음 치는 바쁜 일본인들. 전혀 알아듣지 못하는 높은 톤의 목소리. 그 눈길에도 이 사람들은 공중 부양의 걸음을 하듯 빠르게 걷는다. 쌓이는 눈이 제때 이루어지는 제설 작업 덕분에 겁먹을 정도의 미끄러움이 아니라 조심하며 발걸음을 시작했다.

할 일은 묵묵히 길 걷는 게 전부라 생각도 없이 바둑판처럼 짜인 길을 걷다 보니 호텔이 보였다.

우산을 펼치기 귀찮아 그냥 걸은 결과로 반쯤은 눈사람이 되어 버렸다. 옷에 묻은 눈을 툭툭 털고 안으로 들어섰다. 세 명의 호텔 직원이 뚫어져라 나만 바라봤지만, 어색하지 않은 척 뚜벅뚜벅 그들을 향해 걸음을 옮겼다.

"체크 인 플리즈."

장갑을 벗고 지갑에서 호텔 예약확인증을 꺼내 여권과 같이 내밀었다. 받아들이기 부담스러운 미소의 호텔 직원은 내 이름을 발음하기 힘든지 머뭇거리며 입술을 움직였다.

나는 그녀를 대신해서 이름을 정확하게 내뱉어 주었다.

"서지훈."

그제야 큰 숙제를 해치운 듯 뭔가 빠르게 설명하기 시작했다. 갑자기 쏟아지는 일본어에 놀란 나는 헉 하는 숨소리만 내놓았다. 급하게 말을 막고 대충 일본어를 못한다고 말했더니 이번에는 일본어의 억양이 강한 영어를 쏟아 놓았다.

내가 영어를 대단히 잘하는 것이 아니라 대충 알아듣기로는 아침 식사를 할 수 있는 식당의 위치와 예약한 방이 금연 룸이라는 것이다. 침대 옆 에어컨 스위치를 왼쪽으로 돌리면 꺼지고, 오른쪽으로 돌리면 난방이 된다는 말이다. 필요한 건 그게 전부다. 뭐든 모르면 '간단히'가 제일 좋은 방법이라고, 더 이상 무슨 말이 내게 필요하겠는가.

712호가 혼자인 나를 일주일 동안 품어 줄 공간으로 결정되었다. 엘리베이터를 타고 조용히 숫자를 따라 방을 찾았다. 부드럽게 열리는 문은 열릴 때처럼 조용히 등 뒤로 닫혔다. 키를 문 옆에 꽂아 두고 나서야 방에 불이 들어왔다.

코딱지만 한 비즈니스호텔의 싱글 룸은 내 방보다 작았다. 뭔가 원대한 꿈을 가지고 혼자 오는 여행이 아니라도 조금은 기대를 했건만 역시나 돈에 따른 가치의 활용은 정직했다.

문을 열자 바로 옆으로 욕실이 있었다. 좁다란 룸은 기다란 화장대 겸 텔레비전 선반으로 한쪽 벽면이 꽉 차 있었다.

창문을 열고 날리는 눈을 조금 바라보고 그렇게 한숨을 토해 냈다. 몇 번을 망설이다 휴대전화를 꺼냈다.

- 누나? 지금 어디야? 괜찮아?

다급하게 전화를 받는 남동생 서지원. 지난주 내가 엄청난 말을 아무렇지도 않게 던져두고 나서 제일 힘겨워하고 있을지도 모르는 남동생이 시골집을 지키고 있다. 계속 집에 머무는 걸 보니 쉽게 잠잠해질 거 같지 않다.

"아직도 거기 있어? 엄마는 괜찮아?"

안 해도 될 말을, 아니 하면 안 되는 말을 다 해 놓고 걱정이라고 전화하는 내 표정이 거울에 비쳐 보인다. 커트 머리로 자르고 제대로 나를 쳐다보는 게 처음이라 낯설어 얼굴을 돌려 보면서 건성인 듯 전화를 들고 있었다.

짧은 머리 덕분에 뚜렷한 내 이목구비가 더 시원하게 보이다 못해 차갑게 보인다. 겨울이라 그렇겠지. 내 얼굴을 내가 보면서 그렇게 달랜다.

– 그냥 그래. 오늘 가게 문도 안 열었어. 엄마는 누워 있고 아빠는 낚싯대 들고 나가셨는데 한동안 장사도 안 하실 모양인가 봐. 김 씨 아저씨한테 수족관 채우지 말라고 하셨어.

거울 속에 내가 인상을 찌푸린다. 딸 결혼 안 하는 게 세상을 무너지게 만들었는지 생업도 집어치울 모양이다. 먹고는 살아야지 무슨 대단한 일이라고 장사도 그만두고 이부자리 펴고 누웠나. 청첩장이라도 돌리고 끝났다 했으면 두 분 다 안 산다고 했겠다.

"언제 올라갈 거야?"

– 몰라. 이대로 가기도 그렇고. 누나는 괜찮아?

"안 괜찮을 게 뭐 있어? 내가 죽을병이라도 걸렸다든? 여기 눈도 내리고 좋아. 선물 뭐 사 갈까?"

– 이 상황에 선물 생각이 나? 기왕 간 거 실컷 놀다가 와. 며칠 지나면 괜찮아지겠지. 누나…… 미안해.

"너! 그런 말이 날 더 비참하게 할 거라 생각 안 들어? 내가 너한테까지 동정받아야 해?"

수습도 못 할 거면서 또 말이 먼저 나갔다. 괜스레 짜증만 더 난다.

전화 속의 지원도 말이 없다.

"미안하다. 너한테 화낼 일도 아닌데. 엄마, 네가 좀 챙겨 드려. 식사 드시기 싫다고 해도 억지로 드시게 해. 내 걱정은 말고 전화는 하루에 한 번씩 꼬박꼬박 할게."

전화를 끊고 창문을 열었다. 눈이 아까보다 더 내린다. 7층에서 아래 사람들이 잘 안 보일 만큼 앞은 점점 뿌옇게 변하고 있다.

처음 생각에는 대충 짐 풀고 근처에 유명하다는 야경이나 보러 갈까 했지만 아무래도 이 눈보라를 뚫고 가기에는 좀 피곤했다.

걸어올 때는 힘든 줄 몰랐는데 추위에 몸을 한껏 웅크렸던지 어깨가 결렸다. 뜨거운 물에 샤워를 하면 괜찮지 않을까 했다. 다리도 펼 수 없는 욕조에 몸을 담그니 개운한 기분이 들었다. 씻고 나오면서 욕조를 보며 돈에 따르는 가치를 또 한 번 생각했다.

밖은 4시가 넘어서면서 어둑해졌다. 이제는 완벽하게 어둠이 내려앉았다. 도대체 이 밤 시간을 무얼 할까 하다 아직 배도 고프지 않아 나가기도 귀찮아졌다.

짐을 정리하다 공항에서 기웃거리며 면세점에서 사 온 매니큐어를 꺼냈다. 알아듣지도 못하는 티브이는 재미가 없었다.

생전 바르지도 않던 매니큐어를 발랐다. 호텔 방에서 손톱, 발톱을 색칠하는 모습이라니. 처량하다. 이것도 추억으로 여겨질 날이 올까? 아마도 그날 나의 손가락, 발가락이 10개씩이니 망정이지 더 있었다면 그 밤을 꼬박 그걸로 보냈을 거란 생각이 들었다.

그때 난 뭔가 절실하게 매달릴 것이 필요했다.

여기로 온 지도 사흘이란 시간이 지났다. 조식 마감 시간이 다 끝나 갈 무렵에 내려가 커피와 빵 몇 조각으로 정신을 깨웠다. 어슬렁어슬렁 거리를 걷는 게 일과였다. 새로운 환경을 찾아 마음을 정리하고 이런 근사한 계획을 갖고 온 여행은 아니다. 그럴지라도 난 여기에서 하염없이 멍하니 초점 없는 시선으로 하루하루를 보내고 있었다.

그렇다고 왠지 호텔 방에서 잠만 자기에는 돈이 아까웠다. 유명한 관광지 열차 예약을 뒤쪽으로 미뤄 놓은 상태라 즉흥적으로 어딜 떠나기도 귀찮았다. 며칠째 기차 시간표를 책 대신 쳐다보았더니 이제는 외울 정도다.

어제는 문득 눈앞에 낯설게 풍기는 모든 게 갑자기 부담스럽게 다가왔다. 편안하게 쉴 곳이 필요했다. 그러다 들어간 곳은 출퇴근을 하면서 가끔씩 들르는 커피 전문점이었다. 익숙한 곳에서 멀어지고 싶어 떠나온 여행에 늘 보는 커피 체인점이라니. 역시나 난 배짱이 작은 사람이다. 하긴 그러니 일은 대차게 벌여 놓고 뒷수습은 내팽개치고 여기로 왔겠지.

커피를 앞에 두고 또다시 한참을 멍하니 앉아 있다 배가 고프면 다시 나가서 걸었다. 갑자기 걸신이라도 들린 것처럼 유명하다는 커리 집을 찾아 혼자서 씩씩하게 한 그릇을 다 비웠다.

그러고 나서 또 한참을 걷다가 눈에 보이는 맛있다고 소문난 햄버거 가게에 들어가 음식을 주문하고 꼭꼭 씹어 다 먹어 치웠다. 눈이 펑펑 오는 목덜미가 시린 날에 콜라의 얼음까지 다 씹어 먹었다.

나는 쉴 틈 없이, 끊임없이 먹고 또 먹었다. 식도락가라도 된 것처럼 보통의 식생활에서는 절대 못 먹어 치울 양을 먹고 다녔다. 그럼에도 배가 부르지 않았다.

저녁이 되면 잊지 않고 동생에게 전화를 했다. 어색하게 몇 마디 인사를 주고받았다. 차마 엄마를 바꿔 달라는 말은 못 했다. 아빠의 안부는 묻지도 않았다. 지원은 빠르게 집안의 사정을 알렸다. 여전히 엄마는 이불을 벗 삼아 누워 계시고 아빠는 아직도 수족관을 채우지 않고 계신다 했다.

– 누나. 밥은 꼭 챙겨 먹어. 너무 늦게까지 돌아다니지 말고.

아침부터 끊임없이 먹기만 하는 나에게 동생이 끼니 걱정을 한다. 엄마는 곡기를 끊고 뒤척이는데. 아빠는 입을 닫으셨는데. 나의 남동생은 그 옆에서 같이 굶고 있을 게 뻔한데. 나는 남의 나라에서 식도락 여행을 하고 있다.

아닌 척해도 전화를 끊고 나면 한참을 눈을 감고 안절부절못하는 마음을 다스려야 했다. 내가 나에게 안부를 물었다.

너 괜찮아?

그날 밤 나는 끔찍한 소화불량에 속에 들어갔던 모든 걸 다 토해냈다. 덜덜 떨리는 몸을 아이처럼 웅크리고 자야 했다.

어김없이 쏟아지는 눈발. 며칠 적응했다고 조용조용 내리는 눈 위를 걷는 걸음이 어제보다 편했다. 새벽부터 일어나 기차 시간을 맞춰 이곳으로 왔다. 삿포로에서 3시간이 넘게 걸려 도착한 하코다테. 아무 생각 없이 길을 걷다 지나가는 이들을 쳐다봤다. 별다른 감흥 없는 유명한 관광지가 내 앞에 서 있었다.

멀리까지 와서도 딱히 목적지가 없었다. 관광지도에서 뭘 봐야 할지.

외국인 묘지라는 표지판에 저기라도 가 보자 하며 걸음을 옮겼다. 묘지까지 관광지화하는 건 어떤 식으로 생각해야 되나 잠깐 의문 가졌지만 내가 생각한다고 해서 달라질 것도 아니다. 그저 부지런히 걷기만 했다.

난 충실히 관광객의 자세로 맞춰 가기 시작했다. 나지막한 언덕에 자리 잡은 묘지들. 앞에 흐르는 바다. 해가 떨어지는 붉은 바다의 색깔이 선명했다. 이 사람들은 남의 나라 낯선 장소에 누워 저 흘러가는 바다를 보고 또 보고 있다. 갑자기 내 마음이 감상적으로 흘러갔다.

어울리지 않게 남의 무덤을 보면서 철철 눈물을 쏟아 내기 시작했다. 꺼이꺼이 우는 모양새도 곱지 않다. 누가 보면 어디 사랑하는 사람이라도 누워 있을 거라 오해하기 딱 좋은 모양새다.

내가 왜 생전 본 적도 없는 사람들 과거까지 슬퍼하는지. 장례식에서 제일 서럽게 우는 사람은 자기가 잘못해서 그런 거라고 하더니. 난 그렇게 제 설움에 울었다고밖에 설명할 길이 없었다.

그렇게 잠들어 있는 그들에게 감정이입한 결과로 예약한 기차까지 놓치고 말았다. 마지막 기차가 있어 다행이긴 했지만 그 시간까지 계획에도 없던 관광지를 돌아다니거나 그저 멍하니 앉아 있거나 하며 시간을 보냈다.

마지막 기차를 타긴 했으나 서러웠던 울음의 결과는 입석이었다. 무려 3시간을 넘게 서서 가야 된다는 현실에 무덤가에 던져 놓은 어설픈 감상문이 구질구질하게 다가왔다. 할 수 없이 사람이 적은 기차 통로에 가방을 두고 이어폰을 귀에 꽂았다.

창밖으로 휙휙 어두운 풍경이 지나갔다. 중간중간 기차가 정차할 때마다 혹시나 빈자리가 생길까 기대해 보았지만 사람들만 더 늘어날 뿐이었다. 난 이내 포기하고 조금이라도 편하게 등을 기대 볼까 이리저리 몸을 돌렸다.

한 해가 시작되고 남해의 조용한 바닷가 마을의 우리 집은 적당히 소란스럽고 따뜻했다. 옅은 비린내가 음식의 훈기를 타고 집 안 구석구석 맴돌았다.

늦봄에 내가 결혼할까 했던 계획은 어긋났다. 정식으로 상견례를 하기 전에 지난 가을 시작될 즈음 그의 부모님이 우리 집으로 전화를 했다. 이 아이들 봄이 오면 사돈을 맺자고 했다.

그러나 나는 상견례 대신 파혼을 선언했다. 엄마 아빠는 당황스런 얼굴을 숨기지 못했다. 하지만 마주한 나의 굳은 얼굴에 더 이상 사연을 묻지 않았다.

그렇게 내가 파혼 선언을 하고 곧 엄마의 생신이었다. 몇 해 전 시작하신 횟집이 그럭저럭 자리를 잡아 가는 중이라 집 안은 평온했다. 내가 사 온 케이크는 냉장고에 얌전히 있었다. 밖에서 부는 거센 바닷바람 소리를 따뜻한 집에서 나른한 기분으로 듣고 있었다.

"내가 이거 구한다고 힘들었어. 지훈아, 너 겨울에 기침 소리에 내가 애가 달아. 마음 같아서는 집에서 끼고 삼시세끼 먹이면서 데리고 있고 싶은데. 누가 뭐라고 해도 딸자식은 시집갈 때까지 데리고 있어야 하는데. 무슨 억만금을 벌겠다고 여기로 내려왔는지, 내가 어제네 아버지 앞에서 다 팔고 이사 가자고 말했다. 근데 이 양반은 버럭 소리만 질러. 훈아, 온 김에 겨울 동안, 이 도라지즙 다 먹을 때까지여기 있을래? 보약도 좀 지어서 같이 먹고 그러자."

"엄마, 누가 들으면 내가 바람 불면 날아가는 여자인 줄 알겠어. 이제 직장 다시 구해야지. 여기서 나 가게 일 시키려고 그러지?"

"네 손목을 봐. 그 가는 손목으로 어디 쟁반이라도 들겠어? 여자가 시집도 가기 전에 여기저기 아무 곳에나 얼굴 내미는 거 아니다. 아무리 우리가 장사를 해도 딸자식 술 파는 집에 쟁반 들고 다니는 꼴은 못 봐."

정말 엄마는 그랬다. 바쁜 날 가끔 홀 서빙이라도 내가 한다고 나서면 질색을 하며 나를 집 안으로 밀어 넣었다. 유난스럽다고 주변에서 수군거려도 엄마는 양보가 없었다.

"엄마, 누가 들으면 욕해."

"욕하든가 말든가. 그 욕 먹는다고 죽을 것도 아니고."

다시 원점이다. 언제나 서슬 퍼런 엄마의 야단에 그냥 접고 넘어가게 된다. 평소에도 언제나 나에게 미안해하시는 엄마는 내가 파혼을 하고 나서 더 유별나게 변하셨다. 갑자기 내가 세상 모든 시름을 짊어진 딸처럼 안으로 품으려만 하셨다. 언제나 지원이보다 내가 우선이고 내가 아버지보다 먼저였다.

"엄마, 누나 멀쩡해. 며칠 전에는 누나 친구들이랑 모여서 술 마시고 새벽에 들어왔어. 누나는 정말 속상하면 술도 안 먹어."

"일찍일찍 다녀. 여자가 밤이슬 맞고 돌아다니면 욕해."

엄마는 예전 같으면 손이 맵게 등짝이라도 몇 대 때렸을 텐데 정말 속이 상한지 한숨을 푸욱 쉬셨다.

내 국그릇에 고기도 몇 점 더 넣어 주었다. 요즘 횟집 장사가 재미가 좋아서 괜찮다는 말도 하고 동생과 내가 사는 집에 별 문제는 없는지 걱정도 하셨다.

역시나 아빠는 날 제대로 쳐다보지도 않고 그냥 지원의 대답에만 간신히 대꾸했다. 그러다 엄마는 국에 밥을 말고 있는 날 쳐다보며 헛기침을 했다. 뭔가 묻고 싶은 눈치다.

"지훈아, 근데 왜 헤어졌어? 현준이 착하고 좋아서 딱 우리 훈이 짝으로 좋아 보였는데."

아빠는 엄마의 질문에 수저질을 멈췄다. 지원이는 엄마에게 눈치를 주며 뭘 굳이 묻나 하는 표정을 지었다. 여태껏 가족들 누구도 대놓고 묻지 않았다.

현준이는 고등학교 때부터 알던 친구였다. 결혼이 깨지고 현준은 우리 부모님에게 따로 인사를 드려야 하는 거 아닌가 내게 묻기도 했다.

그날 내 마음의 시작은 평온했는데 왜 유난히 다정하게 포장된 저녁 식탁이 심기를 건드렸는지 모르겠다. 생선 살을 발라내 숟가락에 올려 주는 엄마가 미웠다. 슬며시 접시를 내 쪽으로 기울여 주는 아빠는 더 싫었다. 내 눈치를 보며 더 밝게 웃는 지원이도 보기 싫었다.

밥상을 엎고 싶은 충동을 가까스로 눌렀다. 감정이 간헐적으로 툭툭 뛰어올랐다.

속으로 웃음이 나오려고 하는 걸 억지로 참았다. 미친 여자처럼 깔깔거리고 싶었다. 개운하게 한바탕 웃고 싶었다. 지금 이 분위기가 치 떨리게 역겨웠다.

"그 집에서 우리 집하고 사돈 맺기 싫다네. 동네가 요란하게 조강지처 몰아내고 밖에서 아들 낳아 들어온 그 아버지 밑에, 그 새어머니 밑에 자란 딸, 며느리로는 싫다고 말이야. 그런 부모 밑에 뭘 보고 배웠겠냐고. 자기들이랑 사돈 맺기 격 떨어지나 봐."

난 표정 하나 변하지 않고 부모님 앞에서 생글거리기까지 하면서 말을 마쳤다. 순식간에 집 안은 조용해졌다. 그 정적을 깨뜨린 건 내가 일어서면서 끌린 의자 소리였다. 아빠는 굳은 얼굴로 밖으로 나갔다. 열린 문으로 찬 바람이 들어왔다.

식탁에 앉아 그대로 굳어 버린 엄마와 지원이는 멍하게 나만 바라봤다. 넋이 나가 버린 엄마를 지원이가 의자에서 일으켜 방으로 데리고 들어갔다. 나는 그대로 뿔뿔이 흩어지는 가족을 뒷모습만 바라봤다.

조용히 방의 문이 닫히고 지원이 내 앞에 섰다.

"누나."

"왜? 내가 네 엄마한테 못 할 말 한 거니?"

신경질적인 내 말투에 지원의 얼굴이 하얗게 질렸다.

그 뒤론 시간이 어떻게 흘렀는지 모르겠다. 단순하게 내가 움직이던 동작과 소리치고 싶게 갑갑했던 그날 밤의 공기.

나는 식탁을 정리하고 설거지까지 다 마치고 짐을 싸 들고 집을 나와 버렸다. 마당에서는 아빠가 등을 돌린 채 담배 연기만 끊임없이 피워 올렸다.

그 밤에 나는 아슬아슬하게 심야 버스를 타고 집으로 돌아갔다. 냉장고에 넣어 둔 내가 사 간 엄마의 생일 케이크에 초도 한번 꽂아 보지 못했다. 생일 미역국은 드셨는지 뒤늦게 생각이 들기도 했지만 속으로 다시 접어 버렸다.

'친아들이 잘 챙겨 줬겠지. 나만 빼면 가족이잖아.'

그렇게 폭발할 거 같은 신경질을 가득 안고 그날 밤 이 여행을 예약했다. 내 부모가 혐오스럽게 보였다. 남들이 보면 손가락질할 집인데 정작 당사자들은 세상에서 제일 따뜻하다. 내 속을 부모님은 알까?

결혼으로 이어지지 못한 사유를 듣고 돌아섰던 그날의 내 뒷모습을 엄마 아빠는 알기나 할까? 아버지는 나를 통해 한 번이라도 나의 생모에게 미안한 마음을 가지기는 했을까? 잊고 있다 남을 통해 듣게 되는 우리 집의 가족 구성원이 소름 끼치게 싫었다.

나는 내가 좋은 딸 착한 딸이라 생각하고 살았다. 새엄마를 맞이하고 고향을 등지고 올라온 곳에서, 상황이 어려운 상태에서 사업체를 꾸린 아버지를 생각해 대학도 낮춰 들어갔다.

요령이 없어 결국 하던 일을 접고 다시 고향으로 내려가 양식업을 했던 아버지는 또 빚이 쌓였다. 그때 나는 몇 년을 모은 적금을 깨서 조금이라도 조합 빚을 갚아 드렸다. 배다른 동생 지원의 학비에 푼돈이라도 보태었다. 우리는 어느 남매보다 잘 지냈다.

새엄마지만 계절이 바뀌면 옷을 사서 택배를 보내던 내가 입안의 혀를 뱀처럼 부리며 순식간에 다 쓸어 버렸다. 그날 밤 혼자 버스를 타고 오면서 왜 그리 개운하던지. 순자의 성악설을 뼈저리게 느끼는 순간이었다. 난 아마도 후천적으로 선을 행할 수 없는 부류인 모양이었다.

그렇게 나는 달라져 버렸다. 그날 왜 나는 잘 살아오다 심경의 변화를 일으켰는지 모르겠다. 아마도 20년 동안 잊고 있던 나의 생모에 대한 스스로의 환멸일지도 모르겠다. 나는 떠나온 여행지에서도 아직 답은 찾지 못하고 있다.

엿 같은 감상에 쓸데없이 내 마음이 춤을 춘다. 톡톡 귓가로 두근거림이 느껴진다. 멍하게 내 마음이 멋대로 날뛴다.

뿌옇게 내 눈이 흐려져 숙였던 고개를 아주 천천히 들어 올렸다. 눈앞이 멍해졌다. 앞에 보였던 벽이 울렁거렸다. 고개를 살짝 옆으로 돌리는데 까만 눈동자의 남자가 나를 뚫어지게 보고 있었다.

첼로 소리가 눈동자를 담아 왔다. 바흐가 움직였다.

시선을 마주하고 상이 제대로 맺히지 않는 남자를 바라봤다. 그 사람은 팔을 파닥이며 내게 다가왔다. 멍하니 남자의 눈동자에 시선이 묶였다. 그 사람은 손을 들어 내 귀에서 이어폰을 거둬 갔다. 낯선 이의 손동작에 놀라 몸을 뒤로 피하듯 기댔다.

"지훈 씨? 서지훈 씨?"

낯선 나라에서 정확하게 발음하는 내 이름에 이제는 다른 의미로 놀라 어깨를 들썩였다. 남자의 손에 들린 내 이어폰을 보다 상대편의 얼굴을 뚫어지게 쳐다봤다. 누구지? 이 상황에 남자의 목소리는 지나치게 다정했다.

내 앞의 남자는 뭐라고 말을 했다. 하지만 알아듣지 못할 기차 안내 방송이 그의 목소리를 막아 버렸다. 미간을 찌푸리는 내 앞으로 낯선 사람이 어깨를 툭 치고 지나갔다. 살짝 몸이 휘청했다. 다정한 목소리로 이름을 불렀던 이가 나를 잡아 주었다.

나는 그에게 붙들린 채로 짧게 상대를 훑어 내렸다. 그 사람은 제법 키가 컸다. 내 동생 지원이만큼 큰 키를 가진 남자는 시원스런 미소를 달고 있었다.

나를 잡았다 거두는 손이 아닌 다른 손에는 두꺼운 책이 들려 있었다. 여행을 위해 들고 다닐 책으로는 보이지 않았다. 학생인가 했지만 내가 아는 한 일본에 유학 중인 남자는 없다.

안내 방송이 다 끝나자 그는 부담스러울 만큼 웃음을 띠고 뭐라고 했다. 멍하니 그 모습을 보는데 다시 누군가가 나를 스쳐 지나가자 그가 또 나를 붙들었다.

"유심히 보니까 지훈 씨라. 반갑다고 해야 하나요? 오랜만이라고 해야 할까요?"

아, 목소리. 사람의 목소리의 힘은 강했다. 목소리를 듣고서야 누군지 알았다. 전혀 예상치 못한 곳에서의 만남. 반갑게 다가오는 그의 감정과 별개로 나는 난감함 표정을 숨기지 못했다. 보여 주기 싫은 마음 상태일 때 만난 이에게 쉽게 인사하며 호응하기 힘들었다.

"안녕하세요? 민석 선배님."

가만 보니 내가 서 있는 자리가 화장실 근처였다. 그러니 자꾸만 사람이 오갔다. 그가 서 있는 자리에서 살짝 몸을 벽 쪽으로 당기고 내게 오라는 손짓을 했다.

주변을 두리번거리다 나는 바닥에 놓인 가방을 들고 그의 곁으로 갔다. 생각 없이 옆으로 다가서다 쑥 밀고 오는 그에 대한 기억에 잠깐 멍해졌다. 내가 대학을 졸업한 후 처음으로 입사해 불과 몇 달 전까지 다니던 회사의 선배였다.

이름이 김민석. 이름이 주는 느낌처럼 바른 사람이었다.

너저분한 그 나이 대 다른 남자 직원들과 다르게 그의 책상은 늘 깨끗했다. 내게 말하길 책상을 내일 퇴사할 것처럼 정리해 두라고 했다. 그 당시 그는 따로 직책이 있었던 것이 아니라 호칭이 선배님이었다.

처음 시작하는 직장 생활이 얼마나 힘들었던지 엄마는 일주일에 한 번씩 심야 버스를 타고 내가 먹을 보약과 밑반찬들을 챙겨 오시고 는 했다. 입사를 하고 우리 부서는 갑자기 공중분해라도 될 듯 위태로 웠다.

부장님은 회사 정기 건강 검진에서 암을 발견하고 사표를 제출했 다. 중간급 대리님은 새로운 부서로 발령이 났다. 그러니 내 앞에 서 있는 김민석 선배와 나는 엄청난 직무를 인계받아야 했다. 원래 그 부 서가 중요한 위치가 아니었으니 없어지니 어쩌니 하는 위태로운 시기 였다.

말로는 새로운 부장님이 곧 오신다고 했지만 계속 미뤄지고 있는 상황이었다. 거기다 갑자기 민석 선배는 회사를 그만둔다고 했다. 아 마도 몇 달 뒤 진급이 결정되었던 걸로 아는데 갑자기 그만두는 바람 에 내가 힘들었다.

정확한 이유는 모르지만 꽤 급한 사정이었는지 매일 이어지는 인 수인계로 나는 정말 죽을 맛이었다. 서류가 쌓여 갔다. 제대로 파악 도 안 된 상태에서 몰아붙이는 업무는 벅찼다. 12시 이전에 퇴근해 본 적이 거의 없었다.

그다지 친절한 성격의 선배도 아니었으니 힘들게 입사한 회사를 그만둘까 생각도 했다. 결국 나는 이런 식으로 업무 인계는 못 받는다 고 일하다 강짜를 부렸다. 돌아서서 바로 후회했고 부끄러웠다. 그때 선배는 그런 일을 모르는 척해 주었다. 지금 생각해도 어려서 철이 없 기도 했고 그때는 욱하는 성격이 화를 불렀다.

많은 우여곡절 끝에 무사히 인수인계를 하고 선배는 회사를 떠났 다. 그 업무가 얼마나 엄청났던지 난 두 달 만에 5킬로그램이 줄었다. 비록 그다음 달 친구와 스트레스를 술로 푸느라 다시 원상태로 돌아 왔지만 말이다.

그런데 시간이 흘러 지금 생각해 보면 그는 일에 있어서는 프로였다. 내가 비록 그만큼 따라가지 못했지만 그때 배웠던 업무 습관이 직장 생활 내내 좋은 방향으로 나를 성장시켰다. 뒤늦게야 선배에게 감사함을 느꼈지만 그는 떠나고 없었다.

복잡한 생각과 지금의 내 상황이 밀려와 뭐라고 반갑게 기척을 하는 선배를 멍하니 바라보기만 했다. 내가 반기는 기색 없이 입을 꼭 다물고 있자 그는 무안한 표정으로 얼굴을 바꾸었다. 그러더니 들고 있던 책을 펼쳤다. 그 사람은 아주 심각한 표정으로 눈동자를 책의 끝에서 끝으로 흘리고 있었다.

나는 옆에서 그런 그를 말없이 쳐다보았다. 너무 예의 없이 무표정했던 나를 반성했다.

"여행 온 거예요?"

어색한 헛기침으로 말문을 트고 내가 물었다.

"아니요. 일이 있어서요."

그제야 민석 선배는 환한 표정을 짓고 책을 덮었다. 선배가 몸을 내게 가깝게 틀었다.

"잘 지내시죠?"

"네. 근데 지훈 씨는 여행 온 거예요?"

"네."

"정말 오랜만이죠? 처음에는 머리가 너무 짧아져 지훈 씨가 맞나 아닌가 한참 망설였습니다. 그때랑 많이 달라져서 사실 못 알아볼 뻔 했다가 아는 사람이라 저 혼자 반가워서 그만······."

처음에 싸늘하게 대꾸하던 게 마음에 걸렸는지 말끝을 흐리며 내 눈치를 살폈다.

"너무 뜻밖이라서요. 5년쯤 된 거 같죠? 근데 왜 존댓말이에요?"

오랜만이라 어색한 것도 그것이지만 뭔가 모르게 더 이상하다 했더니 난데없는 높임말이다.

"그게 너무 오랜만이고 좀 이상해서. 말 다시 놔도 되죠?"

"아니요. 말 놓으시면 안 되는데요."

민석 선배는 놀란 표정으로 말을 더 잇지 못했다.

"농담입니다."

많이 놀랐는지 선배는 한숨을 내쉬고는 웃었다. 들고 있던 두꺼운 책을 내게 들고 있어 보라는 시늉을 했다. 그러더니 메고 있던 가방을 한참 뒤졌다. 나는 알아보지 못할 그림이 가득한 책을 보며 유학생인가 싶어 물으려다 아까 일 때문에 왔다는 말이 생각나 입을 다물었다.

어색한 웃음을 물고 있는 그는 편안해 보였다. 나보다 네 살인가 많았던 선배는 결혼을 했을까? 그때는 참 어려워 보였는데 지금은 여행지라는 장소의 혜택인지 그때보다는 조금 편하게 느껴졌다.

"이거 드세요. 아니 마셔."

편해 보인다는 느낌은 나의 한정인지 그는 나를 어색하게 대했다. 어지간히 불편해하며 다시 존댓말이 나오는 그를 보고 살짝 웃었다. 내 웃음에 선배도 따라 웃었다. 다시 선배는 책을 펼쳤다. 나는 그 곁에서 지겹게 내리는 눈을 바라보며 등을 기댔다. 그는 더 이상 말이 없었다.

형식적인 질문을 다시 이어 가기에는 나도 마음의 여유가 없었다. 난 선배의 옆모습을 몇 번 더 바라보다 작은 한숨을 쉬고 이어폰을 귀에 넣었다.

중간중간 기차를 타는 사람들이 우리 둘의 옆으로 오고 갔다. 그렇게 서로 떨어졌다 다시 옆으로 오게 되면 또 어색한 미소를 서로 나눴다. 깜깜한 밤을 가르던 기차는 어느 사이 삿포로 역에 도착했다.

바닥에 놓인 가방을 서로 챙겼다. 민석 선배가 먼저 내렸다. 그는 뒤에 내리는 나를 유심히 바라보았다. 우리는 우르르 몰려 나가는 사람들 틈에 섞여 나왔다.

"저 이제 가 볼게요."

나는 이제 가겠다는 얼굴로 서서 그에게 인사를 건넸다. 선배는 어색한 미소를 띠며 손을 들었다. 그 표정과 손짓이 어찌나 어색하고 안 어울리는지 선배의 얼굴 옆에 있는 손이 딱 하고 부러질 것만 같았다.

내가 먼저 발걸음을 옮기자 선배는 냉큼 돌아섰다. 돌아서며 안도의 한숨을 쉬던 그의 숨결을 알아챘다. 그도 어지간히 오늘의 만남이 어색했었나 보다.

사라지는 선배의 뒷모습을 보며 모자를 쓰고 장갑을 꼈다. 시간은 이미 11시를 넘어섰지만 역 안은 사람들로 붐볐다. 다들 어디를 가나? 천천히 걸음을 떼면서 고여 있던 내 감정이 쏟아졌다. 머리가 지끈거리고 무겁다. 갑갑한 속이 더 묵직했다.

그때 갑자기 뜨겁게 속이 타는 것만 같았다. 숨이 막혔다. 혼자 이 밤을 보낸다면 나 스스로를 어쩌지 못할 것만 같았다.

난 뛰었다. 뛰면서 이리저리 살폈다. 눈에 익은 옷차림의 그를 찾아 두리번거렸다. 몇 번 숨 가쁘게 뛰고 나서야 선배를 찾았다. 민석 선배는 누군가와 통화 중이었다.

"저기, 민석 선배님…… 잠깐만요."

숨이 가빠 와 허리를 숙인 채 몇 번이나 숨을 고르고 그를 불렀다. 그는 놀란 얼굴로 나를 바라보다 전화를 끊었다.

"혹시 결혼하셨어요?"

"어?"

"아니. 그게 아니고 저녁이나 같이하실래요? 근데 그게 선배님이 유부남이면 그건 좀 곤란해서요. 그러면 안 될 거 같아서. 아, 그렇다고 제가 선배님이랑 뭘 하자고 하는 건 아니고. 그게 뭐라고 해야 되나 같이 밥이나 먹을까 해서요."

아, 미쳐. 무슨 이 말도 안 되는 말인지.

말을 하면서도 점점 바보가 아닐까 하는 생각이 들었지만 이미 두서없이 내뱉고 있었다. 민석 선배는 이런 나를 어디 미친 여자 보듯 쳐다보고 있었다.

다만 혼자 있기 싫어서 청을 했는데 지금 상황은 나사 하나 빠진 여자의 모습이 되었다. 호기롭게 뛰어온 용기가 바닥에 떨어졌다. 얼굴이 달아올랐다.

"죄송합니다. 제가 정신이 없어서. 그럼 안녕히 가세요."

장갑을 벗고 붉어진 얼굴을 식히며 뒤돌아섰어도 부끄러움은 남았다. 빠르게 뛰어 출구 쪽으로 달렸다. 좀 멀어졌다 싶어져 걸음을 멈췄다.

밖에는 매서운 바람이 휭 불었다. 멍청하게 굴고 있는 나에게 정신 차리라고 하는 듯했다. 머리를 자르면서 좀 다른 내가 되고 싶었다. 다른 내가 되고 싶었지 멍청해지기를 바란 것이 아닌데. 고개를 푹 숙이고 한숨을 쉬었다.

"지훈 씨, 나 아직 솔로인데."

언제 왔는지 선배가 내 앞에 불쑥 섰다. 얼마나 놀랐는지 나는 또 바보처럼 몸을 들썩이는 과한 동작으로 그를 쳐다봤다. 들고 있던 휴대전화를 떨어뜨릴 뻔해 선배가 받아 들어 주었다. 그러고는 바보 같은 나를 대신해 휴대전화를 가방에 넣어 주었다.

"지금 시간이 너무 늦어서. 24시간 하는 라멘집 있는데 거기로 갈까?"

대답을 듣지도 않고 선배는 나를 이끌었다. 얼떨결에 그를 따랐다. 미끄러운 눈길을 성큼성큼 잘도 걷는다. 반면에 나는 잠깐 사이에 기력이 쇠해져 다리 힘이 풀렸다. 쌩하니 앞을 보며 가는 그를 따라가기 위해 나는 말 그대로 발바닥에 땀이 나도록 걸었다.

그렇게 한참을 걷자 내복까지 챙겨 입은 몸이 더워졌다. 가게로 들

26

어서자마자 훅 들어오는 훈기에 겉옷을 벗었다.

"조금 이따 벗어. 실내에 들어와서 덥다고 바로 옷 벗으면 감기 걸려."

그러면서 민석 선배는 옷을 벗고 뒤편에 걸어 둔다. 벽에 걸린 그의 옷에서 내 눈이 멈추자 그는 내 가방을 받아 그 옆에 걸어 주었다.

"난 건강해서 괜찮아."

나도 멀쩡하다고 대꾸를 하려다 그냥 의자에 앉았다. 실내는 늦은 시간에도 중년의 남자 몇몇이 맥주를 두고 후루룩 라멘을 먹고 있었다. 선배는 단골이라도 되는지 씩씩하게 주인과 인사를 나누었다. 도통 알아들을 수 없는 말을 주인은 내게 건넸다.

"어떤 거 먹을래?"

선배는 진지하게 메뉴판을 살펴보고 있었다. 내가 아는 일본어는 히라가나가 전부다.

"같은 걸로 시켜 주세요. 저 일어 몰라요."

그가 빠르게 뭔가를 주문하고 시선을 내게 돌렸다. 먼저 저녁을 먹자고 한 말을 후회했다. 그다지 친한 사이도 아니고 뭔가 공통된 화제를 찾을 만한 사람도 아니다. 지금 이 상황이 너무나 어색했다. 이래서 감정이 널뛸 때는 잠이나 자야 하는데.

"여행 좋아해?"

뭔가 뜸을 들이듯 조심스럽게 꺼낸 말이 생각보다 시시했다. 원래 우리 둘의 관계가 그렇기도 했지만 질문도 참 선배답다. 서로 공통점이 없는 어색한 사이. 대답할 말을 못 찾고 있을 때 라멘이 우리 앞에 놓였다.

옷이 거추장스러워 슬며시 눈치를 보며 벗었다. 이번에는 그가 다른 말 없이 벌떡 일어나 옷을 받아 걸어 주었다. 그 동작에 놀라 같이 일어나 내가 걸겠다며 팔을 뻗었지만 그는 내 손길을 물리고 옷을 걸고 앉았다.

내가 먼저 젓가락질을 했다. 맛이 제법 괜찮다. 배가 고픈 줄 몰랐는데 한입 먹자마자 허기가 몰려왔다. 후루룩 열심히 먹는데 옆에서 그런 나를 쳐다보는 선배의 시선이 느껴졌다. 무안해진 내가 슬쩍 웃자 그는 화답하듯 웃으며 면을 후루룩 삼켰다.

한참을 그렇게 우리는 열심히 먹기만 했다. 면발 하나까지 다 먹고 나는 젓가락을 놓았다.

"혼자 온 거야?"

"네."

"여행 좋아하나 봐. 지훈 씨 씩씩하더니 혼자 여행도 다니고, 어울려."

이 무슨 이상한 결론인지. 글쎄 내가 여행을 좋아하나?

파혼하고 집안에 엄청난 회오리를 불어 놓고 여행을 혼자 온 것도 씩씩한 건지. 오히려 청승에 가까운데. 그렇다고 예 아니요로 설명할 상황도 아니라 무심하게 대꾸를 했다.

"전 외박하는 그날이 결혼하는 날인데요."

그때 갑자기 선배는 먹던 국물이라도 잘못 넘어갔는지 심하게 기침을 했다. 가게의 내부는 조리대가 있고 그 주변을 동그랗게 바가 둘러싸고 있는 구조라 가게 주인은 물을 챙겨 주며 괜찮은지 자꾸 살폈다.

선배는 물을 마시고도 진정이 안 되어 연신 기침을 했다. 중년의 주인 남자는 뭐라고 자꾸 이야기했다. 내가 못 알아들으니 등을 두드려 주라는 시늉을 해 보였다. 어쩔 수 없이 나는 친하지도 않는 선배의 등까지 두들겨 주었다.

어느 정도 진정이 되자 선배는 물을 마셨다. 나는 이제 다행이다 싶어져 같이 시킨 교자를 먹었다.

"지훈 씨, 그럼 지금 신혼여행 중인 거야?"

이건 또 무슨 소리인가. 졸지에 난 신혼여행 중에 남자 꼬시는 여자가 되어 버렸다. 이제는 내가 사레에 걸렸다. 숨을 거칠게 몰아쉬며 가슴팍을 두들기는데 이번에는 선배가 방금 전의 나처럼 내 등을 두들겼다.

요란스럽게 주고받으며 입을 막고 기침을 쏟아 내는 우리가 불편한 듯 조용히 라멘을 먹던 몇몇 사람들이 쳐다보고 있었다. 어느 정도 숨이 가라앉고 나는 몸을 선배 쪽으로 돌려 앉았다.

"그럼 그거 때문에 놀라서 이런 거예요? 세상에, 그동안 선배님 뭐 하고 살았어요? 농담도 못 알아듣는 거예요?"

내가 입을 딱 벌리고 기가 막힌 듯 쳐다보았다. 이제 상황 정리가 제대로 되었는지 그는 시원하게 웃었다. 신기했다. 내가 아는 김민석 선배는 이렇게 호탕하게 웃는 사람이 아니었다. 빤히 보는 내 시선에 그도 나도 잠깐 무안한 침묵이 흘렀다.

"이 집 단골이에요?"

괜히 어색해 별로 궁금하지도 않은 질문을 했다. 그를 보고 반기던 주인의 표정이 생각났다.

"단골까지는 아니고 이번에 일본에 와서 나흘 연달아 여기 왔거든. 이쯤이면 단골인가?"

"여기 라멘 맛있네요. 저도 내일 또 오면 아저씨가 기억해 줄까요?"

갑자기 선배는 주변을 두리번거리더니 바짝 내 곁으로 붙었다.

"사실 옆집이 더 맛있어. 근데 내가 묵는 호텔에 여기 할인 쿠폰이 있거든. 100엔 할인해 줘. 그래서 왔어."

"저분 한국말 알아요? 왜 이리 소곤거리며 이야기하시는 거예요?"

"모르겠지. 그래도 못 알아듣는다고 그런 말 면전에 대고 하기는 그렇잖아."

어이가 없어 선배를 보는데 대단한 비밀이라도 알려 준 것처럼 의기양양하다. 이 사람 회사 그만두고 어디 학원이라도 다녔나 보다. 다시 태어나자 그런 학원. 그만큼 다른 사람이 되어 있었다.

"좀 일찍 왔으면 옆에 양고기 맛있는 집 있는데 거기 갔으면 좋았을걸. 홋카이도 양고기 유명하거든."

"양고기요?"

"응. 음메에엠 양 몰라?"

진지하게 흉내를 내는 선배의 표정을 보며 나는 멍해졌다. 이게 아니지 않나?

"저기 그건 염소 소리 아닐까요?"

"아, 염소. 그럼 양은 어떤 소리를 내?"

"글쎄요, 저도 그건 잘 모르겠어요."

아무리 봐도 이상해진 선배를 보며 삿포로에서 우리가 양이니 염소니 따질 사이인가 심각하게 고민했다. 같이 근무했던 시절의 선배는 농담 한 톨이 없었는데. 이 남자 양의 탈을 쓴 늑대일까? 덥석 따라오는 게 아니었는데 이제 와서 살짝 걱정이 든다.

나는 계산서를 슬쩍 보고 지갑을 꺼내 돈을 챙겼다. 내가 일일이 동전을 꺼내 확인하며 고개를 숙이고 있는 동안 그는 내 머리 위에서 주인과 대화를 나누고 있었다. 고개를 들고 돈을 내밀었다. 선배는 내 어깨를 툭 치며 옷을 건네주었다.

"내가 계산했어. 오랜만에 보는데 내가 사야지. 다음에 또 보면 술이나 한잔 사."

5년 전 그때는 그저 딱딱하고 깐깐한 사람인 줄만 알았다. 지금은 그때보다 부드러운 이가 된 선배를 어색하게 바라봤다.

생각해 보면 그때의 선배는 내가 겪어 보지 못한 사람이었다. 그

나이의 남자를 짐작할 수 없어 더 어렵게만 느껴졌다. 이제는 내가 선배의 나이 즈음이 되어 그를 바라보고 있다.

"……우리가 다음에 다시 볼 수 있을까요? 선배님도 저도 다음을 기약할 만큼 친한 사이는 아니잖아요. 그러니 지금 술 한잔 해요."

그렇게 우리는 근처 술집으로 들어갔다. 하지만 그 안은 이미 많은 사람들로 너무 시끄러웠다. 어쩔까 하다 선배는 망설이며 자기 호텔로 가자고 했다.

그는 말해 놓고도 실수했다 싶은지 연방 미안한 표정을 지었다. 오히려 그런 표정이 내게 믿음을 주었다고 할까? 나는 5년 만에 다시 만난 전혀 친하지도 않은 남자를 따라 호텔 방으로 들어갔다.

아직 많이 살지는 않았지만 사람의 진심이 보일 때가 있다. 아마도 선배는 순수하게 한잔하고 싶은 마음이 먼저여서 장소가 호텔이 된 거지 나쁜 마음은 아니란 게 내게 보였다.

"여기 와서 맥주 먹어 봤어?"

"제대로 먹어 본 건 아니고 그냥 밥 먹으면서 조금."

선배는 냉장고에서 이것저것 꺼내 내가 앉은 테이블에 늘어놓더니, 손을 씻고 오겠다며 욕실로 사라졌다.

실내의 갑갑한 공기에 얼굴이 빨개지는 게 느껴졌다. 높은 층이라 활짝 열리는 창문은 아니라도 열리는 만큼 열었다. 홋카이도의 바람은 매서웠다.

대충 눈으로 본 호텔은 들어올 때 짐작했던 대로 비싸 보였다. 이런 호텔 냉장고 안에 든 술은 얼마나 더 비쌀까 하는 생각을 했다. 설마 저거 나보고 계산하라는 건 아니겠지. 라멘 값도 안 냈는데, 이것도 얻어먹으면 좀 양심이 없는데.

호텔로 촐랑촐랑 따라온 호기는 접어 두고 이제는 돈 걱정이라니. 상황 따라 고민하는 방법도 다양하다.

열린 창문 밖으로 또 눈이 내린다. 한 번씩 이게 정말 전부 눈인가 신기해서 손으로 만져 확인까지 했었다. 이제는 정말 지겹게도 내린다.

언제였나? 입사하고 얼마 뒤니 아마도 초겨울 무렵이었던 거 같다. 그날은 내 실수로 야근 신청을 해 놓지 않았다. 그랬으니 회사 전산 시스템에 접속할 수가 없었다. 잔뜩 화가 난 민석 선배에게 야단을 들었다.

속에서 열이 나 그냥 있을 수 없었던 나는 창문을 다 열어 놓았다. 직접 전산실까지 다녀온 선배는 서늘한 바람이 들어오는 창문을 직접 닫으며 나를 쏘아보았다.

'서지훈 씨, 나는 춥습니다.'

그 생각이 나 얼른 창문을 닫았다. 옆에 둔 가방에서 진동이 울렸다. 휴대전화를 꺼냈다.

— 누나, 왜 전화 안 해?

하루 한 번씩 전화를 했는데 오늘은 잊었다고 애가 타는 동생이 먼저 전화를 했다. 목소리에 걱정이 실려 있다.

— 호텔이야? 밥은 먹었어?

저 밥 타령은 지겹게도 한다.

"응. 오늘은 좀 늦게 들어와서. 엄마는 이제 식사하셔?"

호텔은 호텔이지. 내가 묵는 곳이 아니지만 거짓말은 절대 아니다.

— 아니. 죽 몇 숟갈 드시다 그것도 안 넘어간다고. 오늘은 아빠가 억지로 모셔 가서 링거 한 대 맞고 왔어.

"무슨 좋은 일 있다고 그러고 계시니? 계속 가게도 안 여는 거야?

— 응. 예약 손님도 다 취소하고, 아빠는 낚시만 다녀.

"엄마 바꿔."

- 누나.

지원이는 내가 가슴을 후벼 파는 소리라도 할까 싶어 말을 막아섰다. 태어나 딱 한 번 모진 소리 했다고 이제 내 동생은 나와 엄마 사이에 벽을 쳐 둔다. 아무리 잘해도 나는 결국 남인가 싶은 기분이 든다. 처음으로 하고 싶은 대로 했던 말이 지옥 가는 길이었다.

"걱정 마. 엄마한테 내가 또 무슨 소리라도 할까 싶어 그러는 거야? 나 그 정도 양심은 있어. 잔소리 말고 전화 바꿔 줘."

지원이는 걱정스런 숨을 몇 번 내뱉다 무언의 내 재촉에 전화를 넘겼다.

- 훈이야? 감기는 안 걸렸고? 지원이가 거기는 많이 춥다고 하던데 뜨시게 밥 챙겨 먹고 다녀. 속이 따뜻해야 덜 춥지.

"지금 내가 밥 먹는 게 대수야? 엄마 그만 일어나. 나 결혼할 때 혼수 많이 해 주기로 했잖아. 그랬으면서 장사도 안 하고 뭐 해? 현준이 아니라도 더 좋은 남자 만나 결혼할 거야. 이제 일어나 밥 먹고 돈 벌어. 그래야 지원이 용돈도 많이 주고 나 적금 털어 아빠 조합 빚 갚아 준 거 그것도 줄 수 있잖아. 나 피곤해 이제 전화 끊을래."

이제 모르겠다. 손 놓고 싶다. 마음이 머물 자리가 없다.

전화를 끊고 복잡한 마음을 달래는데 눈앞에 널찍한 책상이 보였다. 노트북과 함께 아까 기차 안에서 보던 그런 책이 여러 권 같이 쌓여 있었다. 출장이라도 온 걸까?

남의 책상을 뚫어져라 보는 동안 어느새 상쾌한 비누 냄새를 달고 선배가 뒤에 와서 섰다.

"앉아. 두리번거리지 말고."

"호텔 좋아요. 제가 묵는 곳은 코딱지만 한데. 출장 오신 거예요?"

"응. 박람회가 있는데 일정이 좀 애매하기도 해서 겸사겸사 여행도

33

하고."

"네. 저 잠깐 화장실 좀."

선배는 내가 욕실도 못 찾게 생겼는지 직접 문까지 열어 주었다. 대충 손을 씻다 보니 옆에 뜯지 않은 칫솔이 보였다. 몇 번 들었다 놓았다 망설이다 문을 열고 그를 불렀다.

"선배님 여기 칫솔 써도 돼요? 하루 종일 돌아 다녔더니 찜찜해서……."

"응."

허락을 받고 이를 닦다 당황한 선배의 얼굴이 자꾸 맴돌았다. 하긴 냉큼 따라온 내가 이상하겠지. 거기다 이까지 닦는다고 하니 누가 봐도 이상한 여자로 보일 거 같다. 칫솔을 입에 물고 거울을 보니 화장이 군데군데 지워져 엉망이었다.

겨울바람에 새벽부터 나와 걸었으니 이미 건조해진 피부는 누가 당기는 것처럼 아프기까지 했다. 입을 헹구고 눈을 질끈 감고 세수를 벅벅 했다.

"저기 선배님, 세수해도 되죠? 얼굴이 너무 가려워서요."

순서에 맞지 않게 비누 거품을 잔뜩 묻힌 채 얼굴만 내밀었다. 선배는 질겁을 하고 대답도 안 한다.

"선배님, 근데 사귀는 분 있어요?"

"그런 거 없어. 세수나 마저 해. 비누 거품 다 떨어져."

"다행이다. 아, 그런 게 아니고. 오해하실라. 선배님 애인 있으면 우리 이러는 거 도덕적으로 좀 문제가 있는 거잖아요."

도덕적? 우습다. 내가 도덕적인 걸 걱정을 한다. 얼마나 대단한 사람이라고. 엄마 아빠 지원이까지 속을 다 뒤집어 놓고 남의 나라에 도망 와 놓고는. 정말 형편없는 내가 양심적인 척한다.

세수를 하고 옆에 놓인 로션으로 마무리까지 하고 나왔다. 한결 개운하고 편해졌다. 거울을 다시 봤다. 맨얼굴이 신경이 쓰이긴 해도 그에게 잘 보일 이유도 없고 반쯤 없어진 화장보다 오히려 이편이 나을 거라고 생각했다.

씻고 나오니 좀 민망한 기분이 들었다. 소파 위의 쿠션을 툭툭 치다 그냥 바닥에 앉았다. 그는 맥주 캔 하나를 따서 내게 건네주었다. 벌컥벌컥 시원하게 맥주가 넘어갔다.

"회사는 휴가 낸 거야?"

"회사는 그만뒀어요. 선배님도 대충 아시죠? 이번에 우리 계열사 다른 회사랑 합병한 거. 좀 자리가 위태롭기도 했고. 명퇴신청 받길래 냉큼 좋다고 신청했죠."

"그래? 몰랐어. 요즘 그쪽 뉴스는 신경을 안 써서. 무슨 계획은 있어? 그래도 그 회사 복지며 조건은 좋은데. 아, 미안. 지훈 씨 사정도 있을 텐데 내가 괜히 훈수 뒀다."

"사실 그만둔 거 지금 후회해요. 그만한 직장도 없는데. 그때 좀 상황이 그랬어요. 야근이 너무 많은 부서기도 했고. 주말도 늘 출근이었어요. 다 핑계긴 하지만. 실은 저 결혼할 예정이라 그만둔다고 했는데 그 결혼이 엎어졌어요. 그래서 백수 돼서 여기 여행 온 거구요."

이미 하나를 비우고 새로운 맥주를 따서 꿀꺽꿀꺽 마셨다. 이런 말을 참 쉽게 남에게 할 수 있구나. 이런 나와 반대로 선배는 내 얼굴을 제대로 보지 못했다. 아마도 별로 친하지 않은 후배의 깊은 사연이 부담스럽겠지.

"……인연이 아닌가 보지. 누구나 그래. 내 사람이다 싶어도 아닐 수가 있거든. 더 좋은 사람 생기겠지."

어색한 침묵이 지나고 선배는 내 얼굴을 물끄러미 보더니 천천히 말을 했다. 이게 무엇이라고 남들도 다 해 주는 말인데 묘하게 그에게 위로를 받는 느낌이었다.

"저 좀 이상한 여자 같죠?"

"응."

빈말이라도 아니라고 하지 않는다. 푹 소리 내어 웃었다. 내 웃음에 선배의 얼굴도 조금 풀어졌다. 취기가 살짝 오르기 시작했다.

"예전보다 다르게 보이긴 해. 지훈 씨 나 싫어했잖아. 아까 저녁 먹자고 할 때 많이 놀랐어."

"싫어하는 거 아니었어요. 좋아하지 않는 거지."

"같은 말 아니야?"

"다른 거죠. 좋아하지 않는다고 싫어하는 건 아니잖아요. 저 가지반찬 좋아하지 않거든요. 일부러 찾아 먹지는 않아요. 그래도 엄마가해 주면 그래도 먹긴 해요. 뭐 그런 거죠."

비유가 엉뚱했는지 아니면 수긍이 가서 그런지 다른 말 없이 그는 맥주를 마셨다. 어색한 침묵이 흐른다. 몇 번의 헛기침이 서로에게서 나왔다.

"주당파 자매님들은 아직도 잘 지내?"

침묵이 견디기 힘들었는지 선배는 머릿속에서 억지로 우리가 보낸 시간의 기억을 짜내고 있었다. 이 사람이 기억하는 우리는 지금도 제일 친한 친구들이다. 부서는 달라도 입사 동기인 데다 모여 다니며 열심히 술을 먹는다고 해서 누군가 주당파 자매님들이라고 했다. 좋은 별명도 아닌데 아직도 선배는 기억을 하고 있다. 좀 부끄럽다.

"네. 잘 지내요. 근데 다 그만뒀어요. 진희는 언니랑 초등학교 앞에서 보습학원 하고, 윤정이는 그게…… 지금 공부 중이에요."

윤정이는 이혼했다. 굳이 그에게 그런 이야기까지 할 필요는 없을거 같다. 어차피 다시 마주칠 일도 없을 텐데. 당사자도 없는데 좋은일도 아닌데 알려 뭐하나.

얼마 전의 나라면 생각 없이 윤정의 이야기를 했을지도 모르겠다.

하지만 파혼을 한 내 입장에서 혹시나 누군가 내가 없는 자리에 이런 나의 이야기를 하는 거, 썩 반갑지는 않다.

살아 보니 나쁜 일로도 내게 얻어지는 게 있다. 이러다 도 닦는 수준까지 이를지도 모르겠다. 딱 여기까지만 내가 성숙했으면 좋겠다. 생각은 너무 넓게 퍼져 나간다. 조금씩 마음이 불안했다.

바닥에 놓인 맥주 캔의 표면에 물방울이 또르르 흘러내렸다. 손으로 툭 건드리자 이내 캔의 표면이 말끔해졌다.

"맥주 괜찮아?"

"이 맥주 좋아해요?"

"딱히 즐기는 것은 아닌데 그냥 한 번씩. 안 맞으면 와인도 있는데, 줄까?"

"괜찮아요. 와인 좋아하세요?"

"계속 나보고 좋아하냐고 묻네."

푹 웃음이 나왔다. 내가 그랬나? 나 취했나?

"전 와인은 잘 몰라요. 차라리 소주가 낫지. 남자가 왠지 와인 너무 많이 알면 바람둥이 같고. 왜 영화나 드라마 보면 말쑥하게 잘생긴 남자들이 여자한테 이 와인은 어쩌고 하면서 작업 걸잖아요."

내 설명에 선배는 입술을 벌렸다 다물었다 하면 작게 웃었다.

"그래. 다음에 혹시 지훈 씨 같은 여자 만나게 되면 참고할게."

그렇게 우리는 5년 동안의 공백을 서서히 좁혔다. 같이 근무했던 사람들과의 이야기, 선배가 떠나고 바뀐 회사의 부서들, 맛있었던 구내식당의 메뉴까지.

여행이란 게 이런 걸까? 상대를 참 편하게 만든다. 같이 근무한 몇 개월보다 오늘 한 이야기가 더 많았다.

따뜻한 호텔 방 안에서 취기가 올라오기 시작했다. 자꾸만 몸에 힘이 빠졌다. 허리를 펴고 눕고만 싶어 졌다. 새벽부터 일어나 기차를 타고 바닷가 남의 무덤에서 펑펑 울기도 했으니 피곤한 하루였다. 슬며시 눈꺼풀이 내려앉았다. 그때 조금 남아 있는 이성이 나를 깨웠다.

"지훈 씨, 많이 피곤해? 일어서. 내가 바래다줄게."

"음."

잠깐 만에 목이 잠겼다. 쉽게 취한 몸이 축 늘어지려 해 벌떡 일어났다. 옷을 챙겨 입고 가방을 들었다.

"괜찮아요. 저 아래 블록에 있는 호텔이거든요. 걸어서 몇 분 걸리지도 않아요."

선배는 내 말을 신경도 쓰지 않고 옷을 챙겨 입고 따라나섰다.

"아, 잠깐만."

그러더니 그가 방으로 다시 들어갔다 나왔다. 한 손에 뭔가 들려 있다.

"자, 감기약. 보니깐 너 감기 오고 있어. 먹고 자. 여행 와서 아프면 안 되잖아."

나는 손이 부끄러워 바로 받지도 못하고 선배의 얼굴만 빤히 봤다. 그러자 그는 외투의 주머니에 감기약을 푹 넣어 주었다.

계획대로라면 오늘은 유명하다는 온천을 가기로 했다. 하지만 어제 민석 선배의 말대로 감기가 오는지 침대 속에서 일어나기가 힘들었다. 그가 준 감기약을 먹고 아침 시간을 호텔 방에서 보냈다.

어제 선배는 별말 없이 호텔까지 나를 데려다주었다. 새벽으로 옮겨 가는 그 시간의 거리는 남의 시선은 아랑곳하지 않는 관광객과 젊은 사람들로 넘쳐 났다. 그런 거리를 우리는 아무 말도 없이 걸었다. 호텔에서 조잘조잘 별 이야기를 다 했던 나는 겨울바람에 정신이 들었는지 무슨 말도 하지 못했다.

앞에 놓인 라떼 잔은 제법 컸다. 컵 두께도 두툼하고 웬만한 수프 그릇으로 보일 정도다. 이게 정말 라떼인가 싶어 슬쩍 스푼으로 떠먹어 보기까지 했다. 티스푼 또한 아기 수저 크기라 신기해서 한참을 쳐다봤다. 내려놓고 간 설탕 그릇도 국그릇 크기만 한 것이 이 집은 양으로만 승부하나 싶었는데 맛도 꽤 좋았다.

여행을 와서 처음으로 마음이 편해졌다. 늦게 일어나 집으로 전화를 했더니 엄마는 자리를 털고 일어났다 했다. 아빠는 수족관에 고기를 채우고 장사 준비를 시작했다고 한다.

지원이는 다행이라고 하며 알바 자리를 대신 부탁해 놓아서 이제 올라가겠다 했다. 다 자리를 잡아 가고 있다. 나만 빼고 그렇게.

찻집은 밖에서 본 대로 작고 아담했다. 테이블도 몇 개 없고 내가 앉은 자리는 혼자 오는 사람 전용석인지 맞은편 의자도 없었다. 그래도 답답한 느낌보다는 포근한 느낌이 더 먼저다. 찻잔이 비워지니 청하지도 않았는데 다시 채워 주었다.

이제야 앞으로 뭘 해야 할지 생각이란 것을 했다. 일단 소속감이 없어진 내 처지를 정확히 해야 할 필요가 있었다. 태어나 누군가의 딸로 20년을 넘게 살았고, 다시 누군가의 반려자가 되기로 했던 길목에서 길을 잃었다. 그런데 이제 누구의 딸이란 것도 좀 복잡하게 되었다.

심난해지는 마음을 애써 누르고 가져온 가이드북을 펼쳤다. 여기저기 줄을 쭉쭉 그어 가며 열심히 동선을 짜 넣었다. 여행이라고 왔으니 유명한 곳 한 군데는 가 봐야 하지 않겠는가.

그렇게 한참을 형광색으로 그려 넣고 있는데 갑자기 테이블에 손하나가 불쑥 넘어와 똑똑 노크하듯 나를 불렀다.

"지훈 씨, 여기서 뭐 해?"

"어, 선배님. 여기 무슨 일이에요?"

"나야 근처에 호텔이 있으니까."

"저도 호텔이 근처잖아요."

그래도 어제 봤던 사람이라고 반가운 기색이 불쑥 나오려 해서 당황스러웠다. 그는 어제와 조금 달랐다. 좋은 일이라도 있는지 얼굴을 쓱 문지르면 설탕 가루가 우수수 달콤하게 떨어질 것만 같았다.

"기분 좋은 일 있어요?"

"뭐가?"

"어제랑 다른 거 같아서요."

"지훈 씨 다시 만나서 그런가 보지."

그는 서서 나를 내려다보고 있었다. 나는 고개를 들고 이야기를 이어 갔다. 주인이 그런 우리를 보고 의자를 갖고 와 그에게 앉으라 권했다. 선배는 내가 마시고 있던 것을 확인하는 듯하더니 같은 걸로 주문했다.

좁은 공간에 바짝 당겨 앉은 선배가 신경이 쓰여 의자를 물렸지만 바로 뒤가 벽이라 그럴 수도 없었다.

"계속 여기 있었어?"

"아니요. 잠깐 쇼핑도 좀 하고, 아 여기 가 보셨어요?"

관광안내소에서 받아 온 지도를 펼쳐 동그라미를 그려 넣었다. 여기서 지하철을 타고 가면 되는 근처라 가 볼까 해서 물었다. 선배는 지도와 펼쳐 놓은 가이드북을 열심히도 보더니 탁 덮고 나를 똑바로 바라봤다.

"정말 실연당해서 왔나 봐."

"예?"

"지훈 씨 어제 한 말, 난 가볍게 생각했거든. 근데 머리도 며칠 전에 잘라서 어색하다는 말도 그렇고, 가이드 책도 너무 새것에다가 가고 싶은 곳도 제대로 안 알아보고……."

어제 내가 얼마나 취한 거야? 머리 이야기는 언제 했지? 혹시나 실수라도 한 게 있나 걱정이 밀려왔다. 하긴 어제 호텔 방까지 따라가서 술 마신 거 자체가 정상은 아니지. 실연 두 번만 했다가는 살아온 인생사가 다 나오겠다.

"여기 오늘 휴관일이야. 그리고 거기 생각보다 재미없어."

내가 말없이 인상이 흐려지는 걸 느꼈는지 처음 보였던 그의 표정은 사라졌다. 다행히 라떼가 나와서 선배는 내 눈치를 보며 한 모금 마셨다. 또르륵거리는 눈동자가 기차에서 처음 봤던 모습을 연상시켰다.

"아, 뜨거."

어지간히도 뜨거운가 보다. 앞에 내가 있음에도 호들갑스럽게 온몸으로 표현하는 선배를 보며 나는 한참을 웃었다. 주인이 얼음을 넣은 물을 한 잔 놓고 사라졌다. 그러고 보니 라멘집에서도 이 비슷한 상황이 있었지.

"조심하셔야죠."

"너 가학적이다."

너? 가학적? 너라고 부르는 단어는 아무리 생각해 봐도 선배가 이전에는 내게 불러 준 기억이 없다. 너라니. 딱히 반박할 수도 없고, 그렇다고 정정하기도 그렇고. 기분 나쁜 것도 아니고, 호칭이 참 이상하다.

너라고 선배가 나를 부른다.

"밥은 먹었어?"

"네."

"이제 뭐 할 거야?"

"모르겠어요. 그 박물관이나 갈까 했는데 휴관일이라 하니. 그냥 근처 공원이나 다시 갈까 해요."

"일어나."

"예?"

"놀러 가자고."

그렇게 나는 그를 따라 기차를 타고 전혀 관광객이랑 어울리지 않는 한적한 바닷가를 찾아왔다. 딱 우리 동네 바닷가 같은 곳이다. 기차를 타고 다시 버스를 타고 한참을 왔는데 나중에 갈 때는 또 어떻게 가나? 설마 이 촌구석에 나를 두고 가지는 않겠지?

"근데 선배님 여기 도대체 왜 온 거예요?"

아까부터 나를 팽개쳐 두고 여기저기 사진만 열심히 찍고 있다. 선배는 내 질문에 답도 하지 않고 엉뚱하게 카메라 렌즈를 내게 향했다. 찰칵 사진이 찍혔다.

"예전에 한 번 왔는데 좋아서. 그냥 보여 주고 싶어서. 별로야?"

미안한 척 말은 그렇게 하면서도 정작 얼굴 표정은 아니다. 혼자 신나서 사진만 찍는다. 기차 안에서 선배가 보고 있던 집이 잔뜩 그려진 책이 궁금했다. 그는 지난 세월 동안 어떤 시간을 지나왔을까? 지금은 무슨 일을 할까?

"혹시 건축가 그런 거 하시는 거예요?"

"아니."

대답 한번 짧다.

"그럼 사진 작가세요?"

"아니."

또 아니란다. 꽤 고가의 카메라 같아 물었더니 그거도 아니라 하고. 나 같으면 이쯤에서 대답해 주겠네. 관두자, 내가 저 사람 직업 알아서 청탁할 것도 아니고. 시선을 바닷가로 돌렸다.

해가 짧은 여기서는 4시가 넘어가도 어두워지기 시작했다. 밀려오

는 바다 냄새는 우리 집을 생각나게 했다. 비릿한 바다 냄새. 그 냄새
에 마음이 평온해져 왔다.

바닷가와 주택가의 경계 사이의 편편한 도로에 털썩 주저앉았다.
선배는 들고 있던 카메라를 정리하고 내 옆에 같이 앉았다.

이 지역은 따뜻한지 눈도 보이지 않았다. 맨바닥이 차갑긴 했지만
그럭저럭 앉을 만했다. 머리 위로 그림자가 드리우더니 쑥 하고 커피
한 잔이 내 손에 들렸다.

"어, 이거 어디서 샀어요?"

편의시설이라고는 전혀 보이지 않는 동네에서 커피라니. 손을 반
갑게 하는 뜨거운 커피에 나는 반색을 하며 한 모금 마셨다. 선배는
내가 커피를 마시는 것을 보고 옆에 앉았다 다시 일어났다. 그러더니
목에 두르고 있던 머플러를 풀어 바닥에 깔았다.

"바닥이 차. 여기 앉아."

"괜찮아요. 좋은 머플러 같은데 그럼 안 되죠. 정 추우면 제 것도
있는데요."

선배는 다시 머플러를 주워 들고 제 목에 둘렀다.

한 번 더 묻지도 않네. 빈말이구나. 그것도 눈치 못 채고 냉큼 앉았
으면 어쩔 뻔했나.

괜히 일어나지도 않은 일에 혼자 무안스러웠다. 천천히 커피를 마
셨다. 시선이 저 멀리 점이 되어 가는 배에 머물렀다.

"오징어 배인가 봐요."

"그런가? 나는 봐도 모르겠는데."

"우리 집이 어촌이거든요. 아, 그렇다고 오징어 잡는 건 아니고 이
지역이 오징어로 유명하다고 해서요."

"그래? 그럼 혼자 따로 사는 거야?"

"동생이랑 같이 살아요. 남동생. 원래 남해가 집인데 초등학교 때

이사 왔어요. 그러다 대학 가고 1학년 때 엄마 아빠는 다시 남해로 내려가서 지금은 횟집 하세요. 선배님, 언제 한번 남해 오세요. 회 실컷 먹게 해 드릴게요.”

어제 라멘도 술도 얻어먹고 오늘 찻값도 그가 고집부리며 냈다. 거기다 여기까지 오는 기차표도 그가 지불했다. 기차 안에서 지역 특산물이라는 도시락도 주문해 주었다. 지금 내 손을 덥히는 커피까지, 고맙기도 하고 미안하기도 하고 그랬다.

“남해의 지훈 횟집. 우리 집 상호예요. 안 잊어 먹겠죠? 내가 그 이름 하지 말라고 그렇게 뜯어말렸는데도 그래요. 집에서 낮잠 자다 엄마가 가스 배달시키는 소리에 자꾸 나 부르는 줄 알고 깨고 그랬어요. 지훈 횟집을 어찌나 반복적으로 외치시던지. 집에 내려가면 그 소리에 정신이 없어요.”

“그래, 언제 한번 갈게. 절대 안 잊어 먹겠어. 지훈 횟집. 이름이 남자 같다는 소리 많이 들었겠어.”

“네. 너무도 많이요. 정작 난 그런 거 신경 안 쓰는데 부르는 사람이 더 이상한가 봐요. 남동생 이름은 지원이거든요. 동생이 나보다 이름 투정을 더 많이 했어요. 어릴 때 이름 마음에 안 든다고 같은 반 여자애 이름이랑 같다고, 울고불고 나한테 이름 바꾸자 그러고. 다행히 고학년 올라가니 그런 소리가 쏙 들어갔어요.”

해가 떨어지고 가로등이 바닷가를 밝혔다. 손목을 들어 시계를 보니 정작 5시도 되지 않았다. 나는 발을 까딱거리면서 내 신발을 쳐다보다 옆에 한 뼘은 훌쩍 더 바닥으로 내려간 그의 다리를 바라봤다.

선배의 검정색 운동화 바닥은 튼튼할까? 여기는 눈이 많이 와서 조심해야 하는데. 까딱까딱 발장난을 쳤다. 그 옆에 그의 발도 어느새 같이 움직였다. 재밌다.

“춥지? 여기서 나가는 버스 시간이 좀 더 기다려야 있어. 많이 추우면 어디 들어갈래?"

"여기 있을래요. 근데 뭐가 있긴 해요? 가게도 하나 안 보이는 거 같은데 이 커피 받고 좀 놀랐거든요."

"여기가 유명한 작가 고향이라 문학관도 있고 마을 안쪽에 보면 편의시설이 있어. 가 볼래?"

"괜찮아요. 좀 앉아 있을래요. 혹시 저 때문에 못 보고 계신 거면 다녀오세요."

"나도 괜찮아."

바람이 없어 그런지 춥지는 않았다. 바다는 고요했다. 뭐라고 말을 더 이을까 했지만 어쩐지 이 침묵이 좋았다.

다시 발만 까딱거렸다. 어둠이 점점 짙어졌다. 선배는 흠흠거리며 기침으로 나를 불렀다.

"앞으로 뭐 할 거야?"

"예?"

"회사 다시 다닐 거면 내가 알아봐 줄까 싶어서."

"저 뭘 믿고요?"

"지훈 씨, 좋은 후배였던 거 나도 알아. 일도 잘하고, 머리도 좋고. 아직도 기억에 남는 게 그 많은 업무 인계를 무슨 일이 있어도 다음 날 다 이해하고 새벽같이 나와 처리하던 거 알고 있었어. 지훈 씨 그런 성실성이 참 인상 깊었거든."

무슨 일 하냐는 질문에는 답도 없더니 내 직장까지 알아봐 준다니 잘 사나 보다.

"고맙습니다. 저 그 정도로 좋은 후배는 아니었는데. 근데 좀 쉬고 싶어요. 학교 다니는 동안 알바도 많이 하고 일을 안 했던 시기가 없었어요. 낮잠도 좀 자고, 놀고도 싶고, 일단 제 마음이 힘들어서 쉬고 싶어요."

나는 조용히 바다를 보며 말을 이었다. 말해 놓고도 내가 놀랐다. 오전에 찻집에 앉아서 했던 생각은 직장을 구해야 한다는 고민이었는데. 지쳤나 보다. 힘들었나 보다.

"미안하다. 내가 너무 성급하게 말을 꺼낸 거 같지?"

"뭐가요? 절 좋게 생각해 주신 건 감사한 거죠."

우리 등 뒤로 동네 주민이 조용히 발소리를 죽이며 지나갔다. 가로등은 시간 차를 두고 켜졌다. 옆에만 밝히던 불이 점점 길어져 갔다. 가로등 불빛이 따뜻했다. 편안하게 내 마음이 흘러간다. 적당한 파도 소리가 우리에게 속삭였다.

"······편한 사람이 있었어요. 그래서 결혼하려고 했어요. 그 친구를 처음 만난 건 고등학교 때 학원 단과반 과학 수업 때였어요. 전 수학도 싫어했지만 과학도 지독히도 못했거든요. 완전 이과 쪽은 엉망이라······. 억지로 다니던 중에 내 옆에 앉던 짝이었는데 하루는 안경을 놓고 가서 필기를 못 했어요. 그랬더니 노트를 빌려주더라고요. 남자애가 나보다 더 글씨가 이뻤어요."

차분하게 내가 말을 하는 와중에 선배는 숨소리도 내지 않고 내 옆모습을 바라보는 게 느껴졌다. 무슨 이유로 이런 말을 늘어놓고 있는지 나조차도 알지 못했다. 그날 가로등 불빛이 궁금하다고 했는지 아니면 소리 없이 흐르던 바다가 속삭였는지.

"우리는 그렇게 친해졌어요. 같이 공부도 하고, 대학도 들어가고 학교는 달라도 자주 보면서 친해지고 그러다 결혼할까 그랬어요. 근데 그 집에서 나를 싫어해요. 그 이유가 뭔지 아세요?"

나는 여태껏 바다를 보다 그에게 시선을 마주했다. 묵묵하게 들어주던 그는 역시나 말이 없다.

"우리 집이 싫다네요. 내가 어릴 때 아빠가 다른 분이 좋아지셨대요. 그러다 날 낳아 준 엄마를 놓아 버리고, 밖에서 지금 동생 지원이

를 데리고 들어왔어요. 날 낳아 준 엄마는 그렇게 떠나고 지원이 엄마
가 내 엄마가 되었죠. 참 우습죠? 이건 내가 선택한 문제가 아닌데.
그 친구 집에서는 이 사실을 알고 내가 싫다고 해요. 아버지가 바람피
워 밖에서 자식 낳아 들어온 집 사돈 맺기가 싫다는 거죠. 결혼이라는
거 나와 그 친구만 좋으면 되는 줄 알았는데 그게 아닌가 봐요. 저는
어릴 때부터 너무 평범했어요. 특별히 예쁘지도 그렇다고 못났다고
고민할 정도는 아니고. 그런 내게 갑자기 머리에 뿔이 생긴 기분이에
요. 사람들이 다 나를 보고 손가락질을 해요. 막 수군거리는 느낌이
고. 난 갑자기 막돼먹은 집 딸이 되어 버렸어요."

저 아래 있던 응어리가 넘어오려 해서 나는 숨을 한 번 삼켜야 했
다. 속이 갑갑해져 몇 번이나 숨을 몰아쉬었다. 조용한 시간이 흐르
고 다시 나는 말을 이어 갔다.

"날 길러 준 엄마는 머리를 싸매고 누웠다고 해요. 나와 엄마가 다
른 동생은 중간에서 어쩔 줄을 몰라 해요. 아빠는, 아빠는 무슨 생각
인지 모르겠어요. 밥을 먹고 잠을 자고 살아가야 할 이유를 모르겠어
요. 결혼이 깨졌는데 내 인생 전체가 다 무너진 것만 같아요."

묵직한 한숨이 말끝에 길게도 이어졌다. 내 한숨 끝에 그가 담담하
게 말을 이어 갔다.

"……그래서 부모님을 원망해?"

"그걸 잘 모르겠어요. 어떤 날은 지독하게 원망스럽고 또 어떤 날
은 허무하고, 세상에는 내가 어쩔 수 없는 일이란 게 있나 보다 그런
생각도 들고."

"정말 사랑했다면 그런 반대를 이길 수 있지 않았을까?"

나는 민석 선배가 했던 말을 꼭 내가 하는 대사처럼 소리 없이 중
얼거려 보다 다시 바다로 시선을 돌렸다.

"그것도 잘 모르겠어요. 그냥 이렇게 되는 게 순리 같다는 생각이

들기도 하고."

내 감상에 한참을 그러게 조용히 말을 토해 낸 후 한동안 넋을 놓아 버렸다. 그런 나를 그는 조용히 기다려 주었다. 어둠이 익숙하게 우리를 감쌌다.

"지훈 씨, 음…… 뭐라고 위로가 필요한 상황은 아닌 거 같아. 내가 대단한 재주가 있음 해결해 주고 싶지만 이 문제는 어쩔 수가 없겠다. 그냥 안고 살아야 할 인생인가 봐. 누구나 아프거든, 나도 너도. 다만 서로 느끼는 경중이 달라 모를 뿐이지."

생각이 많은 묻어 있는 그의 말이 천천히 허공을 갈랐다.

"사랑하는 거 뒤에 다시 생각해 보면 추억이야. 시간이 아니고 추억. 남겨지는 거. 남겨진 사랑은 내게 어찌 되었든 도움이 되기 마련이야. 내가 크는 데 도움이 되고, 내가 살아가는 데 도움이 되는 그런 거. 그렇게 끌어안고 가는 수밖에 없어. 그렇다고 던질 수도 없잖아. 짊어지고 가다 보면 그게 짐이 아니고 내 것이 될 거야. 그러면 어느 순간 편하게 받아들일 날이 오겠지."

후욱 한숨을 민석 선배가 내쉬었다. 그러고는 이내 말끔한 얼굴을 했다. 내가 보고 있는 걸 아는 것처럼 한 번 씩 웃는다. 괜히 그 모습에 내 마음이 부끄러워져 고개를 숙였다.

"털고 가. 잘 모르겠다면 그냥 그대로 살아도 상관없어. 머리에 달린 뿔, 이제 그만 생각해. 내 눈에는 네 뿔 안 보여."

그가 했던 것처럼 나도 후욱 한숨을 바다로 보냈다. 잘근잘근 볼 안쪽 여린 살을 씹으며 그의 말을 곱씹었다. 짐이 아니고 내 것이라. 그래 내 부모를 짐으로 만들 수는 없잖아. 그런 날이 올 거라면 좀 빨리 왔으면 좋겠다. 등이 더 이상 굽지 않게.

선배는 먼 바다를 한참을 바라봤다. 울리는 휴대전화를 그는 받지 않았다. 얼마나 시간이 흘렀을까 앉은 바닥에서 냉기가 올라올 즈음 선배는 내게 손을 내밀었다. 멀뚱하게 그 손을 쳐다보다 그냥 일어섰다.

"자, 이제 가야지. 버스 놓치겠어."

그가 먼저 빠른 걸음으로 앞섰다. 나는 그 뒤를 한 박자 늦게 따랐다. 자꾸만 우리가 앉았던 그 자리가 아쉬워 뒤를 돌아보게 된다. 꼭 뭔가 두고 온 기분이다.

"뛰자, 늦겠어."

미처 싫다는 내색을 하기도 전에 선배는 내 손을 움켜잡았다. 잡힌 손이 꼬물꼬물거렸다. 꼭 새끼 강아지를 안은 느낌처럼 따뜻하다.

아, 이런 느낌을 이 사람은 가지고 있구나.

우리는 가까스로 마지막 기차를 타고 돌아올 수 있었다. 난 창가에서 눈을 떼지 못하고 멍하니 앉아 있기만 했다. 그는 노트에 뭔가를 열심히 적느라 바빴다.

"감기약 남았지? 먹고 자. 바닷바람이라 만만하게 보면 안 돼."

"네."

"대충 적었어."

선배는 처음에 갈 때부터 방금 전까지 정신없이 적던 노트를 내게 건네주었다.

"나는 내일 다른 지역으로 가야 해. 가이드해 주고 싶어도 못 해줘. 그래도 비싼 비행기 푯값 내고 왔는데 유명한 곳은 보고 가야지. 홋카이도 내가 좋아하는 여행지야. 내 취향대로 몇 군데 추렸어. 오늘 같은 곳은 혼자 찾기 힘드니까 빼고. 교통 편한 곳 위주로 정리했어. 천천히 한번 다녀 봐. 너무 늦게 다니지는 말고."

노트에는 휴관일, 길모퉁이 오른쪽 앞에 보이는 빵집 슈크림 빵이 맛있다는 그림까지 그려져 있었다. 가이드 책을 내도 될 만큼 상세하게 표시되어 있었다.

"선배님."

"너무 감격하지 마. 공짜 아니야. 다음에 남해 놀러 가면 네 이름 달고 회 실컷 먹고 갈게."

"고맙습니다. 아까 선배님이 해 주신 말씀 정말 감사해요. 제가 나중에 나이를 먹으면 선배님처럼 조언해 줄 수 있는 사람이 되면 좋겠어요. 오늘 기억 평생 간직하겠습니다."

나의 진심이 얼마만큼 그에게 전달될지는 모르겠지만 눈물이 날 만큼 고마웠다. 모르는 사람에게 내 마음을 꺼내 놓았던 날. 여기 여행지를 생각할 때마다 내 대신 한숨을 날려 보내 주었던 저이가 그 속에 영원히 함께 있겠지.

"그럼 나 가지 아닌 거지?"

"예?"

"난 사실 가지 안 먹거든. 맛없고 식감도 별로라서. 그런데 지훈 씨가 나보고 가지라 그래서 기분 안 좋았어."

"아, 그런 뜻은 아니었는데."

그는 심각하게 싫어하는 가지를 씹고 있는 듯한 표정으로 말했다.

"그리고 내 눈에는 지훈 씨 예뻐. 안 평범해. 그러니 감기 걸리지 말고. 실연당했다고 울고 다니지 말고. 겨울에 울면 머리도 아프고 더 추워."

기차가 이제 역 안으로 들어서고 있었다. 나는 노트를 가방에 넣고 인파에 묻혀 기차에서 내렸다. 민석 선배는 어제처럼 내가 잘 내리는지 지켜보았다. 난 그때와 다르게 기분 좋게 받아들였다. 또 눈이 내린다. 지겹던 눈이 오늘은 달게만 느껴진다.

"가자. 호텔까지 데려다줄게."

"혼자 갈게요. 그리고 싶어요. 선배님 내일 다른 곳으로 이동하시려면 피곤하실 텐데. 오늘 너무 고마웠습니다. 정말 감사합니다."

나는 정중하게 머리를 숙였다. 누군가에게 도움을 받는다는 거, 인생을 살면서 값진 추억이 내게 생겼다. 가슴속에 꼭꼭 담아 두고 싶다.

"괜찮겠어?"

"그럼요. 멀지도 않은데."

"그래, 조심해서 들어가."

말을 하고도 선배는 돌아서지 않았다. 내가 손짓으로 얼른 가라고 하자 마지못해 돌아섰다. 그러더니 몇 걸음 가서 다시 나를 돌아봤다. 나는 커다란 동작으로 손을 흔들어 주었다. 그제야 안심했는지 그는 사라졌다. 사라지는 뒷모습을 나는 한참을 되새김질하듯 보고 또 바라보았다.

2.
내가 지워 줄게

"누나, 일어나. 밥 먹어야지."

갑자기 쏟아지는 불빛에 눈을 제대로 뜨지 못했다. 밖에서 달그락
거리는 그릇의 소리가 꿈결처럼 아련하게 들렸다. 손등으로 눈을 가
리다 아 하고 짧은 비명이 터져 나왔다. 발끝까지 저릿한 고통은 한순
간에 정신을 놓게 할 만큼 컸다. 누워 있는 나를 내려다보던 지원이
더 놀라 커다란 몸을 들썩였다.

"누나 아파?"

"응. 잘못 건드렸나 봐. 이제 괜찮아."

"실밥은 언제 뽑는 거야? 갈 때 말해. 같이 가 줄게."

"됐네요. 다음 주에 가면 돼."

여행을 다녀오고 두 달이 지나고 있었다. 그사이 시간은 겨울을 넘
어 꽃샘추위가 요란하게 지나가고 지금은 햇살이 반가운 봄이 왔다.
하지만 나는 아직 삭풍이 부는 한겨울 속에 갇혀 있었다.

홋카이도 여행을 끝내고 지독하게 아팠다. 단순히 감기 몸살로만 생각했는데 끔찍하게 열이 올랐다. 이대로 죽을 수도 있겠다 하는 의식이 마지막이었다.

신기하게 혼자 끙끙거리며 앓고 있을 때 엄마의 꿈속에 내가 울고 있더라고 했다. 그 느낌이 너무 생생해 엄마는 전화를 받지 않는 내가 걱정이 되어 도서관에서 공부하고 있던 지원에게 집에 가 보라 연락했다고 한다.

엄마의 전화가 아니었으면 나는 아마 높은 열로 머리에 꽃이라도 꽂을 뻔했다. 동네가 요란하게 구급차에 실려 가 입원을 했다.

그게 끝이 아니었다. 일주일 만에 잘 나았다 했더니 그 뒤로는 신경성 위염이 왔다. 그게 잠잠해지니 이번에는 손바닥이 찢어졌다. 병원과 집만 오가는 생활이 너무 단조로웠다. 손이 심심해 묵은 선풍기를 정리하며 날개를 닦아 조립하다 실수로 전원을 눌러 손바닥이 찢어졌다.

손까지 다치고 나니 평소 그런 걸 믿지도 않으면서 삼재라도 들었나 엄마에게 묻기까지 했다. 엄마는 내 말에 당장 유명하다는 처녀보살한테 달려가 믿을 수 없는 부적을 내 베개 속에 넣어 주었다.

그런 상황으로 엄마는 봄날 바쁜 가게를 내팽개치고 올라오셨다. 동네 아주머니가 일당 얼마에 가게 일을 대신하고 있다.

"어여 와 밥 먹어. 낮잠을 그리 자면 밤에 어쩌려고. 졸려도 좀 참지."

"괜찮아. 다시 약 먹으면 또 졸려."

"그게 진짜 잠이 아니고 약에 취해서 자는 건데, 그렇다고 약을 안 먹을 수도 없고."

엄마는 걱정이 가득한 얼굴을 하고 손짓으로 식탁에 앉으라 했다.

"엄마, 또 곰국? 제발 그만하자. 지겹단 말이야."

"이게 무슨 곰국이니? 미역국이지."

"곰국에 끓인 미역국. 똑같은 거잖아."

요즘 밥상은 곰국 아니면 추어탕이다. 이제는 목에서 소 울음소리가 나오거나 몸이 미꾸라지처럼 꿈틀거릴 지경이다. 그동안 내 몸무게는 최악을 달렸다. 병원을 다녀오다 기운이 딸려 그대로 주저앉을 정도였다. 달빛에 눈이 시려 잠이 깊게 들지도 못하고 정신은 붕 떠 있었다.

나는 주저앉아 일어설 줄을 몰랐다. 그렇게 난 낙타가 되어 버렸다. 힘든 기색 하나 없이 거친 사막을 달리다 표시도 안 내고 갑자기 무릎 꿇고 죽어 버렸다는 소설 속의 설명처럼 나는 무너졌다. 피가 나는 줄도 모르고 가시 박힌 풀도 우걱우걱 먹던 낙타가 나였다. 나는 죽지는 않고 꼬꾸라져 일어날 줄을 모르고 있다.

홋카이도에서 만난 선배의 말처럼 내 것이 되려고 하는지, 아니면 난 그런 사람이 못 되는 그릇이라 그런지 지독하게 아프고 있다.

"엄마, 그만 내려가지."

"왜, 내가 있으면 불편해?"

"엄마, 있어. 엄마 있으니깐 청소도 해 주고 나는 좋아. 오래오래 있어."

지원이는 나와 다르게 라면 한 그릇을 잽싸게 끓여 와 후루룩거리며 먹었다. 그러면서 제 엄마에게 칭얼칭얼 앵앵거린다. 다 큰 놈이 저런다. 나도 엄마랑 격의 없다 하지만 지원이처럼 그러지 못한다. 이런 거 보면 핏줄이 달라 그런가. 입맛이 없던 수저를 그대로 물렸다. 거실로 나와 티브이 채널을 돌리기만 했다.

"더 먹어."

"입맛 없어."

"그래도 더 먹어. 아니면 다른 거 해 줄까?"

"라면."

안 되는 소리인 줄 알면서도 광고 속의 라면을 보면서 침이 꿀꺽 삼켜진다. 좁은 거실에 지원의 라면 냄새가 가득했다. 엄마는 괜히 지원이에게 소리를 꽥 지른다.

거실의 전화벨이 울렸다. 이 시간의 집 전화는 아빠다. 언제나 서 먹한 나와 아빠 사이에 전화 통화는 더 어색해 받고 싶지 않았지만 전 화가 곁에 있는 죄로 피할 수도 없다.

"여보세요."

– 음, 지훈이냐?

"네. 엄마 바꿀게요."

– 응, 그래.

전화 속에서 아빠가 다행이다 싶은지 안도의 숨소리가 흘렸다.

"병원비는 얼마 안 나왔어요. 훈이가 전에 다니던 회사 사람들이 어찌 알아보고 할인이 돼서. 딸 잘 키운 보람이 여기서 나오네. 우리 딸이 그 비싼 병원비도 척척 깎아 왔어요. 그만뒀어도 회사 사람들 이 이 사람 저 사람 찾아오더라. 들어온 음료수가 얼마나 많던지 내 가 퇴원하면서 다 나눠 주고 왔다니까. 그래도 꽃바구니는 다 챙겨 왔어요. 그건 아까워서. 며칠 더 훈이 약 먹는 거 보고 갈게요. 기범 이 엄마 일당 딱딱 당일로 챙겨 줘요. 우리 때문에 물일도 못 나가는 데……."

많이 과장이 섞인 말로 엄마는 아빠와 길게도 통화를 했다.

우연히 병원에 일로 왔던 다른 부서 직원이 지나가다 나를 알아보 고 그게 전달되어 몇 사람이 다녀갔다. 알음알음 인맥으로 할인이 조 금 되었는데 이게 무슨 대단한 연줄이라도 된 듯 엄마는 자랑이다.

"엄마, 그만해. 남이 들으면 웃어. 그리고 나 지금 백수야. 뭐 자랑 할 게 있다고."

"그게 무슨 자랑이라고. 있는 이야기 하는 건데."

"있는 이야기라도 그만. 참 내가 선물 사 온 거 아직 안 줬지? 잠깐만."

또 길어질 이야기를 일부러 자르고 방으로 가서 이제야 여행 가방을 풀었다. 그동안 앓느라 여행의 흔적을 고스란히 끌어안고 있었다. 가방을 뒤지며 면세점 봉지를 찾는데 그 속에 민석 선배의 노트가 같이 잠자고 있었다.

초록색의 노트는 제법 두툼한 두께와 종이 질의 사각거림이 좋았다. 한 장씩 넘기는데 업무용으로 사용했던 노트인지 내가 모르는 내용이 빼곡하게 적혀 있었다. 혹시나 중요한 내용인가 싶어 걱정이 되었다. 뒷장을 펼쳐 봐도 딱히 연락처도 없다.

살살 걱정이 밀려왔다. 정말 중요한 노트 같으면 다시 받을 기약도 없는 내게 건네지 않았겠지. 노트는 책상 서랍에 밀어 넣었다.

"엄마, 이거 화장품. 다른 건 몰라도 자외선 차단제는 꼭 발라. 엄마는 바다 일도 많이 하잖아. 그러니 더 챙겨 발라야 해. 안 그럼 늙어. 엄마도 예쁜 거 좋잖아. 가꿔야지."

"뭘 이런 걸 다 사 와? 너 필요한 거나 사 쓰지."

말은 그리하면서도 엄마는 뚜껑을 열고 향이 좋다며 환하게 웃으셨다.

"아끼지 말고 발라. 비싼 거 아니야."

"훈이 네 화장품은 있어?"

"내 화장대를 봐. 넘쳐 나. 떨어지면 말해. 내가 사다 줄게."

"뭐하러, 너도 바쁜데."

"잊어 먹었어? 엄마 딸 백수야."

"네가 그동안 고생했다. 대학 때부터 한 번도 제대로 못 놀아 봤으니. 남들은 다 배낭여행이다 뭐다 하면서 방학 때 놀러 갈 때도 넌 여름에 땀 뻘뻘 흘리면서 알바 했잖아. 네 아버지 인쇄소만 안 망했어도. 기술도 없는 양반이 그거 한다고 할 때 그리 말렸건만. 엄마가 미안해."

"무슨 이야기가 갑자기 아빠 인쇄소 망한 이야기까지 나와? 엄마, 나 머리 좀 감겨 줘."

엄마의 한바탕 눈물을 쏟는 레퍼토리가 시작되려는 것을 막았다. 다친 손이 오른손이다. 그러니 씻는 일이 힘들었다. 윗옷을 대충 벗고 먼저 욕실로 들어섰다. 엄마는 뭐라도 내게 도움을 줄 일이 있다는 게 신이 나 팔을 걷어붙이고 들어왔다.

향이 좋은 샴푸로 엄마는 기운 좋게 머리를 벅벅 긁어 감겨 주었다. 내 손으로 감는 것보다 엄마의 손길이 좋아, 내려가신다면 이것도 그리울 거 같다.

"훈아, 계속 이렇게 둘 거야?"

"뭐가?"

"너무 짧잖아."

"안 예뻐? 누가 나보고 예쁘다 그랬는데."

불현듯 내게 평범하지 않고 예쁘다고 했던 민석 선배의 말이 생각났다. 노트 탓이겠지. 그때의 선배의 숨결, 홋카이도 거리의 냄새까지 생생하게 떠올라 기분이 묘했다. 그런 내 상념을 깬 건 숨 넘어가게 웃는 지원이었다.

"누가 누나한테 예쁘다 그래? 돈 필요한 사람이었나?"

"이것아. 누나한테 그런 소리 할래?"

엄마와 지원이 투닥인다. 불편한 손으로 대충 머리를 털어 내는 중에 엄마가 드라이어를 들고 와 나를 앉혔다. 윙- 드라이어 소리가 요란했다. 잠깐 소리가 멈추고 엄마가 일어나더니 빗을 들고 다시 내 뒤에 앉았다.

"됐어. 내가 할게."

나는 엄마 손에 들린 빗을 쌩하게 뺏어 들었다. 혼자 거울을 보면서 머리를 빗었다. 어릴 때부터 머리는 직접 빗었다. 날 낳아 준 엄마는 좋은 엄마는 아니었지만 머리를 빗겨 줄 때는 예외였다.

어촌 마을에서 나처럼 예쁜 머리 모양을 가진 아이는 없었다. 어느 날은 포니테일일 때도 있었고 어느 날은 고데기로 굽이굽이 웨이브를 넣어 주기도 했다. 엄마가 정성 들여 머리를 빗겨 주면 빗자국이 가지런히 남은 그 모양으로 조심해서 뜀박질을 하고 놀았다.

그런 엄마가 떠나고 나는 혼자 미용실을 가서 머리를 잘랐다. 목덜미가 허전하던 기억이 선명해져 괜히 시린 목을 손으로 훑어 내렸다.

그 뒤로 나는 새엄마에게 내 머리를 맡기지 않았다. 왠지 그것까지 새엄마에게 넘긴다면 그건 내 생모를 완전히 도려내는 행위 같았다. 한동안 잊고 살았는데 바보 같은 나는 어른이 되지 못하고 있다.

한숨이 푸욱 나와 머리를 말리고 방에 그대로 누웠다. 기운이 달려 숨이 차 올라왔다.

"누나, 소개팅 할래?"

방바닥에 몸을 웅크리고 멍하니 넋을 놓았다. 방문을 열고 내 하는 모양을 한참 보던 지원이가 엉뚱한 소리를 했다. 내가 아픈 거에 같이 놀랐는지 나중에 엄마 말에 의하면 응급실에 나를 데려다 놓고 반쯤 넋이 나가 있더란다.

"우리 과 선배인데 누나 우연히 보고 계속 조른단 말이야."

"네가 졸랐겠지."

귀찮아져 지원의 말을 건성으로 듣고 이불을 끌어다 머리까지 뒤집어썼다. 내가 현준이랑 헤어졌다는 소리에 나를 아는 모든 이들은 중매쟁이로 변신했다. 온갖 남자를 다 끌고 왔다. 사랑은 다른 사랑으로 잊어야 한다나.

불쑥 이불이 젖혀졌다.

"누나, 한번 만나 봐."

"너 맨날 나보고 성질 더럽다면서. 그런데 소개팅을 어떻게 하냐?"

"괜찮아. 원래 여자는 성격 그런 거 상관없어. 예쁘면 장땡이야. 남자는 말이지 머리 길고 예쁜 여자, 머리 짧고 예쁜 여자, 성격 착하고 예쁜 여자, 못되고 예쁜 여자 좋아해. 예쁘면 게임 끝이야."

"야, 너 아까 나 예쁘다고 한 사람 돈 필요하냐고 했어."

지원이는 멋쩍은지 갑자기 거북한 미소를 달고 애교를 떤다. 징그럽다고 확 밀쳐 내자 아프다는 시늉을 하면서 엄마를 불렀다.

"지원아, 적당히 해. 나도 감정을 추스를 시간이 필요하잖아."

"누나, 아직 현준이 형이랑 정리 안 된 거야?"

"그런 건 아니야. 근데 한동안은 단순하게 살고 싶어."

지원이는 더 이상 다른 말이 없었다. 눈이 뻑뻑했다. 불을 끄고 침대로 올라가 제대로 누웠다. 마음이 심란해 뒤척여졌다.

그때 조용하게 문이 열렸다. 열린 문으로 거실의 밝은 불빛이 새어 들어왔다. 엄마다. 같이 자자고 해도 편하게 있으라고 머무는 동안 거실에서 주무셨는데 오늘은 베개까지 들고 들어오셨다.

"훈아, 우리 같이 잘까?"

"웬일이슈? 기분이다. 내가 같이 자 줄게."

거실 불을 의지해서 방바닥에 이불을 펴고 엄마 옆에 같이 누웠다. 어색하다. 생각해 보니 엄마와 내가 같은 방에 누워 잠을 잔 적이 없다. 나는 옆으로 누워 자는데 지금 그런다면 엄마가 서운해할까 싶어 그러지도 못한다. 더 불편하다. 엄마의 숨소리는 잠들지 못하고 있다.

"훈아, 자?"

"아니. 엄마도 잠 안 와?"

"그러게. 우리 딸 옆에 같이 누우니 설레서 잠이 안 오나 보다."

괜한 엄마의 너스레에 내가 몸을 틀어 가까이 누웠다.

"엄마, 잠 안 오면 우리 심야 영화라도 보러 갈까?"

엄마는 내 말에 고개를 저었다. 그 동작에 이불이 바스락거렸다. 엄마가 내게로 몸을 돌렸다. 어둠에 익숙해진 시야에 엄마의 얼굴이 어렸다.

"훈아, 너 내 딸 맞지?"

떨리는 엄마의 목소리다. 나는 조금 당황했다. 부러 아닌 척 어둠 속에서 웃는데 엄마는 그런 나의 얼굴만 자꾸만 쓰다듬었다. 엄마의 손은 거칠고 바다 일을 하는 사람이라 늘 희미하게 비린내가 남아 있다.

"훈아, 난 한 번도 네 새엄마 된 거 후회한 적 없다. 옛말에 죄 많은 사람이 남의 자식 키운다고 했지만 난 복이 많아 네 엄마 된 거라 생각해. 그런데 이번에 네 결혼 틀어지고 나서 내가 정말 나쁜 년이다 했다. 사실 너 처음에 많이 미워했어. 너만 없으면 우리 지원이랑 네 아빠 온전한 가족인데. 그래서 네가 싫더라. 말을 사근사근하게 하는 딸도 아니고 그때 넌 늘 고개를 숙이고 나를 제대로 쳐다보지도 못했어."

이 말을 하기까지 엄마의 깊은 고뇌가 느껴졌다. 젖어 가는 엄마의 목소리, 떨리는 숨결이 괜히 내 탓 같아 미안해졌다.

"너 아니? 내가 그 집에 들어가고 훈이 너 한동안 아침마다 울던 거? 세수하는 너를 가만 쳐다보면 물속으로 눈물이 뚝뚝 떨어지더라. 어린것이 아침마다 서러워 내색도 못 하고 세숫대야에 눈물을 쏟아 내는데 내 마음도 아팠어. 세수를 혼자 하고 수건으로 물기를 닦아 내면 눈이 빨개져서는. 그때를 생각하면 지금도 내 손끝이 저려."

그랬다. 아침이 되면 행여나 나의 생모가 와서 어깨를 숙이고 도마에 파를 썰고 있지 않을까 밥을 하고 있지 않을까 했다. 그건 나의 상상 속에서만 존재했다. 칼질을 하는 사람은 지원이 엄마였다. 아닌 걸 알고 돌아서서 세수를 하면 그렇게 눈물이 났다. 세숫대야에 눈물을 담고 있던 어린 시절의 나를 엄마도 기억한단다.

"그때가 언제였을까. 해가 일찍 떨어져서 밥하다 가게에 가서 뭐 좀 사 오라고 시켰더니 고개만 떨구고 대답을 안 했어. 평소 심부름도 잘하고 집안일을 잘 돕던 아이가 어디 아픈가 해서 물었더니, 갈 수는 있는데 동네 사람들이 새엄마라 밤에 심부름 시킨다고 뭐라 할 거라고. 내일 아침에 가면 안 되냐고 그러더라. 넌 그런 딸이었어. 언제나 착하고 내가 다른 사람한테 안 좋은 소리 들을까 그 어린 나이에도 너는 속이 깊었다. 그런 널 나는 네가 없었다면, 없었다면 그런 생각을 했으니……."

아무리 기억을 더듬어도 나는 그런 기억은 남아 있지 않았다. 지원이 엄마가 우리 집으로 들어오고 동네 사람들은 내가 지나가기만 하면 수군거렸다.

아이에게는 예의 따위는 필요치 않다고 생각하는 무리는 네 엄마 어딨냐는 말을 걱정인 척하며 호기심이 가득한 눈빛으로 나를 지켜봤다.

이불 속으로 엄마가 내 손을 자꾸만 쓰다듬었다. 울먹이는 목울대가 몇 번이나 올라갔다 내려갔다 하는 것을 나는 어둠 속에서 보고만 있었다. 엄마의 한숨 소리가 내 숨결을 휘감았다.

어느 정도 목소리가 진정이 되었을 때다. 뭔가 결심을 한 듯 더 큰 한숨을 내놓았다.

"미안하다. 훈아, 네가 고등학교 무렵 네 엄마가 찾아왔었다."

나는 처음 듣는 이야기에 숨이 꽉 막혔다. 뭐라고 대답을 하지도 못하고 멍하니 엄마의 입만 쳐다봤다.

"네 아빠도 몰라. 나만 알아. 그때 어떻게 알고 네 아버지 인쇄소 근처에 와서 전화를 했더라. 너를 한 번만 보고 싶다고. 근데 내가 안 된다 했어. 한창 공부하고 예민한 사춘기에 그러면 힘들다고 네 핑계를 대며 거절했는데. 실은 내가 싫었어. 네 엄마가 너 데려간다 그러면 어쩌나. 내 눈에도 이렇게 예쁘고 착한 딸인데 제 엄마 눈에는 더 얼마나 차고 넘치게 이쁠 거야. 그러니 너를 보여 주기 싫었어."

엄마는 어둠 속에서 자꾸 내 머리를 쓰다듬고 얼굴을 매만졌다. 몰랐던 사실을 알게 된 나는 손끝이 떨렸다.

"훈아, 네 엄마 지금 어디 있는지 나 알아. 알면서도 감췄어. 근데 너 결혼 이렇게 되고 보니 내가 억지로 막고 있는 게 과연 잘한 일인지 후회 중이야. 지금 재혼해서 잘 산다고 들었어. 네 책상 서랍에 연락처 있어. 그렇게 네 아버지랑 헤어지고 서울에서 살았다고 하더라. 혹시 지나가면서 너랑 만났을지도 모르잖아. 서로 몰라보면 안 되잖아."

귀가 먹먹해졌다. 생모가 나를 찾아왔다는 이야기부터는 제대로 들려오지도 않았다. 모든 생각이 그쪽으로만 넘어갔다.

엄마도 나도 잠 한숨 못 자고 아침이 밝았다. 엄마는 예정에도 없이 내려간다고 했다. 나는 잡지도 못했다. 말은 일해 주기로 했던 기범 엄마가 물질을 나가야 한다고 했지만 정말 그 탓일까.

엄마는 급하게 반찬을 장만해서 냉장고에 채우고 내 머리를 다시 감겨 주었다.

나는 부산한 그 틈에서 책상 서랍을 열었다. 한참을 물끄러미 봉투를 보다 풀을 꺼내 입구를 단단히 막아 놓았다. 마음은 그것으로도 안심이 안 되어 테이프를 쭉 뜯어 입구를 봉해 버렸다. 손은 자꾸만 떨렸다.

주섬주섬 방바닥에 늘어놓은 책을 정리하고 한 손으로 불편하게 청소를 했다. 엄마는 음식을 하던 도중에 쫓아오셨다. 그냥 두라고, 내 방 청소까지 해 주고 가겠다고 했지만 나는 괜찮다며 오랜만에 제대로 몸을 움직였다.

창문을 활짝 열었다. 바람이 점점 가벼워지기 시작했다. 바닥에 놓인 충전기에서 휴대전화를 분리하고 전원을 켰다. 며칠 전 충전시키면서 전원을 켜 두지 않았던 게 지금껏 그대로다.

어쩐지 전화가 너무 조용했다. 전원을 켜자마자 요란하게 알림이 울리기 시작했다. 문자 메시지가 끝도 없이 쏟아졌다. 스팸 문자와 몇 개의 안부 문자 메시지가 간간이 보였다.

카드 값이 얼마라는 메시지에는 이제 내가 돈을 벌지 않으니 아껴 살아야겠다 다짐을 했다. 예전 회사 동료의 괜찮냐는, 병문안 가지 못해 미안하다는 말에는 활짝 웃는 이모티콘을 함께 보내며 다음에 밥이나 먹자 했다. 그리고 마지막으로 모르는 번호의 메시지는 간단했다.

[김민석입니다. 연락 부탁드립니다.]

난 한참 동안 메시지를 바라봤다.

오랜만에 만끽하는 햇살에 눈이 부셨다. 환한 밝음이 부담스러워 반대편 의자로 옮겨 앉았다. 평일 오후 수많은 건물 사이의 카페는 시끄러웠다.

민석 선배의 문자 메시지를 받고 전화를 해야 되나 며칠을 고민했다. 메시지가 온 시간은 내가 확인한 이틀 전이었는데 그 뒤로 별다른 재촉이 없는 걸 보면 단순한 안부 메시지일 수도 있다고 생각했다.

그러다 마음의 짐으로 남은 엄마가 건네준 봉투 옆에 있는 노트가 나를 이곳으로 오게 했다. 그에게는 중요한 노트일 수 있는데. 걱정과 염려가 바위에서 산으로 커져 갈 때쯤 나는 연락을 했다.

다시 볼 수 없는 사람이라고 생각했다. 그러기에 밑바닥까지 내려갔던 마음을 보였는데 그런 사람을 훤한 대낮에 말짱한 정신으로 대면할 자신이 없었다. 노트가 아니었다면 길 가다가도 알은척하고 싶지 않았다.

결심을 하고 연락하기까지도 힘들었다. 밝게 인사를 해야 하나 아니면 사무적으로 해야 할까 한참을 고민했다. 예의만 차리자 하고 전화를 했지만 정작 나는 첫마디가 안 나와 어어어만 몇 번을 했다. 전화 너머에서 선배는 한숨을 쉬더니 '지훈 씨?' 하며 먼저 말을 시작했다.

역시나 선배는 내게 어려운 사람이었다.

내 전화에 선배는 한번 보자고 했다. 당장 노트가 급한가 당황스러워 나를 놀라게 했지만 정작 우리는 쉽게 만날 수가 없었다.

그는 회사 일로 지방 출장을 다녀온다 했었다. 그 뒤에는 내가 집에 내려가 봐야 할 일이 생겼다. 그 뒤엔 또 나의 병원 진료가 몇 번이나 있었다. 우리는 첫 전화에서 2주를 넘겨서야 약속을 잡을 수 있었다.

시간이 6시를 넘어가자 건물에서 사람들이 우르르 쏟아졌다. 순식간에 길거리에는 몇 달 전 내 모습 같은 사람들로 넘쳐 났다. 창가에 자리를 잡고 앉아 그들을 내려다보면서 새치처럼 섞인 내가 어색했다.

행여나 입고 나온 옷이 어색해 보일까 보이지도 않는 먼지를 몇 번이나 털었다. 몇 달 만에 제대로 해 보는 화장이 이상해 자꾸만 거울을 꺼내 살폈다.

"일찍 왔어?"

거울을 꺼내 머리를 매만지다 위에서 울리는 목소리에 놀라 벌떡 일어섰다. 좁은 테이블을 사이에 두고 그와 마주했다. 좁디좁았던 일본에서의 찻집이 떠올랐다. 순식간에 나를 그곳으로 이끌었다. 한 손에 재킷을 들고 있는 선배가 그때의 그가 되어 반가웠다.

"어, 금방 오셨네요."

"회사가 근처거든."

그는 앉으면서도 내 얼굴에서 눈을 떼지 못했다. 오랜만에 화장을 하면서 자꾸 눈썹이 어색했다. 그걸 눈치챘나 싶어 고개를 슬쩍 숙였다. 선배는 어색한지 헛기침을 몇 번 했다.

"커피 마셨어?"

"네. 아, 선배님도 차 드셔야죠? 뭐 드실래요?"

내가 가방을 뒤져 지갑을 꺼내며 묻는데 그는 대답도 없이 성큼성큼 일어나 아래층으로 내려갔다. 곧 트레이도 없이 음료만 달랑 들고와 앞에 앉았다. 그도 어색한지 음료를 마시며 조용했다.

"어디 아파? 얼굴이……."

아, 눈썹이 아니구나. 다행이다. 괜히 민망해져 손바닥으로 뺨을 한번 식히고 그를 바라봤다.

엄마가 이것저것 챙겨 주는 음식이며 약을 먹고 있음에도 아직 몸무게는 예전으로 돌아오지 못했다. 조금 무리라도 하면 체력이 달려 요즘은 지원이가 모든 집안일을 다 하고 있다.

"좀 아팠어요. 그게 보여요? 그래도 선배님 뵙는다고 오랜만에 화장도 하고 신경 썼는데. 실은 저 입원했다 얼마 전에 퇴원했어요. 그동안 보험 꼬박꼬박 넣은 거 내가 타 먹을 일이 있겠나 했는데 보험금도 타고. 선배님도 보험 든 거 있어요? 입원비 보장 그런 게 있어서 도움이 되더라고요."

"어? 보험? 있어."

말을 하면서도 이게 아닌데 했지만 긴장한 나는 생각과 다르게 보험설계자가 되어 그에게 묻고 있었다. 그렇지 않아도 어색한 자리가 더 이상해졌다. 식은 커피를 냉수처럼 홀랑 마셨다. 아직 속이 좋지 않아 찬 커피에 한기가 서렸다. 몸이 저절로 떨렸다.

"나가자. 밥은 먹어야지."

버릇인지 선배는 또 혼자 급하게 일어섰다. 대답도 안 했는데. 급하게 우리가 마신 잔을 챙기고 있자 앞서 걷던 그가 뒤돌아 나를 보고 당황한 얼굴을 지었다. 그러더니 내 손에 들린 잔을 뺏다시피 들고 정리를 시작했다. 남은 음료를 버리고 아무렇게나 쌓인 다른 트레이를 착착 포갰다. 순식간에 선반 위는 깔끔해졌다.

물끄러미 선배를 바라보다 예전의 사수였던 그가 떠올라 서늘해졌다. 하긴 그런 사람이다. 서류 정리도 완벽했고 책상 위의 서류도 흐트러짐이 없었다. 저런 사람도 실수라는 걸 할까?

입김이 하얗게 나오던 바닷가에서의 내 투정이 선배에게는 바보같이 보였을 거란 생각이 들었다. 나오지 말걸. 이런 나의 후회와는 다르게 그는 카페를 나와 무작정 앞서 걸었다.

그의 뒤를 쫓다 요즘 내 체력으로는 감당하기 힘들어 뒤처졌다. 나와 그 사람 사이로 많은 사람들이 스쳐 지나갔다. 간격은 조금씩 벌어졌다. 이내 그는 시야에서 사라졌다.

휴우, 그제야 뭉쳤던 숨이 몰아 나왔다.

이대로 집으로 갈까? 집에 가서 라면이나 끓여 먹어야지. 나중에 전화 오면 배터리가 다 되었다 그럴까? 따라갔는데 아무리 찾아도 안 보였다 그러면 될까? 아, 노트가 있지. 그건 택배로 보낸다고 하자.

그래, 얼른 집으로 가자.

나는 무책임한 변명을 속으로 몇 개나 만들었다.

"나 여기 있는데."

갑자기 내 시야에 들어온 것은 선배였다. 너무 놀라 짧게 소리까지

지르면서 기겁을 했다. 오랜만에 신은 힐에 삐끗해서 그가 내 팔을 잡아 주기까지 했다.

"아, 제가 일부러 놓친 건 아니고요."

묻지도 않은 변명을 시작하다 혼자 놀라 입을 다물었다. 도망가긴 글렀다.

"내가 너무 빨리 걸었지? 옆에 보니 없어서. 천천히 걸을게."

그렇게 우리는 어색한 동행을 다시 시작했다. 10여 분 뒤 그를 따라 정갈한 식당에 들어섰다. 들어오면서 확인한 입구의 안내판은 삼계탕집이었다.

신발을 벗고 조용히 들어가 자리를 잡고 앉았다. 어디선가 직원이 나타나 물 두 잔과 메뉴판을 놓고 사라졌다. 너무 조용해서 물 따르는 소리가 청명하게 퍼졌다.

메뉴는 딱 두 가지다. 삼계탕과 민물장어구이. 여행 내내 얻어먹기만 해서 오늘은 내가 사야겠다 하고 생각하고 있다가 금액을 보고 놀랐다. 마시던 물이 갑자기 얹혔다.

가격이 보통 수준이 아니다. 여기 닭은 금 사료를 먹였나? 세상에, 이거 두 개 먹으면 우리 집 수족관 고기로 선배와 나는 회식도 하겠다.

"삼계탕 둘 주세요."

가격에 놀라고 있는 와중에 선배는 내게 묻지도 않고 주문을 했다. 내가 장어 먹고 싶으면 어쩌려고. 시선을 마주하기도 그렇다고 피하기도 어색했다. 아무 말 없이 물수건만 만지작거렸다. 민석 선배의 시선이 꼼지락거리는 내 손에 맴돈다.

"그 친구…… 다시 만나는구나."

"예?"

"글씨 잘 쓴다는 그 친구."

왼손에는 빛나는 반지 하나. 그의 시선은 한참을 그렇게 반지만 뚫어지게 쳐다보고 있었다. 나는 그런 그의 시선이 무안해져 오른손으로 반지를 덮어 버렸다.

"아…… 이 반지. 그거 아니에요. 헤어지고 반지를 뺐더니 너무 허전해서 제가 직접 샀어요. 이쁘죠? 생각보다 비싸서 좀 당황했어요. 애꿎은 감상에 좋아 보이는 걸 샀다가 카드 값만 고생이죠."

민석 선배는 반지를 한참 뚫어져라 쳐다보았다. 내 손은 그의 시선에 수전증처럼 떨려 왔다.

당황스러웠다. 속을 알 수 없는 사람이다. 하긴 다시 만난 것도 그렇고 생각해 보면 여행지에서의 만남도 묘하다. 생각해 보면 별거 아닐 텐데. 살다 보면 언제 어디서든 수학적 확률로 설명할 수 있는 만남이란 게 존재한다.

괜히 감상적으로 그와 나를 엮으려다 화들짝 놀라 속으로 생각을 밀어 넣었다. 이런 내 생각을 읽기라도 할까 봐 고개를 팍 숙였다.

"삼계탕 나왔습니다."

어색한 공기를 가르고 음식이 나왔다. 뜨겁게 올라오는 김을 가만히 쳐다보았다. 불쑥 그릇 안으로 닭다리가 들어왔다. 선배가 자신의 그릇에서 뚝 떼어 내게 옮겨 준 것이다. 닭다리만 네 개다. 난 닭다리 싫어하는데.

그릇 속에 삐죽 솟아오른 네 개의 닭다리와 선배를 번갈아 봤다. 그는 칭찬을 바라는 아이처럼 으쓱한 표정이다.

먹기 싫은데. 예의 차리고 고맙습니다 해야 하나? 별로 안 당기는 고기 국물이다. 거기다 닭다리까지. 인사 차리다 체하기라도 하면 그것도 큰일이다. 다리 두 개를 그의 그릇으로 다시 옮겨 주었다.

"저 닭다리 싫어해요. 선배님이 가지를 싫어하는 것처럼."

기분 나빠 할까 봐 최대한 방긋 웃으면 괜찮다는 표정을 지었다. 배 속을 갈라 보니 전복에 산낙지에 온갖 한약재가 다 들어 있다. 그래도 비싼 값을 한다 싶어 다행이다 했다.

집이 식당을 해서인지 가끔 얼토당토않게 비싼 음식이면 그 이유가 궁금했다. 지원이도 어디 잘된다는 식당이라도 가면 구석구석 살펴보게 된다고 했다. 이런 거 보면 식당 집 아들딸이 맞다.

그동안 고기 국물이며 한약을 물리게 먹어 앞에 놓인 삼계탕이 반갑지 않지만 억지로 떠먹기 시작했다.

"왜, 입맛에 안 맞아?"

그런 내 표정을 읽었는지 민석 선배는 조용히 먹던 수저를 내려놓고 나를 빤히 봤다.

"실은 아프면서 엄마가 매일 곰탕에 그런 걸 너무 물릴 정도로 해 주셔서요. 심각한 건 아닌데 위염까지 와서 죽도 많이 먹었거든요. 근데 이건 맛있어요. 일부러 저 생각해서 데려오신 거죠? 잘 먹겠습니다."

"삼계탕이 지친 몸을 회복시켜 주고 원기를 북돋아 준다고 해. 인삼은 면역증강에 심장수축 기능도 있다고 하니까 많이 먹어."

어디서 허준 선생이 오셨나? 수저를 들고 그의 얼굴을 뚫어져라 봤다. 입에서 술술 한참이나 무슨 효능에 대해 설명을 하는 시선이 내게와 있었다. 아니다. 정확히는 내 뒤를 바라보고 있었다. 고개를 돌려 벽에 뭐가 있나 하고 보다 웃음이 쏟아졌다.

벽에는 삼계탕 사진과 함께 방금 그가 읊어 준 효능에 대해 길게도 적혀 있었다. 글씨도 깨알 같은데 눈도 좋아.

"선배님 그런 식으로 따지면 감자탕으로 암도 고칠 수 있어요."

저렇게 말하는 선배가 좀 신기해 통 내뱉듯 나도 모르게 말이 나왔다. 예쁘게 말할걸 하는 후회는 이미 늦었다. 괜히 미안해져 열심히 먹기 시작했다. 낙지를 꼭꼭 씹어 먹고, 전복도 먹고 살코기도 야무지게 발라 먹었다. 처음에 먹기 싫었던 마음은 어디 갔는지 수저로 바닭까지 긁으며 국물까지 다 먹었다.

"다음에는 지훈 씨 먹고 싶은 거 먹으러 가자. 사 줄게. 말해 봐."

"정말요? 매운 낙지볶음, 순대, 떡볶이, 빵, 라면 이런 거요. 한동안 너무 같은 것만 먹었더니 좀 진한 MSG 맛이 느껴지는 그런 게 당겨요."

딴에는 묵직하게 가라앉으려는 분위기를 바꿔 보려 밝게 말했다. 앞에 앉은 선배는 이런 나와 다르게 너무 진지하게 듣고 있어 조금 난감해졌다. 말을 마치고 어색한 침묵에 나는 헛기침을 몇 번 했다. 그러다 눈에 닿는 내 가방 속에 있던 노트에 시선이 멈췄다.

"참, 이거 잘 봤어요."

후식으로 나온 녹차 잔을 살짝 밀어 놓고 노트를 선배 쪽으로 밀어 주었다.

"앞에 제가 살짝 봤어요. 중요한 거 같은데 늦게 드려 죄송합니다. 변명이지만 연락처도 모르고 아, 근데 제 연락처를 가지고 계셨어요?"

"응. 예전 번호 갖고 있었거든. 문자 보내면서 혹시 번호 바뀌었을까 봐 걱정했어."

"네."

선배는 노트를 챙기지도 않고 뭔가 잊었다는 듯 가방을 뒤져 내게 봉투 하나를 내밀었다. 선뜻 열어 보지 못하는데 '어서' 하는 그의 눈빛에 조심스럽게 봉투를 열었다. 빳빳하게 손에 잡힌 건 사진이었다. 무슨 사진인가 의아해 조금 더 꺼내 확인을 한 순간 갑자기 쿵 심장이 내려앉았다.

그건 내 사진이었다. 홋카이도 어느 어두운 바닷가, 입김이 하얗게 나오던 서늘하게 차갑던 날의 나였다.

"몰래 찍어 미안. 그거 주려고 연락했어."

나는 한참 사진을 들여다보았다. 톡톡 손으로 다듬어 놓고, 묻어 놓고, 그렇게 사는데 어제의 아픈 내가 다시 나타나 잠식해 들어갔다. 홋카이도 바닷가에 아직도 내가 그대로 있다.

"기분, 안 좋아?"

말없이 사진만 보던 나를 깨운다. 고개를 들고 물끄러미 선배를 바라보다 어색하게 한 번 웃었다. 삼계탕의 인삼이 효험이 있나 보다. 심장이 쿵쿵 힘차게 뛰었다.

"좀 이상해서요. 그때 그 상황 그런 게 고스란히 느껴지기도 하고. 선배님 사진 참 잘 찍으셨어요. 이제 우리 일어날까요?"

"지훈 씨, 내가 실수한 거야?"

조심스러운 그의 말투에 나는 다소 과장스럽게 아니라고 손까지 저어 가며 괜찮다 했다. 그래도 그의 표정은 굳은 채였다.

"정말 괜찮아요."

나는 기분을 정리하고 영수증을 챙겨 카운터에 섰다. 카드를 내미는 내게 주인은 이미 계산이 끝났다고 했다. 지갑을 들고 민망하게 주인을 향해 웃다 뒤에 선 그를 바라봤다. 내 표정에 그는 별거 아니라는 표정으로 가게를 나섰다.

"제가 계산해야 하는데 매번 받아먹기만 해서 어쩌죠?"

"바람 좋은데 좀 걸을까?"

얼떨결에 선배의 곁에 서서 걸었다. 이 어색한 분위기에 뭐라도 말을 해야 하는데. 이 남자는 뭐가 그리 심각한지 입을 꼭 다물었다. 내 머릿속은 엉키고 야단이 났다. 원래 계획대로라면 내가 밥값을 내고 고마웠다 인사를 하고 집에 가는 거였다.

근데 우리는 나란히 입을 꼭 다물고 같이 걷고 있다. 선배는 또 내가 사라질까 걱정인지 아닌 척하며 곁눈으로 나를 살피기까지 했다. 푹, 웃음이 나왔다. 그의 곁눈질에 내 심장이 또 쿵쾅 뛰었다.

인삼 효과가 왜 이리 빨리 와?

순식간에 어색했던 나의 마음이 사르르 녹았다.

"아이스크림 먹을래요?"

옆으로 보이는 가게에 나는 대답을 기다리지도 않고 먼저 걸음을 그쪽으로 옮겼다. 이러다 지구 끝까지 걸을 태세의 선배를 보니 걱정이 되었다. 자꾸자꾸 걸어 나가 지구가 둥글다는 걸 몸으로 깨닫고 싶은가 보다.

그가 지갑을 꺼냈다. 나는 눈에 힘까지 주며 그러지 말라며 가게 구석 자리에 그를 앉혔다. 아이스크림을 고르면서 선배를 보니 가게 안을 두리번거리며 앉은 자리가 불편한지 몇 번이나 들썩였다.

"제 마음대로 골랐어요. 괜찮죠?"

"응. 아이스크림 좋아해?"

"자주 즐기는 건 아닌데 요즘 속이 갑갑해서 그런지 시원한 걸 찾게 돼요."

"맛있다."

"그렇죠? 우리 동생도 이거 좋아하는데."

"이름이 지원이라는?"

나는 아이스크림을 커다랗게 퍼먹다 고개를 들고 그를 바라봤다. 꿀꺽 아이스크림을 삼켰다. 갑자기 들어온 찬기에 쩽하니 머리가 아렸다. 스쳐 지나가듯 이야기한 지원이 이름까지 기억하는 남자다. 자꾸만 부끄러웠다. 좋은 이야기도 아니고 속상한 이야기를 했던 나를 이 남자는 다 안다.

다시 속이 갑갑해져 아이스크림을 먹기 시작했다. 요즘 속이 뜨거워 자다 말고 일어나 얼음을 꺼내 우드득 씹어 먹고는 했다. 엄마는 새벽에 일어나 그런 나를 보고 배앓이한다고 누룽지를 끓여 먹고 자게 했었다.

"전화 오는 거 아니야?"

열심히 아이스크림을 먹다 울리는 진동에 전화를 꺼냈다. 발신자를 확인하고 그대로 가방에 넣었다.

"안 받아?"

"동생이라 괜찮아요. 요즘 시어머니 역할이라 받아 봤자 어디냐 일찍 들어와라 잔소리할 게 뻔해요."

얼추 아이스크림이 바닥을 보이자 나는 영수증을 챙기고 지갑을 가방에 넣었다. 약속 시간보다 일찍 나와 돌아다니다 문구점에서 산 봉투를 꺼냈다. 색색의 볼펜을 몇 가지 골라 그에게 내밀었다.

"이거 가지세요. 사진도 주시고 비싼 삼계탕도 얻어먹고, 그때 여행지에서도 제가 염치없이 받기만 해서요. 지금 드릴 건 이거밖에 없어서 미안해요. 제가 문구에 집착하는 편이라서요. 우리 회사 문구 중에 볼펜은 안 나왔던 거 기억하세요? 맨날 홍보용 회사 이름 떡 찍힌 굵은 심 펜으로 써서 글씨도 이상해지고. 그때도 제 돈 주고 볼펜은 따로 사서 썼어요. 원래 문구에 욕심이 많았는데 그 회사 다닌 뒤로 더 심해졌어요."

"어, 고마워. 잘 쓸게."

"그러셔야죠. 저한테 볼펜 얻어 가는 사람은 아마 선배님이 처음일 거예요."

나는 활짝 웃으며 생색을 내었다. 원래 말이 없는 성격은 아닌 거 같다. 적절하게, 내가 무안하지 않게 그는 말을 이어 주고 상황 따라 그 역시 편한 모습이 보였다.

"북해도 겨울 아니라도 좋은 곳이야. 여름에 가면 예쁜 꽃도 많고 해서 여자들이 좋아해. 다음에 갈 거면 말해. 아는 대로 알려 줄게."

그는 진지하게도 내게 일러 주었다. 나는 그 말에는 대답하지 않았다. 그곳을 갔던 이유를 모르는 이에게 구구절절 설명을 할 수는 없지 않은가? 아이스크림 스푼에 상념을 가득 담고 입으로 밀어 넣었다. 이내 바닥을 드러냈다.

"더 먹을래?"

선배는 나를 보고 물었다.

"저 혼자 다 먹었죠?"

슬쩍 무안해 나서서 자리를 정리했다.

"집이 어디야? 바래다줄게."

"괜찮아요. 선배님도 내일 출근하시려면 피곤하실 텐데. 근처에서 집 가는 버스 있어요. 덕분에 즐거운 시간 보냈습니다. 아, 사진도 감사합니다."

나는 새삼 다 고마워 머리를 꾸벅 숙여 인사를 했다. 선배는 그런 나를 살짝 싫은 표정으로 바라봤다.

내가, 실수했나?

"가자. 버스 정류장까지는 데려다줄게."

그렇게까지 그의 친절을 받기에는 불편했다. 하지만 내가 깍듯하게 인사하는 모습을 싫어하던 그 모습이 자꾸만 신경이 쓰여 차마 거절을 하지 못했다.

타박타박 말도 없이 걸었다. 이내 버스 정류장에 걸음이 멈췄다. 타야 할 버스는 한참을 더 기다려야 했다.

환승을 해야 하나 어쩌나 하는 생각을 뚫고 들어온 것은 요란한 전자음이었다. 머리가 지끈거릴 정도로 시끄러워 고개를 들어 쳐다보니 인형 뽑기 가게였다.

이미 선배는 고개가 이만큼 돌아가 있었다. 옆으로 살짝 보이는 그의 표정은 나와는 달랐다. 요란스런 전자음에 인상을 쓰는 나와 달리 그는 빠져들 듯 바라보고 있었다.

"저거 해 본 적 있어요? 제 동생이 저기에 요즘 재미를 들였는지 꼭 집에 오기 전에 몇 번 하고 와요. 근데 제대로 뽑아 온 적이 없는 거 보면 재주가 없나 봐요."

내 말을 듣던 그는 성큼성큼 가게로 들어가 버렸다. 나는 어어어, 어쩌나 하다 따라 들어갔다. 선배는 동전교환기에서 돈을 와르르 뽑아 기계에 돈을 넣었다. 입고 있던 재킷을 벗어 내게 들고 있으라고 건넸다.

돈이 들어간 기계에서는 요란한 음악이 울렸다. 선배의 손짓 몇 번에 인형이 쉽게 나온다. 내가 너무 놀라 입을 딱 벌리는데 선배는 어깨를 으쓱하더니 또 인형을 뽑았다. 한 개 두 개 몇 개가 나왔다. 그의 신들린 솜씨에 옆에서 자꾸 실패만 하던 고등학생 무리들이 구경 와서 응원까지 했다.

그는 신이었다. 동전이 인형이 되어 자꾸만 나왔다. 아마 가게를 다 털어 버릴지도 모르겠다 할 만큼 인형이 쌓이자 그는 동전이 떨어진 걸 확인하고 손을 털었다.

세상에, 이 남자 밥 먹고 저것만 했나 보다. 그는 주변을 둘러싼 학생들에게 두 개만 남기고 인형을 나눠 주었다. 어린 여학생은 인형을 받아 들고 까르까르 웃었다.

"가자. 버스 오겠다."

나는 그에게 옷을 건네주고 인형을 받아 들었다.

"세상에, 우와 이런 건 어디서 배웠어요?"

"배우긴 어디서 배워? 내가 저거 한다고 집 한 채 날렸거든. 회사 앞에서 스트레스 쌓일 때마다 하다 한동안 끊었는데."

"정말 집 한 채 날린 거예요? 선배님이?"

아무리 농담이라고 해도 저 실력을 가지려면 진짜 집 한 채 날렸겠다. 지원이에게는 시작도 하지 말라고 해야겠다. 기가 막혀 인형을 들고 있는데 선배는 내게서 인형 하나를 가져갔다.

"두 개는 필요 없지? 하나는 나 갖는다? 조카한테 가끔 가져다주면 좋아하거든."

"예. 선배님, 생각보다 참 재밌는 분이세요."

"그래. 칭찬이지? 버스 와. 어서 가."

"네. 안녕히 가세요."

인형을 들고 손 인사까지 했으나 버스는 바로 앞 횡단보도 신호에 멈췄다. 어색한 기다림이 우리를 더 난감하게 했다.

그제야 나는 가방에서 교통카드를 찾는다고 혼자 부산스럽게 움직였다. 그런 와중에 그의 시선이 고개 숙인 나를 바라보는 게 보지 않아도 느껴졌다.

고개를 들자 그와 나의 시선이 마주쳤다. 둘 다 어쩔 줄 몰라 하는 어색한 순간이다. 우리는 약속이나 한 듯 헛기침을 했다.

"주말에 영화 같이 볼까?"

"예?"

선배가 만지작거리던 인형의 리본이 뚝 떨어졌다. 당황한 얼굴을 하고 내게 다가왔다. 다 큰 남자가 떨어진 리본을 어쩔 줄 몰라 난감해하고 있다.

"조카한테는 예쁜 거 줘야죠."

인형을 내 것과 바꿔 주고 오는 버스를 향해 도로로 내려섰다 다시 몸을 돌렸다. 그때까지 안겨 준 인형을 그대로 들고 서 있는 그에게 내가 다가갔다.

"영화 보러 가요."

이번에는 내가 대답을 듣지 않고 돌아섰다. 리본이 떨어진 인형을 들고 사람들 뒤에 섰다.

왜 영화를 보러 간다 했을까? 내가 왜 그랬을까?

설핏 잠이 들었다. 돌아눕다 저린 팔에 쥐가 났다. 계속 휴대폰을 쥐고 있었으니 당연하다. 일어나 벽에 기대 팔을 주무르면서도 휴대폰에서 시선을 돌리지 못했다. 영화 보자고 해 놓고는 토요일 오전까지 선배는 연락이 없다.

맥이 탁 빠져 일어나 옷을 갈아입는 중에 뭔가 께름칙하다. 혼자 있는 방이 분명한데 왜 부끄럽나? 시선을 돌리자 책상 위에 리본이 떨어진 인형 하나가 사람처럼 나를 보고 있었다.

"네 주인은 왜 전화가 없니?"

애꿎은 인형에게 분풀이를 하듯 가볍게 쥐어박았다. 옆에 있는 수건으로 인형의 눈을 가리고 등을 돌려 옷을 마저 갈아입었다.

"누나, 약속 있다면서 안 나가?"

"몰라."

"그럼 라면 끓일까?"

밖에서 지원이 방문에다 대고 크게 소리를 쳤다.

토요일 11시가 되어 갈 무렵. 인형을 내게 안겨 준 그는 연락이 없었다. 혼자만의 설레발로 토요일 새벽부터 일어나 동네에 있는 윤정의 부모님이 운영하시는 목욕탕을 다녀왔다.

아침저녁으로 출퇴근길에 오가며 꼬박꼬박 눈인사를 하는 사이라 서로의 처지를 잘 알고 있다. 윤정은 이혼 후에 원룸을 알아보다 흐지부지 다시 친정집으로 왔다.

새벽의 목욕탕은 윤정이 지키고 있었다. 날이 갈수록 대중목욕탕의 손님이 줄어든다고 윤정은 걱정을 했다.

공부하고 있던 책을 덮고 오랜만에 이야기를 길게 나눴다. 혹시나 내가 목욕을 다녀온 사이 선배가 전화를 했을까 봐 윤정에게는 미안하지만 조금 건성으로 듣기도 했다.

그런 나의 걱정과는 다르게 부재중 전화도 메시지도 하나 없었다.

그러다 내가 영화 보겠다 말하고 그의 대답을 듣지 않고 버스를 탔다는 기억에 머물자 기운이 빠졌다. 그래서 연락이 없는 걸까? 아니면 주말이란 말이 일요일을 말하는 걸까?

이른 새벽 향이 좋은 바디로션까지 바르고 한참을 그렇게 겉치장에 신경을 썼어도 연락이 없다. 지친 나는 폰을 꼭 쥐고 웅크린 채 잠이 들어 버렸다.

"빨리 말해. 라면 먹을 거야 말 거야?"

덜 말리고 잔 머리가 산발이 되어 손으로 대충 빗으며 거실로 나왔다. 지원은 냄비를 들고 내게 재촉을 했다.

휴, 속으로 한숨을 푹 쉬고, 시계를 다시 보고, 지원을 보고 몇 번을 그렇게 시선을 왕복하다 포기했다. 그래, 그냥 한 말이겠지. 아끼던 비싼 바디로션 샘플이 좀 아깝다는 생각을 했다.

"······라면 나도 먹을래."

한껏 풀이 죽은 나는 식탁에 앉아 고개를 떨구었다. 서운한 마음이 든다. 미련이 남는다. 손에 쥔 휴대폰만 만지작거렸다.

"아니다. 누나는 밥 먹어. 아직 속도 안 좋으면서. 괜히 나중에 엄마가 알면 나만 혼나."

"괜찮아. 너만 말 안 하면 돼. 어서 라면 넣어. 물 끓어."

김치를 꺼내고 젓가락을 챙기는데 진동이 식탁을 울렸다. 나는 냉큼 휴대폰을 확인했다. 그다. 내 얼굴이 한껏 달아올랐다. 벌떡 일어나 통화 버튼을 눌렀다.

– 전화가 늦었지?

"아니요, 아니요. 괜찮아요. 선배님도 바쁘시잖아요."

선배가 말한 시간에 맞추기 위해 나는 바빴다. 목욕탕을 다녀왔음에도 다시 머리를 감는 나를 지원이가 어이없이 바라봤다. 제대로 말리지 않고 누웠던 짧은 머리는 도저히 다시 감지 않고서는 수습할 수가 없었다.

몇 번이나 옷을 꺼내 입으며 부산을 떨었다. 너무 신경 쓴 모양새
는 더 부끄러워 최대한 자연스럽게 청바지에 가벼운 블라우스를 입고
운동화를 신었다. 덕분에 지하철에서 내려 영화관까지 아주 신나게
달릴 수 있었다.

그는 약속 시간이 조금 지나고 있음에도 보이지 않았다. 다행이다
싶어 조심스럽게 거울을 꺼내 얼굴을 살피고 숨을 골랐다.

두리번거리다 영화 포스터를 살폈다. 한 자 한 자 감독, 배우, 스태
프의 이름까지 읽어 내리는 와중에 등 뒤에 기척이 느껴졌다. 조용히
숨을 고르는 소리, 사그락거리는 옷의 스침. 선배다. 나는 돌아서지
않고 짐짓 아닌 척 포스터를 보기만 했다.

조금의 시간이 지나고 차분하게 고개를 돌려 그를 마주했다. 선배
의 시선과 나의 시선이 얽혔다. 그의 입술이 먼저 움직였다.

"내가 늦은 거지?"

"네. 30분 늦으셨어요. 영화 뭐 볼까요? 보고 싶은 거 있어요?"

"아니."

"그럼, 이거 볼까요? 마침 시간도 곧 시작해요."

"그러자."

그는 고개를 들고 두리번거리며 허둥대기 시작했다. 단번에 봐도
영화관을 자주 오는 사람은 아니었다. 나는 그의 소매를 슬며시 잡았
다.

"영화 마지막으로 보신 게 언제예요?"

"언제더라? 아, 잘생긴 남자 배우 이름이 뭐지? 그 남자 군대 가기
전에 찍은 영화 있잖아. 해외 영화제에서 주연상 받고 유명했던 거.
그게 마지막인 거 같은데."

"세상에, 그 배우 제대하고 결혼해서 아이도 태어났어요. 그럼 대

체 영화관 오신 지가?"

난 어이가 없어 무인 발권기 앞에 서서 카드로 결제를 했다. 그런 나를 그는 신기하다는 듯이 쳐다봤다. 내가 지갑을 가방에 넣고 있는데 선배는 또 두리번거리기 시작했다. 세상에 처음 나온 아이 같아 속으로 혼자 웃었다.

"뭐 마실래?"

"전 괜찮아요."

내 말에 머쓱한 듯 그는 아쉬운지 생수 두 병을 사 와 내게 건넸다. 생수를 주기 위해 팔을 뻗는 그의 소매는 단정한 정장 차림이었다.

"토요일인데 출근하신 거예요?"

분위기가 일하다 방금 뛰어나온 사람 같다. 지난번 봤던 그 사람이 그대로 영화관으로 달려온 모양새다.

"응. 오늘 중요한 보고가 있어서."

"바쁘신데 일부러 시간 내신 거예요? 그러지 않으셔도 되는데."

"나 영화관에서 영화 보는 거 좋아하거든. 그래서 보자 한 거야."

"그런 분이 몇 년 동안 영화관도 안 오신 거예요?"

"그래서 이번에 보려고."

말을 주고받으면서 이 사람한테 놀림을 당하고 있나 하는 생각이 잠깐 들었다. 몇 년을 보지 않던 영화를 왜 하필 나와 보려고 할까? 내가 불쌍하게 보이나? 남자랑 헤어지고 땅이라도 파고 들어갈까 걱정하나?

"근데 무슨 일 하세요? 많이 바쁘신 분 같은데. 물으면 안 되는 건가요? 지난번에도 여쭤 봤더니 말씀이 없으셔서."

"건설회사 다녀."

훅 들어오는 쉬운 대답에 나는 맥이 빠졌다. 홋카이도에서는 무슨 사연이라도 가진 사람처럼 굴더니. 너무 싱거운 대답에 어이가 없어 입을 벌리고 멍하니 그를 바라봤다. 무슨 대단한 국가기관의 정보원 쯤으로 생각하고 있었던 걸까? 혼자 생각하고 고민했던 내가 우스워 웃어 버렸다.

"왜 웃어?"

그는 음흉하게 웃는 내가 이상한지 물었다.

"그때 홋카이도에서 무슨 일 하시는지 선뜻 대답을 안 해 주시길래 보안이 필요한 그런 일을 하시는 줄 알았어요. 영화에 나오는 국가기 관 그런 거요. 근데 너무 쉽게 이렇게 말씀해 주시니 제가 무안해서 웃었어요. 미안해요."

"나 간 작아서 그런 거 못해. 그때 다시 물어보지, 그럼 대답했을 텐데."

그러더니 들고 있던 가방에서 명함을 꺼내 내게 건네준다.

"이제 나 뭐 하는 사람인지 알겠지?"

미가건설 기획팀 팀장 김민석.

반질반질 명함의 질이 좋았다. 명함을 한참 보고 그의 얼굴을 또 보고 몇 번을 번갈아 보자 나중에는 그가 쑥스러운 표정을 지었다. 명 함을 지갑에 곱게 넣었다.

"시작하나 봐. 들어가자."

자연스럽게 가벼운 손짓으로 그는 내 팔을 잡아 이끌었다. 편안하 게 자리를 잡은 민석 선배는 낮은 한숨을 쉬며 나를 쳐다보았다. 우리 는 곧 스크린 속으로 빨려 들어갔다.

영화는 심각했다. 관람 후 사람들 무리가 웅성웅성 결론이 나지 않 았던 영화의 결말에 한마디씩 했다. 고뇌하는 젊음이라는 주제는 화 창한 토요일 오후에는 어울리지 않았다. 선배는 밥이나 먹자며 내게 뭘 먹을까 묻지도 않고 어딘가로 데리고 왔다.

어느 사이 내 앞에는 김이 모락모락 올라오는 전복죽이 떡 놓여 있었다. 새벽부터 목욕탕에서 살갗이 벌게지도록 때를 벅벅 밀고 그를 기다린다고 선잠을 잤다. 지원이가 끓여 주는 라면도 못 먹고 나왔는데. 배가 너무 고픈데. 앞에 놓인 죽은 나를 허탈하게 했다. 아무리 별표가 붙은 특전복죽이라도 해도 반갑지 않다.

거기다 가게는 지난번 삼계탕집처럼 입구부터 으리으리해서 나를 주눅 들게 했다. 평소 이런 음식점만 찾는 사람 같아 농담이라도 우리 횟집에 놀러 오라는 소리는 다시 못 하겠다.

"어제 술 마셨어요?"

"아니. 왜?"

"근데 왜 죽이에요?"

"위염이었다면서. 죽 먹어. 그거 고생하면 힘들잖아."

지금은 멀쩡한데. 며칠 전에는 주당파 자매들이랑 술도 마셨는데. 이거 먹자고 1시간이나 차를 타고 왔나 싶어 기가 막혔다.

도대체 속을 알 수 없는 사람이다. 일단 허기가 먼저라 한 숟가락 크게 떠서 입으로 밀어 넣었다.

속으로 넘어가는 죽은 맛있었다. 고소하고 전복도 큼직하게 썰어 씹는 맛이 좋아 자칫 밋밋하게 느껴질 법한 죽을 화려하게 해 주었다. 슬며시 올라갔던 나의 눈꼬리가 부드럽게 내려왔다.

서로 말없이 한동안 수저질만 열심히 했다. 나는 잠깐 수저를 들고 고개 숙인 그의 뒷머리를 바라봤다. 그와 내가 같이 근무하던 그 시기에도 서로 어색하게 밥을 먹었다. 그때도 수저질하는 선배의 살짝 숙인 고개나 뒷머리를 봤던 기억이 생생하게 떠올랐다.

아, 갑자기 외근이라도 나온 기분이다.

"영화 재밌었어요?"

"그럭저럭."

"근데 왜 고민하는 젊음으로 설정했을까요? 나이 먹어도 사는 건 힘든데."

"그럼 그림이 안 되니깐. 기왕이면 젊고 아름다운 사람들이 나와야
지 돈을 주고 영화를 보거든."

결론 한번 명쾌하다. 시원하네. 별거도 아닌 걸로 의문스럽던 내가
바보 같다.

"근데요, 인형 뽑기 그거 어떻게 하면 그렇게 잘할 수 있어요?"

"궁금해?"

"네."

그는 고개를 살짝 숙이더니 나에게 가까이 다가왔다. 서로 머리를
맞대고 소리를 낮춘다. 숨소리까지 다 느껴진다.

"목을, 콱! ……잡으면 돼."

"예?"

"다리나 다른 쪽을 집으면 잘 빠지거든. 목 부분이 제일 안전해. 근
데 인형마다 특징이 있어서 꼭 그런 것만은 아니야."

그러고는 몸을 바로 했다. 뭐 대단한 비결이 있는 줄 알았더니 고
작 저거 하나 말해 준다. 멍하니 눈만 껌뻑이며 민석 선배를 쳐다보는
데 그는 남은 죽을 싹싹 비웠다. 종잡을 수 없는 성격일세.

"이거 가져."

식사를 마치고 물을 한 잔 시원하게 마신 선배는 내게 뭔가를 내밀
었다. 또 무슨 사진이라도 주나 싶어 몸을 앞으로 기울여 보니 볼펜이
다. 이 브랜드는 꽤 고가의 물건이다. 이런 걸 왜 내게 줄까 싶어 차
마 받지 못하고 그대로 그에게 밀어 버렸다.

"안 받을래요. 이거 얼마 하는지 아는데 덥석 받는 거 아닌 거 같아
요."

"괜찮아. 문구류 좋아한다면서. 나도 선물 받은 거라 몇 개 있거든.
다 쓰지도 못하는 거 서로 나눠 쓰면 좋잖아. 너 아니라도 필요한 사

람 주고 그래. 부담 갖지 마."

선물 받은 걸 이렇게 아무렇게 줘도 되나, 상대방의 입장이 되어 걱정을 해 주었다. 그러니 더 선뜻 받지 못하겠다.

괜스레 두리번거리며 음식점 내부를 살폈다. 그런 나의 동작에 종업원이 뭔가 필요한 게 있나 싶어 경쾌하게 "네, 손님." 하고 오는 바람에 별생각도 없는 물을 한 잔 더 마셔야 했다.

선배는 그런 나와 상관없이 볼펜을 다시 내밀었다.

"부담스러우면 다음에 밥 사."

세상에, 저 가격에 맞게 밥을 사려면 어디서 사야 되나? 차라리 나도 우리 집 자연산 광어 몇 마리 주면서 "괜찮아요. 저도 우리 집에 이런 거 많아 부담 가지실 필요 없어요." 그래 볼까 하는 생각을 했다.

그의 입장에서는 정말 대수롭지 않은 물건을 계속 거절하기도 민망해 나는 손이 부끄럽게 볼펜을 챙겼다. 내친김에 가방에서 다이어리를 꺼내 쓱쓱 볼펜을 써 보기까지 했다. 거절이 무색하게 볼펜은 내 손에 착착 감겼다. 필기감이 좋았다.

"우와, 진짜 좋아요. 이런 걸로 일기 쓰면 좋은 말만 써질 거 같아요."

나의 화려한 칭송에 그의 얼굴이 활짝 피었다. 나를 바라보며 미소 짓는 그가 좋긴 했지만 자꾸 보긴 부끄러웠다.

볼펜을 챙겨 가방에 넣다 검은 비닐봉지를 꺼냈다. 새벽에 목욕탕을 다녀오면서 윤정에게 얻어 온 것들이다. 현관 신발장에 휙 던져 놓았다 나오면서 지원의 잔소리에 대충 가방에 쑤셔 넣고 왔다.

"이거 가지실래요? 윤정이 집이 목욕탕 해요. 집 근처라 자주 가는데 오늘 갔더니 챙겨 줘서. 제가 줄 건 이거밖에 없는데."

테이블에 요란스런 색깔의 때수건이 올라왔다. 브랜드가 의심스러운 일회용 워시팩까지 주르르 펼쳐 놓자 그는 신기하게 바라봤다. 식당의 분위기와 이런 조잡스런 물건이 전혀 안 어울리는 것을 이제야 알았다.

이미 손은 부끄러워졌다. 분명 대중탕을 가지도 않을 사람인데. 괜히 꺼냈다 생각하는데 그의 손이 재밌다는 듯 때수건을 손에 끼워 손등을 미는 시늉을 했다.

"잘 쓸게. 이거 받으려고 볼펜 준 거 아닌데."

"그냥 제 가방에 있어서. 필요 없는데 괜히 제가 무안할까 봐 받으시는 거면 그러지 않으셔도……."

"아니야. 필요 있어. 이건 팩이야?"

"네. 얼굴에 발라 놓고 마지막에 샤워하면서 씻어 내면 돼요."

꼼꼼하게 뒷면의 사용설명서를 읽어 보던 그는 너풀거리는 비닐봉지에 야무지게 챙겨 가방에 넣었다. 나는 볼펜을 받고 그는 때수건을 받았다. 이런 상황 이런 분위기가 너무 이상하다.

단정하게 자른 머리에, 입고 나온 옷은 평범한 직장인이었다. 처음 봤을 때 봤던 타이는 어느 사이 사라지고 없었다. 밥을 먹기 전 그가 쑥스럽게 타이를 풀면서 갑갑한 표정을 함께 풀어 내렸다. 오빠는 없지만 아마도 큰오빠쯤 되는 사람 같은 느낌이었다.

좋게 보이다가도 꼭 다문 입매는 나를 서늘하게 했다. 같이 일을 할 때 내 실수로 보고서가 잘못되자 그는 나를 차갑게 대했다. 화를 내지는 않았지만 나 대신 서류를 다시 작성하고 안절부절못하는 나를 서늘하게 쳐다보며 조심하자 하고 돌아섰다. 그때가 생각나 몸이 오그라든다.

아, 야근하는 기분이다.

"다음에는 맛있는 라면 사 줄게."

뜻밖의 말에 그를 빤히 바라봤다.

이렇게 우리는 또 다음 약속을 잡는 건가요?

"다음에는, 그때는, 약속 시간 정하고 만나요. 갑자기 전화 주시면 저도 좀 기다리기가……."

괜히 민망해져 헛기침을 섞어 가며 말을 했다. 그런 내 얼굴을 빤히 보던 그가 웃었다.

"미안. 출근 안 하려고 했는데 갑자기 급한 회의가 잡혀서 여유가 없었어. 많이 기다렸어?"

"기다리는 건 괜찮은데 언제 정확하게 본다고 말씀이 없으셔서 오늘 안 보는 줄 알았어요. 그게, 여자는 약속 장소에 갑자기 하늘에서 밧줄 타고 내려오는 게 아니거든요. 화장도 해야 하고, 제 머리가 짧아도 손질하는 데 시간이 많이 걸려요. 제가 이런 요령이 좀 없어서. 옷차림도 미리 생각해야 하고 약속 장소까지 갈 여유도 챙겨 봐야 하고. 그래야 하는데 좀 급하게 서둘러서 마음이 바빴어요."

이 남자는 박수무당인가? 왜 나는 선배 앞에만 서면 속에 말이 다 나올까?

"아, 그게, 제가 선배님한테 여자로 잘 보이려고 그런 건 아니고. 괜히 오해하실라."

고개까지 저어 가며 그런 뜻이 아니라고 설명을 했지만 이미 박수무당한테 홀딱 넘어가 버렸다.

"그래. 다음에 지훈 씨 밧줄 타고 안 내려오게 미리 전화할게."

난 이미 썩은 동아줄을 잡고 그 앞에 철퍼덕 주저앉았다. 정말 창피하고 부끄럽다. 허둥대는 바보 같은 나를 그는 재밌다고 한참을 웃었다.

4월의 봄 날씨는 말 그대로 상쾌했다. 조금은 늦어진 시간, 밤바람의 싸한 느낌과 함께 살짝 들뜬 기분이 좋기만 했다. 그를 바라보다

몽실몽실 떠다니는 것처럼 혼자만 좋은 거 같아 마음을 차분하게 가라앉히려 했다.

도심지의 낮은 산은 이미 우리처럼 드라이브를 나왔거나 아니면 운동하는 사람들로 기분 좋게 소란스러웠다. 밥을 먹고 가게를 나와서 이제 집에 가나 했지만 그는 대뜸 드라이브나 하자고 나를 끌고 왔다.

왜 우리가 자꾸 밥을 먹고 영화를 보고 주말을 같이 나누게 되냐고 묻고 싶었지만 세상을 살다 보면 남녀 관계만이 전부가 아닐 수 있다는 생각이 들었다. 현준과 내가 이제 남녀관계가 아니고 친구가 된 것처럼 말이다.

아마도 이 사람은 그때의 서글퍼 보였던 사진 속의 내가 계속 생각이 나서 그럴 거다. 나 역시 감출 거 없이 바닥을 드러내 놓고 편안하게 그에게 기대 버린 것처럼 같은 마음이 아닐까? 조금씩 드러내면서 위로받는 법을 그에게 배우고 있다.

"어떻게 지냈어?"

"그냥 책도 보고, 드라마도 몰아서 보고, 병원도 계속 다니고 그랬어요."

"이제 괜찮아?"

"제가 안 괜찮아 보여요?"

"응. 아슬아슬하게 보여."

"그래요? 그럼 그런가 보죠."

내 대답에 그는 침묵했다. 안부를 묻는 그에게 빈말이라도 괜찮다 하지 못한다. 선배 앞에만 서면 다 벗겨지는 기분이 든다. 이렇게 따뜻한 기분 좋게 부는 봄바람이 좋다가도 불현듯 차갑던 홋카이도 바닷가를 떠올리게 했다.

시선은 어른거리는 시내의 야경에 맞춰졌다. 그와 반대로 내 마음은 불 꺼진 어두운 가로등이다.

"감정이란 게 재밌어요. 그렇게 헤어지고 내가 이 세상에서 더 이상 살 수 없을 거 같더니, 요즘은 하루 중에 잠깐씩 스쳐 지나가요. 아, 내가 누군가를 보내고 있구나, 그래요. 가끔 아프기도 하고 또 덤덤해지기도 하고. 근데요, 그게 다행이다 싶다가도 그 친구에게도 역시 내가 그렇게 하루 중에 잠깐 스쳐 지나가는 존재로 남겠지 그런 생각 하면 좀 서글프기도 하고. 좀 복잡하죠? 이렇게 영원히 잊지 못할까요, 아니면 영원히 잊어버리게 될까요?"

조용히 말을 마무리하고 나는 고개를 숙인 채 한쪽 발로 무의미하게 바닥에 낙서를 했다. 옆에 놓인 선배의 발이 나를 향했다. 고개 숙인 내 얼굴을 마주 보지도 않고 내 손을 급하게 잡았다.

그 순간 느낀 그의 손은 서늘했다. 놀란 얼굴을 하고 그를 마주했다. 왼손을 잡아 어둠 속에 있던 내 반지를 빠르게 빼내 오른손으로 옮겨 주었다. 당황해서 손을 빼려 했지만 그는 나의 오른손을 뚫어지게 보았다.

"이제 조금 더 지울 수 있겠지?"

· • ✳ • ·

자기소개서를 쓰다 어느 부분에서 막혀 좀처럼 풀리지 않았다. 키보드를 두들기던 손을 놓았다. 지원의 말에 의하면 사기에 가깝다는 이력서 사진에 시선을 모아 봐도 다음 단락을 어찌 이어 가나 난감했다. 몇 군데 이력서를 넣고 있는 중이었다. 그때마다 맞춰 자기소개서를 다듬는 게 요즘 내 일상이었다.

의자에 멍하니 기대어 무의식적으로 반지 낀 손가락을 꼼지락거렸다. 몇 주째 나는 아침 이부자리에서 반지를 더듬거리며 잠을 깼다.

오른손으로 옮겨진 반지는 얌전히 그 자리를 지키고 있었다. 허전하기만 했던 왼손의 반지 자국은 점점 희미해지고 있었다.

그날 그렇게 민석 선배는 얼굴만 빤히 보는 내게 그의 행동을 설명하지 않았다. 내게 집이 어디냐고 묻고 데려다주었을 뿐이다.

시간은 그렇게 흘러가고 있었다.

점점 아무렇지 않게 일상으로 파고드는 선배의 흔적을 떨쳐 내기는 힘들었다. 베란다 청소를 하다 내려다본 주차장에서 선배의 것과 비슷한 차만 보여도 가슴이 덜컥했다. 동네에 새로 짓기 시작한 건물을 보면서 그의 건설회사는 어떤 곳인가 궁금해졌다.

매일매일 전화를 하는 사람은 아니지만 그래도 이틀을 넘기는 적이 없었다. 혹시나 어제 전화했던 그 시간이 되면 나는 숫제 폰에 빠져 들어갔다.

그렇게 시간이 지나가고 있다. 선배는 주말에 꼬박꼬박 나와 밥을 먹고, 햇살 좋은 날에는 드라이브 삼아 시외로 빠져나갔다.

5월이 시작되고, 선배는 내게 이제 정상인 같아 보인다 했다. 나는 더 이상 병원을 다니지 않아도 되었다.

그동안 그가 내게 먹인 보양식은 다양했다. 태어나 불도장이란 것을 먹어 본 게 그로 인해 처음이었다. 가격에 놀라고 맛에 더 놀랐다. 비싸기만 하고 솔직히 맛은 없었다.

그는 찡그리는 내 얼굴을 보며 맛으로 먹지 말고 몸에 좋다 생각하고 먹으라고 했다. 그는 예전의 사수가 되어 엄한 얼굴로 다 먹는지 확인까지 했다. 그 덕분에 나는 몸무게도 정상으로 돌아오고 얼굴색도 한결 좋아졌다.

하지만 잘 지내가다도 갑자기 훅 터져 나오는 내 한숨에 그는 나를 복잡한 시선으로 바라보곤 했다. 푹 가라앉아 버린 마음을 알아채고 너스레를 떨기도 해 나를 웃게 했다.

홋카이도에서 칼날 같은 바람이 불던 그때의 나는 이삿짐 같았다. 따스한 봄날 흥얼흥얼거리면서 좋은 집으로 가는 그런 이삿짐 말고, 스산한 가을날 낙엽도 다 떨어지고 겨울이 시작되는 날의 이삿짐이 내 마음이었다.

어디로 쫓겨 가듯 떠나는 이삿짐. 책은 몇 권씩 아무렇게나 대충 노끈으로 묶어 놓아서 위아래는 우글거리고, 여기저기 덮어 놓고 숨겨 놓아도 불쑥 삐져나온 낡은 살림살이가 보인다. 가린다고 가려도 여지없이 드러나는 때 묻은 생활의 빈곤함. 그렇게 내 마음은 초라했다. 보여 주려고 했던 것도 아닌데 그때의 내 마음이 그 사람한테 보였다.

뭔가 명확하지 못한 이 마음을 조금씩 담아 두고 복잡하게 지내고 있다. 딱히 떨쳐 내지도 못하고, 그렇다고 바짝 끌어안지도 못하고 하루에도 몇 번씩 웃었다 울었다 마음이 갈피를 못 잡는다.

의자를 쭉 당겨 앉고 오른손을 번쩍 들어 반지를 살폈다. 다시 반지를 만지작거리다 천천히 빼서 서랍에 넣었다. 오른손에서도 이제 반지는 사라졌다. 기분이 이상했다.

벌컥 요란하게 방문이 열렸다. 거실에서는 요란스럽게 믹서기가 돌아가고 있었다. 가끔 술을 먹고 귀가가 늦어지면 지원은 불편한 심기를 이런 식으로 표현했다. 숙취로 머리가 흔들릴 때 저 소리는 머리를 망치로 내려치는 것처럼 괴롭다.

"너 방문 함부로 열지 말라고 했지."

"남 말하네. 누나도 내 친구 왔을 때 벌컥 열어서 내가 얼마나 창피했는데."

"넌 남자고 나는 여자잖아."

나는 자세를 바로 하고 작성하던 자기소개서를 다듬으며 시선을 돌렸다.

"저녁 먹어."

지원이는 늦어지는 내 귀가 시간이나 외출에 신경이 쓰이나 보다. 조금 조심해야겠다는 생각을 했다. 며칠 전에는 선배가 집으로 전화를 하는 바람에 지원의 질문 공세에 시달려야 했다.

그때 나는 묵묵히 드라마를 보면서 귀가 간지럽다고 엉뚱한 소리를 했다. 설명하기 귀찮아 홋카이도 여행 갔다 만난 사람이라고 대충 둘러댔다. 그랬더니 더 질색을 하며 세상 무서운 줄 모른다고 한바탕 소란이 있었다.

"누나, 일찍일찍 다녀. 저 아래 며칠 전에 취객이랑 싸움 붙어서 경찰차 오고 그랬어. 조심해."

"응."

나는 눈은 여전히 이력서와 자기소개서에 붙여 놓고 형식적으로 대답했다. 지원이 책상 앞으로 다가와 억지로 나와 눈을 맞췄다.

"건성으로 대답하지 말고. 또 늦게 오면 엄마한테 불어 버린다. 남자 만나고 다니느라 늦게 온다고 다 말할 거야."

이런 억지가 어디 있는지.

"이봐, 동생. 누나 나이가 몇 살인데. 누나가 남자 만나고 돌아다니면 다행인 거지."

"여행에서 즉석으로 만난 남자가 정상이겠어? 누나 철 좀 들어. 그냥 놀자고 덤비는 놈인 게 분명한데, 누나 왜 그렇게 막 살아?"

씩씩거리며 험한 말을 쏟아 내는 지원에게 놀란 나는 자리에서 일어섰다. 지원의 얼굴은 시뻘게져 있다. 하루 이틀 참은 모양새가 아니다.

놀자고 덤비는 놈? 그 단어를 선배 얼굴에 붙여 보았다. 이 상황에 어울리지 않게 쿡 웃음이 나왔다. 글쎄 놀자고 덤비는 사람이 그렇게 진지할 수 있을까? 얼마 전 받은 때수건과 팩을 써 봤다면서 분석하

듯 평을 늘어놓아 나를 웃게 했다.

"누나는 이 상황에 웃음이 나와? 현준이 형 생각하면 나도 화가 나. 엄마 아빠 다 보기도 싫어. 그리고 아무리 우리 집이 그렇다고 해도 정말 좋아하면 그런 거 남자가 막아 줘야 하잖아. 누나 헤어지고 얼마나 힘들어했어? 맨날 아프고 병원에 실려 가고. 누나는 왜 하필 그런 남자를 만났어? 누나는 더 바보 같아. 현준이 형 내 눈에 보이면 내가 죽여 버릴 거야."

너무 엄청난 말에 한동안 정신이 멍했다. 나 혼자 민석 선배의 환영에 사로잡혀 있다 동생이 쏟아 내는 감정에 정신을 차릴 수가 없었다. 숨을 한번 몰아쉬었다.

눈앞에는 어지럽게 불을 뿜는 지원이 있다. 생전 여리여리한 게 여자 같은 성정이라고 생각했다. 근데 지금의 지원은 손에 총이라도 들려 있으면 바로 사달이 날 거 같다.

몰랐다. 그냥 결혼이 어긋난 나를 안됐다고 생각하는 줄만 알았다. 이렇게 이 녀석 속에 크게 응어리가 들어 있을 줄은 몰랐다.

부모님이 보기 싫다는 말에 덜컥 내 심장이 내려앉았다. 나만 아픈 줄 알았다. 내 문제라고만 생각했다. 덜덜 떨리는 입술을 간신히 멈췄다. 지원이가 이렇게 멍이 들어 있을 줄은 몰랐다.

"지원아, 거실로 나가자."

숨을 골랐다. 화를 삭이지 못해 자꾸 왔다 갔다 하는 지원이를 억지로 식탁에 앉혔다. 지원이는 끓어오르는 화를 식탁 모서리를 잡고 간신히 지탱하고 있었다.

"……네가 그리 생각하는 줄은 몰랐어. 우리 부모님, 너의 엄마이기도 하지만 내게도 엄마야. 아빠도 그렇고. 처음 시작이 비록 정상적이지는 못했지만 넌 내 동생이야. 네가 엄마 아빠를 그렇게 싫어해서는 안 돼. 내 결혼이 잘못된 건 내 문제야. 그걸로 네가 나서서 화낼 필요는 없는 거야. 남녀 사이, 너에게는 다 설명 못 하지만 그 문제가 전부는 아니었어. 현준이 네가 그렇게 말할 정도로 나쁜 친구 아니야. 그래도 좋은 형이었잖아. 네가 그런 감정을 가지고 있는 줄은 몰랐어."

조용히 고른 숨결처럼 내 마음을 전하자 지원은 한참을 침묵했다. 조용한 집 안에 시계 소리만 무심히 흘렀다.

"……누나, 미안해. 근데 외롭다고 허전하다고 아무나 만나면 안 돼. 누나가 순진해서 잘 모르겠지만 나쁜 남자들이 이 세상에 얼마나 많은데."

"그런 사람 아니야."

"하룻밤 자자고 공들이는 남자들도 처음에는 다 멀쩡해."

지원이는 답답하다는 듯이 나를 보고 소리를 꽥 질렀다. 마냥 어린 동생으로만 알았는데 저 속에 저런 응어리가 있는 줄도 몰랐다. 누나인 나를 여자로 진심으로 걱정까지 해 주는 걸 보니 괜히 코끝이 찡했다.

"그 사람 나쁜 사람 아니야. 예전 회사 선배였는데 여행 가서 우연히 만났어. 그 뒤로 밥이나 같이 먹고 그래."

"그럼 아는 사람이었던 거야?"

"처음 입사하고 몇 개월 같이 근무했던 선배. 네가 무슨 걱정 하는지 아는데 오다가다 그렇게 만난 사람은 아니야."

"정말 걱정 안 해도 되는 거야?"

"응. 바른 사람이야. 요즘 남자 같지도 않고, 아 이런 말 왜 내가 너랑 하는 거야? 그냥 아는 사람인데. 민석 선배가 이런 이야기 하는 줄 알면 기분 나쁘겠다. 밥이나 줘."

지원은 민망한지 밥을 퍼 내 앞에 놓아 주면서도 나를 제대로 보지도 못한다.

"너랑 나 무슨 일 있었니?"

그제야 지원이는 멋쩍은 웃음을 날리며 젓가락을 들었다.

"근데 누나, 담배는 피우지 마. 나도 끊을게."

국을 뜨다 손이 멈췄다. 아는구나. 안 들킬 줄 알았는데.

엄마가 하얀 봉투를 주고 떠난 날 그 뒤로 나는 열 수 없게 만들어진 봉투를 몇 번이나 만지작거렸다. 이제는 너무 만져서 종이의 솜털이 부스스 일어난 봉투는 내 마음이었다.

매일 봉투를 만지고 얼음을 씹다 어느 날 밤은 얼음으로도 갑갑한 마음이 사라지지 않았다. 그러다 가끔씩 지원이가 숨겨 놓고 피우는 담배가 생각나 슬쩍했다. 태어나 처음으로 피워 보는 담배는 시원했다. 드라마나 친구들 이야기처럼 갑자기 콜록콜록 기침이 날 줄 알았건만 그런 거 없이 개운했다.

훅 하고 들이마시는 호흡에 응어리졌던 마음이 뻥 뚫렸다. 누가 담배처럼 내 속을 그렇게 깊게 알아줄까? 이 좋은 걸 여태껏 모르고 살았다는 게 억울할 정도였다. 자주는 아니라 몇 번이었는데 그게 들켰다. 훔쳐 피우는 담배에 양심이 찔려 그만해야지 했다. 때맞춰 지원이 먼저 이야기해서 더 부끄럽다.

"국 시원하다."

"엉뚱한 소리 하지 말고. 빨리 대답해. 담배 피우지 마."

"응."

"그 선배라는 사람이랑은 사귀는 거야?"

밥을 입에 넣은 채 손을 내저으며 절대 아니라는 표현을 했다. 꿀꺽 입에 있던 걸 목구멍으로 밀어 넣고 목을 다듬었다.

"아니라고 했잖아."

"사귀지도 않는 남자랑 주말마다 밥 먹고 영화 보고 그래? 집에도 늦게 오고?"

동생의 시선으로 나의 주말 일상을 전해 듣는다.

"너는 밥 먹고 주말 보내면 다 사귀니?"

지원은 내 말에 고개를 젓다 먼저 다 먹고 일어섰다. 냉장고를 정리하다 식빵 한 봉지를 꺼내 날짜를 살펴보고 있다.

"누나, 내일 아침은 식빵으로 뭐 해 줄까? 유통기한 다 돼서 먹어 치워야겠어."

"어, 나 내일 새벽에 나가야 하는데."

"어딜 또?"

"……그 사람이 일 때문에 지방에 가는데 혼자 가기 심심하다고 해서. 덕분에 나는 바람도 쐬고 오고."

내 말에 지원은 식빵 봉지를 구긴다.

"아니. 자고 오는 건 아니야."

이 말이 오히려 더 이상하다고 생각했지만 말은 이미 입 밖으로 튀어나왔다. 변명은 아닌데. 부끄럽다.

그렇게 나는 새벽이라기보다는 밤에 더 가까운 칠흑 같은 어둠 속에서 그를 만났다. 5월의 날씨에 편안하게 반팔을 입은 모습이 좀 낯설었다. 내가 입고 나온 청바지에 후드티는 너무 성의 없게 보여 살짝 민망했다.

하는 일이 딱히 없는 나는 늘 청바지 차림을 고집하다 평일 저녁에 볼 때는 그 사람의 제대로 갖춰 입은 차림을 의식해 치마를 입고 나갔다. 샤워할 때는 일부러 향이 좋은 제품을 찾는다. 좀 신경 쓰고 나올 걸 하는 후회를 손에 실어 머리를 만지고 보이지도 않는 먼지를 털었다.

툭툭 털던 내 손길에 머물던 시선이 그에게 옮겨 갔다. 선배의 눈썹을 따라 이마를 더듬고 쭉 올라가 삐죽한 머리가 다가왔다. 머리 잘

랐구나. 너무 짧은 거 같다.

"머리 잘랐어요?"

"응. 왜? 이상해?"

민석 선배는 무심하게 손으로 머리를 한번 털어 내지만 그 손끝이 미세하게 떨리는 걸 나는 봤다. 무안할 만큼 운전하는 옆모습을 뚫어져라 쳐다봤다.

"이상하기보다는 어디 떼인 돈 받아 드립니다, 그런 느낌이라……."

같이 일을 했던 어느 시간쯤 입을 꼭 다물고 무슨 생각에 빠진 선배의 표정은 늘 차가웠다. 그때도 선배의 머리는 짧았다. 그런 그의 표정을 보게 되면 살금살금 피해 다녔는데 지금은 이렇게 한 공간에 머문다는 게 너무 이상하고 신기했다. 나의 시선은 그때의 그와 지금의 그를 겹쳐 가며 한참 동안 선배의 얼굴에서 머물렀다.

운전하는 선배의 얼굴이 기분 나쁜 듯 슬금슬금 구겨졌다.

"아, 저는 이상하다는 게 아니고 너무 짧은 거 같아서."

"잠이나 자."

기분이 상했는지 낮게 내뱉고 그는 다시 운전에 집중했다. 나는 입을 꼭 다물고 창가로 몸을 기울였다.

우리가 처음으로 같이 본 영화 속 남자 배우의 짧은 머리가 멋있었다고 그에게 말한 적이 있다. 에이, 설마 아니겠지. 슬쩍 몸을 틀어 그를 바라봤다.

시선이 부끄러운지 흠흠거리는 헛기침 소리가 새어 나왔다.

"안 자? 피곤하지 않아?"

"운전하는 선배님이 더 피곤하겠죠. 저야 뭐 집에서 자다 나왔는데 일하고 와서 운전하시기 힘드시죠? 제가 할까요?"

"괜찮아."

"자주 이렇게 새벽에 지방으로 가시는 거예요?"

"자주까지는 아니고 한 번씩. 우리 회사가 건축사 사무소랑 같이 있거든. 주로 거기서 넘어오는 걸 짓는 업무라 연결된 부분이 많아. 발로 뛰어야 하는 일이라서."

"선배님은 참 열심히 사시는 거 같아요. 일도 열심히 하시고 가끔씩 선배님 보면 제가 주눅 드는 거 모르시죠?"

"지훈 씨가? 별소리를 다 듣네."

"정말 그래요. 난 내 감상에 빠져 이렇게 시간을 낭비하는 거 같고. 내가 너무 바보 같고 좀 그래요."

가끔 업무 시간에 하는 안부 전화 속의 그는 빠르게 돌아가는 세상 속의 주인공이었다. 전화 너머의 사람들의 일하는 소리, 그를 찾는 누군가의 목소리.

그런 전화 통화를 끝내고 나면 나를 아래위로 쭉 훑어보게 되었다. 나만 세상의 시계를 거꾸로 돌리고 살고 있었다. 그가 일요일마다 테니스를 친다는 이야기에 나는 학교 운동장이라도 뛰어야 하나 그런 생각도 했다.

"나 신경 쓰지 말고 자. 괜찮아."

"운전하시는데 옆에서 그러는 건 아니죠. 안 졸려요."

"정말 괜찮아서 그래. 나는 내 일 때문에 가는 건데 너는 아니잖아."

어쩌면 좋알거리는 내가 더 불편할 수도 있다는 생각이 들었다. 눈치 없이 수다쟁이가 되어 무안했다.

근래에 누구와 대화를 이어 가는 일상이 없어 그런지 주고받는 대화가 좋았다. 그에게는 피곤할 수도 있는 일이란 걸 몰랐다. 미안했다. 조금 서운했다고 하면 나의 과한 감정이겠지. 속으로 마음을 곱씹으며 억지로 눈을 감았다.

얼마나 지났을까? 불편한 자세에 퍼뜩 눈이 뜨여 옆을 보니 선배는 일어난 나를 슬쩍 보면서 창문을 조금 열어 주었다. 자세를 바로 하다 스르르 옷이 내려가는 게 느껴졌다. 덮고 있을 만한 옷을 가져오지 않은 나는 낯선 옷을 살폈다.

그의 옷이다. 잠귀가 밝다고 생각했는데 옷을 덮어 주는 것도 모르고 정신없이 잤다는 게 부끄러워진다. 자기 전 서운했던 마음 한 조각이 옷가지에 덮어졌다. 조심스럽게 옷을 개어 뒤편에 두었다.

"공기 좋지? 이 시간에 여기 지나가면 바다 냄새가 좋거든."

어스름한 새벽의 공기는 그의 말대로 바다 비린내를 토해 내고 있었다. 내 눈에는 저수지 하나 보이지 않는데 어디에 바다가 있을까? 고개를 돌려 그에게 물으려다 혼자만의 감상에 취한 몸짓을 보고 입을 다물었다. 조금 추워서 입고 있던 후드티를 뒤집어썼다.

깜깜한 바깥이 연한 먹물처럼 조금씩 밝아 오면서 과수원으로 보이는 밭이 보이고 굽이굽이 산길이 보였다. 조금은 불편한 산길을 이렇게 한 번 저렇게 한 번 그에게 쏠려 가며 한참을 간다.

자꾸 산으로만 달려가던 길이 갑자기 시원하게 트이며 새로운 길이 나타났다. 그러더니 이내 우리가 탄 차는 빽빽한 나무가 끌어안고 있는 절의 입구에 도착했다.

나는 차가 멈추자 뻣뻣해진 어깨와 허리를 문지르며 내렸다. 그는 뒤쪽에서 뭔가를 꺼내고 있었다.

"들어가도 되는 거예요?"

절 입구에 서서 망설이며 짐을 내리는 그의 곁으로 다가가 물었다.

"응. 따로 입장료 받는 곳이 아니거든."

내 질문은 이런 시간에 이렇게 불쑥 들어가도 되냐는 말이었는데 이 사람은 다른 말로 들었다. 다시 물으려다 한두 번 온 곳도 아닌 거 같아 그의 뒤를 강아지처럼 쫄래쫄래 따라붙었다.

흙바닥은 방금 새벽 단장을 했는지 빗자루 자국이 그대로 남아 있었다. 걷던 걸음을 멈추고 빗질로 난 흙 모양새를 뚫어져라 보았다. 기분이 편안했다. 앞서 걷던 그는 이미 사라지고 없었다.

목을 쭉 빼고 주변을 살피며 슬금슬금 빗질 자국을 손으로 쓸었다. 보드라운 흙이 내 손에 닿았다. 일정한 간격으로 나타나 있던 빗자루 지나간 자리가 내 손길에 일그러졌다. 가슴이 철렁했다. 아닌 척 손으로 다시 흉내를 내어 모양을 만들었다. 제법 비슷하게 그려진 걸 확인하고서야 마음이 놓였다. 그제야 다시 일어서서 사뿐사뿐 기분 좋게 뛰어가며 그를 찾았다.

고요하게 부는 새벽의 냄새에 익숙해질 무렵 절의 경내를 걸으며 사진을 찍고 있는 그를 찾았다. 그 곁에는 허리춤까지 오는 싸리 빗자루를 든 노스님이 함께였다. 방금 본 고운 마당의 그림이 스님의 솜씨인가 보다. 슬며시 빗자루를 빼앗아 내가 만들어 놓은 엉터리 작품을 바르게 해 놓고 싶다.

스님은 카메라 앵글에 혹시나 흔적을 남길까 잠깐 저만큼 비켜섰다. 그는 이내 셔터를 누르고 앞으로 다가가 합장을 했다. 고요한 그의 몸짓이 스님만큼 경건했다. 서로 안면이 있는 사이인지 한참 동안 스님과 대화를 이어 가고 있었다.

목탁 소리가 탁탁탁 청명하게 절 경내에 퍼져 가자 스님은 종종걸음 치며 사라졌다.

선배는 주변을 돌아보며 나를 찾는 듯했다. 이내 나를 발견한 그가 성큼성큼 걸어왔다. 발소리는 흙길에 묻혀 들리지도 않는데, 내 심장소리에 맞춰 쿵쿵거리는 기묘한 느낌에 나는 뒷걸음질을 쳤다. 갑자기 목 안에서 뭔가 치밀어 오를 거 같았다. 끙 하고 꿀꺽 마른침을 삼켜도 답답한 내 마음은 그대로다.

곱게 남겨진 빗자루의 흔적이 신경이 쓰여 깨금발로 조심해서 그의 곁으로 다가갔다. 내가 걸어오는 모양을 의문스럽게 보던 그는 내

발을 유심히 보며 물었다.

"발 다친 거야?"

"발? 아니요. 바닥에 빗자루 지나간 자리가 너무 예뻐서. 자국 남기는 게 미안해서요."

까치발을 하고 평소의 눈높이보다 훨씬 올라간 시선으로 선배를 바라봤다. 슬쩍슬쩍 발가락에 힘을 주면서 이리저리 뛰는 내 발동작을 그는 말없이 바라보고 있었다. 그러다 선배는 나처럼 폴짝거렸다. 다 큰 남녀가 절 마당에서 이상한 춤사위를 펼친다.

"어디 있었어?"

"저기 뒤쪽에요. 여기 자주 오세요?"

"자주는 아니고. 한 번씩 오는데 그게 인연인지 여기 공사를 우리가 맡기로 했거든. 저기 건물이 이번에 짓는 거야."

선배는 손을 들어 아까 보지 못했던 작은 건물 하나를 가리켰다. 나는 손끝을 보지 않고 그의 팔을 더듬고 목을 훑었다. 나를 등지고 있는 뒷모습이 내게 와 닿았다.

"불교 박물관 그런 곳인데, 여기 중요한 문화재 자료랑 노스님이 전해 받은 자료를 모아서 가을쯤에 개관할까 하는 중이거든."

고요하게 처마를 올린 건물은 주변의 절의 모습과 흡사했다. 새로 지은 현대식 건물임에도 은은하게 원래 있었던 것처럼 자연스러웠다. 그래서 그가 알려 주기 전에는 미리 알아채지 못한 거 같다.

하고 싶었던 일이었을까? 뭐라고 덧붙여 설명하는 그의 목소리가 평소 때보다 조금 높았다. 그 기운이 내게도 전해져 왔다. 절의 풍경을 찍은 사진을 내게 보여 주며 설명을 해 주었다. 아는 것이 없는 나는 듣기만 해도 좋았다. 그사이 절은 완벽한 아침을 맞았다.

"재미없지?"

"아니요. 제가 잘 몰라서 그래요. 재밌어요."

"종교 있어?"

"네. 서지훈교라고. 제가 교주에 신도에 모든 걸 다 해요."

이 절의 지킴이인지 아까는 보이지 않던 강아지 한 마리가 우리 주변을 경계하지 않고 왔다 갔다 했다. 낯선 사람들이 늘 오는 절이라 그런지 개도 그에 맞게 모든 이를 친숙하게 받아들이는 모양이다. 그럼 도둑은 어찌 지키나? 속세와 떨어진 절이지만 세상이 정해 준 기준선에서 지켜야 할 것은 있을 텐데.

저 강아지가 절은 지킬까 하는 생각을 깊게 파고들지 못하게 방해하는 것은 선배의 웃음소리였다. 숨이 넘어가게 웃는 그의 웃음소리에 어디서 무슨 일이라도 생겼나 두리번거렸다. 여전히 절은 조용하고 강아지는 우리 주변을 맴돌았다.

"이 시간에 여기서 이렇게 웃으면 어떡해요? 스님한테 야단이라도 들으면 어쩌려구요?"

목탁 소리와 염불 소리가 고요하게 우리 발밑으로 깔렸다. 은은하게 퍼지는 향냄새가 절을 감싸고 있었다. 이렇게 경건한 장소에 그의 웃음소리는 어울리지 않았다. 혹시 누가 들었을까 싶어 정색을 하고 주변을 살폈다.

곁으로 아까의 노스님이 법복을 갖춰 입고 나타나셨다. 미안해진 표정으로 내가 머리를 조아리자 스님은 괜찮다며 온화한 미소를 지으며 우리를 지나갔다. 그 뒤로 하얀 고무신이 희미한 자국으로 남았다.

"지훈 씨 보면 참 재밌어. 그 종교에 나도 넣어 줄래?"

"싫어요. 세상에 믿을 건 나밖에 없어요."

그의 미소가 사라졌다. 농담인데 금세 얼굴이 굳어지는 선배를 보면서 후회가 밀려왔다. 뭐라고 변명이라도 할까 했지만 그게 더 우스워 나는 마음을 걸었다.

다시 바닥에 시선을 두고 멍하게 빗자루 지나간 자국을 바라봤다.

"배고프지?"

"괜찮아요. 이렇게 아침 공기 마시니까 농담이 아니고 정말 배가 불러요."

"조금 이따 내려가자. 나는 스님 잠깐 뵙고 일하는 거 진행 상황 보고 올게. 혼자 있을 수 있겠어? 아니면 차에 가 있을래?"

이렇게 이른 시간에 누가 일을 하나 싶었는데 살펴보니 하나둘씩 인부들이 건물로 모여들고 있었다. 그는 성큼성큼 그쪽으로 가 버렸다. 반갑게 반기는 사람들이 큰 소리로 인사를 건네고 있었다. 절만 조용하고 인간은 참 시끄럽다.

혼자 뭘 하나 하다 산책로로 보이는 길을 따라 걷기 시작했다. 앞에 보이는 커다란 나무까지만 가야지 하면서 쉬엄쉬엄 걸었다. 보이는 것보다 실제 거리가 꽤 되어 천천히 걷는 걸음에도 숨이 가빴다.

중간중간 산길에 쪼그리고 앉아 이름 모를 풀꽃을 한참 바라보기도 했다. 그렇게 삐뚤빼뚤 길을 걸었더니 어느새 작은 언덕 중턱까지 오게 되었다. 고개를 두리번거리며 처음에 봐 두었던 나무를 찾았다.

한참 동안 숨을 몰아쉬다 아래를 바라봤다. 그는 뭔가 서류를 꺼내 보면서 현장직의 사람들과 심각하게 이야기 중이었다. 옆에서 이름 모를 새의 지저귐이 울리는 그때였다. 그 사람의 눈이 나에게로 향했다.

우리 사이가 꽤 먼 거리임에도 불구하고 신기하게 그의 눈빛이 내게 와 닿았다. 이걸 어떻게 설명해야 할까? 온몸에 소름이 돋았다. 새의 울음소리보다 그 시선이 더 요란하게 소리를 냈다.

켜켜이 쌓였다. 흐르지 않고 쌓여 버렸다. 같이 시간을 보내면서 한 덩이가 쌓이고, 건네받은 마음에 그 곱절이 쌓이고, 뒤에 서 있는 그의 걱정 어린 시선이 내게 와서 박혔다. 마음이 쌓여 흘려보내지 못

하고 쌓여 버렸다.

설거지를 하며 행주를 비틀어 짜면서도 그가 내 곁에 있었다. 자면서도 나를 실없이 웃게 하고 그런 내가 부끄러워 이불을 뒤집어썼다. 휴대전화가 울릴 때 그의 이름을 몇 번이나 새길 듯 바라보면서 받았다. 허락도 없이 점점 이 사람이 내가 그어 놓은 선 안으로 들어왔다.

왜 그걸 이제 알았을까? 더럭 겁이 났다. 들고 있던 가방에서 급하게 폰을 꺼냈다. 덜덜 떨리는 건 마음인 줄 알았는데 덩달아 손도 떨렸다. 몇 번이나 오타가 났다. 억지로 손에 힘을 주고 문자 메시지를 남긴 후 전원을 껐다. 겁이 났다. 입술이 자꾸만 떨렸다.

성급한 내 발걸음이 돌부리에 몇 번이나 걸렸다. 도저히 말로 설명하기 힘든 내 마음이 저만큼 툭 남겨져 소리를 지를 것만 같다. 가쁜 숨이 울컥울컥 넘어왔다.

[죄송합니다. 급한 일이 있어 먼저 올라갑니다.]

· · ✳ · ·

취기가 올라 걸음이 살짝 비틀거렸다. 오랜만에 윤정의 집에서 수다를 떨다 지원이의 재촉에 마지못해 자리를 정리하고 나왔다. 색이 고운 과실주는 몇 잔 마시지 않아도 취하게 했다. 걸을 때마다 휘청거려 집 앞 벤치에 앉았다.

선배를 그렇게 마음에서 밀어 놓고 나는 바빴다. 여기저기 이력서를 넣어 두고 연락을 기다리는 시간을 보냈다. 그러다 운이 좋게도 예전 회사 부장님이 새로운 지점으로 독립해 나오면서 내게 연락을 해 오셨다.

그동안 적지 않은 이력서를 내고 면접을 보면서 떨어지거나 붙기도 했다. 붙은 곳은 내가 마음에 들지 않았고 떨어진 곳은 정말 가고 싶은 회사고 그랬다. 회사나 사람이나 이런 건 왜 같은지 모르겠다.

마음은 자꾸 가는데 그러면 안 되는 사람인데 선배가 자꾸 생각이 났다. 엉덩이를 방바닥에 붙이고 윤정이와 술을 나눠 마시면서 홋카이도 호텔에서의 그가 떠올랐다. 이제는 내가 지부장님으로 모셔야 할 예전 부장님을 보면서 그와 내가 같이 근무했던 회사에서의 일상이 생각났다.

전화를 꺼 놓고 내 마음으로부터 도망쳐 온 그날. 그는 집 전화로 나를 찾았다. 내가 퉁퉁 부은 얼굴로 안 받는다는 손짓을 하자 지원이는 대충 둘러대고 전화를 끊었다. 그 뒤로 몇 번의 그의 전화가 이어 졌어도 나는 여전히 받지 않았다.

나중에는 지원이가 전화에 대고 오히려 무슨 일이냐고 그에게 묻는 듯했지만 이미 마음이 너무 시달린 나는 제지할 기운이 없었다.

이제 안 볼 거니까. 비겁하다는 거 알지만 살다 보면 별별 일이 다 생기잖아.

그도 나를 그렇게 정리해 주길 바랐다. 나를 찾던 전화는 이제 멈췄다.

조금씩 취기가 옅어지고 카디건 주머니에 손을 찔러 넣었다. 괜히 의미 없이 발을 가지런히 모으고 바닥을 쓸었다. 새가 지저귀던 절에서 까치발을 함께 했던 그 사람의 발은 지금 어디를 걷고 있을까?

마음의 기울임이란 참 이상하다. 고개를 이렇게 움직이면 이렇게 따라오고, 저렇게 움직이면 또 저렇게 따라온다. 베개를 베고 엎드리면 그 자세 그대로 나를 따라왔다. 밥을 먹으려고 수저를 들고 입을 벌리면 거기까지 마음이 넘어와 입안으로 내 속을 온통 헤집고 다녔다.

그러다 아주 잠깐 마음을 놓치기라도 하면 내 속에서 톡톡 두들긴다. 왜 흐르지 않고 있냐고 묻는다.

벤치에 기대어 눈을 감고 조용한 가로등 불빛을 느꼈다. 오늘 새로 한 머리를 어색하게 한번 쓰다듬었다. 엄마가 남자 같아 보인다고 싫어하던 짧은 커트 머리는 이제 차분하게 자라 단발이 되었다. 손질하기 좋게 가볍게 펌을 했다.

눈을 뜨자 가로등 불빛에 아롱거리는 나뭇잎이 보였다. 몇 주 전 그렇게 도망치고 왔던 그날도 이렇게 벤치에 앉아 숨을 골랐다. 그때는 벚꽃이 초록색 잎과 섞여 얼굴을 간지럽게 했다. 지금은 온통 새파란 잎뿐이다.

다시 눈을 감았다. 다시 눈을 뜬다. 이제는 어둑한 가로등 불빛도, 자잘한 나뭇잎도 안 보인다. 집에 가야겠다.

훅, 한숨이 쏟아진다.

"술 마신 거야?"

아, 줄곧 내 속을 흐르는 그 사람.

나는 숙인 고개를 찬찬히 올렸다. 깨끗한 신발이 보였다. 어, 근데 흙이 조금 묻었다. 불빛이 어둑한데도 이상할 만큼 이 사람은 빛이 났다.

찬찬히 타고 올라간 시선이 다림질이 잘 된 바지를 만지고 좀 더 올라가 둥둥 걷어 올린 와이셔츠 아래 시계를 눈으로 만졌다. 차근차근 그를 눈으로 더듬다 시선을 마주했다.

정말 그 사람이다. 한참을 그렇게 올려다보다 나는 목이 아파 다시 고개를 숙였다.

이 사람은 뭔가 조금 삐뚤어져 있었다. 처음 기차 안에서 봤을 때도 어깨가 한쪽으로 조금 기울어져 있었고, 퇴근 후 급하게 달려온 그의 손에는 볼펜 자국이 묻어 있기도 했다. 어느 날은 현장에서 바로 올라왔다면서 손톱 밑에 흙이 묻어 있기도 했다. 내가 그런 그를 한참 쳐다보면 그는 부끄러워하며 손을 테이블 아래로 숨겼다.

저이는 그때 가볍게 살랑이던 내 기분을 알까?

"여기 앉아요."

내가 살짝 옆으로 비켜 앉으며 손으로 툭툭 보이지 않는 먼지를 털며 자리를 비워 주었다. 그는 내가 치워 준 자리에 앉지 않고 저만큼 떨어져 앉았다. 서운한 마음이 든다.

"잘 지낸 거야?"

"네. 선배님도 잘 지내셨죠?"

"아니."

별거 없는 서로의 안부 인사를 끝으로 우리는 조용해졌다. 어색한 침묵이 답답했다. 일부러 내가 고개까지 돌려 그를 바라봤지만 선배는 정면만 보고 있을 뿐이다.

"날씨 좋죠? 이러다 금세 여름 오겠어요. 여기 나무에 매미들 진짜 시끄러운데."

"왜 피하는 거야?"

그제야 내게 시선을 돌리는 그다. 이제는 내가 오히려 무안해져 고개를 푹 떨군다.

"그러게. 왜 그랬을까요?"

"나한테 할 말 없어?"

갑갑한 내 속과 반대로 시원하게 늦은 봄바람이 들어왔다. 이 사람의 목소리는 경직되어 있었다. 그때 기차에서 내 이름을 부를 때는 겨울바람이 묻어 있어 시원했는데. 오늘 목소리는 벌써 여름의 후텁지근한 공기를 담고 내게 묻는다. 반갑지 않다. 그때처럼 내 이름을 불러 주면 오늘의 나는 대답할 수 있을까?

자꾸만 흘러가는 내 마음을 주체할 수가 없다. 튼튼한 울타리가 지켜 줬으면 좋겠다. 내가 넘어가지 못하게, 누가 넘어오지 못하게, 멋진 울타리를 만들어야지. 기왕이면 예쁘게 만들어서 나를 지켜야겠다.

속 안에서 답답한 기운을 끌어 날숨을 내뱉었다.

"……네, 저 선배님한테 할 말 있어요. 저 사실 선배님 좋아하는 거 같아요. 그래서 도망간 거예요. 아, 이건 내 감정이고, 내 마음이고, 내 문제예요. 그러니 선배님한테 부담을 주려는 것도 아니고, 미안해하시거나 그럴 일도 아니에요."

결코 좋은 대답도 아닌데 좋아한다고 고백하는 내 기분은 왜 이렇게 좋은지 모르겠다. 그래, 술 탓이겠지.

"네 마음이라면서 근데 왜 나한테 말해?"

픽, 풍선에 바람이 빠지듯 기운이 빠진다. 이런 식의 대답은 내가 예상하지 못했던 걸까? 가끔 그를 보면서 저 사람 속에는 무슨 부처님이 들어 있나 했다. 내가 사람 보는 눈은 정확하다. 여자가 좋아한다고 해도 이런 시답잖은 반응이라니. 많이 부끄럽다.

"계속 혼자 안고 있으려니 좀 힘들어서요. 그러니 더 정리도 힘들고. 이렇게 말하고 나니까 개운해졌어요. 이제 접을 수 있을 거 같아요."

"왜 그래야 하는데?"

"뭐가요?"

"왜 접어야 하냐고?"

어, 이 또한 예상하지 못한 질문이다. 나는 어어어 몇 번 하다 웃어버렸다. 술에 취했나 밤에 취했나 아니면 떨어지는 새파란 나뭇잎에 취했나? 배실배실 웃다가 너무도 진지한 그의 표정에 입을 다물었다.

조금의 시간이 흐르고 숨을 가다듬었다.

"……마음이란 게 참 그래요. 날 낳아 준 엄마가 저를 많이 싫어했어요. 왜 그런지 잘 모르지만, 그렇다고 해도 아빠와 정상적인 관계로 시작하지 않았던 지금 엄마를 싫어해야 하는데 그게 또 아니더라고요."

숨을 고르듯 한숨이 또 제멋대로 쏟아진다. 조금 빨라지는 호흡을 정리했다. 입술을 한번 깨물었다. 시작한 고백을 끝내야 했다.

"돌이켜보면 그 친구랑은 뜨거운 사랑은 아니었어요. 친구로 지낸 세월이 더 길었고, 결혼 결심도 지금 와서 보면 너무 쉽게 생각했어요. 우린 결혼보다 친구가 더 어울렸을 사이인 거 같아요. 선배 전화 피하면서 그 친구랑 나 사이를 돌아봤어요. 그래, 우린 이렇게 끝내는 게 맞는 거 같다, 이런 결론을 내고 있는 나를 돌아보는데 좀 무서웠어요."

그리고 지금도 무섭다. 이런 말을 하는 내가, 이런 말을 듣고 있는 그가 나를 어떤 식으로 바라볼지.

"어느새 선배가 내 마음에 들어와 좋았던 그 친구와의 세월을 부정하는 나 자신이 참 미워요. 저는 왜 이렇게 마음을 대체하듯 다른 사람을 받아들일까요? 설명하기 어려운데 좋아한다는 감정, 사랑했던 마음 그런 것이 이제는 두려워요."

"그래서 넌 나를 밀어내면 편해질 거 같아?"

나는 대답을 하지 못했다. 자신이 없다. 파르르 입술이 떨리는 걸 나도 느낄 수가 있었다. 다시 만나지 못할 사람이라고 상처를 드러냈다. 또 오늘은 이제 안 볼 사람이라고 좋아한다 고백도 했다.

이 사람은 흔들리는 나를 볼 때마다 무슨 생각을 했을까? 오늘 나를 찾아오면서 또 어떤 생각을 했을까?

그의 머리가 많이 자랐다. 슬금슬금 그의 곁으로 다가앉았다. 손을 들어 살짝 선배의 머리를 만졌다. 그가 눈을 살며시 감았다. 어두운 가로등 아래 불빛에도 그의 속눈썹이 떨리는 게 보였다. 포옥 한숨이 그에게서 새어 나왔다.

"선배님은 머리 짧으면 안 되겠어요. 지금이 멋져요."

마지막이라고 인심 한번 크게 써 줬다. 이 사람 뭐라고 대꾸도 없다. 손이 부끄러워 부드러운 머리에서 손을 거뒀다. 그랬음에도 보드라운 느낌이 새겨질 듯 남아서 손바닥을 물끄러미 바라봤다.

갑자기 내 손이 그의 손에 의해 사라졌다. 잡힌 손, 뜨거운 그의 손, 그와 나의 손가락이 서로 얽힌다. 내 손이 부끄럽다. 억지로 빼내려고 움직이면 더 세게 꽉 잡는 그다. 이내 포기를 하고 그의 얼굴을 쳐다봤다.

그는 나를 보지 않고 손에 힘만 주고 앞만 볼 뿐이다. 그렇게 한참 옆모습의 그를 볼 때, 소리 없이 나뭇잎 하나가 우리의 잡힌 손으로 떨어졌다. 그때 그는 나를 돌아봤다. 손이 풀렸다. 나는 일어섰다.

"자, 우리 악수해요. 그동안 고마웠습니다."

빤히 올려다보는 그에게 손을 내밀었다. 반응이 없다.

"에이, 부끄럽잖아요."

손이 민망하다. 가방을 챙겨 들었다.

"이대로 가는 거야?"

"시간이 너무 늦었어요. 동생이 걱정해요. 부탁이 있어요. 제 전화번호 지워 주실래요?"

"지훈 씨, 내가 좋아하는 거 몰라?"

이 사람이 내게 좋아한다고 한다. 좋아한다고. 조금은 부끄럽다. 나도 알고 있는데. 말 안 해도 알고 있는데. 그래도 이렇게 내가 알게, 세상이 알게, 말로 해 준다. 마음이 또 혼자서 막 뛴다. 잡아야 하는데, 붙잡아야 하는데, 그러면 안 되는데 마음은 자꾸 퍼더덕 혼자 날갯짓을 한다.

"알아요. 그 정도 눈치는 있어요."

"그런데 왜? 알면서 이러는 거 무슨 뜻이야?"

"우리 서로 많이 좋아하고 힘들었던 사이는 아니잖아요. 도망가는 거라고 해도 할 말 없지만, 이제 좀 편하게 지내고 싶어요."

"도망가는 거 맞네."

"네. 저 도망가요. 잡을 필요 없어요."

"나를 좋아하는 게 네 마음 네 생각이라고 했지? 그래, 이해해. 하지만 나도 내 마음이고 내 생각이니까 지훈 씨가 내 마음 상관할 필요 없겠지? 늦었어. 어서 들어가. 동생 걱정하겠어."

무슨 뜻일까? 나만큼이나 복잡한 사람이다. 물끄러미 그를 쳐다보는 나에게 선배는 갑자기 싱긋 밝은 미소를 보여 주었다. 툭툭 털듯 일어나 획 돌아섰다. 매정할 만큼 단번에. 지금껏 같이 이야기했던 그 느낌이 무색할 만큼 여운도 없이 등을 돌려 내게서 멀어졌다. 경쾌한 휘파람을 불며 말이다.

그는 멀어지면서 돌아보지도 않고 손을 흔들었다. 휘파람 소리는 내 시야에서 멀어진 뒤에도 꽤 길게 내 귀를 간지럽게 했다.

나는 이제는 술이 완전히 깨 버려 빠르게 집으로 걸었다. 그러다 갑자기 멈췄다. 그가 사라진 곳을 한참 바라봤다. 좀 전까지 같이 앉았던 벤치에 아직도 그가 있을 것만 같다. 하루가 너무 길다.

내일은 집에도 가 봐야 하는데, 엄마가 해 주는 밥도 먹어야 하는데. 그러려면 일찍 자야 하는데. 향긋한 늦은 봄날 밤은 내게 쉽사리 곁을 주지 않았다.

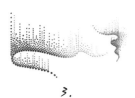

3.
너에게 흐르는 내 마음

쪼르르 물이 흐르는 소리다. 눈을 뜨지 않아도 익숙한 이 소리가 무언지 아는 나는 이불 속에서 나른하게 기지개를 폈다. 다시 쪼르르 물소리가 내 몸의 숨구멍을 찾아 들어간다. 집에 내려왔다는 안도감, 편안함이 좋다.

눈을 뜨고 온몸을 열듯 이불 속에서 몸을 쭉 폈다. 코 안으로 희미한 바다 비린내가 들어왔다.

오늘은 바다가 조용하다. 파도 소리가 없다. 아빠는 물질을 나가셨을까? 물소리가 그치고 엄마가 내 쪽으로 돌아앉았다. 방 한구석에는 콩나물시루가 떡 버티고 있다.

"일어났어?"

"응. 엄마 나는 있지. 콩나물시루에 물 주는 소리가 너무 좋아. 이 소리 들으면 집에 온 거 같아."

엄마는 들고 있던 바가지를 옆에 두고 내 곁으로 다가오셨다. 어젯

밤 심야버스를 타고 온 나는 바닷바람에 잔기침을 했었다. 보일러를 나 때문에 돌렸음에도 행여나 바닥이 식지나 않았나 이불 속으로 손을 넣어 온기를 가늠하신다.

그가 휘파람을 불며 떠나고 다음 날 오전에는 엄마가 부탁한 물건을 사기 위해 쇼핑을 했다. 백화점이며 마트를 다니며 낮은 휘파람을 불어 댔다. 밤늦게 아빠와 함께 고속버스터미널로 마중 나왔던 엄마는 휘파람을 부는 내 등짝을 때리셨다. 뱀 나오게 왜 자꾸 휘파람을 부냐고. 하지만 내 의지로 멈출 수가 없었다.

이불을 개고 옷을 챙겨 입었다. 시간을 보니 이미 아침 시간이 한참 지났다. 세수를 하고 방을 닦았다. 어제 청소한 흔적이 고스란히 남은 가게를 또 닦고 청소를 했다.

요즘은 날씨가 좋아 시골 바닷가에 있는 횟집은 장사가 괜찮다고 했다. 아무래도 날씨 탓에 어디로든 나오게 되고 사람이 나오면 밥을 먹어야 하니 덕분에 우리 집도 먹고산다. 윤정이네 목욕탕은 날씨가 좋으면 목욕탕이 텅텅 빈다고 하는데. 그 손님들이 목욕은 안 하고 교외로 나와 회를 먹는다.

아빠가 벗어 둔 빨래 한 보따리도 세탁기에 돌렸다. 엄마의 자랑거리 횟집 물수건도 냉동실에 채워 넣었다. 우리 가게는 공장표 물수건을 쓰지 않는다. 엄마는 직접 삶아 세탁을 한 수건을 냉동실에 채워놓고 손님이 오면 내놓는다. 엄마도 늙어 가는 나이에 이런 노동까지는 몸이 상할 텐데 그 고집을 꺾을 수는 없다.

그렇게 반나절을 가게 청소로 시간을 보내고 있을 때 아빠가 들어오셨다. 어디서 점심은 먹고 왔다고, 낮잠이나 주무신다며 손을 씻고 들어가셨다.

들어가는 아빠의 뒷모습을 고요히 바라보았다. 내 아버지구나 싶은 낯선 감각에 정말 집에 왔구나 했다. 이제는 이런 느낌이 오히려

친숙하게 느껴지는 거 보면 여전히 아빠와 나는 좁혀지지 않았다.

아버지는 1년 가야 내게 열 마디도 말을 하지 않으신다. 내게는 조용하신 아버지는 지원이와는 머리를 맞대고 두런두런 말씀이 길다. 누가 보면 내가 데리고 들어온 딸인 줄 알겠다.

울적한 기분이 정수리부터 쏟아졌다. 방향 전환이 필요했다. 신발을 끌고 가게를 나섰다. 5월의 뜨거운 햇살이 바다에 와서 부서졌다. 나는 손차양을 드리우고 걸었다. 바지락을 캐는 동네 아주머니가 태양을 머리에 이고 있다. 슬렁슬렁 걷는 나를 본 아주머니는 허리를 펴고 나를 부른다.

"집에 온 거야?"

"네. 어제 심야버스 타고 왔어요. 잘 지내시죠? 오빠는 배 새로 했다고 하던데 괜찮아요?"

"안 그래도 장가가야 될 텐데 여자가 없어서 큰일이야."

저 멀리 있는 곳에서 대화를 하다 보니 서로 알아듣지 못하는 모양이다. 아주머니는 내 물음에 오빠 걱정부터 대뜸 하신다.

그렇게 동네를 슬리퍼 끌고 휘파람을 불며 오후 내내 돌아다녔다. 나중에는 햇살에 콧잔등이 따가워 어쩔 수 없이 집으로 돌아왔다. 한 풀 꺾인 오후 햇살이 길게 가게 안으로 들어섰다.

손님이 빠져나가고 가게 안은 너저분한 그릇과 여기저기 팽개쳐진 방석으로 정신이 없었다. 아빠는 거의 비워 낸 수족관을 바라보다 그 물망을 챙겨 그대로 사라지셨다.

"얘가, 왜 안 하던 짓을 하고 그래? 다 큰 여자애가 휘파람은 왜 불어."

엄마는 어젯밤처럼 정색을 하며 내 등을 따갑게 때리셨다. 무안스러워 배시시 웃으며 나는 아픈 등을 살살 쓰다듬다 가게 정리하는 엄마 손을 거들었다.

"엄마, 우리도 밥 먹어야지. 아빠 불러 올까?"

"우리끼리 먹으면 돼. 아빠는 아마 삼촌 댁에 갔을 거야. 거기서 먹겠지."

"손님 더 안 오시려나?"

"예약도 없고, 고기도 없어. 손님이 와도 더 못 받아."

"엄마는 앉아 있어. 내가 챙길게."

내가 가게를 정리하는데도 엄마는 몸을 가만 쉬지 못하신다. 늘 부지런히 움직이시고 정리정돈과 청소에 대단한 재주를 가지신 분이다. 게다가 그 피를 이어받아 지원이도 그에 못지않다.

청소기를 밀 때 머릿속으로 바닥에 30센티의 공간을 그려 놓고 그렇게 청소를 해야 된다고 지원이는 잔소리를 했다. 생각 없이 밀다 보면 미처 흡입하지 못하고 지나가는 부분이 생긴다고, 바닥에 자로 선을 그어 가는 것처럼 설명했다. 누구랑 결혼할지 몰라도 참 피곤하겠다.

이런 것을 보면 엄마와 지원이는 부모 자식 간이고 나는 남같이 느껴진다. 내가 엄마의 진짜 딸이 아니라서 안 닮았구나 하는 거. 쑥 바닥으로 당겨지는 어두운 마음을 쪽 눌러 놓고 밥상을 차렸다.

"볼락 작은 거 팔기는 그래서 너 먹이려고 챙긴 거 있어. 구워 줄게. 잠깐 기다려. 좋아하잖아."

"괜찮아. 지금 차려진 것도 다 못 먹겠는데."

이미 밥상은 나를 위해 엄마가 장만한 반찬으로 가득했다.

"그래도 집에 왔는데. 내일은 엄마가 고기 구워 줄게."

자꾸 일어서려는 엄마를 주저앉혔다. 막 수저를 드는데 가게 전화가 울렸다. 엄마가 전화를 받으셨다. 예약 전화인지 옆에 놓인 메모지에 뭔가를 적고, 또 어디다 전화를 하고, 잠깐 옆집에 다녀오마 하며 나를 두고 나가셨다.

수저를 내려놓고 엄마를 기다렸다. 심심해진 나는 어느새 또 휘파람을 불고 있었다. 태어나서 한 번도 제대로 불러 본 적이 없는데. 그럼에도 휘파람이 너무 재밌어서 미칠 지경이었다.

"훈아, 하지 말래도. 왜 안 하던 짓을 하고 그래? 밥상머리에서 뭐 하는 짓이야?"

나갔던 엄마가 돌아와 휘파람 소리에 정색을 하며 또 내 등을 한 대 내려친다. 민망해진 나는 장난처럼 웃었다.

"이제 그만해. 이러다 뱀 나오겠다."

뱀 대신 사람이다. 그것도 내가 아는 사람.

검은 그림자를 옆으로 길게 늘어뜨리고 멀쩡하게 생긴 남자가 내 앞에 섰다. 그 사람은 휘파람을 멈춘 나를 내려다보고 있다. 세상에, 이게 무슨 일이래? 내가 휘파람으로 이 사람을 부른 거야?

나는 이 상황에 입만 딱 벌렸다. 멍하니 쳐다보는 내가 우스운지 선배는 씩 웃고 만다. 어이가 없어 침을 꼴딱 삼켰다. 이게 꿈인지 현실인지 구분이 안 간다. 손을 휘휘 저었다.

워워, 귀신이면 어여 물러가라.

"어서 오세요. 혼자 오셨어요?"

엄마, 엄마 눈에도 이 사람이 보여? 귀신 아니야?

눈을 동그랗게 뜨고 확인이라도 하듯 엄마를 쳐다봤다. 엄마는 선배를 손님으로 알고 자리를 안내하다 우리를 번갈아 보았다.

"우리 훈이 찾아오셨어요?"

손님이라 추정한 남자는 나를 내려다보고, 나는 입을 헤 벌리고 멍해 있다. 이러니 엄마는 이 사람이 단순한 손님이 아니란 걸 짐작했다.

"안녕하세요? 저, 지훈 씨 회사 선배 김민석이라고 합니다. 전에 지훈 씨가 여기 놀러 오면 회 먹여 준다고 해서요."

그러고 다시 웃는다. 길어진 햇살에 그 미소가 어찌나 빛나는지. 나는 또 바보처럼 넋을 놓았다. 우리 두 모녀가 멍하게 바라보자 그는 당황했는지 헛기침을 했다. 정신을 먼저 차린 건 엄마다.

"앉아요. 우리 이제 밥 먹으려고 하는데 같이 식사해요."

세상에서 제때 밥 챙겨 먹는 일이 제일 중요한 엄마다. 그런 분이시니 처음 보는 낯선 남자의 밥상을 차린다고 일어나신다. 어느새 주방으로 가 냉장고를 몇 번이나 열었다 닫았다. 곧이어 기름이 지글지글 끓는 소리에 도마에서도 요란하게 소리가 났다.

"……무슨 일이에요?"

이제야 정신이 든 내가 침을 꼴딱 삼키고 그에게 물었다.

"전에 그랬잖아. 지훈 씨네 가게 오면 회 공짜로 준다고. 그래서 왔어."

진지하게도 말한다. 전혀 농담이 아닌 모양이다. 이제는 웃지도 않는다.

"여길 어떻게 알고 찾아오신 거예요?"

"인터넷에 남해 지훈 횟집 치면 다 나오는데 뭘. 다행히 하나밖에 없더라. 우리나라 IT 강국이잖아. 출발지부터 도착지까지 친절히 안내해 줘."

이런 말을 듣자고 물은 질문은 아닌데.

"제가 여기 있는 건 어떻게 알았어요?"

"아, 그건 지원이가 알려 주더라. 남해 집에 내려갔다고."

따박따박 막힘이 없다. 말을 할수록 점점 나만 휘말려 들어가는 거 같아 입을 다물었다. 그는 팔을 쭉 뻗더니 수저통을 열다 다시 닫았다.

"손 좀 씻고 싶은데. 어디야?"

"나가서 왼쪽이에요."

엄마가 주방에서 귀신같이 듣고 몸을 우리 쪽으로 쭉 빼고 크게 알려 주었다. 그는 고맙다는 인사까지 하고 가게를 나갔다. 휘파람을 불면서. 혼자 신났다. 뱀 나오겠네. 우리 엄마가 알면 등짝 맞을 텐데.

짧은 시간에 밥상은 화려하게 다시 차려졌다. 국을 다시 데워 오고, 생선구이도 한 마리가 나왔다. 언제 장만했는지 회까지 나왔다. 노골적으로 좋은 반찬은 선배 자리 앞으로 쏠려 있다. 어라, 국이 있는데 매운탕도 나왔다.

"어서 들어요. 차린 게 없어서. 우리는 그냥 이렇게 먹고 살아요."

그가 손을 닦고 들어오자 엄마는 호호호거리는 웃음소리를 곁들이며 접대성 멘트를 한다.

"엄마, 상다리 괜찮은가 살펴봐."

"왜?"

"부러졌나 싶어서. 우리가 언제부터 이렇게 먹고 살아? 그런 빈말을 왜 해?"

"얘는 왜 그래? 다 우리가 먹는 거지 그럼 사 온 거니?"

틀린 말은 아니라 더 대꾸도 못 한다. 그는 수저를 들고 씩씩하게 밥을 먹기 시작했다. 나는 밥이 코로 들어가는지 입으로 들어가는지 모르겠다. 도저히 평온하게 밥을 먹을 수 있는 상황이 아니라 수저를 놓았다.

엄마는 가지나물 접시를 그에게 밀어 주었다.

"이거 오늘 아침에 우리 밭에서 땄어요. 우리끼리 먹을 거라 약은……."

"엄마! 이거 약 치는 거잖아. 지금 거짓말하려는 거야?"

"얘는, 사람 말을 끝까지 들어야지. 많이는 아니고 조금만 쳤어요. 벌레가 어찌나 꿇던지. 그래도 가지 나오기 전에 살짝 친 거라 유기농이랑 마찬가지예요. 그러니 안심하고 들어요."

우리가 보편적으로 아는 유기농이 엄마가 아는 유기농과 다른가 보다. 어이가 없어 웃는데 우리 모녀를 보던 그도 따라 웃었다.

좀 고상해지고 싶다. 엄마도 나도 이 상황 자체도 말이 안 된다. 그는 한 젓가락 집어 그대로 꿀꺽 삼킨다. 내가 다 봤다. 이 남자 씹지도 않고 가지를 넘겼다. 내가 뚫어져라 보는데도 또 한 번 씹지도 않고 넘겼다.

"형제가 어찌 되우?"

"형들만 세 명 있습니다. 저까지 남자 형제만 네 명입니다. 다 결혼했고 저는 막내입니다."

"오, 다복한 집안이네요. 나이는?"

"지훈 씨와 네 살 차이입니다."

"아이고, 궁합도 안 본다는 네 살 차이네. 딱 좋다."

우리 엄마 신났다. 나는 엄마랑 그를 번갈아 보며 신기했다. 좀 근엄하고 딱딱해서 장남일 거라 생각했는데. 막내라니 의외다. 아무리 봐도 지금 이런 상황이 당황스러운데 엄마는 흥분된 목소리로 호구조사를 자꾸만 하려 든다.

"엄마, 그런 거 실례야."

"내가 나이 든 사람이라 그래요. 밥 더 들어요."

엄마는 어느새 비워진 밥그릇을 바꿔 주고 있었다. 고봉이 볼록하게 올라온 머슴밥을 내가 중간에서 가로챘다.

"그만 드셔도 돼요. 밥에 회에 생선구이까지. 지금 엄청 배부르죠?"

거기다 좋아하지도 않는 가지나물까지. 이미 이 남자의 배는 보지 않아도 볼록 솟았을 거다. 어찌 되었든 이런 건 내가 구해 줘야 되지 않겠나. 그의 긴장한 어깨가 살짝 풀어지는 걸 나는 봤다.

"가게 문 안 닫고 뭐 해?"

아빠다. 저녁 내내 삼촌 집에 계셨는지 아직도 훤하게 밝혀진 간판 불을 손수 끄고 들어섰다. 몸을 쭉 내밀고 지나가는 이장 아저씨한테 뭐라고 큰 소리로 물었다. 메아리처럼 이장 아저씨의 "좀 더 기다려." 하는 대답이 가게 안에 울렸다.

뒷산으로 길을 내는 일이 더디 진행되고 있었다. 아마도 그에 대한 물음과 답인 거 같다. 아빠는 불만을 가득 담고 몸은 가게로 들어서면서 목은 쭉 빼고 밖의 이장 아저씨와 큰소리로 대화를 한다.

"훈이 아빠. 들어와서 이야기해요."

엄마는 손님 두고 그러는 게 민망해 반은 밖에 걸쳐진 아빠의 팔을 잡아끌었다. 그러고는 대신 이장 아저씨에게 살펴 가라는 인사를 했다.

선배는 짐작으로 가게에 들어서는 남자가 내 아버지임을 알아채고 인사할 타이밍을 찾고 있었다. 몇 번이나 일어섰다 앉았다 했다. 이번에는 들어오시나 이제는 다 끝났겠지 하는데 이제는 가게 앞 입간판을 챙긴다고 나가셨다.

"훈이 아버지. 손님 왔어요."

"손님? 고기 없는 거 알면서도 받았어?"

"아니 가게 손님 말고. 훈이 손님."

아빠는 가게를 정리하면서 눈도 안 마주치다 내 손님이라는 말에 고개를 들었다. 쭈욱 자라목을 뽑고 이제야 눈을 마주친 선배는 엉거주춤 허리를 숙였다.

"누구?"

난데없는 기다란 젊은 남자가 낯설어 뚫어져라 선배를 바라봤다. 선배는 어쩔 줄 몰라 하며 몰래 손바닥을 바지에 닦았다. 그래, 땀 좀 나겠지. 엄마가 나서서 그에게 들은 신상 명세를 주르르 읊었다.

엄마는 사고 싶어 미칠 거 같은 가전제품을 설명하는 주부처럼 신나 한다. 그런 엄마와 반대로 아빠는 아무 짝에도 관심 없는 정수기 판매원을 보듯 심드렁해했다. 그 옆에서 민석 선배는 또 손바닥을 허벅지에 닦는다.

"나 좀 씻으려오. 당신, 옷 좀 챙겨 줘."

그대로 아빠는 2층으로 올라갔다. 이번에는 내가 더 당황했다.

"저 양반이 왜 저러나?"

나처럼 무안해진 엄마가 아빠를 따라 올라갔다. 그러더니 엄마의 발소리에 아빠가 다시 내려왔다.

"손님 있는데 왜 수선이야? 김 군, 자고 갈 거지? 훈이 엄마, 지원이 옷이라도 챙겨 와. 갈아입을 옷은 줘야 잘 거 아닌가?"

김 군이란다. 호칭 한번 희한하네. 내 옆의 김 군은 그 호칭이 마음에 드는지 입술을 살짝 올렸다.

"저기, 빈손으로 오기 그래서 가져왔습니다."

여태껏 거기 있는 줄도 몰랐던, 백화점 상표가 선명한 보자기에 감싸진 뭔가를 내놓는다. 엄마는 환하게 웃으며 좋아 어쩔 줄을 모른다. 속 알맹이가 뭔지 궁금해 죽겠다는 표정이다. 뭘 이런 걸 다 하는 수줍은 어촌 아낙의 예의상 하는 말도 잊지 않고 곁들였다. 내가 냉큼 포장을 쭉 뜯었다.

굴비 세트다. 황금빛이 현란한 굴비다. 눈이 다 부시네. 어이가 없어서 눈이 부셔.

세상에, 이 남자의 센스 꽝인 감각에 우리 가족은 기가 막혀 입을 벌렸다. 웬만해서는 모든 일에 감정 표현이 없는 아빠마저도 헉 하고 숨을 들이마셨다. 상식선에서 생각해도 어촌의, 그것도 횟집을 하는 집을 방문하면서 굴비 선물이라니. 이건 정육점에 인사 오면서 갈비 세트를 사 온 거와 뭐가 다르나?

애써 좋은 표정으로 바꾸면서도 엄마의 구시렁대는 입 모양이 예사롭지 않다. 조용히 우리의 표정을 살피는 선배 역시 어색한 기운을 느꼈는지 벌게진 얼굴로 땀을 흘렸다.

"아, 그게 집에 전화했더니 지원이가 어머니, 아버지께서 굴비를 좋아하신다 하셔서……."

지원이가? 이 자식 올라가면 내 손에 죽었어. 집에 내려오기 전날 과실주에 속이 부대껴 죽겠는데 아침으로 돈가스를 아주 바싹하게 입천장 까지게 튀겨 주더니. 인사 온다는 그에게 엉뚱하게 굴비를 권해 주고. 이놈의 속을 알 수가 없다.

"지원이가요? 우리 부모님 굴비 안 좋아하시는데."

"우리도 굴비 좋아해요. 바다에 그물 던지고 사는 사람들이라 우리 돈으로 굴비는 안 사 먹는데, 잘 먹을게요."

어쨌든 지원이의 장난이란 것을 알았는지 이제 엄마가 무안해하신다.

"보자기가 참말로 좋네. 챙겼다 애들 음식 보낼 때 쓰면 좋겠어. 잘 먹을게요."

엄마는 보자기까지 곱게 챙겨 두신다. 그래도 쩔쩔매며 어쩔 줄 몰라 하는 그의 얼굴은 바뀌지 못했다.

"굴비는 무슨. 요즘 숭어가 얼마나 맛있는데."

노골적으로 타박을 주시는 아빠 말에 그는 얼굴이 붉게 달아올라 나와 굴비를 번갈아 본다.

김 군, 그렇게 봐도 굴비가 홍삼으로 바뀔 수는 없을 걸세.

아빠는 하품을 연방 하면서 2층으로 올라가셨다. 우리 집은 1층은 가게가 있고, 2층은 보통의 살림집이다. 2층에는 두 개의 방과 조그마한 주방과 거실이 있다. 지원이와 내가 내려오면 2층에서 주로 지낸다.

부모님은 가게에 딸린 방에서 지내시지만 욕실은 1층에 따로 없어 개인적인 볼일을 보거나 그런 일이 필요하면 2층으로 올라오신다. 엄마는 씻으러 올라가는 아빠를 따르지 않고 굴비를 들고 가게 주방으로 들어가 갈무리를 했다.

이제야 온전히 그와 내가 남았다.

"괜찮으세요?"

잔뜩 긴장한 채 굳어진 그가 이제야 안쓰럽다. 그러게, 왜 여길 나타나서는. 헤어지던 밤의 경쾌했던 휘파람 소리가 음악처럼 맴돈다. 자기 마음이라고 마음대로 한다고 했던 그의 말이 무슨 뜻일까?

"잠은 여기서 자요."

불쑥 엄마가 가게 내실을 열고 그를 불렀다. 그곳에는 벌써 지원이의 옷이 놓여 있고 상은 한구석에 포개져 있었다. 아빠가 씻고 내려오면서 이불을 양팔에 들고 방에 툭 던져 놓았다.

"훈아, 이불 펴 드려."

적어도 무슨 사이냐고 물어야 변명이라도 하지. 이건 딸을 잽싸게 치워 버리려는 속셈인지 당연하게 받아들이신다. 순간 욱하고 속이 답답해 창문을 열었다.

"밤에 왜 창문을 열어? 밤바람이 얼마나 찬데."

엄마는 내 등을 아프게 때리며 야단이다. 누구 덕분에 내 등짝은 남아나질 않는다. 창문을 닫고 걸레질을 하는 내 손이 곱게 나가지 않는다. 옆에는 그가 안절부절못하고 서성거렸다.

저 김 군은 분명 오늘 여기서 남의 옷을 입고 자고 갈 일정은 없었을 텐데.

네, 저도 오늘 김 군의 이부자리까지 살필 줄은 몰랐으니 우리 서로 퉁칩시다.

방바닥을 닦고 이불을 폈다. 시계가 9시가 넘어간다. 도시에서는 한창 분주할 시간이지만 어촌 우리 집은 이제 잠자리에 들 시간이다. 새벽에 배가 나가야 되는 우리 집은 횟집 일보다 바다의 스케줄에 맞춰 산다.

어느 사이 2층으로 씻으러 올라갔던 그가 말간 얼굴로 내려왔다.

"훈아, 넌 올라가. 불편하겠지만 여기서 주무세요."

"말씀 낮추세요."

"그래도 훈이 회사 선배라는데. 여기에 손님 주무시게 하는 거 좀 그렇지만 이해해 줘요. 우리 집 양반이랑 내가 다 큰 딸 있는 방 옆에 낯선 남자 들이는 건 좀 불편해서요."

엄마는 내실을 다시 한 번 둘러보고 내게 올라가라 재촉한다. 낯선 곳에 떡하니 떨어져 자라고 하니 그도 당황스럽겠지만 나도 이 상황이 불편했다.

두고 갈 수도 그렇다고 내가 여기서 잘 수도 없지 않은가. 이러지도 저러지도 못하고 있는데 엄마는 계속 나보고 올라가라고 눈치까지 준다. 엄마는 서 있는 그를 이불 속에 밀어 넣고 불까지 끄고 나왔다.

별수 없이 2층 내 방에 올라와서 지원이에게 전화를 했다. 받지 않는다. 집 전화도 안 받는다. 이 자식, 고의가 분명하다. 나는 아래층 감옥에 갇힌 그를 꺼내 줘야 하나 고민을 했다.

"이마가 반듯하더라."

"깜짝이야. 기척이나 하지."

엄마는 언제 내 방으로 들어왔는지 몽롱하게 꿈이라도 꾸듯 나른하게 말을 했다.

"사람은 이마가 반듯해야 해. 특히나 남자는 이마가 예뻐야지 제 안사람 위하고 주변 사람한테 너그러워. 네 아버지 이마가 그렇잖아. 김 군 이마가 꼭 네 아버지처럼 바르더라."

엄마는 젊었을 적 아빠라도 생각하는지 꿈을 꾸듯 중얼거렸다. 이마가 반듯해서 그가 마음에 든다고 한다. 그건 절대적으로 엄마의 기준이 아닌가? 반듯한 이마의 아빠는 지금의 엄마에게는 안사람을 위하고 마음이 포근한 사람이지만, 반대로 내 생모에게는 안사람을 멀리하고 다른 여자와 바람이 나 버린 그런 이마를 가진 사람이다.

이마가 반듯한 그는 어느 쪽일까? 그에게도 반듯한 이마의 양면성이 존재할까? 생각은 꼬리를 물고 퍼져 나간다.

"내일 반찬은 뭐 할까? 김 군 뭐 좋아해?"

엄마는 내 대답을 기다리지 않고 그대로 눈에 졸음을 달고 내려갔다. 나는 불을 끄고 몇 번 뒤척이다 일어났다. 밤이 깊어 간다. 일어나 옷을 갈아입었다.

주먹을 꽉 쥐었다. 좋으면 그냥 좋은 거지. 좋아하는데. 집 앞 인형 뽑기 기계를 볼 때마다 쿵쾅거리는 마음이 끊임없이 나를 흔들었다. 받아들이고 싶다. 불을 켜지도 않고 아래층으로 내려갔다. 아빠의 코 고는 소리가 들린다. 조심스럽게 까치발을 하고 그가 머무는 방 앞에 섰다.

"자는 거예요?"

검은 그림자가 벌떡 일어나 허둥거렸다. 그림자가 벽을 더듬는다.

"불 켜지 말아요. 부모님 깨시면……."

목소리를 최대한 낮춰 하는 내 말에 그림자가 멈췄다. 조용히 문이 열렸다. 어두운 밤에 말간 얼굴이 매섭게 추웠던 홋카이도 바닷가에서의 그의 얼굴을 떠올리게 했다.

겨울에서 봄 그리고 이제 다가올 여름. 그저 스쳐 지나가는 인연이라고 생각했다. 그런데 길게, 이렇게 몇 개의 계절 속에 우리는 같이 있다.

우리는 다음 계절에도 같이 머물 수 있을까요?

"잠깐 나가서 걸을래요?"

저 멀리서 파도 소리가 시냇물처럼 흐른다. 비릿한 바다 냄새, 봄밤의 포근한 냄새. 그의 어색한 호흡이 내 곁에 함께 걸었다.

"많이 어둡죠?"

"좀 그렇긴 한데 괜찮아. 가로등 고장 난 거야?"

"아니요. 켤 수는 있는데 시골이라 이 시간은 다 자요. 가끔 낚시하는 외지 사람들이 오면 어둡다고 용케 찾아서 켜는데 다들 싫어해요. 그래도 여긴 바닷가 쪽이라 상관없는데 저 뒤쪽 길은 논이거든요. 거기는 여름밤에 가로등 불 켜 두면 벼가 자라는 데 방해가 돼서 안 좋아요. 그래서 우리가 아예 고장 내 놓고 그래요. 근데 피서 온 사람들은 동네 인심 야박하다고 소란 피우고. 우리도 외지 사람들한테서 돈 벌어 먹고 사는 입장이긴 하지만 매년 그거 때문에 곤란한가 봐요."

"그런 문제도 있구나. 처음 알았어. 이제 시골 놀러 가면 조심할게."

"어, 그런 말은 아닌데."

내가 어색하게 한번 웃자 그도 따라 웃었다. 이 밤에 농촌 홍보 활동하듯 설명한 거 같아 부끄러웠다. 그이는 발밑을 조심하며 나를 부지런히 따랐다.

편한 길은 아니다. 버려진 조개껍질이 우리 발길에 부스럭거렸다. 나는 이 소리를 참 좋아하는데 그는 아닌가 보다. 한 번씩 움찔거리며 박자를 맞추는 것처럼 놀란 어깨가 춤을 추었다.

깜깜하다. 내 입장에서야 태어나고 자란 고장이지만 그에게는 그저 어둡고 무서운 낯선 시골길이겠지. 부담스럽게 옆에 딱 붙어 온다 싶었는데 달이 구름 사이로 사라진 뒤로는 어느 사이 내 팔을 꽉 붙잡고 있다. 손도 아니고 팔을 붙잡는 남자라니. 어두운 밤에 전혀 낭만적이지 않다.

"무섭죠?"

웃음이 나오는 걸 감추지 않고 콸콸 쏟아 냈다.

"응. 사실 무서워. 혹시나 지훈 씨가 나를 바다에 확 밀어 버릴까 걱정도 되고."

"엥? 나를 어떻게 생각하는 거예요?"

다시 달이 나왔다. 조금 환해졌다. 그제야 내 팔을 잡고 있던 걸 알아챘는지 살짝 놀라며 나를 놓아주었다. 팔이 허전해 나는 괜히 앞뒤로 스트레칭을 하듯 쭉쭉 뻗었다. 어느 사이 우리는 부둣가에 와 있었다.

나는 어둠에 익숙한 눈으로 나뒹구는 박스를 가져와 바닥에 깔았다. 한번 툭툭 털어 내고 내가 먼저 앉았다. 나를 보던 그가 조심스럽게 옆에 앉았다. 달이 이제는 완벽하게 구름을 벗어났다.

"아, 저거 우리 배다."

"지훈 씨 배도 있어? 어디야? 어디?"

태어나 처음 배를 보는 것처럼 아이처럼 놀란다. 가볍게 출렁이는 배를 이쪽저쪽 살피기 바쁘다. 내가 슬며시 옷을 잡아당겨 앉으라고 하자 부끄러운 미소를 지었다.

"저기요. 저 배예요. 뭔가 근사한 요트일 거라 생각했죠?"

"저거 타고 가서 고기 잡는 거야?"

"제가 아니고 우리 아빠가요."

"나 다음에 태워 줄래?"

"저거도 자격이 있어야 운전을 하죠? 노 저어 가는 거라 생각해요?"

"아, 그게 그런가?"

"저거 말고요. 낚시 손님 받는 작은 통통배 있어요. 그건 지원이가 할 수 있어요. 그때 오면 같이 타 봐요."

내 말을 이해할까? 다음에 다시 오면, 이란 말은 내가 이 사람을 받아들이겠다는 말인데.

"정말이지? 그 말뜻, 다음에 다시 와도 된다는 그 말. 내가 이해하기로는 이제 우리 시작해도 된다는 말 같은데? 직접적으로 말해 줘. 돌려서 말하는 거 나 답답해."

"네. 시작, 하고 싶어요. 우리 같이."

이 사람을 마음에 담고부터는 음악을 듣지 않아도, 책을 읽지 않아도 나는 훌륭한 음악가가 되고 소설가가 되었다. 몽글몽글 주체할 수 없는 감정들이 24시간 나를 지배했다. 늘 속이 울렁거렸다. 그걸 이 남자가 지금 확 터트렸다.

이렇게 다가오는 사람. 그리고 넘어가고 싶어 안달 난 내 마음. 그래, 해 보자. 아프더라도 해 보자.

"……우리가 같이 근무할 때 서지훈은 늘 씩씩했어. 나한테 혼나고도 돌아서면 환하게 웃고. 내가 위에서 깨지고 내려오면 내 눈치를 살피면서 전전긍긍했지. 야근에 힘들어하면 벌떡 일어나 우스갯소리도 해 주고 그랬어. 분명 내가 지훈 씨 마음에 드는 사람도 아닌데 말이지. 그런 네가 없어지고 어느 날 다시 본 너는 울고 있었어."

"……제가요?"

남 앞에서 우는 나이는 지났는데 내가 그런 적이 있었나? 아무리 생각해도 기억에 없어 그를 쳐다보며 물었다. 내 물음에 그가 나를 복잡한 표정으로 바라본다.

"너는 그날 울고 있었어. 실은 너 하코다테 관광지서부터 봤어. 외국인 묘지에서 울고 있는 널 보고 알은척하지 못했어. 내가 나설 상황이 아니라 생각했거든. 그러다 그날 밤 삿포로로 가는 기차 안에서 너를 다시 만났지. 표정도 없이 그냥 눈물만 뚝뚝 흘리는 널. 한참을 그렇게 울면서도 자기가 우는 줄도 모르는지 한 번 훌쩍이지도 않고 그렇게. 지금도 그 모습이 내 눈에 선해. 나중에 유부남이냐고 묻던 엉

129

뚱한 질문도 생각나고."

그는 홋카이도 어딘가에 서 있던 나를 불러냈다. 그 겨울의 내가 떠오른다.

"그때 혼자 울던 모습이 내가 지금 네 곁에 있게 되는 계기가 된 건가 하는 생각도 들지만. 그건 나도 잘 모르겠어. 그냥 널 보면 좋아. 다시 보고 싶고. 또 생각나고. 그때처럼 네가 울고 다니지 않았으면 해. 이게 내 마음이야."

내 모든 걸 이 사람은 지켜봤다. 내 입에선 조용히 한숨만 나온다. 한참 그렇게 우리는 어둠 속에서 조용한 숨결만 내뱉었다. 그가 조금씩 내 곁으로 다가왔다. 다가오는 그이를 피하지 않았다.

숨결이 너무 가까웠다. 슬며시 눈을 감았다. 감으면 덜 부끄러울 줄 알았는데. 어두운 밤하늘 아래에서도 빨개지는 내 얼굴이 느껴졌다.

한참을 그렇게 눈을 감고 있었다. 숨결이 바로 앞에서만 느껴질 뿐이다. 살며시 실눈을 뜨고 바라보니 그가 생글거리며 놀리듯 나를 보고 웃고 있었다.

"숨은 쉬어야지. 얼굴이 빨개."

확 끼쳐 오는 부끄러움에 어쩔 줄을 몰라 그를 밀어냈다. 밀어낸 것이 분명한데 어느 사이 나는 그의 품에 있었다. 다시 다가오는 따뜻한 숨결이 어어 하는 사이에 나를 감쌌다. 말캉하고 부드러운 입술은 나일까? 이 사람일까?

맞대어진 품에 쿵쾅거리는 건 또 누구의 심장일까? 너무 커서 무서울 지경이다. 그에게 들릴까 봐 손을 들어 내 가슴을 눌렀다. 좀 가만있어. 그런데 이번에는 그의 손이 내 손을 잡고 그의 가슴에 올려 준다. 마구 뛴다. 나처럼 뛴다.

그가 내 입술을 깨물고 더운 숨결이 마구 뒤섞였다. 어두운 밤에 부끄러운 바닷게가 수줍은 내 마음을 알기라도 하듯 여기저기 숨었다 나타났다. 설레고 부드럽고 천상에 이런 느낌이 존재할까 싶을 정도로 다정했다.

그렇게 우리는 시작되었다.

"훈아, 큰집에 이거 갖다 주고 와. 저번에 추어탕 끓였다고 가져오신 거 엄마가 계속 잊고 있었어. 잘 먹었다 말씀드려."

"엄마, 속 보여."

"뭐가?"

"선배랑 나 지금 큰집에 가라는 소리잖아. 얼굴 보여 주고 싶으니까 일부러 그런 거지? 큰엄마 매일 여기 오는데 일부러 그릇을 갖다 줘?"

엄마는 내가 속뜻을 단번에 알아차려 무안한지 슬그머니 주방으로 들어가셨다. 아침까지 먹었지만 아직 9시도 되지 않았다. 아빠는 새벽에 바다로 나가서 그물을 거둬 오시기에 이 시간에는 모자란 잠을 잠깐 주무신다.

그는 아침부터 고봉밥을 비우고 소화가 안 되는지 자꾸만 배를 쓸어내리고 있었다.

"언제 올라갈 거예요?"

너무 보드럽게 물었나? 어제와는 다른 관계가 된 그가 새삼 부끄럽고 낯설다. 내 목소리에 내가 취한다. 조롱조롱 물방울이 처마 밑에 달려 있다 까치발을 하는 꼬마 아이의 머리 밑으로 떨어지는 느낌이다. 내 기분이 그에게도 전해졌을까? 그가 씩 웃어 준다.

우와, 저 사람 너무 예쁘다. 그가 손을 들어 묶어진 내 머리에서 한 가닥 삐져나온 머리카락을 귀 뒤로 넘겨 주었다. 부끄러워 혹시나 엄마가 봤을까 곱게 눈을 흘겼다.

"하루 더 자면 안 돼?"

"불편하잖아요. 맨바닥에 자는 거. 그리고 선배도 바쁜 사람이잖아
요."

몸을 배배 꼬꼬 내가 대꾸를 해 주자 이 사람이 재밌다는 듯이 바
라본다.

"그럼 동네 구경이나 시켜 줘."

"동네 구경이요? 후회할 건데?"

내 말에 그는 신경도 쓰지 않고 소풍이라도 나가는 것처럼 가게를
나섰다. 갑자기 심술궂은 마음이 생긴다. 좋아하는 사람인데 막 놀려
주고 싶고, 꼬집어 주고 싶다. 마음이 어려졌다.

이 동네는 나와 같은 성을 쓰는 집성촌이다. 그러니 앞집 뒷집 죄
다 친척이다. 그런 동네를 겁도 없이 이 남자는 구경을 시켜 달란다.
양반 같은 선배가 과연 이 사태를 어떻게 받아들일까?

"엄마, 놀다 올게."

주방에 대고 냅다 소리치는데 엄마는 기어이 내 손에 냄비를 들려
주었다.

"동네가 참 좋아."

"그렇죠? 가끔 친구들이 놀러 오면 좋아해요."

똑바로 걷지 않고 한 바퀴 뱅그르 돌기까지 하면서 그는 동네를 눈
에 담기 바빴다. 저쪽 고목 아래 모여 앉은 할머니들은 벌써부터 엉덩
이를 들고 일어섰다.

"안녕하세요"

"훈이구나. 누군가 했네. 늙어 그런지 바로 앞에서 봐야 넌지 알거
든."

"안녕하세요? 식사하셨어요?"

불쑥 그가 끼어들어 할머니들에게 인사를 했다. 꾸벅 시키지도 않

앉는데 인사도 잘한다. 그래 놓고는 두 눈 가득 물음표투성이인 할머니들의 시선에는 어쩔 줄을 몰라 한다. 그런 그를 끌고 자리를 벗어났다. 그가 다행이라는 듯 숨을 몰아쉬었다.

"원래 시골은 그래요. 처음 보는 사람들에게 궁금한 게 많거든요."

그는 내 말은 건성으로 듣고 이제 모내기를 마친 논을 신기하게 바라보고 있었다. 까까머리 같은 논이 뭐 그리 신기한지 아예 논으로 내려가다 중심을 못 잡아 버둥거렸다. "내가 못 살아." 하면서 그의 손을 잡아 올렸다.

저쪽에서 논물을 살피던 친척 오빠가 그런 우리를 보고 장화를 신은 발을 하고 논에서 나왔다.

"훈아, 언제 내려왔어?"

"오빠, 우리는 아직 모내기 안 해서 논에 물 들어가야 하는데 괜찮아요?"

"응. 삼촌하고 내가 어제 살폈어."

크게 서로 소리를 지르면서 대꾸를 하는데 불쑥 그가 내 앞으로 왔다.

"안녕하세요? 저 지훈이 사귀는 사람이에요." 하고 큰 소리로 인사를 했다. 그래 놓고 자기도 부끄러운지 고개를 숙여 웃었다. 아예 마을회관에서 방송을 하지. 같이 부끄럽다.

사귀는 사람이라고 한다. 쿡쿡 웃음이 나온다. 사귀는 사람? 입안에서 몇 번씩 혼자 중얼거렸다. 참 예쁜 말이다. 입술이 자꾸만 올라간다. 그런 내 얼굴이 부끄러워 숙이는데 그는 손을 들어 확인하듯 내 얼굴을 살폈다.

"지훈아, 나중에 집에 놀러 와."

멀리서 들리는 오빠의 소리에 여기가 우리 둘만 있는 곳이 아닌 것을 알고 더 부끄러워 죽겠다. 건성으로 오빠에게 그럴게요, 하고 논

133

을 나왔다. 앞서 걷는 그의 손에 냄비가 달랑달랑거린다.

"참, 저 다음 달부터 출근해요."

"벌써? 무슨 회사야?"

"이 부장님이 이번에 지사 새로 생기면서 지사장님 되셨어요. 거기로 가기로 했어요. 사실 계약직에 좀 망설였지만 그래도 완전히 다른 회사도 아니고 괜찮을 거 같아서요. 안녕하세요?"

내가 말을 다 마치기도 전에 저기서 숙모가 오고 있었다. 옆에 있던 이제 다섯 살 되는 조카가 숙모의 손을 놓고 반갑게 내게 안겼다.

내가 한참을 그렇게 언니와 바다 이야기, 모내기 이야기를 하는 중에 그가 또 불쑥 끼어 자신을 소개했다.

그렇게 동네를 다니면서 선배의 얼굴은 하얗게 질렸다. 몇 걸음 떼면 누가 삼촌이라고 인사하고, 모퉁이를 돌면 또 누가 나타나 고모뻘이라고 인사를 했다. 만나는 모든 사람이 죄다 나의 친척이라며 그를 붙들고 호구 조사를 시작했다.

나이가 몇인지 묻고, 직업이 뭐냐는 질문에 건설회사에 다닌다는 말에는 엉뚱하게 그린벨트에 묶인 집안 땅의 개발을 심각하게 물었다. 기운 빠진 그의 손에 들린 냄비가 바닥으로 끌리려고 했다.

동네 어귀 슈퍼에서 아이스크림을 샀다. 포장을 벗기고 그에게 건넸다. 장난처럼 그의 어깨를 두들겼다.

"고생했어요, 선배님."

"여기도 혹시 친척 뭐 그런 거야?"

그가 주인아주머니의 눈을 피하며 내 귓가에 슬며시 물었다.

"내가 훈이 할머니뻘 되는 거라."

가게 물건을 정리하다 우리 소리를 듣고 주인분이 대꾸를 해 주었다. 그는 그럴 줄 알았다는 듯 허리를 숙여 인사를 했다. 나는 그런 그의 손을 잡아끌고 나왔다. 동네를 빠져나와 바다가 보이는 한적한

134

곳에 섰다. 그때까지 그는 냄비를 무슨 사명감이라도 가진 것처럼 끌어안고 있었다.

선배는 한숨을 크게 쉬며 바닥에 털썩 주저앉았다.

"내가 후회할 거라 그랬죠? 우리 동네 집성촌이에요. 그래서 죄다 친척으로 얽혀 있어요."

"솔직히 너무 긴장했더니 등이 다 젖었어. 숨 좀 돌리자."

그러더니 풀밭에 그대로 벌러덩 누워 버렸다. 저러면 풀물 드는데. 누워서도 가쁜 숨을 몰아쉰다. 좀 쉬게 해 주고 싶다. 나는 냄비를 챙겨 들었다.

"어디 가?"

눈을 감고 있던 그가 벌떡 일어나 내 바지를 잡고 올려다보았다. 꼭 아이가 엄마 어디 가나 놀라는 표정이다. 놀려 주고 싶어 이대로 손을 뿌리치고 확 도망가 버릴까 했지만 오는 내내 인사만 하느라 집까지 오는 길도 모를 거 같아 봐주기로 했다.

"잠깐 쉬고 있어요. 냄비 큰집에 가져다주고 올게요."

"숨 좀 고르고 같이 가. 나 여기 혼자 두고 갔다가 또 무슨 친척 어른들이 와서 물으면 무섭단 말이야."

울 거 같은 표정으로 내 손에 들린 냄비를 뺏는다. 그런 그가 우습기만 해 옆에 앉았다. 그는 다시 벌러덩 내 곁으로 돌아누웠다. 키가 웃자란 쑥을 뜯어 냄새를 맡는다. 눈이 부시게 따뜻한 햇볕 아래 그만큼 눈이 부신 남자가 고운 손으로 풀을 자꾸 뜯는다.

저런 사람이 왜 지금껏 혼자였을까? 같이 근무할 때도 은근히 사내에서 인기도 좋았는데. 괜히 뭔가 마음이 불안해졌다. 이런 상황이 뭔가 비현실적이다.

"선배님, 혹시 이혼남이거나 양다리 그런 거 아니죠?"

"뭐가 궁금한 거야? 그리고 그 호칭 좀 정리하자. 네가 님님 그럴 때마다 꼭 '남남'같이 들려 별로야. 근데 저 바다에 계속 반짝이면서 튀어 오르는 게 뭐야?"

같은 회사를 다닐 때 그를 선배님이라 불렀다. 님 자를 떼어 버릴 만큼의 친근감을 가지지 못한 나는 그 호칭을 버리지 못한 채 지금까지 왔다. 이제 뭐라고 불러야 하나?

"오빠라 부르면 어떨까?"

그는 수줍게 다가와 그렇게 말하더니 내 대답을 기다리며 눈을 맞췄다.

"오빠는 무슨. 난 친오빠가 없어서 오빠란 단어 이상해요. 그리고 남자들은 무슨 오빠에 그리 목숨을 거나 몰라. 현준이는 나보다 생일도 늦으면서 오빠라 불러 보라고……."

내 말에 내가 더 놀라 말허리를 급하게 잘랐다. 그는 놀라는 내 표정에 순식간에 얼굴이 굳었다. 그러다 언제 그랬냐는 듯 다시 얼굴을 폈다.

"그 친구가 현준이구나. 글씨 잘 쓴다는. 그런데 이걸로 그만하자. 네 입에서 그 친구 이야기 나오는 거. 그럴 수 있지?"

"미안해요. 일부러 그런 건 아니었는데."

"미안할 거까지는 아니고. 그냥 조심하자고. 20대 초반도 아니고 서로 좋아했던 사람이 없었다는 게 더 이상하지. 그리고 저 바다에 반짝이는 거 대답해 줘야지."

"아, 숭어 떼예요. 요즘 제철이거든요. 모쟁이라고 어린 숭어를 그리 불러요. 요즘 특히 맛있어요. 어제 먹은 회가 저거예요. 맛있었죠?"

"모쟁이? 난 사실 어제 그게 입으로 들어가는지 코로 들어가는지 몰라서 맛도 기억이 안 나."

하긴 그럴 수밖에. 호기롭게 여기까지 찾아왔지만 저 바른 선비가 낯선 장소에서 회의 맛까지 느낄 여유는 없었겠지.

"우리 저거 잡으러 갈까? 바로 앞에 보이는데. 낚싯줄 넣으면 잡히지 않을까?"

"맛있다고 다 잡으면 우리 집은 뭐 먹고 살고요?"

"그런가?"

심각하게 고개를 끄덕이며 수긍했다. 그러다 헛기침 한 번에 목소리를 다듬은 그가 내 손을 잡아 옆에 바짝 둔다.

"이혼남 그런 거 아니고 지원이 다니는 학교 졸업했어. 몇 해 전부터 혼자 살고 있고, 지금 집 대출금은 다음 달이면 끝나. 얼마 전에 아버지 재산 정리하면서 나눠 받은 거 조금이랑 그 외 기타 등등. 그렇다고 크게 부자도 아니고. 그냥 카드 값 걱정 안 하는 정도? 아, 몸은 보다시피 건강하고. 딱히 알려지도 없고. 가지 안 좋아하지만 이제 먹어 보기로 했고. 궁금한 거 있으면 또 물어봐. 아니면 이력서라도 하나 넣어 줄까?"

"카드 값 걱정 안 하면 부자시군요. 근데 전 가진 게 없는데 어쩌죠?"

"괜찮아. 내가 있잖아. 둘 다 많으면 재수 없게 봐."

경쾌하게 내 물음에 답을 하는 그 말에 기분이 누그러진다.

"아, 근데 우리 지원이를 아세요? 자꾸 왜 내 기분은 둘이 서로 얼굴 맞대고 아는 사이 같은 느낌일까요? 혹시, 같은 학교라고 우리 동생 협박해서 여기 알아냈어요? 남자들은 동문 동창 그런 거라면 충분히 그럴 수 있는 사이잖아요?"

자꾸만 아는 사이처럼 지원이 이야기를 하는 게 이상했다. 진짜 내 동생 협박당한 거야? 그럼, 이 누나가 너를 구해 주마. 나는 눈에 힘을 주고 그를 바라봤다.

"너희 동네 찾아갔다 지원이 만났어. 지원이가 네 걱정이 많더라.

협박은 내가 당했지. 진땀 꽤나 흘렸거든. 네가 전화 안 받아서 지원이랑 통화도 몇 번 했어. 다행히 같은 학교라 좀 쉽게 얻은 것도 있지만."

다행이다 싶은 편한 숨이 나왔다. 그런 나를 그가 편안하게 눈으로 쓰다듬어 주었다.

"이제 큰집 가자. 나 괜찮게 보여? 어른들이 좋아하실까?"

비장하게 결심을 한 듯 냄비를 가슴팍에 꽉 끌어안고 말했다.

"나만 좋으면 되는 거죠? 근데 갈 수 있겠어요?"

그는 대답 대신 내 손을 꽉 잡아 주었다. 잡힌 그의 손이 뜨겁다.

동네 입구 쪽에 있는 큰집에는 큰어머니와 할머니가 함께 사신다. 그 옆집에는 사촌 오빠 부부가 산다. 따라오는 선배를 대문 밖에 세워두고 잠깐 기다리라고 했는데 따라 들어왔다.

"큰엄마. 저 왔어요. 식사는 하셨어요?"

"지훈이 왔구나. 그렇지 않아도 우리 집에는 안 오나 몇 번씩 밖에 내다보고 있었어. 그래, 저 사람이냐?"

"처음 뵙겠습니다."

그는 오늘 수십 번 반복한 인사를 또 했다. 모르는 사람 잔칫날 따라온 선비 같은 남자가 어쩔 줄 몰라 하면서도 빼지도 않고 잘 따라온다. 전혀 상상치도 못한 그의 모습을 보면서 내가 모르는 그의 다른 모습도 궁금해졌다.

"어서 와요. 들어와서 차 한잔 해요."

그는 덥석 나보다 앞서 현관으로 들어서며 신발을 벗었다.

"할머니는?"

"고모 댁에 가셨어. 늙은 양반이 참 신통하지. 며칠 전에 어디서 왔는지 수탉 한 마리가 우리 집에 들어와서는 저 닭장에 들어가서 살아. 내가 누구 집 닭인가 수소문을 해 봐도 다들 모른다 하고. 어쩌나 내

보내야 하나 했는데 어머니가 훈이 올해 시집가려나 보다 하시네. 그러더니 네가 남자를 데리고 왔어. 참 신통해. 아까 영식이 삼촌이 동네에서 너랑 저 사람 봤다고 하길래 내가 무릎을 쳤어. 신기해라. 저 수탉이 복덩이네."

큰엄마는 말도 안 되는 이유로 나와 닭을 엮어 놓고 마당으로 나가셨다. 닭장으로 들어가 그 수탉을 휘이휘이 하며 마당으로 내몰았다. 손수 선을 보이고 싶은 모양이시다. 닭은 잘 있다 쫓겨 나온 게 억울한지 신경질적인 날갯짓을 했다.

전래동화 같은 억지에 나는 코웃음을 치며 큰엄마 대신 주방으로 들어가 찻잔을 꺼냈다.

차를 준비하다 몸을 돌려 거실 창으로 밖을 바라봤다. 그는 닭을 신기해하며 마당으로 나가 가까이에서 살펴보고 있었다. 부아가 치민 닭은 심기가 불편한 모습으로 공격할 듯 날개를 크게 퍼덕였다. 화들짝 놀란 그는 냉큼 다시 집으로 들어왔다.

"이놈이 요사를 떠네. 워이 워이, 어여 들어가."

큰엄마는 옆에 놓인 빗자루를 휘두르며 닭장으로 몰아넣었다. 아무래도 저 수탉, 오래 버티려면 큰엄마한테 잘 보여야 할 텐데. 눈치가 없다. 조만간 할머니 밥상에 백숙으로 오르겠다.

"큰엄마, 봉투 하나 주세요."

"뭐 하게?"

"할머니 용돈이라도 두고 가게요."

큰엄마는 주섬주섬 서랍을 뒤져 봉투를 건네주었다. 주머니에서 지폐 몇 장을 꺼내 손으로 펴서 넣었다.

"나도 보탤까?"

그는 뒷주머니에서 지갑을 꺼내 열었다. 내가 어이가 없다는 표정으로 쳐다보자 그는 떨떠름한 표정을 지었다.

"아이고, 아흔 넘은 할머니가 손녀사위 용돈도 받아 보게 생겼네. 그런데 넣어 두게. 아직 인사도 못 한 양반한테 젊은 사람이 처음부터 그러는 게 아닐세. 다음에 정식으로 인사 와서 그때 드려요. 사람 일은 어찌 될지도 모르는데."

큰엄마는 선배를 보면서 엄마와 같은 반응으로 좋다고 하시면서도 사람 일은 어찌 될지 모른다는 말로 짐짓 한 걸음을 건너 두게 하셨다. 그는 큰엄마의 말에 지갑을 거두고 어색하게 웃었다.

나는 할머니 방으로 들어갔다. 할머니 방의 문 위쪽에는 시골 어르신들 방에 있는 그런 액자가 있다. 나의 대학 졸업사진도 작게 있고, 사촌 오빠의 결혼식 사진도 있다.

돌아가신 큰아버지의 정정했던 사진도 있다. 그리고 엄마 아빠의 결혼식 사진도. 어릴 적 엄마가 집을 나가고, 할머니는 엄마 아빠의 결혼사진을 빼고 대신 새엄마 아빠의 결혼사진을 넣으셨다.

할머니는 날 낳아 준 엄마를 참 싫어하셨다. 여자가 남자 하나 다스리지 못해 바람나게 했다고. 오로지 내 안에 품은 아들만이 최고이신 꼬장꼬장한 할머니셨다.

아들을 낳지 못한다고 내 생모를 구박하고, 대신 밖에서 지원이를 낳아 온 엄마를 어깨가 덩실거리게 좋아하셨다. 그러나 아빠는 그런 할머니와 서로 사이가 좋지 못하다. 큰아버지가 돌아가신 이 집에 아직도 큰어머니가 모시고 사는 걸 보면 말이다.

아빠는 할머니와 사이가 좋지 못하고, 나는 아빠와 사이가 좋지 않다. 날 낳아 준 엄마와도 딱히 정이라고 붙을 만큼 그런 관계도 아니었고. 이런 걸 보면 나는 뭐가 못난 건가?

봉투를 탁자에 두고 나오면서 다시 한 번 엄마아빠의 결혼사진을 올려다봤다. 할머니는 내 생모 사진을 어떤 마음으로 정리했을까?

끊임없이 솟구치는 상념을 애써 누르며 방문을 닫고 나왔다. 그는 이것저것 묻는 큰엄마의 질문에 때로는 쩔쩔매면서 혹은 웃기도 하면서 잘 버티고 있었다.

그 와중에 큰엄마는 신중하게 상대를 살피고 있다. 갑자기 나타난 이 남자가 정말 수탉이 될 수 있는가 아니면 백숙감인가 저울질 중이다. 그는 아무것도 모르고 좋다고 웃는다. 잘못하면 잡아먹힐지도 모르는데.

"큰엄마, 갈게요."

"왜? 벌써? 밥 먹고 가지."

"가야죠. 오래 있었는데."

"그래. 저 사람 피곤하겠다. 남의 집에 있는 거 처음 온 사람은 불편하지."

큰엄마는 우리를 대문까지 배웅했다. 대문을 닫는 그에게 큰엄마는 "우리 집은 대문 안 닫아." 그 소리에 그는 또 한 번 민망한 웃음을 흘려야 했다. 등 뒤로 큰엄마가 닭장에 대고 모이를 주는지 구구거리는 소리가 들렸다.

"이제 올라가야죠?"

그이는 시계를 흘깃 보고 고개를 끄덕였다. 회사는 어떡하고 내려왔나 모르겠다. 뒷짐을 지고 자기 동네라도 되는 것처럼 한참을 뒤처져 있다가 내 재촉에 후다닥 뛰어왔다. 걷는 품새가 시골 노인 양반 같다. 왜 그러나 봤더니 버려진 과자 봉지가 손에 들려 있다.

"뭐예요?"

"지저분하게 보여서. 동네 깨끗하고 좋은데 쓰레기통 보이면 버리려고."

혹시 지원이 같은 성격인가? 지원이도 동네 마실 다니면서 쓰레기를 하나씩 주워 왔다. 이 남자도 30센티 구역을 정해 놓고 청소하나?

"저기 혹시 결벽증 그런 거 있어요?"

"아니. 동네 구경 잘했는데 이 정도는 내가 하고 싶어서. 나 지저분해. 걱정 마."

그래, 지저분한 게 자랑입니다. 나는 그의 손에 들린 과자 봉지를 비료 부대를 모아 둔 곳에 버렸다. 가게가 보였다. 엄마는 가게 앞에 놓인 평상에 꾸러미를 늘어놓고 있었다. 그는 옷을 갈아입는다고 들어갔다.

"엄마, 이게 다 뭐야?"

"우리 집에 온 손님인데 빈손으로 어찌 보내? 참기름이랑 있는 거 챙겼어."

"이걸 다?"

엄마는 짝 소리가 나게 내 등을 때렸다.

"얘가, 마음씀씀이가 왜 그렇게 좁아? 그럼 그 비싼 굴비 세트 받고 그냥 꿀꺽해? 내 딸 좋다고 멀리서도 왔는데."

솔직히 참기름이 아까웠다. 굴비 세트야 돈을 주고 그냥 사 오면 되지만, 저 참기름은 뜨거운 밭에 엎드려 엄마가 거름 주고 풀 뽑아 키운 깨다. 그런 밭에서 나온 귀한 것을. 병도 제일 큰 병이다. 저 사람이 집에서 참기름까지 챙겨 먹고 살 거 같지도 않다. 그러니 더 아깝다. 그러는 중에 그는 처음 왔던 차림으로 우리 앞에 섰다.

"참기름 먹어요?"

"그럼. 입맛 없을 때 계란 프라이에 간장 넣고 비벼 먹으면 맛있잖아."

생긴 거답지 않게 소박하네. 하긴 여기까지 내려온 거 보면 저 능글맞은 성격이랑 참기름이랑 비슷한 거 같다.

"엄마가 농사지으신 거예요. 주면서 이런 소리 하면 그렇지만 아껴 먹어요. 우리도 아껴 먹거든요."

"고맙습니다. 잘 먹겠습니다. 근데 아버님은?"

벌써 참기름 한 병 다 마셨다. 능글거리는 저 말투. 아버님 소리도 잘도 한다. 엄마는 그 소리에 또 헤벌쭉한다.

"몰라. 이장네 가셨나? 어서 출발해요. 훈이 너도 어서 가고."

"나? 나는 왜? 나는 엄마랑 김치 담가야지."

"뭐하러. 네가 있어 봤자 나만 귀찮아. 나도 너 밥해 주기 힘들어. 가는 김에 같이 가. 차비 굳히고 좋지. 김 군, 우리 훈이 집까지 잘 데려다줘요."

"네, 어서 타. 잘됐다. 혼자 운전하면서 가기 심심했는데. 다음에 또 오겠습니다."

언제 챙겨 놓았는지 내 가방도 참기름 꾸러미와 같이 실렸다. 나는 무릎이 나온 후줄근한 트레이닝복 차림으로 그렇게 집으로 올라왔다. 혼자 내려갔던 내가 남자 하나를 데리고 말이다.

정말 수탉의 계시인가?

내게 스며드는 너의 한숨

1.

...

통통통 작은 공 하나가 하코다테 하치만자카를 내려간다. 언덕길을 오르던 관광객들의 시선이 내려가는 공을 따라가느라 고개가 돌아간다.

다시 위쪽으로 고개가 옮겨 간다. 그 위에는 꼬마가 공을 놓치고 쫓아 내려오려다 엄마의 손에 잡혀 걸음을 멈췄다. 이내 아이의 울음소리가 따라왔다.

그걸 지켜보던 사람들은 자기 옆을 지나가는 공을 잡아 주려고 했지만 무심한 공은 그대로 빠르게 아래로 내려갔다. 그 공이 민석의 바로 앞으로 내려오면서 다행히도 화단 풀숲에 멈췄다. 이내 민석은 공을 주워 들고 길을 올랐다.

저기서 내려오던 꼬마는 민석의 손에 들린 공에 반색을 하면서도 부끄러운 표정으로 달라는 말을 못 한다. 엄마의 뒤에 숨어 빼꼼히 얼굴만 내밀었다. 민석이 먼저 나서서 무릎을 굽히고 아이에게 공을 건

네자 환히 이를 드러내고 웃었다.

손을 탁탁 털고 다시 오르던 길을 걸었다. 옆으로 관광객이 분명한 어떤 이가 지나간다. 별스러울 것도 없고 특별나지도 않은 사람인데 민석의 시선을 붙들었다. 오늘은 관광객이 덜한 탓으로 지나가는 이의 실루엣이 더 들어 왔다.

지나가는 여자의 옆모습이 이상하게 낯이 있다. 한 번 더 살피려다 괜한 그의 시선이 오해를 불러일으킬까 싶어 이내 속도를 내어 언덕길을 올랐다. 소박한 항구 도시는 다시 보아도 좋았다. 깨끗한 겨울 공기에 머리가 개운해졌다.

한동안 끝도 없는 야근으로 휴일도 근무였다. 업무량에 강도까지 늘어나 숨 돌릴 여유가 없었다. 일부러 박람회를 핑계로 그동안 못 누린 휴가의 호사를 누리러 홋카이도를 찾았다.

이 지역을 여행할 때면 늘 차를 렌트했지만 이번에는 운전에 신경 쓰는 것조차 거슬려 내키는 대로 걷는 방식을 택했다. 모르던 풍경이 새로웠다. 발바닥부터 기분 좋은 여행의 기운이 올라왔다.

타박타박 발걸음에 힘을 주고 언덕을 오른다. 조금 숨이 가빠지는 것이 운동 부족이다. 이 휴가가 끝나면 다시 운동을 시작하리라는 결심을 숨결에 같이 실었다. 탁 트인 항구를 바라보는 시선에는 드문드문 여행객들이 섞여 들어왔다.

다시 걸음을 옮겨 찬찬히 관광지를 걸었다. 곁으로 러시아 정교회가 스쳐 가고 근처에서 까마귀가 날갯짓을 하며 다닌다.

언제 봐도 여기 까마귀는 위협적이다. 저놈은 혹시 독수리가 아닐까 의심이 갈 정도로 날갯짓이 크다. 까마귀가 내려앉았다. 위협적인 까마귀를 전혀 신경도 쓰지 않는 여자가 멍하니 바다를 보며 서 있다.

까악, 토해 내듯 울어 대는 까마귀를 보던 여자가 몸을 돌렸다. 아까 그 여자다. 조금 더 얼굴이 보인다. 분명 어디서 봤는데 도통 기억이 나지 않아 민석은 답답해졌다. 슬쩍 풍경 사진이라도 찍는 척 가까이 가다 이내 멈췄다.

여자는 그의 카메라를 의식한 듯 다시 앞으로 나아갔다. 잠깐 서서 이정표를 돌아보는 바람에 민석의 시야에 여자의 정면이 잡혔다.

그의 회사 사람인가? 하긴 이름도 모르고 서로 얼굴만 아는 회사 사람들이 몇 명인지. 그중에 한 명일지도. 아니면 거래처 사람일까. 몇 번이나 그는 바다 건너 한국으로 돌아가 여자를 회사 안에 세워 보았지만 그건 아닌 듯했다.

언젠가 회사 동료 중 누군가가 길 가다 아는 얼굴이라 일단 인사를 했었더란다. 근데 상대편이 떨떠름한 표정으로 지나가길래 누군가 했더니 자주 가는 편의점 알바생이었다고. 굳이 밖에서 알은척할 만한 사이도 아니었다는 우스개를 했던 이야기가 생각나 멀어지는 실루엣에 미련을 놓았다.

서서히 해가 지기 시작했다. 바다에 노을이 조금이 젖어 간다. 걷다 보니 어느새 외국인 묘지 앞이다. 주변은 고요했다. 작은 사찰을 지나칠 때 주머니에 든 휴대전화의 메시지 진동이 울렸다. 그가 없는 회사는 요란했다.

단체 방에서 업무지시가 오가고 그의 승인이 필요한 응답에 대꾸를 했다. 그러다 불쑥 올라오는 다들 벌게진 얼굴의 회식 사진. 어제 회식 단체 사진이라며 팀장님이 빠진 자리가 서운해요, 라는 빈말에 그는 웃었다.

잠깐 요란스런 저기 바다 너머 회사 일을 접어 두고 몇 분 만에 짙어진 바다 노을 색깔에 시선을 돌렸다.

심호흡하듯 크게 숨을 몰아쉬었다. 그동안의 복잡했던 일들이 그 한숨에 실어 보낸 듯 개운했다. 맑은 정신으로 붉어지는 바다를 보다 시선을 돌려 외국인 묘지의 비석들을 보았다.

더듬듯 비석을 훑었다. 시선이 머문 곳은 아까 그 여자였다. 손에 들린 관광지도는 한국어였다. 바다에 실어 보낸 한숨이 꽉 막혔다. 분명이 아는 얼굴인데 도저히 기억이 안 난다.

티브이를 보다 배우 이름이 생각나지 않아 하루 종일 찜찜한 것처럼, 입에 맴돌던 노래의 제목이 무엇인지 신경이 쓰여 다른 일을 하지 못하는 것처럼 아무리 기억을 쪼개어 보아도 모르겠다.

그가 서 있는 바닷가 쪽에서 묘지에 서 있는 그 여자의 정면이 보였다. 생각날 듯 말 듯 숫제 속이 답답해 미칠 지경일 때 그의 주머니에서 또 진동이 울린다. 우리 회식에서 취두부 먹었어요. 라는 메시지와 함께 음식 사진이 올라온다.

생각을 방해하는 메시지에 이마가 구겨졌다. 다시 여자에게 시선을 돌렸다. 가늘게 바람결에 실려 오는 것은 울음소리였다. 처음에는 어디 고양이라도 울고 있나 했다가 여자의 어깨가 흔들리는 것을 보면서 난감했다. 남의 슬픔을 엿본 미안함이 쏟아졌다.

민석은 하염없이 무덤가에서 눈물을 쏟는 여자에게 자꾸 시선이 갔다.

그의 손에 들린 폰은 이런 이쪽 사정을 무시한 채 취두부의 감상에 대해 요란스럽다. 취두부?

번쩍 고개를 들고 여자를 제대로 응시했다. 이제 기억이 난다. 그래, 서지훈이다. 아, 취두부에 얽힌 그녀와의 일이 그를 일깨웠다. 그때의 시절로 불쑥 끌려 들어가 웃음이 터졌다.

저도 모르게 큰 소리로 웃다 저 앞에 슬픔이 드리운 지훈을 보고 바로 얼굴이 굳었다. 행여나 그런 그의 모습을 봤을까 살짝 몸을 돌렸다. 다시 바라본 그녀는 아까보다 더 서럽게 울고 있었다.

그가 아는 서지훈은 아직 학생 티를 벗지 못한 어린 이미지였다. 저기서 울고 있는 서지훈과는 많이 달랐다. 짧아진 머리와 살짝 있던 볼 살이 없어진 지금의 서지훈을 그는 알지 못했다. 그 무엇보다 늘 밝고 지구가 망해도 씩씩할 거 같던 아이가 낯선 홋카이도에서 시린 목을 내 놓고 울고 있다.

그가 느낀 감정은 당혹감이었다. 알은척하면서 울지 말라고 해 줄 수도 없고. 불쑥 앞으로 나설 수도 없었다. 점점 울음은 짙어지고 있었다. 눈물이 턱을 타고 내리는데도 닦아 낼 생각도 없는지 자꾸 울고 있다.

그가 해 줄 일은 없었다. 다만 어두워지는 무덤가에서 행여나 낯선 이가 다가올까, 저 아이의 슬픔을 구경거리로 삼을까 주위를 지켜 줄 뿐이었다.

그렇게 해는 떨어지고 민석은 지훈이 울음을 그치고 무덤가를 벗어나는 걸 보고서야 자리를 떴다. 저 멀리 지훈의 뒷모습을 보면서 행여나 눈에 띄어 서로 난감한 상황이 될까 봐 몸을 사렸다. 어느 정도 불빛이 가득한 시내로 들어서고서야 민석은 안도의 한숨을 쉬고 보고 싶던 야경을 보며 시간을 보냈다.

하코다테에서 출발해서 삿포로로 가는 마지막 기차를 탔다. 제법 늦은 시간임에도 많은 관광객들 속에 민석도 있었다. 자유석인 탓에 적당히 서 있을 자리를 찾아 등을 기댔다.

짊어진 가방을 내려놓고 숨을 고르는 그의 앞에 그처럼 등을 기댄 지훈이 있었다. 또다시 기차 안에서 재회할 줄은 몰랐다. 다시금 무덤가의 당혹감이 따라왔다.

너무 가까이에 서 있는 지훈에 놀란 민석은 숨을 급하게 들이켰다. 그와 반대로 지훈은 반응이 없다. 귀에 물린 이어폰이 흔들렸다. 살짝 비스듬하게 몸을 돌려 지훈을 바라봤다.

기차는 출발했다. 기분 좋은 기차의 흔들림이 그를 흔들었다. 맞은편의 지훈은 굴곡이 심한 길을 지나면서 흔들릴 때마다 인상을 찌푸렸다. 그가 보고 있는 줄도 모르는지 여전히 초점을 잃은 시선은 바라보는 곳이 없었다.

어느 지역을 지나 기차가 잠깐 정차하자 민석은 깜짝 놀랐다. 그렇게 한참을 보고 있었음에, 그럼에도 그를 알아보지 못하는 지훈이 의아했다. 다시 기차가 출발했다. 오가는 사람들 틈에 몸을 바로 세우고 다시 정적 속으로 기차는 빨려 들어간다.

얼마쯤 밖으로 시선을 돌렸던 민석은 안부를 묻듯 다시 지훈을 바라봤다.

쿵, 다시 지훈이 울고 있다. 어찌할 바를 모르겠다.

쾅, 저도 모르게 민석이 지훈의 눈빛을 마주했다. 저 눈물을 저라도 멈춰 줘야 했다.

"지훈 씨? 서지훈 씨?"

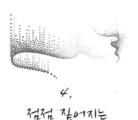

4.
점점 짙어지는

어떻게 한 달이 지났는지 모르겠다. 엄청나게 쏟아지는 업무에 목소리까지 다 가 버려 그의 걱정 어린 잔소리를 들어야 했다.

처음 시작이 다 내 손으로 이루어지는 일이라 딱히 어디 물어볼 수도 없었다. 하나씩 완성되는 서류를 볼 때마다 그만큼 희열을 느끼기도 했다.

회사를 그만두고 집에서 쉬고 있을 때는 이게 체질인가 했다가 다시 출근하는 분주함을 맛보면서 그래, 이게 사는 거지 한다. 그렇게 바쁜 와중에 시간을 쪼개 그를 보면서 힘이 나고 기운이 솟았다.

그 역시 우리의 시간을 위해 열심히 일하고 나를 만나러 나왔다. 저녁을 같이하고 두런두런 서로를 펼쳐 보이곤 했다.

"종교학 개론?"

차 안에 있던 책 하나를 들고 의아해 물었다. 두껍고 어렵고 글씨가 깨알 같은 묵직한 책이다. 이 사람은 이런 책을 좋아하나?

"아, 요즘 읽는 책인데 빌려줄까?"

"아니요. 제게는 너무 복잡한 책인 거 같아요."

"그래? 그럼 보고 싶을 때 말해."

"네. 다음에요. 요즘은 시간도 없고. 종교가 불교예요?"

"아니. 천주교. 근데 성당 안 나간 지 오래야. 아, 근데 우리 집은 종교 크게 상관 안 해. 우리 형수님도 다른 종교야. 걱정 마."

"그런 거 아닌데. 우리 지금 너무 앞서가는 거 아닌가요? 전에 절에 같이 갔을 때 스님이랑 친하신 거 같아 불교인가 했어요."

"딱히 종교를 크게 믿는 건 아닌데 몇 해 전 집안에 힘든 일이 있고 나서 부모님이 그쪽으로 많이 의지하셔."

무슨 일인가 물으려다 그만두었다. 묻는다면 대답이야 해 주겠지만 그런 개인적인 일까지 묻고 싶지는 않았다. 얼마 전에 잊고 있던 엄마의 존재를 알고부터는 이상하게 남의 가족이야기까지는 듣기가 싫었다. 남의 사정까지 내 문제에 대입해서 생각하는 게 버릇이 되어 마음이 너무 힘들었다.

며칠 전 지인으로부터 청첩장을 받았다. 청첩장 속의 누구의 장녀라는 소개에 어머니가 일찍 돌아가셔서 아버지의 이름만 올라와 있었다.

엉뚱하게 나는 내가 결혼을 하게 되면 서재현 이옥란의 장녀 서지훈이 정확한 내 신분이 아니라는 생각을 했다. 지금의 우리 부모님의 장남으로 서지원은 해당되지만 이옥란의 장녀는 내가 아니지 않은가?

멍하게 창밖을 보는 내게 그는 흘깃 쳐다보다 신호 대기 중에 내 볼을 툭 쳤다.

"안 물어?"

"뭘요?"

"내가 한 말에 궁금증이 일어야지. 가끔 나만 너를 너무 좋아하는 거 아닌가 싶어. 너는 나에 대해 물어보는 게 없거든."

"전에 다 말해 줬잖아요."

"뭐야? 나에게 그렇게 관심이 없어?"

"전혀 모르는 사람이랑 내가 시작한 거 아니잖아요. 같이 일했던 선배고 좋은 사람인 거 저도 알아요."

조용히 고개를 숙이고 대꾸를 해 주었다.

"아, 근데 그때 왜 회사를 갑자기 그만뒀어요? 그게 늘 궁금했어요."

"우리 형제가 네 명이야. 근데 둘째 형이 갑자기 사고로 먼저 갔어. 형이 아버지 회사 이어받아 경영하고 있었는데 우리 모두에게 힘든 일이었지. 아침 출근길에 갑자기. 그러니 내가 그 회사로 들어갈 수밖에 없었어. 이제 괜찮아."

별 이야기 아닌 듯, 툭툭 먼지 털듯 간략하게 가족사를 알려 준다. 누구나 아프다는 말이 아마도 먼저 떠난 형 이야기일까? 아직도 그 아픔에 한쪽이 저린 듯 선배는 아스라한 표정을 지었다.

한 번쯤은 내가 아픈 거 말고, 이 사람이 아픈 걸 보듬어 주고 싶다. 말없이 핸들에 놓인 그의 손을 감쌌다. 그의 얼굴이 순하게 풀린다.

"음, 몰랐어요. 선배는 그냥 편안하게만 인생을 산 거 같아 보였어요. 그게 제가 말재주가 없어서 뭐라고 해야 되나, 그게……."

"괜찮아. 그냥 이렇게 할 이야기는 아닌데. 내가 말하는 것처럼 너도 편안하게 내게 보여 줬으면 좋겠어. 그럴 수 있지?"

그 뒤로 종종 그는 자신의 이야기를 하나씩 알려 주었다. 회사 일은 전문 경영인이 따로 있어서 자신은 월급만 받고 일만 많이 한다고 우스개로 말해 주었다. 말은 그렇게 해도 은연중에 욕심이 많은 그가

153

보이기도 했다.

그리고 바로 위에 형은 건축가라 일이 연결되어 있다고 했다. 내가 아파트 그런 것도 짓냐고 물으니 그렇게 큰 회사는 아니라고 웃었다. 그렇게 그는 더 편한 사람으로 내 곁으로 점점 다가왔다.

일요일 이른 새벽에 화장을 할까 말까 망설이며 그의 흔적을 차곡차곡 내 안에 새겨 넣고 있었다.

그는 일요일에 테니스를 친다고 했다. 나는 운동이라고는 동네 공원에서 땅바닥에 떨어진 돈 줍는 것처럼 어슬렁거리는 게 전부라고 했더니 나를 데리고 가고 싶어 했다. 운동복 하나를 묻지도 않고 사다 주고 오늘은 테니스를 같이 치자고 했다.

나는 전날 회식에서 몇 잔 마신 술 탓으로 얼굴이 부어 일찍부터 일어나 얼음물로 세수를 한다고 한바탕 소란을 피웠다. 지원이는 그런 나를 보면서 혀를 찼다.

운동하러 가는데 풀 메이크업을 할 수 없지만 그렇다고 맨얼굴은 보여 주고 싶지 않았다. 예쁘게만 보이고 싶어서 간단하게 화장을 하다 손을 멈췄다. 삿포로 호텔에서 부끄러운 줄도 모르고 맨얼굴로 주절거리던 내가 이제는 잘 보이고 싶어 이러고 있다.

"누나, 적당히 해. 바보 같아."

방문 앞에 삐딱하게 서서는 마음에 안 든다는 눈길을 보내는 지원이다.

"지금 현관 앞에 있어. 내가 들어오라고 안 했거든."

벌써? 후다닥 거울을 한 번 더 보고 현관문을 열었다. 그는 갑자기 열린 문에 놀라 눈을 커다랗게 떴다.

"어, 미안해요. 지원이가 요즘 왜 그러나 모르겠어요. 전화를 하지. 많이 기다렸어요?"

"방금 왔어. 근데 지원이가 정말 나 싫어하나 봐."

지원이는 집으로 걸어 오는 그의 전화를 일부러 없다고 끊어 버리기도 했다. 늦은 밤 집 앞 벤치에서 그와 이야기하고 있는 걸 보면 베란다에서 어서 들어오라고 소리를 꽥 지른 적도 있다.

아마도 걱정이 되는 것이리라. 급작스럽게 빠져들어 버리는 누나가 또 상처받을까 걱정이 되고, 이 사람을 다 믿을 수 없는 남동생의 마음이기도 한 거 같다.

"훈아, 오후에는 영화나 볼까?"

"영화 보고 싶어요?"

"꼭 그런 건 아닌데 다른 거 하고 싶은 거 있어?"

"영화는 다음에 봐요. 오늘은 나 따라다닐래요?"

"따라다녀?"

"말이 이상했죠?"

배시시 웃으며 그와 눈을 맞췄다. 그는 혼자 웃는 나를 보며 따라 웃다 빠르게 다가와 이마에 입맞춤을 해 준다. 부끄러워 또 실없는 웃음만 나온다.

"그동안 야근한다고 바쁘고 아니면 선배랑 만나서 노느라 못한 일이 많아요. 백화점에 구두 수선 맡긴 것도 찾아야 하고, 마트 가서 살 것도 좀 있고."

"그래, 그러자."

"아, 근데 선배도 개인적인 볼일 그런 거 있을 거잖아. 그럼 오늘 각자 볼일 서로 같이 다녀 볼까요?"

"내 볼일은 너야."

"뭐예요? 괜히 사람 반하게."

민망해져 그의 어깨를 툭 치며 또 웃고 말았다. 자꾸만 웃음이 나서 어디 좀 모자란 사람 같은 얼굴로 살고 있다. 실없이 일하다가 자꾸 웃고, 그의 문자에 마음이 설레어 서류를 작성하다 웃었다.

하도 혼자서 실실 웃고 다녀서 회사에서는 무슨 좋은 일 있냐고 자꾸 물어 부끄러웠다. 괜히 혼자서 슬픈 생각도 해 보며 표정 관리를 했지만 슬금슬금 비집고 들어오는 그의 흔적을 떨쳐 낼 수가 없었다.

"훈아, 근데 너 운동하고 나면 힘들 텐데 백화점 갈 수 있을까?"

"왜 그래요?"

"뭐가?"

잘못 들었나 했다. 근데 또 훈아 하고 내 이름을 부른다.

"왜 남의 멀쩡한 이름을 반을 뚝 잘라 불러요?"

"그럼 안 되나? 집에 내려갔을 때 전부 그렇게 부르던데. 훈아, 그렇게 부르면 더 가까운 느낌이야. 특별하게 느껴지고, 넌 계속 선배, 선배 그러잖아. 그런 것보다 훨씬 좋잖아."

더 가깝게 느껴진다는 말, 더 특별하게 느껴진다는 말을 '선배'는 특별하지 않게 운전을 하면서 훈아 하고 부른다.

어릴 때부터 가족들과 친척들만 그렇게 부르던 이름을 처음으로 다른 사람이 부른다. 기분이 이상했다. 분명 내 이름인데도 가족들이 다 그렇게 부르는 이름임에도 그가 부르는 '훈아'는 메아리 같다. 훈아 한 번만 불러도 몇 번이나 마음속에서 되받아치게 한다.

김민석, 민석 씨? 지훈아, 훈아? 우린 이름으로 얼마만큼 어울릴까요?

"다른 사람한테 이렇게 불린 건 처음이라 좀 어색해요. 우리끼리 있을 때만 불러요. 둘만 있을 때. 안 그래도 남자 같은 이름인데 훈아 하니 더 남자 같아."

"참 신기해. 지훈이란 이름 말이야. 남자 이름 같은데 너를 통해 지훈이란 이름을 처음 알아서 그런지 내게는 여자 이름이야. 우리 회사 직원 중에 이번에 한지훈이란 남자 직원이 입사했거든. 처음에 통성명을 하는데 내가 여자 이름이네요 그랬어. 다들 주변에서 지훈이란 여자분이랑 사귀나 봐요, 그러더라. 이름은 누가 지어 주신 거야?"

피식 예쁘지 않은 웃음소리가 새어 나왔다. 내가 속으로 혼자 선비 양반이라 부르는 그가 고고하게 엉뚱한 소리를 했으니 그 회사 사람들 얼굴 표정이 짐작되었다. 아마도 굴비를 확인한 엄마의 얼굴이었겠지?

"아빠가 지었겠죠? 지원이 이름도 아빠가 지었으니 그랬겠죠. 근데 우리 아빠는 무슨 생각으로 내 이름을 이렇게 지었나 몰라."

"이름 참 예뻐. 아버님한테 고맙다고 해야겠어."

"이름만 예뻐요?"

내가 말해 놓고도 민망해 손바닥에 얼굴을 묻었다. 사람이 이렇게 사랑에 빠지면 유치해질 수 있다는 걸 알았다. 배배 몸을 비틀어 대며 감정을 주체 못 하는 사이 그는 곁눈으로 그런 나를 보며 웃기 바빴다. 어느 사이 차는 테니스장에 도착했다.

일요일 오전 이른 시간. 사실상 새벽이나 마찬가지인데 여기 사람들은 한창때의 농부 같다. 소리를 지르며 요란하게 뜀박질을 하고 있었다. 처음부터 거세게 다가오는 활력에 기가 죽었다.

그가 들어서자 여기저기 반갑게 인사가 오고 갔다. 그중 몇몇은 옆에 기운이 쭉 빠져 멍해진 내가 궁금한지 한참을 쳐다보기도 했다.

"제 여자 친구입니다. 테니스 처음이라 제가 보여 주고 싶어서 같이 왔습니다."

"민석 씨 애인이 테니스를 모른다니 말이 안 되네요. 제가 가르쳐 드릴까요?"

그와 대화를 주고받는 사람은 우리 아빠 연배쯤으로 보이는데 꼬박꼬박 그에게 존댓말을 했다. 둘 사이가 친근해 보이면서도 예의를 반듯하게 지키는 관계가 딱 선비다운 선배의 원래 모습인 거 같아 재

157

있었다. 저쪽에서 그분을 부르는 소리에 우리는 둘만 남았다.

"우리 회사 건물에 있는 치과 원장님. 다음에 치과 갈 일 있으면 내 이름 대고 치료해. 그럼 싸게 해 주실 거야."

저쪽에서 또 낯선 사람이 인사를 했다.

"잠깐 남자 친구 빌려 가도 되죠? 우리 한 세트만 같이 할게요."

그는 곤란한 표정을 짓다 내가 괜찮다고 하자 옆에 강사로 보이는 이에게 나를 부탁하고 저쪽으로 갔다.

"안녕하세요? 김민석 씨 좋아하는 여자분들 많은데, 테니스 처음 이세요?"

"네."

"일단 라켓 잡는 방법부터 가르쳐 드릴게요."

주변에 노리는 여자들이 많다는 말에 나는 아닌 척하면서 주변을 빠르게 살폈다. 은근히 나를 쳐다보는 여자들 시선에 일부러 고개를 치켜들고 한껏 도도한 척했다. 유치하지만 저 남자가 내 사람이야, 그런 표정을 지었다.

사람 유치하게 만드는 것은 사랑만큼 좋은 게 없다. 사랑한다는 표현에 내 마음이 한껏 부푼다.

하지만 나의 도도한 얼굴 표정과는 반대로 팔다리는 제멋대로였다. 기형적으로 길어 보이는 강사는 아무렇게나 나가는 나의 팔에 얼굴이 굳어 버렸다.

"평소에 전혀 운동을 안 하시나 봅니다."

강사는 누군가 부르자 라켓 잡는 동작을 50번 더 하라고 하고 사라졌다. 염병, 나는 이미 불량 학생으로 노선을 갈아타서 30번만 더 하고 포기를 했다.

이것도 운동이라고 손목이고 팔이고 뻐근해 인상을 찌푸리며 주무르다 우렁찬 기합 소리에 고개를 돌렸다.

힘차게 뻗어 내는 팔 동작, 울림이 근사한 공 소리가 나를 넋 놓게 했다. 저 점잖은 선비님한테도 저런 모습이 있었던가? 테니스에 대해 전혀 모르는 나도 그의 모습에서 보통 실력이 아니란 걸 알 수 있었다. 그러다 언제부터 내가 쳐다보고 있다는 걸 눈치챈 그 사람은 나를 보다 공을 놓쳐 상대편을 기분 좋게 했다.

나 때문에 떨리고, 나 때문에 흐르던 호흡이 멈춰진다는 거 마음이 한껏 설렌다. 내가 누군가의 가슴 한편을 차지한다는 것이 너무 좋다. 아, 이 기분을 병 속에 담아 평생을 보관할 수 있다면 얼마나 좋을까?

저편에서 아까부터 나를 번갈아 보던, 나보다 훨씬 키도 크고 예쁜 여자 때문에 더 우쭐해졌다. 저 사람이 내 남자 친구예요. 부럽죠? 아이고, 이러다 테니스 국가 대표 애인이라도 두면 난 하늘을 날 기세다.

나도 그이처럼 멋져 보이고 싶어 다시 라켓 잡는 연습을 했다. 이렇게 잡아도 저렇게 해도 저기 서 있는 모델 같은 여자처럼은 되지 못했다.

"너무 힘만 주고 있어. 그러면 나중에 팔 관절이랑 손목까지 어긋나서 힘들어."

언제 왔는지 어정쩡하게 움직이는 내게 그는 강사보다 더 따끔하게 한 소리 했다. 순간 기분이 팍 상해 팩 토라진다. 그래, 여기가 홈 그라운드다 이거지. 나는 자기한테 멋지다고 응원도 해 줬는데. 그래도 생선 이름은 내가 더 많이 아는데.

"나중에 라켓 사러 가자. 훈이 너한테 맞는 게 어떤 건지 알아봐야겠어."

그는 내 기분과 상관없이 뭐가 그리 좋은지 자세를 잡아 주고 알아듣지도 못할 라켓에 대해 한참을 설명했다. 그러면서 중간중간 나를 어지간히도 구박한다.

"너 사실 피노키오지? 온몸이 나무로 만들어졌나 봐."

버럭 신경질이 인다. 그렇게 수백 번의 라켓 잡는 연습만 했다. 관절이 떨어져 나갈 듯 아려 오는 팔로 수저질을 해서 아침을 먹는 것으로 길었던 테니스 강의는 끝났다. 아는 사람한테 배우면 안 되는 것 중에 운전 말고도 운동도 있다는 걸 알았다.

"매주 일요일마다 이렇게 운동해요? 새벽부터?"

"팔 아파? 그래야 운동이 되는 거지. 라켓이 그게 초보자한테는 무거웠을 거야. 네가 쓸 만한 걸로 하나 사자."

안전벨트를 낑낑거리며 매고 있으니 그가 혀를 차며 바로잡아 주었다.

"됐어요. 나 이제 안 올래요. 이렇게 일요일 새벽부터 시작하는 건 제 체질에 안 맞아요."

"일찍 일어나는 새가 벌레를 먹는다는 말 몰라?"

"그 말 믿고 일찍 일어나 새한테 잡아먹힌 벌레 입장은 생각해 보셨나요?"

그는 숨이 넘어가라 웃는다. 웃든지 말든지.

"그런 생각은 안 해 봤는데. 그 벌레 참 억울하겠다."

벌레 생각을 오래도 하는지 운전하면서 내내 쿡쿡거렸다.

"이보세요, 부지런한 새 양반. 그만 웃어요. 잡아먹힌 벌레는 지금 팔이 쑤셔 죽을 지경입니다."

"미안. 매주 나오는 건 아니고. 열심히 하려고 노력은 하는 편이거든. 우리 형제들이 다 테니스 좋아해. 이제 너랑 매주 나오면 되겠다. 어서 배워서 우리 같이 해."

아서요, 저는 잡아먹히기 싫습니다. 이런 내 생각과 다르게 그는 신나서 스케줄을 정리하는지 몇 시에 가면 초보 레슨 시간이 있다고 일러 주기까지 했다. 점점 흥분해서 심정으로는 나를 선수까지 만들어 놓았을 때쯤, 차는 백화점에 도착했다.

잠시 숨을 고르자고 백화점 쉬는 공간에 앉았다. 자꾸 팔이 아팠다. 저릿한 팔을 한두 번 움직이다 가방에서 다이어리를 꺼냈다. 오늘 처리할 일을 정리했다. 볼펜을 또각거리며 다시 뭔가를 적는 나를 그는 기분 좋은 나른한 웃음으로 바라보고 있었다.

"요즘은 다들 폰에다 일정 정리하는데 너는 손으로 적는 걸 좋아하는구나."

"손으로 쓰면 기억에도 더 남고 저는 그 편이 편해서요. 볼펜도 너무 좋아서 자꾸 쓰고 싶기도 하구요. 아, 볼펜 잘 쓰고 있어요."

"그래? 다행이다. 나도 네가 준 때수건이랑 색 볼펜 아, 참기름도 잘 먹고 있어."

"제가 드린 건 별것도 아닌데 부끄럽게. 자, 일어나요. 일단 신발부터 찾아야겠어요."

주말의 백화점은 상당히 복잡했다. 안내 방송은 끊임없이 세일을 알렸다. 정신없는 아이들이 나를 몇 번이나 치고 지나갔다. 그는 그런 나를 놓칠까 손을 꼭 잡았다.

"지훈아."

우리가 에스컬레이터에서 내려 구두 매장으로 갔을 때다. 누군가가 나를 불렀다. 나보다 먼저 내 이름을 알아듣고 그가 먼저 돌아봤다. 같이 얽힌 손에 한 박자 늦게 뒤를 돌아봤을 때 내 앞에는 당황한 표정의 나를 보는, 아니 우리를 보는 이가 있었다.

"……현준아?"

놀란 내가 잡은 손을 빼려고 하자 그는 더 꽉 잡아 놓지 못하게 했다. 그런 우리를 현준은 한참을 바라보고, 그는 현준과 나를 번갈아보았다. 우리 곁으로 수많은 사람들이 지나갔다. 어긋나는 우리의 눈들은 어느 곳 하나 서로 함께 바라보는 방향이 없었다.

세상은 축소되었다. 그 넓은 백화점에 나와 현준이만 남았다. 머리부터 발끝까지 내가 알던 예전의 현준이 맞나 몇 번이나 쳐다봤다.

나는 억지로 그의 손에서 내 손을 빼냈다. 내 눈길에 현준의 눈이 따라와서 내가 했던 것처럼 현준도 나를 확인했다.

내가 머문 시선의 마지막은 반지가 없어진 현준의 손이다. 현준의 시선 역시 내 손가락에 머물렀다. 왠지 손이 부끄러워 나는 왼손을 꽉 쥐어 등 뒤로 숨겨 버렸다.

"잘 지내지? 얼굴 좋아 보여."

얼마 만인가. 내가 좋아 보인다고 한다. 나는 그 말에 왠지 멀쩡한 내가 미안해져 손등으로 멋쩍은 듯 얼굴을 쓸어내렸다. 현준의 시선이 올려진 나의 왼손에 와서 확인을 끝내는 느낌이다. 빠르게 다시 손을 내렸다. 그제야 축소된 세상에 다른 사람의 목소리가 우리를 갈랐다.

"훈아, 소개해 줘야지."

옆에서 어색한 기척으로 자신의 존재를 알린 그가 유난스럽게 훈아 라는 부름에 힘을 주며 말했다. 굳이 소개하고 받고 할 사이도 아닌데.

그래, 돌아서자 하고 눈인사를 현준에게 건넸다. 이제 가겠다고. 안녕하자고. 하지만 나만 그런 생각이었다. 이 둘은 여기에 발이 묶인 것처럼 굳어 있다.

"지훈아, 누구야?"

현준은 나를 지훈이라 부르고, 그는 나를 훈이라 한다. 중간에 걸쳐진 나 서지훈은 어디에 서 있나. 길 잃은 내가 그들 속에 묻혔다.

"……민석 씨, 여기 제 친구 박현준. 현준아, 여기는 같은 회사 선배……."

"예전에 같은 회사였죠. 김민석입니다. 훈이한테 말씀 많이 들었습니다."

그는 어색하게 소개를 하는 나의 말을 자르고 들어왔다. 내가 이 사람한테 현준이 이야기를 많이 했던가? 생각을 더듬었다. 그래, 많이는 아니라도 전부를 했다.

"여긴 무슨 일이야?"

"가족들이랑 여기 식당가에서 점심 먹기로 해서. 그래, 너 여기 신발 좋아했어. 신발 사러 온 거야?"

"수선 맡긴 거 찾으러."

현준은 뒤에 배경처럼 서 있는 신발 브랜드를 보고 물었다. 그게 왠지 선배에게 미안한 기분이 들었다.

"우리 차 한잔 할까요?"

불쑥 튀어나온 못처럼 그가 대화에 툭 들어왔다. 그는 당황한 내 시선과 마치 그러기를 기다렸다는 현준의 얼굴을 차분하게 바라보았다.

현준은 다정한 얼굴로 내게 그러자 눈짓을 했다. 어긋나던 시선이 이제야 한쪽으로 모아졌다. 내가 그 희생양이 되었다.

"민석 씨, 현준이 가족끼리 식사 약속 있대요."

"아니요. 괜찮습니다. 저도 지훈이 오랜만에 만나서 반가운데 그냥 헤어지기는 아쉽거든요."

"현준아, 그럴 필요 없어. 민석 씨, 우리 이제 가요. 현준아, 만나서 반⋯⋯."

"왜? 현준 씨도 괜찮다고 하잖아."

그렇게 이상한 관계의 세 사람이 모여 백화점 근처 커피숍으로 들어갔다. 자리를 옮기면서 언제부터인지 내 손은 그의 손에 얽혀 놓지도 못하고 있었다. 현준이는 그런 우리를 빤히 보다 앞장서 걸었다.

그는 자연스럽게 나를 안쪽으로 앉게 하고 그는 내 옆에 앉았다. 그런 우리의 모습을 물끄러미 쳐다보는 현준의 시선이 부담스러웠다.

창가 자리는 햇살이 길게 드러웠다. 내가 눈이 부셔 눈을 찡그리자 현준이 사람을 불러 차양을 쳐 달라 부탁했다.

카페 점원이 직접 와 우리에게 메뉴판을 주고 갔다. 미묘한 사이의 우리다. 앞에는 예전에 사귀었던 남자가 있고 지금 옆에는 그가 있다. 갑자기 정숙하지 못한 여자가 된 기분이 든다.

현준은 휴대전화를 꺼내 그의 어머니에게 가지 못하게 되었다고 전했다. 아는 사람을 만나 지금 이야기 중이라고 한다. 아는 사람이라고 지칭된 나는 앞에 앉아 아는 남자를 멍하니 바라보고 있다.

그가 메뉴판을 펼치면서 내가 현준을 바라보는 시선을 거두게 했다. 현준이 전화를 마치고 메뉴판을 의미 없이 보는 나를 지켜보다 덮어 버렸다.

"지훈아, 레모네이드 마셔. 여기 그거 맛있어. 너 여름에 레모네이드 좋아하잖아."

"어, 그래. 그거 마시자."

"훈아, 너 아까 차가운 거 마셨잖아. 따뜻한 녹차 먹어. 여기요, 녹차 두 잔이랑 레모네이드 하나요."

레모네이드를 시키는 현준의 말을 이렇게 자르는 그다.

저기요, 나 아까 따뜻한 커피 마셨잖아요.

물끄러미 그의 얼굴을 살피는데 무표정이다. 같이 차 한잔 하자고 할 때는 세상 너그럽더니 메뉴를 고르면서 그는 탈을 벗었다. 별거 아닌 걸로 오기를 부리는 그가 한편으로 듬직하다.

나를 지켜 줄 거죠?

"여기 레모네이드 맛있는데."

"다음에 오면 먹어 볼게."

"그래, 다음에…….."

'다음에'라는 말을 흐리는 친구가 낯설다. 멍해지는 내 마음에 옆에 있던 그가 나를 툭 쳤다. 나는 그때까지 제대로 눈도 못 마주치고 있다 그제야 현준을 똑바로 봤다.

안경이 바뀌었다. 그동안 놓쳐 버린 친구의 모습을 찬찬히 찾았다. 휴대전화도 바뀌었다. 다른 그림 찾는 기분이다.

"머리 잘랐구나."

너도 다른 그림 찾기 하는 거니?

"감기 걸린 거야? 목소리가 가라앉았어."

넌 숨은 그림 찾기를 하는구나.

암담하게 내달리던 내 마음이 조금 진정되었다. 훌쩍 자란 친구를 이제 마주했다.

나는 잠깐 화장실을 간다고 하고 일어섰다. 한숨을 고르고 씻었던 손을 몇 번을 더 씻었다. 낮아진 목소리를 아아 해 보며 다듬었다.

그렇게 겉모습을 추스르고 들어가자 내 자리에 잔 받침을 뚜껑처럼 덮은 잔이 놓여 있었다. 겉모습만 훌륭한 이 커피숍의 녹차는 티백이었다. 어울리지 않게 자리가 뒤바뀐 잔의 받침을 제자리에 놓고 한 모금 마셨다. 생각보다 많이 뜨거운 녹차에 혀가 살짝 데였다.

"두 사람 어떻게 만났습니까?"

현준은 또 숨은 그림 찾기를 한다. 아까 대충 회사 선배라고 했는데. 하긴 설명이 부족했다. 손을 꼭 잡고 있던 우리가 그저 선후배 사이로 보기는 억지다. 어떻게 하면 간결하게 그와 나를 설명할까 하는데 그가 먼저 나섰다.

"원래 같은 부서였습니다. 따로 연락한 건 아니고, 지난겨울에 홋카이도 여행에서 만났습니다. 우연히 그때 보고 얼마 전부터 사귀기 시작했습니다. 박현준 씨와 무슨 사이였는지 훈이에게서 다 들었습니다."

"홋카이도?"

"네. 거기 기차 안에서요. 저는 일 때문에 갔는데 훈이가 혼자 여행 와서 만났습니다. 그 인연이 이렇게 이어졌습니다."

홋카이도라는 지명에서 심하게 구겨지는 현준의 표정을 봤다. 그리고 현준의 표정에 기분 나빠 하는 그의 표정도. 내 한숨이 주인의 숨겨 주고 싶은 마음을 배반하고 길게 터져 나왔다.

"홋카이도. 거기 저랑 신혼여행 가기로 했던 곳입니다."

절묘하게 흐르던 음악이 끊어졌다. 어색한 침묵이 우리를 불안하게 했다. 침묵은 알맞은 휴식이라는 말이 우리에게는 적용되지 못했다.

나는 예전의 연인을 등에 짊어지고 여행을 떠났다. 거기에서 다른 이를 만났다. 이런 동기는 숨기고 싶었는데. 한없이 그에게 미안하다.

"그래요? 어쩌면 다행이군요. 그 여행이 아니었다면 훈이랑 저 만나지 못했을 테니 말이죠."

"그런 건가요? 지훈이가 혼자 갔을지는 몰랐습니다."

왈칵 내 마음의 미안함이 그의 대답으로 힘이 난다. 그때 그의 전화벨 소리가 울렸다. 무슨 급한 일인지 그는 미안한 표정을 지으며 '잠깐만.' 그러고 나갔다.

"잘 지냈어?"

현준이 먼저 표정을 풀고 물었다.

"응. 너도?"

"나야 뭐. 좋은 사람 같아 보인다, 김민석 씨. ……우리 헤어지기 전에 만난 건 아니지?"

"그런 건 아니야. 아까 그 사람이 했던 말 그대로야."

"다행이다. 아무리 헤어진 사이라도 그런 건 왠지 좀 싫어서."

"그런 네 맘 이해해."

"사실 아까 그 사람 손에 잡힌 네 손이 참 보기 불편했는데. 너 자리 비웠을 때 차 식을까 봐 찻잔 덮어 두는 거 보니 좋은 사람 같아."

현준은 살짝 가벼워진 한숨을 몰아쉬었다.

"다시 연락하면 받아 줄래?"

"……응."

나는 조금 망설이다 대답했다.

"한 번은 보고 싶었는데 지훈이 너 얼굴 보니 좋아."

"현준아, 나 홋카이도 혼자 여행 간 거…….."

"알아, 미련보다 끝내려고 갔을 거란 거. 아까 솔직히 심술 나서 이야기했어. 미안해. 그런데 그렇게 받아치는 그 사람도 보통은 아니더라. 훈이라 부르는 거 보니 괜히 심술도 나고 그랬어."

"좋은 사람이야. 넌 어때? 회사는 잘 다녀?"

"응. 매일 야근이고 그래. 넌 요즘 뭐 해?"

"다시 취직했어. 그 회사 지점 생기면서 거기로."

그의 길어진 통화가 우리를 오히려 더 편하게 했다. 힘들게 들어간, 남들이 부러워하는 직장을 다니던 현준은 야근이 힘들다는 투정도 내게 편하게 했다. 그의 누나가 가벼운 교통사고로 입원했다는 이야기에는 걱정을 실어 물어보았다.

우리 부모님의 안부에는 이제 괜찮다고 했다. 지원이의 안부에는 조금 거짓말을 했다. 지원이는 아직도 현준을 이해하지 못한다.

편하게 가볍게 우리는 그동안의 시간을 접었다. 같이 걸어온 세월은 길었지만 접는 시간은 짧았다. 영원히 잊지는 못할 시간이지만 그래도 편해졌다.

"전화가 길어지나 보다. 나는 이제 갈게. 그게 두 사람한테 편하겠지?"

"그럴래? 언제 다시 보자."

"그래. 그때는 우리 둘만 보자."

현준이는 전화를 마치고 들어서는 그에게 몇 마디 말을 나누고 떠났다. 봄이 가고, 여름이 가고, 그렇게 세월에 녹아 우리는 성장하고 자랐다. 내가 어른이 되어 가는 과정에 현준이 있었고 그 곁에 내가 있었다.

현준이 군대를 갈 때 그 애절한 느낌을 같이한 것도 나였다. 내가 처음으로 화장을 했던 그날, 귀까지 빨개져 부끄러워하며 봤던 영화 제목을 지금도 기억한다. 비록 끝맺음이 이렇지만 하나의 인격체로 자라는 모든 과정을 같이했던 우리였다.

뜨겁게 끓지는 않았어도 지금 돌이켜보면 친구에 더 어울리는 관계였어도 좋은 사람이었다. 이제는 그런 사람이 각자 다른 길로 간다고 안녕했다.

식어 가는 찻잔을 만지작거렸다. 그가 돌아와 건너편 자리로 가 앉았다. 내가 그의 찻잔을 밀어 주었다. 나는 여전히 고개를 숙인 채 찻잔에서 손가락만 꼼지락거렸다.

"나갈까?"

"조금 있으면 안 돼요?"

"그럴래?"

고개를 끄덕이고 사진처럼 네모나게 잘려진 모습으로 찻잔에 놓인 그의 손을 쳐다봤다. 그 손이 찻잔을 들고 나는 그를 따라 시선을 옮겼다. 그의 얼굴에 머물렀다.

"고마워요."

"뭐가?"

"전부 다. 현준이 다시 만나게 해 준 거. 심술 안 부리고 내 옆에 있어 준 거."

"내가 심술 안 부렸다고 누가 그래?"

"선배 보면 참 좋은 사람 같아요. 같이 있으면 마음이 편해요. 처음에 내가 아무한테도 못 한 이야기를 해서 그럴까요? 어쩌면 나의 부끄러운 점을 다 보여서 두 번 다시 보기 싫은 사람일 수도 있는데. 나는 이상하게도 선배가 좋아요."

"편하다는 거 마냥 좋은 소리 같지는 않는데 오늘은 그냥 넘어갈게."

내가 한 고백이 이 사람은 그다지 마음에 들지 않은가 보다.

"그 친구 공부 잘했나 봐."

"예?"

"아, 아까 너 자리 비웠을 때 명함 받았거든."

난 한 번도 현준의 명함을 받은 적이 없다. 숨기고 싶은 내 질투심을 친구는 알고 있었으리라. 그래서 내 앞에서 회사 이야기를 제대로 한 적이 없다.

"나 사실 현준이 그 시험 준비할 때 적극적으로 응원해 주고 그런 적이 없어요. 질투했거든요. 학교도 나보다 좋고 내가 그쪽 일 원서도 못 낼 수준이란 거 알지만. 그냥 막 질투가 났어요. 고시 수준의 공부를 감당할 만큼 우리 집이 부족한 것도 싫었고. 그런데 현준이는 당당히 합격했어요. 그날 제대로 축하도 안 해 주고 저 집에서 혼자 문 잠그고 살짝 울기도 했어요. 정말 못났죠?"

지금 생각하면 왜 그랬을까? 어린 시절부터 같이 자란 경쟁심인지. 아니면 나보다 더 높은 세상으로 가려는 친구가 미웠는지.

정말 사랑했다면 축하를 했어야 정상인데 난 너무도 부족한 사람이었다. 지금에 와서 못난 나를 미안해한다.

"사람은 각자의 몫이 있는 거지. 넌 대신 지금 일 잘하잖아."

"피, 그거야 선배는 모르잖아요."

"호칭 좀 정리하자. 선배 이제 지겹지도 않아? 아까는 민석 씨 잘만 하더니."

"천천히 고칠게요."

조금은 가뿐해진 마음으로 나는 편한 숨을 몰아쉬고 그를 제대로 바라봤다. 지친 듯했던 그의 표정이 한층 밝아졌다. 기분이 좋아졌다.

"무슨 이야기 한 거야?"

나는 심술궂은 만화 속의 악당처럼 씩 웃으며 뜸을 들였다. 내 표정에 애가 타는지 그는 표정으로 재촉했다. 그러다 계속 말해 주지 않는 내가 마음에 안 든다는 표정을 지으며 "됐어." 하고 식은 녹차를 다시 마시다 인상을 썼다.

"어떻게 지내나 그런 거 물어보고 다음에 다시 보자 그런 이야기 했어요."

"그래서 다시 만날 거야?"

"그러면 안 되는 걸까요?"

"훈아, 이건 정확히 하고 넘어가자. 내가 너를 더 많이 좋아한다고 해서 네 예전의 남자 친구까지 용납은 못 해. 다시 만난다는 거 그런 거 하지 마. 그리고 좋아하는 신발 그것도 이제 바꿔. 내가 유치하다는 거 알지만 이건 네가 받아들여야 해."

그는 단호했다. 조금 당황한 내가 시선을 아래로 내리자 테이블 위에 놓인 내 손을 잡고 시선을 마주하게 했다. 복잡한 눈동자로 나를 바라보는 그다. 너무 내 생각만 했다는 걸 알았다.

아마도 그의 길어진 통화는 일부러 현준과 내가 정리할 시간을 준 것이라는 걸 이제야 깨달았다. 그런데 바보 같은 나는 다음에 만날 약속을 잡고 있었으니 이 남자는 그런 내가 얼마나 기가 막히겠나.

그는 주름을 지은 이마를 억지로 펴고 점원을 불러 아이스 녹차를 주문했다. 속이 타기라도 하는지 냉큼 한 잔을 비우고 얼음까지 요란하게 씹었다. 한쪽 볼이 금세 불룩해졌다 다시 툭 옆으로 옮겨져 볼록해졌다.

"그럴게요. 이제 현준이 안 만날게요. 미안해요."

조용히 그의 기분을 살폈다. 푹 기가 꺾인 얼굴로 쳐다보자 툭툭 털듯이 그의 얼굴이 환해졌다.

"우리 집에 갈래?"

갑자기 훅 들어오는 청에 놀란 나는 마시던 녹차에 기침을 했다. 그런 나를 그는 풍하게 쳐다보기만 했다. 괜찮냐고 물어야 하는 거 아니야? 나는 삿포로에서 등도 두드려 줬구먼. 내가 눈까지 빨개져 한참 동안 기침을 하다 간신히 진정했다.

"괜찮아?"

딱 한 마디. 너무 무심한 거 아닌가요?

"너무해요."

"너무한 건 너지. 그 말에 뭘 그리 놀라? 나는 너희 집에서 하룻밤 자고 왔는데."

"놀라죠, 그럼."

"난 너 한순간 감정으로 이러는 거 아니야. 내가 원하는 감정만큼 내가 다 받을 수는 없겠지만, 그래도 내가 걷는 속도만큼 너도 같이 걸어와 줘."

한 번도 그와 나의 관계를 앞으로 어떻게 해야 하나 생각을 해 보지 못했다. 그저 아침에 일어나면 이이가 생각나고 잠들 때도 같이 내 곁에 머물렀다.

빠른 진척보다 지금의 나를 조금씩 열어 그에게 맞추고 싶을 뿐이다. 하지만 그는 같이 걷고 싶다고 한다. 내가 같이 걷고 있는 게 잘 안 보이나 보다.

"그럼 우리 천천히 내가 걷는 속도에 맞출래요? 보통의 연인처럼 서로 취향도 알아 가고, 싸우기도 하고, 내가 민석 씨 속도에 맞추려니 숨이 좀 가빠요. 우리 서로 바라보면서 같이 맞춰요. 그럴 수 있죠?"

차분하게 나의 마음을 그에게 보였다. 그는 민망할 만큼 내 눈을 바라봤다. 그의 눈동자에 내가 어른거렸다. 빙긋 웃어 보였다. 그의 눈동자에 웃는 내가 보였다. 어색한 분위기가 깨졌다. 그가 한결 나아진 얼굴을 내게 보였다.

"근데 선배도 예전에 사귄 사람이 있었을 거잖아요. 어느 날 드라마처럼 불시에 나타나 만날 일이 생길지도 모르는데 그때는 어쩔 거예요?"

"나는 헤어진 여자 같은 거 없어."

"거짓말."

그냥 찔러 본 말인데 그의 얼굴이 순식간에 당황했다. 그의 표정에 이번에는 내가 더 당황했다. 그가 언젠가 했던 말대로 우리가 어린 나이도 아니고 사귀었던 사람이 그라고 왜 없었을까? 차분하게 나를 다잡았다.

오늘 그가 현준에게 보여 준 대로 나도 그런 일이 없었으면 하지만 혹시나 그가 알던 여자를 만나게 된다면 좋은 어른처럼, 좋은 사람처럼 대하길. 나는 이렇게 그에게 흡수되어 배워 가고 있었다.

푹푹 찌는 7월의 여름은 숨이 턱턱 막혔다. 올해는 5월부터 덥기 시작하더니 한낮의 7월은 온실 같은 느낌이 든다. 일부러 오전 일찍부터 서둘러 본사에 들러 일 처리를 했다. 오랜만에 만난 예전 동료들은 반가웠다. 여기저기 인사를 하다 보니 일정이 늦어졌다.

지점별 회의가 잡혀 온 김에 디자인실에 들러 잘못된 홍보물을 다시 확인했다. 샘플 신청해 놓은 물건도 찾고 오전 내내 넓은 본사 건물을 누비고 다니느라 힐을 신은 발이 아파 왔다. 정작 근무할 때는 내가 속한 부서 외에는 구내식당과 회의실에 가는 게 전부였는데. 직위가 낮아지고 나서야 본사 건물을 파악하게 되었다.

　처음으로 디자인팀도 가 보고, 지난주에는 공장 실험실에 가서 직접 샘플을 챙겨 오기도 했다. 덕분에 외근 수당이라는 것을 챙기는 재미도 쏠쏠했다. 요즘처럼 머리가 복잡할 때는 오히려 바쁜 것이 다행이었다.

　현준이를 편안하게 보낸 그날 집에 와서 서랍 속의 너풀거리는 봉투를 개봉했다. 뜻밖에도 엄마가 사시는 곳은 지금 회사 근처였다. 근처의 중학교 앞의 이름도 촌스러운 '맛나분식'이라는 곳의 주인이었다.

　찾아가기까지의 복잡한 심정은 어찌 말로 설명할 수 있겠는가.

　가게 문 앞에서 몇 번이나 망설였다. 수천 번의 망설임 끝에 문을 들고 들어갔다. 그러나 그런 내 망설임이 무색하게 엄마라는 사람은 내게 "어서오세요." 그랬다. 나를 알아보지 못했다. 혹시나 엄마가 나를 알아보고 정신이라도 잃는 게 아닌가 했는데 그건 상상이었을 뿐이다.

　그런 분에게 '제가 지훈이에요.' 그럴 수가 없었다. 나는 손님이 되어 라면을 시켰다. 20년 만에 내 생모는 주인으로 라면을 끓여 주고, 딸은 배고픈 손님이 되어 국물까지 다 비웠다.

　그렇게 퇴근하고 나서 나의 일과는 분식집에 들러 라면을 청해서 먹고 오는 일이 되었다.

　일주일을 꼬박 그렇게 다녔지만 엄마는 나를 알아보지 못했다. 어느 날에는 늘 라면만 먹는 내가 불쌍한지 김밥 한 줄을 서비스로 내어 주기도 했다.

엄마는 딸을 알아보지 못하는데 나는 그 엄마가 만들어 주는 음식을 먹고 다닌다. 가끔씩 문득문득 떠올리면서 처연해지는 내 마음이 우습게 느껴졌다.

적어도 나를 알아보는 성의 정도는 있어야 하지 않나 싶었는데. 지원이 엄마를 찾아와 나를 보고 싶다고 했던 그분이 맞나 하는 의심까지 들게 했다.

갑자기 가슴이 답답해져 길거리에서 숨을 크게 내쉬었다. 그렇게 해 봐도 답답한 기운은 가시지 않았다. 숨을 몰아쉬며 앞에 보이는 건물을 찬찬히 살폈다. 건물 앞은 작은 공원처럼 휴식 공간이 예뻤다.

이 건물은 그가 근무하는 회사라고 한다. 앞에 적힌 건물 안내를 보니 3층에 치과가 있다. 그때 테니스를 잘 치던 의사 선생님이 운영하는 병원이겠지.

내가 근무했던 본사 건물과 그의 회사가 바로 지척이었다. 아마도 우리는 서로를 스쳐 지나가기도 했을지 모른다. 앞서 걷던 남자의 넓은 등이 그이기도 했겠지? 점심때 유명한 식당의 기다란 줄에 우리는 서로 알아보지 못하고 서 있었던 날도 있을지 모른다.

저기 편의점 앞 인형 뽑기 기계에서는 얼마나 많은 인형을 가져갔을까? 슬쩍 주머니를 뒤져 동전을 찾았다. 한번 해 볼까 하는데 가방에서 요란한 진동이 울렸다. 인형 뽑기를 잘 하는 그이다.

"우와, 신기해요. 저 지금 선배 생각하고 있었어요."

텔레파시라도 전해진 것처럼 신기해져 한껏 흥분한 목소리로 먼저 말했다.

— 영광이네. 네가 내 생각도 해?

"어, 내가 먼저 좋아한다고 했는데 잊었어요?"

— 좋아하기 시작했다고 했지 좋아한다고 한 적은 없어.

그랬던 거 같기도 하고, 내 말 하나하나를 다 기억하는 그에게 괜히 짠한 마음이 든다. 기분 좋은 일인데 너무 좋아서 오히려 슬픈 느낌은 대체 뭐지. 왈칵하고 눈물이 날 거 같은 이상한 느낌이 들었다. 너무 좋아서 오히려 현실 같지 않다.

갑자기 온몸이 부풀어 터져 버릴 거 같다. 뜨거운 햇살이 내 몸의 세포 하나하나까지 다 어루만지는 느낌이다. 감기 걸린 것처럼 코가 찡찡거린다.

"나 점심 사 줄래요?"

지금 이 사람을 보지 못하면 미칠 거 같다. 갑자기 벅찬 느낌이 들어 살짝 울먹이는 목소리가 나도 모르게 나왔다. 목소리 말고 그의 얼굴을 보고 부드러운 머리카락도 만지고 싶다. 정말 좋아하냐고 묻고도 싶고, 나도 그렇다고 말하고 싶다.

– 그래. 내가 너희 회사 앞으로 갈까?

"저 지금 민석 씨 회사 앞이에요."

전화가 끊어지지도 않았는데 말이 없다. 바쁠 때 전화를 했나? 괜히 내 기분에 취해 그를 흔들었나 싶어 미안했다. 아무 말이 없는 전화에 먼저 끊어야겠다 할 즈음 가쁜 숨을 몰아쉬는 그가 내 앞에 섰다.

한 손에 전화를 쥔 그다. 목소리만 보이는 게 아니고 온전한 사람이 되어 내게 왔다. 잘 다린 바지가 뛰어오느라 조금은 구겨지고 타이는 살짝 어긋나 있었다. 몇 방울의 땀이 그의 이마에 솟았다.

학학거리며 숨을 토해 내는 그를 대신해 손수건을 꺼내 이마를 닦아 주었다. 손에 쥔 아직도 끊어지지 않은 전화도 내가 대신 종료를 해 주었다.

"나 보려고 온 거야?"

반짝이는 그의 눈이 지금 얼마나 고운지 그는 알까? 내가 서지훈이

175

란 것이 너무 좋다. 나를 바라보는 그가 온전히 나만의 것이라는 거, 미치도록 설레고 좋다.

벅찬 마음에 그의 손을 살며시 쥐었다. 잡힌 손에서 자꾸만 열이 난다. 내 손이 뜨거워졌다. 그게 또 부끄러워 손을 빼려는데 이번에는 그가 손을 빼지 못하게 한다.

괜히 내가 손에 힘을 주어 그를 아프게 했다. 그럼에도 표정 하나 찡그리지 않는 그에게 울컥한 감정이 치고 올라왔다.

내가 아플 때 나타난 사람. 지금도 역시나 복잡한 내 삶의 한가운데 나타나 이렇게 위로해 준다. 나를 알아보지 못하는 엄마는 조금 덜어 놓고 싶다. 이 사람이 있잖아. 그럼 된 거다. 당신은 내게 비타민 같아요.

"네. 보고 싶어서. 저 배고파요."

"뭐 먹을까? 파스타 먹을래? 우리 회사 여직원들이 좋아하는 곳 있는데."

"윽, 면 싫은데. 줄곧 라면만 먹어서."

"어디 라면집 알바 해? 저번에도 라면이라 그랬잖아."

잡힌 손을 그대로 둔 채 근처 건물 지하로 내려갔다. 입구에 큰 복어 모형이 앙증맞은 포즈로 서 있었다. 한여름 볕에 오래 서 있었는지 기운이 쭉 빠진다.

"더위 많이 타?"

"네. 전 여름이 싫어요. 여름은 옷값 싼 거 말고는 건질 게 없어요."

그리고 여름을 싫어하는 또 하나의 이유가 있다. 나를 못 알아보는 엄마가 떠난 계절이 여름이다. 여름방학 숙제를 마루에서 하고 있을 때, 커다랗고 파란 플라스틱 통에 내가 좋아하는 미숫가루를 한가득 채워 놓고 먹기 싫다는 내 투정에 당신이 대신 한 그릇 비우고 그렇게 떠나셨다. 간다는 말도 온다는 말도 없이 입고 있던 옷 그대로. 잊었던 기억인데 어제처럼 갑자기 선명하게 떠올랐다.

내 안에 그림자가 검게 물들었다. 어두워지는 마음을 속으로 달래 주려 눈을 감았다.

가만가만 어디서 작은 바람이 분다. 눈을 떴다. 그가 가게를 들어오면서 받은 전단지로 부채질을 해 준다. 시원하다. 검은 그림자가 서서히 물러간다.

"서지훈 씨, 밤마다 어딜 다녀?"

복국이 나왔다. 깔끔한 담음새가 곱다. 수저를 챙겨 그 앞에 놓아 주며 그때까지 부채질을 계속하는 그의 팔을 내리게 했다.

"복국 먹을 수 있어?"

"여기로 오기 전에 물었어야 하는 거 아닌가요?"

"못 먹어?"

"잘 먹어요. 저 어부 딸이잖아요."

"다행이다. 자, 이제 대답해야지. 퇴근하고 어딜 그리 다녀?"

식초를 넣고 뜨거운 복국에 마늘 향과 미나리 향이 어우러져 개운했다. 술을 먹은 것도 아닌데 속이 시원해졌다. 내가 한 수저 뜨고 맛을 느낄 때까지 그는 나만 바라보고 있다.

"맛있다. 먹어요."

"어디 갔냐니까?"

이제는 대놓고 짜증이다.

"어떻게 알았어요?"

현준이를 백화점에서 만나고 이제야 보는 우리다. 그는 야근에 바쁘고 출장도 많았다. 나는 밤마다 라면을 먹으러 다녔다.

집에 갈 때는 일부러 돌아가는 버스를 타고 늦게 집에 들어갔다. 사정을 모르는 지원에게 복잡한 내 얼굴을 보여 주기 싫었다. 마음을 그렇게 정리하느라 늘 귀가 시간은 늦었다.

"너는 전화도 안 받지, 집에 전화했더니 너 계속 늦는다고 지원이가 나보고 누나 좀 일찍 보내라고 하지. 아침마다 너무 피곤해한다고. 대충 둘러서 나랑 있는 것처럼 이야기하고 마무리했지만 대체 너…… 혹시?"

"현준이요? 아니요. 그런 거 아니에요. 그냥 생각할 것도 많고 회사 일도 좀 많았어요."

"정말 아닌 거지?"

다른 쪽으로 나를 걱정하는 그에게 털어놓을까 하다 마음을 접었다. 너무 내 속을 다 헤집어 보여 이제는 그게 걱정이다.

어느 날 이런 나를 부담스러워하면 그때는 어쩌나? 나를 너무 많이 아는 이 남자가 갑자기 돌아서 무거워할지도 모른다는 불안감이 든다.

"생각해 보면 난 민석 씨한테 받기만 했어요. 내 고민만 이야기하고 정작 듣는 입장의 민석 씨 생각을 못 했어요. 별로 좋은 이야기도 아닌데."

"나한테 그런 이야기 하고 나서 후회했어?"

"후회보다 그렇게 시작하지 않았으면 좋았을 것을, 그런 생각은 해요. 그래도 그때 옆에 민석 씨가 있어서 견디기 편했어요. 내 고민, 그때 내게 일어난 일 그런 게 참 힘들었어요."

"그럼 된 거야. 훈이 너만 편하면 되는 거야."

그래. 지금이 좋다. 편하고 그럼 된 거지. 그도 나도 한결 편해진 얼굴로 수저를 들었다. 더 이상 나의 늦어진 귀가를 묻지 않았다.

"너 일부러 나 보러 온 거 아니지?"

내 옆에 놓인 회사 봉투를 보고 그가 입술을 삐죽이며 아이처럼 투정을 부렸다.

"본사 일 있었어?"

"어, 그게 일도 보고 민석 씨도 보고."

"괜히 혼자 흥분했어. 난 정말 네가 나 보고 싶어 온 줄만 알고 좋았는데. 오늘 밥값은 네가 내."

"어이구, 그래서 삐쳤어요?"

내가 혀 짧은 소리로 아이를 어르듯 달래자 그는 유치한 자기 행동이 보였나 보다. 얼굴을 다시 바꾸고 괜히 근엄한 표정을 지었다.

"디자인실에서 홍보물 규격을 잘못 만들었어요. 그거 다시 받고 다른 일도 보고 그랬어요. 디자인팀은 분위기가 우리랑 완전 달라 좀 놀랐어요."

"또 그런 거야? 나 다닐 때도 그 부서 한 번씩 사고 쳐서 5층 삐질 나게 드나들고 그랬는데."

그렇게 우리는 주거니 받거니 이야기를 나누며 기분 좋게 식사를 끝냈다.

나와서는 그의 회사 앞 카페로 들어섰다. 그는 점심시간에 몰려나온 다른 동료에게 붙잡혔다. 인사를 해야 하나 망설이다 차는 내가 주문한다고 하고 어색한 자리를 피했다.

이야기하고 있는 틈새를 끼어들지 못해서 그를 위해 적당한 메뉴를 찾아보았다. 커피를 안 마시는 직장인이 대한민국에 이렇게 존재한다. 기다리면서 뒤를 돌아보니 그는 진지한 표정으로 동료들과 이야기 중이었다.

음료를 들고 예뻐 보였던 그의 회사 앞 공원에 우리는 앉았다. 작은 공원에는 군데군데 벤치며 작은 테이블도 있었다. 우리는 작은 테이블에 앉았다. 나는 먼저 그에게 아이스 녹차를 건네고 내 몫의 뜨거운 아메리카노를 마셨다.

시선이 어색해 바라보니 그는 내가 건넨 차를 멀뚱히 서서 들고만 있다. 우리 곁으로 온 그의 회사 사람으로 짐작되는 이들이 우리를 의문스럽게 보기 시작했다. 여기로 오는 게 아니었나 보다. 그가 아는 사람들에게 이런 식으로 보이는 게 그는 불편하겠지.

밥을 먹고 아이스크림을 먹자는 그의 청이 아마도 이런 모습을 남에게 보여 주기 싫어 그랬을 텐데. 근데 내가 눈치가 없었다. 등이 스물스물 덥다. 민망했다.

"여기로 오는 게 아니었죠? 저 이제 가 볼게요."

이런 상황 서로 불편할 걸 미리 짐작 못 한 내가 부족했다.

"어딜 가?"

일어서는 나를 급하게 앉히고 그는 주변을 살폈다. 그러더니 몸을 확 낮춰 내게 다가 왔다.

"훈아, 너 지금 나한테 음료 건네는 두 손이 너무 공손했어. 지금 우리 회사 사람 내가 어디 거래처 사람한테 갑질 하는 줄 아나 봐. 넌 내가 아직 직장 선배로 느껴져?"

"아……."

그제야 우리를 곁눈질로 보는 이들의 눈빛이 이해가 되었다.

"여자 친구가 근처 와서 점심 먹고 차 마신다고 이야기했는데 지금 이 모습 보고 분명 안 믿을 거야. 내가 막 강제로 너랑 사귄다고 소문 나는 거 아닌가 몰라."

심각하게 고민을 하는 그의 얼굴을 보니 갑자기 웃음이 터져 나왔다.

"미안해요. 이제 그런 거 아닌데. 우리가 같이 근무할 때 선배가 어려웠어요. 그래서 한동안은 그게 선배, 아니 민석 씨 만나면 야근하는 기분이고 그랬어요. 내 몸 안에 기억된 게 이렇게 은연중에 나왔나 봐요."

"야근이라니?"

그는 아주 절망적인 표정으로 나를 바라봤다.

"자, 웃어요. 민석 씨. 주변 사람들이 다시 오해하게 할 건가요?"

웃으라는 내 말을 알아들은 것인지 아니면 정말 이 상황이 웃긴지 그는 환하게 웃었다. 별것도 아닌 걸로 웃음을 쏟아 내느라 바쁘다. 내 가방에 든 전화가 울렸다. 오전에 처리한 일을 확인하는 전화였다.

다이어리를 꺼내 보고를 하는 와중에 그는 내 옆에 놓인 서류를 들고 내게 부채질을 했다. 통화를 하면서 그러지 말라고 눈짓을 해도 멈추지 않는다. 팔 아플 텐데.

전화를 끊고 다시 다이어리를 펼쳐 놓고 빠진 부분을 살폈다. 그사이 그도 나처럼 회사에서 걸려 온 전화로 짐작되는 통화를 하며 뭔가를 지시했다. 조금 길어지는 전화에 나는 손이 심심해 다 마신 커피 잔에 그림을 그렸다.

얼굴을 그리고 지금 눈앞에 보이는 나무도 그려 넣었다. 그래도 통화는 끊어지지 않아 커피 잔을 그리고 김을 모락모락 피어나게 그려 넣는데 손이 넘어와 커피 잔을 뺏어 갔다.

그림을 자세히 살피는 그에게 숙제 검사라도 당하는 느낌이라 무안했다. 뺏으려는데 이 남자, 일어서서 팔을 저만큼 뻗어 내가 안 닿게 요리조리 피했다.

"왜 그래요? 줘요."

"같이 근무할 때 너는 꼭 마시고 난 종이컵에 그림을 그리더라. 자꾸 보니 늘 그랬어. 네 책상의 빈 종이컵은 늘 이렇게 그림이 그려져 있었어."

"그걸 다 기억해요?"

"당연하지. 그때 남자 얼굴 하나 그려 놓고 그 밑에 친절하게 김민석 나쁜 놈. 오래오래 야근만 하다 노총각으로 늙어라 깨알같이 적혀 있었거든. 얼굴 옆에 망치도 커다랗게 그렸더라."

난 얼마나 놀랐는지 얼굴에 순식간에 빨개졌다. 심장은 미친 듯이 뛰고 피부가 따끔거렸다. 붉어진 얼굴에 손부채질을 해 보지만 그런 다고 식겠는가? 이대로 숨고만 싶다.

어떻게 봤을까? 분명 그런 그림은 그리고 바로 버렸을 텐데. 아니 었나? 그 세월이 얼마인데 하나도 잊지 않고 기억을 다 해? 하긴 자 기 욕이 적힌 걸 잊는 게 더 이상하지. 혹시 그때 일로 나 미워서 복 수한다고 만나는 걸까?

머릿속이 신호등 고장 난 사거리 같다. 온갖 생각과 감정이 밀려들 어 정신을 차릴 수가 없다. 일단 도망부터 가야겠다.

"먼저 갈게요. 안녕히 계세요."

그는 지금 과거로 넘어가 선배님으로 있었다. 허리를 숙여 인사를 하니 그가 크게 웃었다.

"재밌어. 서지훈이 놀리는 거. 이럴 때 써먹으려고 내가 아껴 뒀지."

일어서는 나를 주저앉히고 뭐가 그리 좋은지 혼자 신 났다. 사과를 해야 하나? 아니면 더 뻔뻔하게 굴어야 할까? 아니면 기억이 안 난다 고 해 볼까?

"저, 미안해요. 그때는 제가 어렸어요. 야근에 힘들기도 했고, 선배 가 무서웠어요. 만날 나한테 인상만 쓰고, 선배 눈치 본다고 서류 작 성할 때 내가 손이 덜덜거려서 수전증 생기는 줄 알았어요."

"누가 뭐라 그랬나? 혼자 화내고 사과하고 흥분하네."

"그때는 내가 잘못했어요."

나는 히죽거리는 그 앞에서 모기만 한 목소리로 사과했다. 내가 이 제 종이컵에 낙서를 하면 사람이 아니다.

"지난 일인데. 우리한테 그런 일도 있었다는 게 재밌잖아. 이제 기 분 괜찮아?"

"저 원래 기분 좋았어요. 민석 씨가 그것만 모른 척했으면 더 좋았을걸."

"지원이가 요즘 네 기분 안 좋다고 나한테 좀 알아봐 달라고 했거든."

도대체 이 남자랑 지원이는 무슨 사이인지 모르겠다. 아무리 같은 학교 동문이라 해도 서로 같이 다닌 적이 있었던 것도 아닌데. 은근 끈끈한 사이다.

"저 이제 가야겠어요. 나 때문에 시간 많이 보냈죠?"

어느덧 주변에 있던 그의 회사 사람들이 사라지고 없다. 벌써 점심 시간은 훌쩍 지났다.

"괜찮아. 사장 아들이잖아."

그러면서 옆에 놓인 내 서류 봉투를 챙겨 주었다. 말은 그렇게 해도 나 때문에 조금 지체된 시간을 보충하며 열심히 일하는 남자로 돌아갈 거라 짐작된다. 나와 근무했던 그때의 성실했던 남자가 되어 저 건물로 들어가겠지? 데려다주겠다는 그에게 괜찮다며 들어가라 했다.

좀처럼 수그러지지 않는 햇살이 이제는 어느 정도 적응이 되어 그 속으로 걸었다. 길가 한쪽에 서서 담배를 피우는 중년의 남자가 눈에 들어왔다. 길거리에서 맡게 되는 담배는 언제나 불쾌했다. 그런데 오늘은 다른 생각이 든다.

사는 것도 저 담배 한 개비의 즐거움이랑 다를 게 뭐 있겠는가? 어제의 나는 나를 알아보지 못하는 엄마를 다시 만난 것이 힘들었다. 하지만 오늘은 나를 즐겁게 해 주는 그에게 위안을 받았다. 그렇게 그 즐거움에 기대 하루를 또 살아간다.

저 담배 한 개의 행복처럼 가끔 느끼는 이런 즐거움이 삶을 지탱하는 것이리라. 그렇게 나는 나를 달랬다. 오늘은 마지막으로 엄마에게 나만 아는 마지막 인사를 해야겠다 생각했다.

5.
아득함과 아늑함 그 사이에

감았던 눈을 아주 천천히 떴다. 이른 시간부터 쏟아지는 햇살은 강했다. 한 팔을 들어 눈을 가렸다. 그래도 아랑곳없이 파고드는 햇볕에 등을 돌렸다.

매미 소리가 귓전을 따갑게 파고들었다. 한쪽 귀를 베개로 눌러 놓아도 다른 쪽 귀로 여지없이 밀고 들어왔다.

더운 이불 속으로 소리를 피해 달아나다 이내 포기를 했다. 이불을 젖히고 일어섰다. 소란스러운 바깥의 매미 소리와는 다르게 일요일 오전의 우리 집은 서늘하리만큼 조용했다.

아무도 없는 거실에 울리던 전화는 내가 방을 나가지 않는 것을 따져 묻기라도 하는 듯 한참을 울었다. 그런 전화를 받지 않았다. 어제 토요일 오전에 충전을 했어야 하는 폰은 내 침묵을 닮아 조용했다.

지원이는 말문을 닫아 버린 나를 답답하게 쳐다보다 어제는 신경질적인 설거지로 심사가 뒤틀렸음을 표현했다. 그러다 지쳤는지 아침

일찍부터 현관문을 쾅 닫고 나가 버렸다.

며칠 전 마지막 인사를 하러 촌스런 이름의 분식집을 찾아갔다. 알아보지 못하더라도, 잘 계시라고 나는 이렇게 잘 산다고 직접 말하지는 못해도 속으로나마 인사를 하고 싶었다.

그래도 나라는 존재를 태어나게 해 주셨고, 비록 인연이 짧았지만 아직도 내 마음 한구석에 그분에 대한 마음이 남아 있었다.

이제 더 이상 찾지 말자 하고 갔던 그날 가게는 조용했다. 가게에 딸린 작은 방에는 교복을 입은 여자아이가 있었다.

내가 들어오자 엄마는 이제 단골손님이라도 맞이하는 것처럼 반가워하셨다. 라면을 주문하는 내게 밥을 먹으라며 시키지도 않은 된장찌개를 내놓았다.

그렇게 밥을 차려 주고 내가 앉은 자리에서 보이는 방으로 들어가셨다. 소곤소곤 깔깔거리며 소녀는 내 엄마에게 학교에서 일어난 일을 이야기하고 있었다. 아마도 그 아이가 엄마가 재혼해서 낳은 다른 딸인 모양이다.

복잡한 심정이 들어 수저를 들고 그런 모녀를 멍하니 바라봤다. 엄마는 뭐라고 귓속말로 그 딸에게 몇 마디 하니 딸은 또 뭐가 그리 우스운지 깔깔 웃는다.

엄마는 아이의 머리를 빗겨 주기 시작했다. 머리를 빗겨 주는 엄마의 손길이 내 눈에 와서 박히자 나는 수저를 든 손을 떨었다. 가까스로 손을 움켜쥐고 지갑을 꺼내 돈을 테이블에 두고 그대로 나왔다.

머리를 빗겨 주는 그게 뭐라고, 그걸 너무 오랫동안 끌어안고 살았다. 감상에 빠져 아직도 그 속에 살고 있는 내가 밉다. 전혀 자기 딸을 알아보지 못하는데 뭐하러 그렇게 가게를 드나들었나.

숨이 턱턱 막혀 와 집에 와서 그대로 누워 버렸다. 뭐라고 묻는 지원이에게 귀찮다고 이불 밖으로 손을 내밀어 나가라 했다. 그렇게 입을 다물어 버렸다. 대답이라도 한다고 입을 열게 되면 대성통곡이 쏟아질 거 같아 무서웠다.

거실로 나온 나는 컵에 얼음을 넣고 물을 부었다. 조용한 집 안에 얼음이 녹으면서 쩍 하고 갈라지는 소리가 울렸다.

오래된 냉장고의 소음이 윙 하고 울렸다. 현관의 잠금이 풀어지는 소리가 났다. 지원이가 나를 보기 전에 먼저 방에 들어가는 게 좋을 거 같아 급하게 물을 마셨다. 성급한 넘김에 물줄기가 옷을 젖게 했다.

"칠칠맞지 못하게. 누나 이제 물도 제대로 못 마셔?"

어느새 집으로 들어온 지원의 타박에 엉뚱하게 코끝이 찡해 온다. 툭 눈물이 허락도 없이 떨어졌다. 컵을 내려놓고 한 손으로 눈을 훔쳤다.

건네진 티슈 몇 장. 말없이 받아 들고 눈가로 가져갔다. 이내 티슈가 젖어 갔다. 눈물이 내 의지와 상관없이 줄줄 흘러내려 당황스러웠다. 억지로 숨을 몰아쉬며 가슴을 살살 두들겼다.

"누나 울어? 어디 아파?"

"아니. 울긴."

누가 봐도 펑펑 쏟아 낸 눈물인데, 목소리에 물기가 어려 있는데도 거짓말을 하며 웃었다. 그 말을 하면서도 뺨을 타고 눈물이 흘렀다. 다시 목울대가 아려 쩔쩔매는 와중에 낯익은 사람이 내 앞에 있다.

이 사람이 왜 여기 있을까? 다시 건네 오는 티슈를 얼떨결에 받아 들었다. 아, 방금 받았던 티슈도 역시 이 사람의 손길이었다.

"민석 씨가 왜 여기에?"

장소와 상황에 어울리지 않는 그가 내 집 안까지 들어와 있으니 의아해져 물었다. 덕분에 눈물이 쑥 들어갔다.

"지원이가 같이 삼겹살 먹자고 해서."

187

식탁에 묵직하게 놓인 마트 봉지는 빵빵하게 부풀어져 있었다. 삐죽하게 상추 봉지도 나와 있고 비싸서 마트 가면 몇 번이나 들었다 놓았다 하는 맥주도 있었다. 아예 돼지 한 마리를 잡아 왔는지 고기는 보기만 해도 묵직했다.

분명 이 계산을 그가 했을 텐데 대체 뭘 얼마나 더 사 왔는지 확인하는 게 겁날 지경이었다.

무안한 상황을 벗어나고자 부산스럽게 내용물을 정리했다. 머리 위로 지원과 그가 시선을 교차하는 게 느껴진다. 아마도 울고 있던 내가 왜 그러는지 궁금하겠지.

그런 그들을 모른 척 맥주를 냉장고에 넣었다. 무방비 상태로 들킨 감정이 부끄러워 이렇게밖에 수습할 수가 없었다.

지원이가 울리는 전화에 거실로 나갔다. 상추를 꺼내 씻는데 물속에서 그의 손이 내 손을 잡았다. 우리 손안에서 여린 상추가 부서졌다.

"무슨 일이야? 전화도 안 되고. 어디 아파?"

서늘한 그의 손이 이마를 짚었다.

"대체 둘은 어떻게 해서 이렇게 같이 들어오는 거예요?"

"누나, 내가 연락했어. 집에도 형 데리고 인사 갔으면서 나한테는 정식으로 인사도 안 시켜 주는 거 좀 그렇지 않아? 그래서 내가 밥 먹자고 했어."

지원이 전화를 끊고 와 설명을 하고 다시 방으로 들어갔다. 정확히 말하면 데리고 간 건 아닌데. 그가 우리 집에 일방적으로 온 거지. 지원의 설명에 그가 됐지 하는 표정을 지었다.

"나한테 먼저 이야기해야죠. 이렇게 오면 내가 좀 당황스럽잖아요."

조금은 퉁명스럽게 그에게 이야기했다. 속마음은 그렇지 않은데 덜 자란 나는 마음 표현이 이렇게 서툴다. 처음 우리 시작이 불안해서일까? 의도하지 않았음에도 나의 불안전한 모습을 또 보이는 게 결코 바란 건 아닌데.

"네 전화는 계속 꺼져 있지. 넌 며칠 전부터 입 딱 닫고 이불만 뒤집어쓰고 있었다면서? 이런 상황에 어떻게 먼저 말해?"

대꾸할 말을 찾지 못한 나는 졸졸 흐르는 물을 잠그고 방으로 들어갔다. 아침에 일어나 대충 샤워만 하고 화장도 안 한 상태다. 머리를 매만지고 뭐라도 찍어 바를까 하다 그러는 게 더 민망해 옷만 갈아입고 나왔다.

그사이 지원은 사 온 물건을 다 정리하고 고기 불판을 식탁에 올리고 있었다. 그는 내가 들어간 뒤로 마저 상추를 씻고 있었다. 한 장 한 장 아주 날 새겠다.

조심해서 물기를 털어 내는데 혹시나 옆으로 물이 튈까 큰 체격의 남자가 어깨를 움츠리고 새댁처럼 몸짓이 조심스럽다.

삼겹살 하나가 불판에 올라가 요란한 소리를 냈다. 지원이가 줄을 맞춰 고기를 굽는다. 그는 상추를 들고 자리에 앉아 내가 건네주는 젓가락을 들고 진지하게 고기가 익기를 기다렸다.

그가 노릇하게 익은 고기 한 점을 잘라 내게 먼저 건네준다. 동생 앞에서 이런 모습이 어색해 먹지도 못하고 괜히 일어섰다. 냉장고에서 무얼 찾는다고 혼자 부산을 떨다 지원의 재촉에 앉았다.

"왜, 맛없어? 지원아, 삼겹살 말고 소고기 사 온 거 그거 굽자. 누나 이거 별로인가 봐."

입이 써서 깨작거리는 나를 보고 그가 물었다. 더 노릇하게 구워진 고기에 버섯 하나를 같이 접시에 덜어 준다. 그런 우리를 보던 지원이 콧방귀를 뀌었다.

"우리 누나 고기 좋아하는데. 형 앞이라 내숭 떠나 봐요. 육식형 인간이라 성질이 별로인데 알고 계세요? 좀 더 알고 나면 우리 누나 별로인 거 알 텐데."

이 자식이. 이내 발끈한 나는 욱하는 성질에 수저를 들고 눈을 치켜떴다. 두 사람이 시원하게 웃었다.

지원이가 우울해하는 나를 위해 무거운 식탁 분위기를 이렇게 바꾼다. 그 농간에 말려들었다. 다행이라는 듯 이 둘은 그들만의 눈빛을 교환하고 있었다.

나는 고기 한 점을 맛있게 먹었다. 입맛이 도는 나를 보고 그는 연방 잘 구워진 고기를 내 접시에 올려 주었다. 뭐라고 둘이서 나에 대해 험담처럼 하는 이야기를 건성으로 듣기만 했다. 갑자기 배가 고파와 내 젓가락이 바빠졌다.

"형은 우리 누나 어디가 좋아요?"

"예쁘잖아."

컥. 먹던 고기가 걸려 내가 기침을 하자 그가 등을 두들겨 주었다.

"우리 누나 화장 안 한 거 처음 보죠? 이 모습이 정말 예뻐요? 그리고 저렇게 겉만 뻔지르르하지 나랑 둘만 있으면 우리 누나 선머슴 같은데요. 고상한 척해도 집에서 스타킹만 신고 치마 다린다고 거실 왔다 갔다 그래요."

얼굴이 시뻘게진 나는 수저를 들고 씩씩거렸다. 그런 내 모습에 지원이는 자기가 한 방 먹인 게 으쓱한지 의기양양이다.

딱 한 번 그랬다. 남동생이랑 같이 사는 환경을 의식해서 아무리 집에 혼자 있더라도 샤워하고 나오면 목까지 단추를 다 채웠다.

"그날은 네가 나간 줄 알았단 말이야. 딱 한 번. 그것도 2년 전 겨울인데. 사내놈이 쪼잔하게 아직까지 우려먹어? 치사한 자식. 넌 걸핏하면 내 화장품 훔쳐 바르면서."

지원이는 얼굴에 심술을 가득 담고 고기를 야무지게도 굽는다. 옆에서 그런 우리 둘이 신기한지 그는 나와 지원의 얼굴을 번갈아 보며 웃기 바빴다.

한동안 조용하던 집 안이 남자 둘의 웃음소리에 들썩였다. 둘이서 작정을 하고 나를 놀려 먹는다.

"이제 됐죠? 우리 누나 멀쩡하죠?"

"그래. 이제 사나운 서지훈으로 돌아왔어."

"아, 또 선배는 왜 그래요? 내가 언제 사나웠다고. 이제 조용히 하고 밥이나 먹어요."

"지원아, 누나가 그냥 밥이나 먹으란다."

"넵."

힘찬 대답을 하고 지원은 본격적으로 밥을 먹기 시작했다. 내가 고기 집게를 들자 그가 뺏어 들고 자기가 굽겠다 나섰다. 그는 아들이랑 밥상을 마주한 아버지처럼 지원이를 흐뭇하게 바라봤다.

그가 앞에 놓인 나박김치를 잘 먹는다. 입맛에 맞는지 먹는 표정이 예쁘다. 나는 지원이가 냉장고에서 음료를 꺼낸다고 일어섰을 때 슬쩍 그에게 나박김치 그릇을 밀어 주었다. 당겨진 그릇에 나를 보고 웃었다. 덩달아 나도 웃었다. 그가 했던 예쁘잖아, 하는 말에 어울리게 예쁘게 그렇게.

"아, 잘 먹었다."

지원이는 배를 두들기며 느릿하게 일어났다. 우리는 그렇게 맛있는 음식과 따뜻한 대화로 즐거웠다.

내가 먼저 일어나 너저분한 식탁을 정리하기 시작했다. 그가 낯선 집에서 행주를 들고 덜 치워진 식탁을 닦는다고 설친다. 손을 거드는 그와 지원에게는 두라는 눈짓을 했다.

"덕분에 잘 먹었으니 뒷정리는 내가 할게. 민석 씨는 그냥 거실에 있어요."

"형, 누나더러 하라고 두고 우리는 목욕탕이나 갈래요? 우리가 나가야 누나도 샤워 편하게 하죠."

어색하게 서 있던 그는 지원이의 말이 맞다 싶은지 슬며시 행주를 내려놓았다.

"갔다 와요. 그런데 갈아입을 옷이 없어 어쩌나?"

"내가 형 옷 빌려주면 되지. 보니 사이즈도 비슷한 거 같은데."

"응. 네 옷 나한테 잘 맞더라."

"엥? 형, 언제 내 옷을?"

지원은 눈을 세모로 뜨고 나를 노려보듯 쳐다본다. 대체 애는 무슨 생각을 하는 거야?

"형 우리 집에서 우리 누나랑 자고 간 적 있어요?"

고기 구워 먹을 때는 세상 없는 형이라더니 지금은 눈에 불을 켜고 이 사태를 따져 묻는다.

"남해 집 내려갔을 때, 내가 그때 네 옷 빌려 입었거든."

이제야 타당한 이유가 되었는지 지원은 얼굴을 풀었다. 남동생한테 시집살이하는 기분이 든다. 기가 막혀 한 소리 하려는데 그가 지원의 등을 밀면서 어서 나가자 하며 집을 나섰다.

설거지를 하고 바닥까지 다 닦았다. 보이는 김에 베란다 청소까지 했다. 며칠 지원이에게만 맡긴 집안 살림이 미안해 더 열심히 쓸고 닦았다.

샤워를 하고 드라이 바람 대신 선풍기 바람으로 머리를 말릴 때까지 목욕탕을 간 두 남자는 돌아오지 않았다. 어디쯤 왔나 베란다 밖을 내려다보니 저 아래 벤치에 둘이 앉아 있었다. 내가 손을 크게 흔들어도 무슨 이야기를 깊게 하는지 쳐다보지도 않는다.

날씨도 더운데 왔으면 빨리 들어오지 뭐 하는지. 그런 그들을 바라보다 뜨거운 햇살에 내 몸이 더 더워져 거실로 들어왔다. 얼음을 꺼내 시원하게 아이스커피를 만들었다. 커피를 즐기지 않는 그를 위해 매실액으로 음료를 만들었다.

지원이의 바지를 입고 지원이랑 똑같은 원숭이가 그려진 파란색 티셔츠를 입은 그가 먼저 집으로 들어왔다. 언젠가 지원이의 친구가 인터넷 쇼핑몰을 하다 망해서 그때 처리한 상품이라며 같은 옷이 옷장에 몇 벌이나 쌓여 있다. 색깔만 다른 옷을 입은 이 둘이 우습기만 하다.

"누나, 윤정이 누나가 나중에 꼭 집에 왔다 가래."

지원이가 현관문을 열자마자 신발을 벗기도 전에 말했다. 아, 윤정이. 그 생각을 못 했다.

"너 윤정이한테 뭐라고 했는데?"

"아무 말도 안 했어. 목욕탕 카운터에 윤정이 누나가 있던데. 그러더니 형 알아보고 그래서 형이 누나랑 사귄다고 하니깐 윤정이 누나가 소리를 꽥꽥 질러서 우리가 얼마나 놀랐다고. 진희 누나한테 전화하고 누나 가만 안 둔다고 그러고. 이상 보고 끝."

상황이 눈에 그려졌다. 머리가 지끈거린다. 지원이는 거실에 앉아 선풍기를 끼고 있다. 그는 이런 상황이 자기랑은 아무 상관도 없다는 듯한 표정으로 지원이 옆에 앉았다.

뒤에 산이 있는 동네라 크게 덥지는 않다고 해도 여름은 여름이다. 낮에 사람도 없고 해서 에어컨을 내년에 사야지 하면서 몇 년이 지났다. 그도 곁에 앉아 선풍기 바람을 따라가는 거 보니 괜히 미안했다.

"누나, 이제 좀 나가. 내가 중간에서 놀아 주는 것도 지쳐. 형, 이제 우리 누나 좀 데리고 나가요. 좁은 집에 세 명이나 있으니 더 덥잖아."

그렇게 우리는 집에서 쫓겨났다.

정신 사나운 매미 소리 아래 우리는 한동안 소음에 파묻혀 있었다. 아까 지원이와 그는 여기 앉아서 이 소음 속에 무슨 이야기를 그렇게 길게 한 걸까?

"지원이가 걱정 많이 하던데. 네가 우리 회사 앞에 와서 밥 먹을 때만 해도 괜찮았잖아. 그날 저녁부터 너 컨디션 엉망이더라고 그러던데. ……무슨 일 있었어?"

매미 소리가 조금 잦아들자 그 틈새를 비집고 와서 그가 물었다. 또 미운 한숨이 나오려고 한다. 나는 속을 꾹 눌러 놓고 눈에 보이지도 않는 매미를 찾는다고 고개를 젖혔다.

나뭇잎 사이로 칼 같은 햇살이 아프다. 눈을 감았다. 감아도 눈이 아프다. 눈이 시리다.

"……지금 엄마 말고, 나 낳아 준 엄마 보고 왔어요. 인사라도 하려고. 근데…… 나를 못 알아보세요."

눈을 뜨고 고개를 바로 하고 그를 마주했다. 내가 또 이이의 어깨에 한숨을 얹었다. 어색한 손짓으로 그의 어깨를 쓰다듬었다. 그런다고 그의 어깨에 실린 내 한숨이 떨어질 것도 아닌데. 이렇게라도 해주고 싶다.

"미안해요. 좋은 일도 아니고 이런 말 하는 거 듣는 선배도 불편할 텐데. 계속 내가 입 다물고 있으면 걱정할까 봐. 이젠 괜찮을 거예요."

괜찮다는 말도 아니고 괜찮을 거라고 내 속을 달랜다. 언제부터인지 그의 어깨에 머물던 내 손이 그의 손을 잡고 있다.

"진작 말하지. 걱정했잖아."

다시 말이 없다. 매미가 또 운다. 한참이 지나도 그가 말이 없다. 아마도 어설픈 위로도 무슨 조언도 그가 해 줄 상황이 아닌 것을 알기에 침묵을 지켜 준다. 그래서 난 그가 좋은가 보다.

"우리 집에 놀러 가자."

"네?"

전혀 뜻밖에 이어진 말. 분위기를 바꾸는 반전의 말에 놀란 내가 어깨를 들썩였다.

"우리 집에 무슨 괴물이라도 살까 봐? 나 혼자 산다고 했잖아. 가자."

뭐라고 망설이는 내 표정에 그는 단호하게 일어나 저벅저벅 잘도 걸어간다. 안 간다고 하면 토라질 거 같다. 그대로 쪼르르 따라가다 그를 불렀다.

"저기요, 옷이라도 갈아입고 올게요."

"그냥 가면 돼. 뭘 그리 예의를 차려?"

"그래도 어떻게 남의 집에 처음 가는데 빈손으로 가요? 저 지금 지갑도 없어요."

"됐어. 그냥 가면 돼."

"민석 씨, 그럼 나 돈 좀 빌려줘요. 빈손으로 가는 거 솔직히 불편해요. 오늘 마트 장 본 것도 선배가 냈잖아요."

"아니야. 지원이가 계산했어."

차에 타고 시동을 먼저 건 그는 내게 안전벨트를 매 주었다. 거짓말을 한다, 이 사람.

"선배가 다 계산한 거 알아요. 그럼 내가 너무 미안하잖아요."

"왜 그래?"

그는 차 시동을 끄고 싸늘히 식은 얼굴로 나를 마주했다. 그러고는 한참을 침묵했다.

"······원래 네 성격이 그렇다고 해도 이런 상황 마주할 때마다 기분 별로야."

"무슨, 말이에요?"

195

"넌 언제나 그래. 우리가 밥을 먹었을 때도 얻어먹기만 하는 거 미안하다고 볼펜 줬던 거 그거까지는 좋은 기분이라 이해했어. 근데 또 지금 그래. 왜 가까이 갔다고 생각하면 넌 칼같이 받은 걸 돌려주려고 하는 거야?"

"……내가 그랬어요?"

"응. 넌 그랬어. 난 널 생각하면 아늑한데 이런 널 보면 아득해져. 너무 멀리 있는 거 같아. 나만 죽어라 널 쫓아가는 기분이야."

아득해진 나는 그를 이해하지 못하고 내 뒷모습만 늘 챙겼다. 바보같고 이기적인 나는 그를 보며 부끄러워졌다.

"알았어요. 이제 그러지 않을게요. 그런데 남의 집 처음 가는데 빈손으로 가는 거 아니라고 우리 엄마가 그랬어요. 민석 씨도 우리 집 올 때 굴비 사 왔잖아요. 근데 무슨 생각으로 횟집에 오면서 굴비를 사 왔어요? 지원이가 놀리는 거 눈치 못 챘어요?"

"나 그때 정말 바보 같았지?"

"네. 무슨 이런 남자가 있나 그랬어요."

차의 시동을 다시 거는 그의 얼굴이 그때처럼 벌게진다. 쿡쿡 웃으며 내가 놀리는 말에도 그의 얼굴은 펴지지 않는다.

"괜찮아요. 엄마가 참기름 줬잖아요. 마음에 드는 사람이라 턱 하니 기름병도 안겨 줬지. 아니면 빈 병 하나 없어요. 그나저나 나는 뭘 사 가야 되나? 집이라도 하나 사 갈까요?"

끝까지 물고 늘어지면서 놀리는 내가 얄미운지 안전벨트를 매 주는 그의 손이 다분히 거칠다. 그렇게 나는 자꾸만 그를 놀려 댔다. 그의 얼굴은 펴졌다 구겨졌다를 한참 했다.

나는 마트에서 그의 돈으로 복숭아 통조림을 사서 까만 봉지에 넣고 달랑거리며 갔다.

작은 원룸 정도의 혼자 사는 집이라 생각했다 빌라 입구부터 기가 죽어 손에 든 비닐봉지는 자꾸만 구겨지기만 했다. 빌라도 빌라 나름이구나 하는 생각을 혼자 했다. 우리 집은 다세대 주택에 가까운 빌라고 이 사람 집은 정말 빌라였다.

그의 너른 등 뒤에서 바로 들어가지 못하고 잠깐 망설였다. 들어오는 기척이 없는 느낌에 그가 돌아봤다. 살짝 긴장이 서린 표정을 짓는 그다.

"좀 떨려. 우리 집에 여자가 오는 거 처음이라."

"거짓말. 엄마도 한 번 안 찾아오셨어요?"

그가 하는 말이 어떤 의미인지 안다. 그럼에도 괜히 남자 혼자 사는 집의 방문이 부끄러워 너스레를 떨었다. 집은 넓었다. 맨발에 닿는 집의 느낌에 괜히 발가락이 꼼지락거려졌다. 양말이라도 신고 올걸.

좁은 우리 집에서는 커다란 그가 어색하더니 이제는 넓은 집에 작은 내가 어색했다. 어정쩡하게 서 있는 내 팔을 그가 잡아당겼다.

"이런 집에 혼자 살아요?"

나는 조심스럽게 집 안을 둘러보면서 물었다. 그는 내 질문에 대답을 안 한다. 곧 시원한 바람이 불었다. 에어컨을 켠 그가 주방으로 갔다.

"오늘 아침에 청소했어. 서랍이랑 옷장 열면 잡동사니 막 쏟아져. 그러니 열면 안 돼."

그를 찾아 주방으로 갔다. 혼자 살면서 냉장고도 참 크다. 저 속에 뭐가 들었을까? 그가 내 손에 들린 봉지를 받아 들었다.

열린 베란다 문을 보고 닫으려고 다가갔다. 그러다 내 눈에 들어온 것은 초록색 때수건이었다. 빨래 건조대에 보라색 빨래집게로 걸려 있다.

열어 둔 바깥 창으로 바람이 시원하게 들어와 집게에 매달린 때수건이 흔들렸다.

지원이는 목욕탕을 다녀오면 비누는 깨끗한 물에 한 번 헹궈 베란다에 말렸다. 때수건도 이렇게 햇볕에 말렸다. 무슨 남자애가 그리 깔끔을 떠는지. 아마 그도 지원이와 비슷한 성격 같아 어딘가에 햇볕에 잘 마르고 있는 비누가 있나 살폈다.

갑자기 주눅이 든 나는 두리번거리기 바쁘다. 그런 나와는 반대로 그는 자기 집이라고 편안하다.

집 정말 크다 싶어 몇 평일까 하는 궁금증이 일었다. 내가 이렇게 물욕에 앞선 여자인가 싶어 속으로 좀 놀랐다. 살펴보던 내 시선이 스스로 민망해 그를 쳐다보고 웃었다.

멈춘 시선에 테니스 라켓이 몇 개 보였다. 총총 눈으로 살폈다. 어느 사이 그가 뒤에 와서 섰다. 쑥 하나 꺼내 내게 준다.

"이게 내가 처음으로 테니스 배울 때 사용했던 라켓이야. 좀 무겁지?"

나는 양손으로 번갈아 들어보며 무게를 가늠해 보았다. 얼마 전 그가 억지로 내게 사 준 것보다 확실히 무거웠다. 끝에 뭔가 새겨져 있는 걸 살펴보니 김민석이라는 이름이 세월에 따라 빛이 바래 있었다.

"여자들도 좀 실력이 되면 무거운 거 사용할 수 있거든. 나중에 너 좀 칠 만해지면 이거 줄게."

자기 딴에는 엄청난 물건을 하사라도 하는 기분인지 흐뭇하게 라켓을 보고 나를 바라보며 웃었다. 거실장에는 야구공이랑 글러브도 있었다. 어지간히 스포츠를 좋아하나 보다. 들었던 라켓을 내려놓으며 보니 벽에 야구 배트도 있다. 그가 공 하나를 꺼내 내게 보여 주었다.

"내 친구야."

영화에서 무인도에 떨어진 남자가 배구공을 의지해서 사는 것이 현실 세계에도 존재하는 거야?

"공이랑 친구도 해요?"

좀 이상한 사람 같아 한 걸음 뒤로 물러났다. 살짝 의문스런 얼굴로 그를 바라봤다. 바람 빠지는 소리를 내며 웃는 그다.

"넌 날 대체 어떻게 생각하는 거야? 이 사인 한 사람이 내 친구라고. 이 사람 몰라?"

그러면서 공을 쥐고 내게 바짝 붙어 보라고 가까이 당겼다. 숨소리까지 다 들릴 정도로 붙은 자세에 놀란 내가 얼어붙었다. 너무 긴장했다.

"내가 잡아먹을까 봐? 왜 그리 놀라?"

"자기도 놀랐으면서."

"나야 네가 놀라니까 더 놀란 거지."

괜히 시뻘게진 얼굴로 나는 아닌 척하며 다시 공으로 시선을 돌렸다.

"야구도 좋아해요?"

"정말 몰라?"

"뭐가요?"

"여기 사인한 선수 말이야. 몰라?"

"선배 친구를 제가 무슨 수로 알겠어요?"

"야구 하나도 모르는가 보네. 유명한 사람이야."

"야구 안 좋아해요. 시간 길고 점수 안 나오는 건 답답해서 취향에 안 맞아서요. 저 그래서 월드컵도 안 좋아하잖아요. 대신 농구는 좋아해요. 그건 재밌어요. 점수도 팍팍 올라가고. 야구도 한 번에 열댓 점 이상 나면 좋아할 수 있으려나?"

그가 입을 딱 벌리고 나를 쳐다봤다. 그러다 소리까지 내면서 크게 웃었다. 이 남자 내 취향을 무시한다.

"생각나? 우리 같이 야근할 때 같이 먹었던 백반집? 나 그날 너랑 밥 같이 먹으면서 무슨 여자가 저렇게 밥을 빨리 먹나 그랬어. 후다닥, 말도 한 번 안 하고 아무리 우리가 어색한 사이라고 해도 말이야. 내가 너 속도 맞춘다고 그날 체했어. 그게 네 성격이 급해서 그랬구나."

뭔가 새로운 사실이라도 발견한 듯 킬킬거리며 아이처럼 웃는다. 내가 남들보다 밥을 빨리 먹긴 하지만 그날은 나도 그가 어색해서 밥 먹는 거 말고 할 게 없었다.

나도 말없이 밥 먹는 그의 속도에 맞춘다고 더 빨리 먹었는데, 꼬투리라도 잡은 것처럼 자꾸 웃는 그가 미워 샐쭉하게 시선을 돌렸다. 혼자 웃는 그를 뒤에 두고 옆의 사진 액자를 손에 들었다.

가족사진이다. 사진을 꽉 채운 사람의 수는 열 명을 가뿐하게 넘었다. 사진 속 한복을 입은 사람들 무리에서 단번에 그를 찾았다. 다들 밝은 얼굴인데 혼자만 불퉁하게 끌려 나온 것처럼 심술이 가득이다.

사진의 가운데 그의 부모님으로 보이는 분이 앉아 계시고 그 양쪽으로 그의 형과 형수님으로 보이는 사람들과 조카들이었다. 재밌는 것은 배경이 정원 같아 보이는데 그의 아버지가 신발의 뒤축을 꺾어 신으셨다.

"1번 2번 3번 그리고 이쪽이 나. 추석날 아침일 거야. 지금은 조카가 더 늘었어. 부모님은 지금 더 나이를 드셨고."

사진을 들고 그는 한참이나 나에게 가족들을 소개해 주었다. 첫째 형수님부터 시작해서 지금 사진에는 없는 조카들까지. 얼마나 많던지 다 듣고 나서도 순서를 모르겠다.

사진을 들고 계속 쳐다보는 나를 지켜보던 선배는 열심히 떠들던 목소리를 감추고 "훈아." 하고 나를 불렀다.

엄마가 늘 그렇게 부를 때와 그가 내게 훈아, 하고 부를 때는 다른 이름 같다. 그가 나를 부를 때는 휴일 날 낮잠을 자고 있을 때 그런 나른한 기분을 느끼게 했다.

내가 대답이 없자 그는 사진을 내려놓았다. 사진 속에서 시선을 거둬들이지 못한 나를 옆에서 살폈다.

"나 몇 년 전에 개명했거든."

"개명? 그럼 선배 이름이 김민석이 아니에요? 어, 근데 전에 명함 줄 때는 그대로였는데?"

"정말 너 성격 급하구나. 내가 설명해 줄게."

여기서 내 성격 급한 구박은 왜 하나? 괜히 뿌로퉁해지는데 반대로 그의 얼굴은 진지해졌다.

"둘째 형이 교통사고로 그렇게 가고 나서 부모님이 나에 대한 걱정이 많으셨어. 내가 욱하는 성격이 좀 있다고 형처럼 그렇게 사고라도 날까 염려를 하시는 거지. 원래 쓰던 한자가 민첩할 민敏인데, 어느 날 온화할 민旼으로 바꾸자고 하시더라. 그래서 한자만 바꾼 개명 신청을 하게 된 거야."

심각한 목소리로 설명을 하면서 허공에다 한자를 이렇게 저렇게 그려 주었다. 내 눈길은 그의 손짓을 따라갔지만 정확하게 내 머리에는 들어오지 않았다.

"오늘 처음 알았어요. 한자만 바꾸는 개명 신청도 있군요."

"나도 그때 처음 알았어. 아무튼 그 영향인지 그전에 비해 편안해진 거 같기도 하고 그래."

"그렇군요. 그럼 선배 나랑 근무할 때는 개명 신청 전이었던 거예요?"

"응. 거기 그만두고 바꾼 거야."

그의 부모님이 어떤 분인지 모르지만 아들의 이름을 바꾸었던 절박함과 간절함을 알 거 같기도 하다. 아마도 막내아들에게 사랑을 많이 품은 분이시겠지.

"내가 지금 이 이야기를 왜 하는지 알아?"

"사실 잘 모르겠어요. 무슨 뜻인지."

"부모님 마음이란 게 그런 거 같아. 나 그때 여러 가지 일 때문에 복잡했거든. 그래서 혹시나 당신의 자식이 욱하는 마음에 무슨 사고라도 당할까 이름을 바꾸자 하시는 거 보고, 내가 부모는 아니지만 그 마음은 알겠더라."

그가 부드러운 손으로 내 머리를 넘겨 주며 말했다. 고운 숨결이 편하게 말을 이어 간다.

"……훈이 너 낳아 주신 엄마도 그런 마음이겠지. 너무 어릴 때 헤어져서 아마도 네가 어릴 때 그 모습만 남아 있을 수도 있어. 우리 엄마는 형이 서른도 훌쩍 넘어 그렇게 떠났는데도 이상하게 고등학교 그 무렵의 형의 모습이 눈앞에 선하대. 그게 그때의 형이 엄마가 자식을 품에 안고 있던 마지막 시기쯤 되어 그런 거라 생각해. 아마 훈이 어머니도 그거랑 비슷한 거 아닐까?"

이 남자 어디 상담가로 나서도 되겠다. 선비님께서 박수무당도 겸하고 있다. 나는 이리도 복잡한데 정리를 너무 잘해 준다. 어쩌면 자신의 일이 아니라서 그럴까? 담담하게 이야기를 들려주는 그의 옆모습을 쳐다보다 다시 가족사진 속 그의 부모님을 바라봤다.

날 낳아 준 엄마는 아직도 나를 여덟 살로 보듬고 있을까?

내 눈치를 살피던 지원이에게도 미안하고 덩달아 그림자가 무거운 여자를 이렇게 품어 준 그에게도 미안했다. 털어 내자. 그러자. 속으로 한숨을 꿀꺽 삼키고 나는 웃었다.

내 웃음에 그도 한결 가벼워져 시선을 같이했다. 이렇게 마주하는 눈빛이 아직은 부끄럽고 민망했다. 나는 배실배실 웃으며 시선을 아래로 내렸다. 내 눈길에 머무른 웃고 있는 원숭이.

안녕, 원숭아! 잊기 전에 집에 챙겨 가야지.

"벗어요."

"어?"

당황한 표정으로 나를 보고 멍해지는 그다. 그러더니 목으로부터 붉은 기가 점점 타고 올라 그의 얼굴을 물들였다. 살짝 체온이 올라가는 느낌이 생생하게 내게 전달되었다. 성능 좋은 에어컨 바람이 시원한데 이 남자는 덥나?

"그게 꼭 그래야 하나? 좀 빠른 거 아닌가? 나도 싫은 건 아닌데. 좀 갑작스러워서. 아니 뭐 이런 걸 작정하고 하면 더 이상하긴 하지만. 너 괜찮겠어?"

이 남자 무슨 소리 하는 거야? 더듬거리면서 말하는 그의 표정은 점점 이상해졌다. 이 상황이 그의 생각에 맞춰졌다. 이제 내가 그의 얼굴만큼 붉어졌다.

"이봐요. 무슨 생각 하는 거예요? 그 옷 지원이 옷이잖아요. 잊기 전에 챙겨 두려고 했는데. 어머머, 자기 집이라고 이상한 생각만 해."

애초에 내가 엉뚱하게 말을 꺼낸 잘못이 크지만 괜히 타박을 그에게 했다. 좀처럼 얼굴이 식지 않아 나는 손부채질을 하며 열을 식혀야 했다. 이런 내 모습을 보던 그가 크게 웃으며 생글거렸다.

예전에 같이 근무할 때는 몰랐는데 잘 웃는 남자다. 따뜻한 사람이다. 그의 개명이 탁월한 거 같아 감탄했다.

그러다 그의 온화한 미소가 갑자기 사라졌다. 뚝 떨어진 미소가 어디 가고 나를 보는 눈길에 부끄러워 고개를 숙였다. 그는 그런 내 얼굴을 조심스런 손길로 마주 보게 했다. 그의 눈에 나를 넣었다.

"키스해도 돼?"

"……그런 걸 대놓고 묻고 그러면 내가 뭐라고 해요? 싫다 그럼 안 할 거예요?"

"아니."

"근데 왜 물어요?"

"네가 너무 긴장한 거 같아서."

"긴장은 무슨. 나 민석 씨한테 옷 벗으라고 말도 하는 여잔데?"

말과 다르게 내 목소리는 떨렸다. 그걸 알아챈 그가 또 생글거리며 눈을 맞춰 주었다. 그의 속눈썹이 파르르 떨렸다. 왠지 위안이 된다. 나만 떨리는 게 아니라서.

"긴장 안 한다는 사람이 목소리는 염소처럼 나와."

당신도 알아요? 나처럼 당신도 떨리는 거.

우리의 숨결이 나른한 봄바람에 흔들리는 문풍지처럼 바스락거렸다. 목은 자꾸 쑥쑥 들어가려고만 했다. 내 안의 심장이 얼마나 빨리 뛰는지 느껴질 정도였다. 심장 소리에 맞춰 그의 숨결이 다가왔다. 자꾸만 뒤로 가려는 내 몸을 그의 손이 바로 잡아 주었다.

어쩔 줄 모르는 내 손을 당겨 그의 손과 얽히게 했다. 자꾸 부끄러워 고개를 숙이는데 맨발인 내 발이 눈에 들어왔다. 낯선 감각에 제멋대로 꼼지락거리는 발가락이 부끄럽다.

그럴 거라 짐작했다. 우리 동네 바닷가에서의 첫 입맞춤처럼 보드랍고 한없이 다정할 거라고. 그래 그는 그런 사람이니까. 하지만 지금의 이이는 거센 풍랑이 되어 내게 파도로 밀고 들어왔다. 어지럽던 숨결이 입술에서만 머물지 않았다.

목덜미와 머리카락에, 자꾸만 여기저기 흔적을 남겨 갔다. 서 있던 우리가 왜 소파에서 몸이 겹쳐졌을까? 한없이 가볍기만 한 내 티셔츠는 언제 부끄럽게 나의 맨살을 드러냈을까?

짐작과 다른 일이 이렇게 정신없게 나를 흔들고 그를 흔들었다. 따라가기 버거운 내가 그의 등을 두들겼다. 저기요, 우리 좀 쉬면 안 될까요?

나의 노크에 그가 대답을 했다. 바스락거리는 동작이 멈췄다. 손길이 멈추고 입맞춤을 멈추고 호흡을 다듬었다.

어색한 표정으로 그를 밀었다. 더듬거리며 옷을 찾아 입었다. 몸을 추스르고 바르게 앉았다. 더운 공기, 부끄러운 숨결들. 나는 어찌할 바를 몰라 길지도 않은 머리를 자꾸 쓸어 넘겼다.

"오늘 자고 갈래?"

아직 두근거리는 심장이 멈추지도 않았는데 끈적끈적한 공기를 단숨에 끊어 버린 그의 말. 예쁘지도 않게 내 웃음소리가 먼저 쏟아졌다.

"선배 너무 선수 같아요."

과장스럽게 그의 배를 주먹으로 푹 때리자 그제야 현실 세계로 넘어온 그가 부끄러운 미소를 지었다.

"아니, 그게 내 말은, 네가 우리 집에 있으니까 그냥 같이 있으니깐, 좋아서. 계속 같이 있고 싶어서."

웅얼거리면서도 제 속을 이렇게 그는 내게 알려 준다.

"미안, 내가 실수했어."

쑥스러운 표정을 지으며 그는 몸을 주방 쪽으로 틀었다.

"뭐 마실래? 커피 있는데 줄까?"

"네."

주방 저쪽에서 부스럭거리는 소리가 들렸다. 아직도 뜨거운 볼의 열기를 손바닥으로 토닥이며 그의 곁으로 다가갔다.

식탁 위에 머그잔이 나와 있다. 그는 뭔가를 들고 한참을 들여다보고 있었다. 전기주전자에서 물이 다 끓어 전원이 차단되었다는 신호음이 떨어졌음에도 그는 진지하게 들고 있던 무언가에서 시선을 떼지 못했다.

대체 뭔가 싶어 식탁에 놓인 같은 걸 집어 들었다. 드립팩 커피였

205

다. 그는 야무지게 봉지를 뜯고 설명서대로 머그잔에 드립팩을 걸치고 뜨거운 물을 내리기 시작했다. 커피 향이 기분 좋게 퍼졌다.

같이 근무했던 그 어느 때. 그날도 새벽에 출근해서 함께 서류를 작성하다 잠시 피곤해 휴게실로 나왔었다. 아직 이른 시간이라 청소하는 아주머니께 커피를 권하던 그를 봤다. 감사하며 답례로 그에게 다시 자판기 커피를 뽑아 주던 아주머니의 손길을 정중하게 받았다. 커피를 안 마신다고 알고 있던 그가 그 커피는 아주 달게 마시던 기억이 났다.

"커피 안 마신다고 하지 않았어요?"

"응. 별로 안 좋아해."

"근데 이 커피는?"

"네가 올 거 같아 미리 사 뒀지. 전에 우리 회사 앞에 커피숍 알지? 거기에서 이런 것도 팔더라."

"……예전에 우리 같이 근무할 때 제가 드린 커피는 '나는 커피 안 마셔' 그러면서 거절했어요. 근데 청소 아주머니가 주시는 커피는 잘 마시던 거 기억해요? 그때 저 기분 많이 상했어요."

커피를 다 내리고 내게 머그잔을 건네주던 그가 기억을 더듬듯 살짝 눈썹을 찌푸렸다. 이렇게 저렇게 눈썹을 찌푸리고 미간을 모으며 한참을 뭔가 생각하고 있었다.

"솔직하게 말해야 하지? 기억 안 나. 커피 카페인이 내게는 안 맞는지 마시면 심장이 너무 뛰어서. 그래서 네 커피는 거절했겠지만, 청소 아주머니는 성의니 서로 친한 사이도 아닌데 그런 거절 그쪽 입장에서는 무안할지도 모르잖아. 그래서 그랬겠지."

"아……."

나는 커피를 천천히 마셨다.

우리가 선배와 후배 사이로 끝이었다면 이런 뒷사정은 모르고 내 커피를 거절했던 선배로만 남았겠지요. 몇 년쯤 후에 당신 집에서 직접 커피를 내려 내게 건네게 될 거라고 그때의 당신은 짐작이나 했을까요?

나는 이 모든 상황과 장소와 우리가 너무 이상하고 두근거려 커피의 맛을 느낄 수도 없었다. 몽글몽글 솜사탕을 밟고 있는 기분이다.

나를 둘러싸는 감정을 주체를 못 해 커피 잔을 들고 거실로 나왔다. 그는 자신의 차를 준비한다고 부산스러웠다.

어디서 윙 하는 소리가 들려서 보니 진동으로 해 놓은 그의 휴대전화가 테이블에서 움직였다.

"전화 와요."

"어딘지 봐 줄래?"

번호만 뜨는 표시에 나는 전화번호를 불러 주다 갖다 주려고 움직이는데 뚝 끊겼다.

"끊겼어요."

"그래? 모르는 번호인데. 일 때문인가? 급하면 다시 하겠지."

고요하게 녹차 향이 거실에 퍼진다. 그는 너저분하게 펼쳐 놓은 찻잔을 정리하고 있었다. 다시 전화가 움직였다. 아직까지 손이 바쁜 그는 내게 전화를 대신 받아 달라는 눈짓을 했다.

나는 어색한 목소리를 살짝 다듬고 통화 버튼을 눌렀다. 그는 전화에는 신경도 안 쓰고 이번에는 정수기가 말썽인지 혼잣말로 뭐라고 중얼거리고 있었다. 눈짓은 그를 따라 움직이고, 내 귀는 어색한 목소리로 전화를 받았다.

"네, 김민석 씨 휴대전화입니다."

― ……민석이 폰 아닌가요?

차분한 여자 목소리는 조금 당황한 듯 한번 숨을 고르고 말을 했다. 이번에는 내가 당황해서 정수기를 붙들고 씨름하고 있는 그의 뒷모습만 바라봤다.

"맞습니다. 지금 전화 받기가 곤란하신 거 같아서. 잠시 후에 다시 해 주실래요?"

— ……한연수라고 합니다. 지금 뜨는 번호로 전화 부탁한다 전해 주세요.

그러고는 내 대답도 듣지 않고 상대편은 전화를 끊었다.

"한연수 씨라고 하는데요. 이 번호로 전화해 달래요."

그의 어깨가 한순간에 굳었다. 정수기를 달래던 손길도 멈추고 그의 숨소리도 멈췄다. 그 정적을 깬 것은 와르르 쏟아지는 정수기 얼음이었다. 나는 그의 전화를 식탁에 소리 나게 탁 내려놓았다.

어쩐지 어울리지 않는 장소에 있는 듯 낯선 기분이 들어 거실로 나오려는데 그가 나를 잡았다. 내 손을 잡고 한 손에는 식탁에 내려놓은 전화를 들었다.

나는 그의 손을 풀고 개수대 쪽으로 몸을 틀었다. 보지 않아도 통화목록을 보고 전화하는 그를 느꼈다.

이런 내 감정을 주체하지 못하겠다. 그는 내 손을 부드럽게 다시 잡고 그를 마주 보게 했다. 마주한 눈동자에 내가 들어 있었다. 괜히 심술이 나고 안달이 난 내가 그 속에 있다. 부끄러워 손을 놓고 몸을 돌렸다.

깨끗한 개수대에 개미 한 마리가 기어가고 있었다. 어디서 왔을꼬? 물끄러미 쳐다보다 바로 앞에 작은 창틀에서 서너 마리의 까만 개미를 발견한다.

"나야."

그가 그 여자한테 인사말도 없이 나야, 그런다. 많이 친한 사람인가 보다.

"그래. 귀국했다는 소식은 들었어."

개미 한 마리가 계속 개수대를 맴돈다. 그의 전화 내용 대신 개미를 따라가 보려 했지만 이미 틀렸다. 그는 일상적인 질문을 편안하게 했다. 아주 편안하게. 날씨 이야기도 하고, 결혼을 묻는 듯한 질문에 "나도 아직."이라는 대답을 했다. '나도 아직' 이래. 그럼 그 여자도 아직 결혼 전이란 말이다.

"가기 전에 얼굴이나 보자."

날씨 이야기에 잘 지내는지 물었으면 된 거지 뭘 얼굴까지 챙겨 본다고 저러나. 괜히 개미가 미워 물을 틀어 하수구로 흘려보냈다. 그래 놓고는 개미한테 미안한 건 또 뭔가? 마음이 마구 널뛰었다.

"예전에 사귀던 사람. 외국에 나가 있는데 이번에 들어왔다고."

너무 솔직한 사람이다. 이럴 때는 차라리 그냥 친구라고 거짓말이라도 하지. 더 속상해진다.

"이봐요, 민석 씨. 이제는 당신이 아득해요."

그렇게 톡 쏘아 버리고 주방을 나왔다. 이전에 그가 현준이를 대했던 방식으로 나도 그의 과거의 여자를 대할 수 있을 거라 생각했는데. 천만에, 나는 좋은 어른도 좋은 사람도 아니다.

"그렇게 생각할 거 없는데."

바로 뒤따라 나온 그는 내 등에 대고 아주 편안한 목소리로 말했다. 앙칼지던 내 목소리와는 아주 반대로 그저 부드럽기만 하다. 그 여자만 생각하면 저렇게 부드러워지나.

"혹시 그 여자예요?"

내가 휙 뒤돌아서자 바로 뒤에 있던 그는 놀란 표정을 지었다. 온통 물음표투성이의 얼굴로 무슨 말인지 묻고 있었다.

접어 두었던 기억이었을까. 어떤 단편 같은 기억이 몰려왔다.

"우리 같이 근무할 때, 그때 저는 현준이랑 회사 근처에서 저녁을 먹고 있었어요. 그때 옆 테이블에 선배가 어떤 여자랑 다정하게 밥을 먹고 있었어요."

그 집이 칼국수집이었는지 아니면 그와 처음으로 야근하면서 밖으로 나와 먹었던 백반집이었는지 그거까지는 모르겠다. 계속되는 야근에 얼굴 볼 시간이 부족했던 현준이 나를 찾아왔었다.

식당에는 그가 아주 아름다운 여자와 다정하게 밥을 먹고 있었다. 늘 차갑고 서늘하던 그가 여자와는 환하게 웃는 모습이 너무 신기해 그쪽을 바라봤었다. 뜻밖의 모습에 현준에게 나를 힘들게 했던 그에 대한 이야기를 한참을 했었다.

슬며시 눈이 서로 마주치자 그가 그 여자에게 나에 대한 설명을 짧게 했는지, 내게 가볍게 눈인사를 했다.

"그랬나? 나는 기억에 없는데 아마 그 뒤로 사귄 사람은 없으니 맞겠지."

"……계속 연락하고 있었던 거예요?"

"드문드문. 대학 친구라서 한 번씩."

"……왜 헤어졌어요?"

"말해야 해? 그냥 서로 바라보는 방향도 다르고. 연수는 하고 싶은 일도 많고 욕심도 많았어. 나는 그때 회사 그만두고 아버지 회사로 들어가야 했는데 연수는 자신이 원하는 일을 앞두고 있어서 해외로 나가야 했거든. 나쁘게 헤어진 상태는 아니라서 가끔 연락은 했어."

"나와 현준이처럼 말이에요?"

"글쎄다, 그건 솔직히 잘 모르겠어. 난 적어도 여자 남자로 확실하게 끝난 사이야. 그래서 그 전화 네 앞에서 사심 없이 받을 수 있었는데. 난 아직 너와 그 친구 관계를 의심해. 방금처럼 그 친구 이름을 너무 자연스럽게 떠올리는 너를 좋게 생각지 않거든."

이 사람은 너무 편안했다. 조바심 내며 묻는 내가 더 이상하리만치 그는 평온했다. 그 여자를 생각하면 마음이 안정되나? 그래서일까? 나는 못난 질투심이 풍선처럼 부풀고 있었다. 터지기 일보직전이다.

"······이런 기분이었어요?"

"뭐가?"

풀이 죽어 버린 내 목소리와 표정을 의아하게 바라보던 그는 빙긋 웃었다. 이봐요, 지금 웃을 일이 아니잖아요.

"내가 현준이 이야기할 때마다, 당신도 이런 막 짜증도 나고, 심술도 나고, 발을 동동 구르고 싶고, 기분도 별로고 그랬어요?"

"응."

더 환하게 웃는 그다. 졌다. 마음이 덜 자란 나는 이렇게 또 그에게 마음이 기울었다.

"······더 이상 남녀 사이가 아니라고 했으면서, 그러면서 민석 씨 그 여자 전화라고 했을 때 긴장했어요. 그게 계속 내 마음에 찜찜하게 남아요."

미련이 남은 나는 고개를 숙이고 부끄럽게 그에게 투정한다.

"너 같으면 예전 여자 친구가 전화 오는데 옆에 애인이 있으면 긴장 안 하겠어? 무섭잖아. 다다다 우리 헤어져, 그러면서 화내고 드라마에서 안 봤어?"

"그런데 그때 선배가 회사를 안 그만두고 그 여자분도 안 갔다면 어떻게 되었을까요?"

괜한 만약을 설정해서 또 혼자 땅을 팠다. 그랬다면 우리는 지금이 없었겠죠? 이렇게 커피를 준비해 주는 당신을 보지 못했겠죠? 상상만 했을 뿐인데 왈칵 서럽다. 내 질문에 그가 손을 들어 내 눈썹을 살며시 쓸었다.

"만약 너는 그렇게 그 친구 집에서 반대 안 했으면 어떻게 했을 거 같아? 대답하기 싫지? 같은 거야. 일어나지 않은 일에 대해서 질투하고 고민할 필요는 없어."

또 할 말 없게 만든다. 그래도 그의 설명에 든든해졌다. 나는 훔쳐 보던 그의 과거의 문을 닫았다. 다시 열리지 마.

"갈래요. 너무 오래 있었어요."

그와의 신선놀음에 도낏자루가 썩고 있었다. 해가 긴 여름 낮이 어두워지기 시작했다.

"벌써? 저녁 먹고 가."

"오늘은 그냥 갈게요."

내 말에 더 머물지 않을 걸 짐작한 그는 잡지 않았다. 차 키를 챙기고 나를 따라 나왔다. 그도 나도 직장이 있는 사람인데 일요일 오후는 내일을 위해 준비를 해야 한다. 나오려는 그를 손동작으로 말렸다.

"그냥 있어요. 우리 집에서 왔는데 다시 우리 집으로 가는 거 이상하잖아요. 여기 앞에서 가는 거 있어요."

멀끔하게 눈만 껌뻑거리며 그는 내 말에 무슨 생각인지 입꼬리가 묘하게 올라갔다. 가끔 혼자서 히죽이거나 저렇게 엉뚱한 표정을 짓기도 했다. 무슨 생각을 하나?

"그럼 잘 가."

신발을 다 신고 돌아서자 그가 손까지 흔들면서 인사를 건넸다. 빈말이라도 같이 가자 하지 않는다. 닫히는 문에 서운해져 마음이 토라졌다. 그래, 그도 피곤하겠지. 애써 두둔해 보지만 서운한 건 어쩔 도리가 없다.

집까지 가는 길이 참 멀겠다는 생각을 하다 급하게 파고드는 생각이 나를 붙잡았다. 차비가 없다. 지갑을 챙겨 오지 않아 그에게 돈을 받아 깡통 통조림을 샀는데 그걸 아는 그가 그렇게 사악하게 웃었던 거다.

다시 몸을 돌려 계단을 콩콩콩 뛰어 올라갔다. 위에서 내려오는 엇갈리는 콩콩콩 소리. 그가 먼저 기운 좋게 내려왔다.

"걸어서 가려고?"

"왜 말 안 했어요? 나 지갑도 없는데. 일부러 그랬죠?"

"응. 그러게 같이 가면 되지. 뭘 그리 사양을 하시고."

휘파람까지 불면서 혼자 신 났다. 차 키를 던졌다 받았다 하면서 술래잡기라도 하듯 쌩하니 먼저 주차장까지 달아났다. 나를 두고 도망이라도 갈까 잽싸게 따라갔다. 나 잡아 봐라 이런 건 바닷가에서나 하나 했는데 유치해진 우리는 장소를 불문하고 닿을 듯 말 듯 뛰어 다니기 바쁘다.

자꾸만 혼자 웃게 된다. 실없는 여자가 되어 또 웃는다. 괜히 그게 부끄러워 아닌 척하지만 어느 사이 나도 모르게 실실거리게 된다. 그런 내 모습을 보고 그도 나처럼 웃는다. 우린 둘 다 바보가 되어 버렸다.

차는 막히지도 않고 우리 동네로 왔다. 내리려는 그를 말렸다. 벨트를 풀고 이제 정말 그를 보내 주기로 했다. 그가 "잠깐만." 한다. 무슨 일인가 싶어 빤히 보자 그의 손이 넘어와 내 어깨를 툭툭 턴다.

"뭘 이런 걸 묻히고 다녀?"

"뭐예요? 옷에 뭐 묻었어요?"

어두운 차 안에서 아무것도 보이자 않아 실내등을 켜려는데 그가 내 손을 잡았다.

"내가 털어 줄게. 자 됐다. 이런 게 묻어 있어."

실밥이라도 붙어 있었나 그의 손을 봤다. 뭐가 반짝인다. 반지 하나가 그의 손에 '묻어' 있다. 뭐라고 대답을 해 줘야 하는데 나는 차마 말을 하지 못했다. 벅찼다. 좋았다. 설렌다. 바보같이 어어어만 하는 내게 그가 반지를 끼워 준다.

내게 반지를 끼워 주는 그의 손에도 반지가 '묻어' 있다. 아직 낯설게 내 손가락에 앉은 반지를 요리조리 살펴본다. 예쁘다. 좋다.

"나는 아침부터 끼고 있었는데 넌 그것도 몰랐지? 어떻게 끼워 줄까 몇 날 며칠 고민했는데 멋있었어?"

쿡 웃음이 나온다. 반지를 건넬 이벤트를 고민할 남자일 줄은 몰랐는데.

"어? 웃어?"

"반지 예뻐요. 좀 신기해서요. 민석 씨 이런 거 고민하면서 줄 사람은 아닌 거 같아서. 뭔가 좀 담백하게 할 사람이라고 생각했었나 봐요. 뭐 나름대로 만족해요."

"나름대로 만족? 무슨 뜻이야? 너무 좋아요. 오빠. 이런 건 바라지도 않았지만 김샌다."

정말 그는 실망했는지 핸들에 머리를 묻었다 일으켰다. 슬쩍 반지 낀 손으로 그이의 머리를 만져 주자 기분 좋은 웃음을 내 손에 남겼다.

"절대 빼면 안 돼. 오른손으로 바꿔도 안 되고, 다른 반지로 바꿔도 안 돼. 내가 이 반지 뺄 일 없게 할게."

나는 시뻘건 사랑에 겁도 없이 걸어 들어갔다.

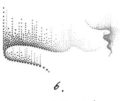

6.
그래 자꾸 반해

그래 이제 시작하다. 아니 마무리 짓자.

나는 날 낳아 준 엄마의 가게를 다시 찾았다. 우습게도 다시 찾은 이유는 참외였다. 20년을 모르고 살았던 딸이 다시 엄마를 찾아가는 변명으로는 어설프다는 걸 나도 안다. 뭐라도 핑계가 필요했다.

어제 엄마가 오셨다. 이번 여름에는 가게 수리를 한다고 오늘부터 시작되는 내 휴가에 맞춰 오셨다. 한 손에는 봉지가 미어지게 담은 참외를 들고 들어오셨다. 엄마는 집에 들어서자마자 참외를 깨끗이 씻어 냉장고에 넣어 두셨다.

어릴 때 엄마는 시골 우리 집 우물물에 참외를 담가 두었다. 커다란 함석 대야에 참외를 담아 둥둥 띄워 놓으면 그게 내 눈에는 노란 배가 떠 있는 거같이 참 예뻤다.

그런 참외를 엄마는 허공을 향해 물기를 털고 앞치마에 대충 닦았다. 참외 씨를 발라 하얀 고무신 같이 잘라 놓고 학교 갔다 온 나를 불러 입에 쏙 넣어 주셨다.

대야에 담긴 물을 휙 마당에 뿌리면 더운 한낮의 열기가 가라앉았다. 더위와 함께 함석 대야는 우물 옆에서 요란하게 쟁그랑거렸다.

'엄마, 나 어릴 때 엄마가 우물물 길어서 참외 담갔다 줬잖아. 그 참외 참 맛있었지?'

엄마는 보던 드라마에서 시선을 떼지도 않고 참외 하나를 집어 내게 건넸다. 그러고는 목침을 가져와 거실에 그대로 누우셨다. 여전히 시선은 드라마에서 떠나지 않았다.

'멀쩡한 냉장고 두고 무슨 우물물? 어디 드라마보고 착각하는 거 아니야?'

포크에 꽂힌 참외는 씨가 그대로 남아 있다. 하얀 고무신 같은 참외가 아니다. 그제야 나는 지금의 엄마는 한 번도 참외 씨를 발라낸 적이 없다는 걸 깨달았다. 그동안의 나의 기억의 단편이 잘못되었음을 오늘에야 알았다.

지원이의 엄마는 가을에 내게 오셨다. 참외를 더 이상 먹지 않는 계절에. 그해 가을에 우리는 우물물을 닫고 이사를 했다. 다시 세월 흘러 고향으로 내려갔을 때 우리는 그 집에 살지 않았다.

나는 왜 그 기억을 나를 길러 준 엄마로 착각하고 살았을까? 그런 복잡한 의문이 이렇게 그만 찾아야 하는 분식집을 또 찾게 했다.

방학을 한 분식집은 손님도 없고 조용했다. 훤하게 보이는 주방에도, 문을 열어 놓은 작은 방에도 그림자조차 없었다.

몇 번 살펴보다 그대로 테이블에 앉았다. 얼마가 지나고 박스에 무언가 담아 오는, 더위에 지친 엄마가 들어섰다.

"오셨어요? 잠깐 슈퍼에 뭐 좀 사 온다고. 덥죠?"

엄마는 사 온 물건을 그대로 두고 문을 닫고 에어컨을 틀었다.

"그날 왜 그냥 갔어요?"

물을 한 잔 테이블에 내려놓고 주방으로 들어가면서 큰 소리로 내게 물었다. 성급하게 내려놓은 물 잔은 잠깐 출렁거리며 조금 쏟아졌다. 그 물방울로 주르르 글을 썼다. 내 이름 서지훈을.

"뭐 줄까요? 여기 학교가 방학해서 손님도 없어요. 된장찌개 먹을래요? 그날 다 안 먹고 가서 내가 좀 서운했거든. 더워도 밥 먹어요."

대답도 안 했는데 엄마는 뚝배기를 이미 가스 불에 올리고 있었다. 끓는 동안 밑반찬을 먼저 내놓았다. 김치와 멸치볶음에 손 많이 가는 나물까지. 손님용 반찬은 아닌 걸로 보였다. 반찬을 물끄러미 쳐다보는데 마늘장아찌를 들고 온다.

"혼자 살아요? 그럴수록 잘 먹어야지."

"저 지훈이에요. 서지훈."

내 시선은 접시를 내려놓는 엄마의 정수리에 닿았다. 말이 없다. 장아찌 담은 접시가 엄마의 손끝에 바르르 떨다 멈췄다.

엄마는 접시를 바로 놓아주고 한숨을 푹 쉬더니 나를 보지 않고 주방으로 가 버렸다. 곧 바글바글 끓는 뚝배기가 내 앞에 놓였다. 엄마는 내 맞은편에 앉았다.

"설마 네가 찾아올 줄은 몰랐다."

너무나 담담하게 내 존재를 인정했다. 목소리 하나 떨리지 않는다. 우물가에 있던 엄마가 계속 지원이 엄마로만 느껴진다.

"올해 몇이지?"

"스물여덟 살입니다."

엄마만큼 담담하게 대답하는 나다.

"그래. 그렇구나. 잘 자랐다. 결혼은?"

"아직. ……할머니는 건강하신가요?"

내 기억에 외할머니는 따뜻한 분이셨다. 나를 미워하는 엄마에게 야단도 쳐 주시고, 맛있는 사탕도 주셨던 분이다. 그동안 한 번도 생각해 본 적이 없는데 오늘에야 불쑥 튀어나온다.

"몇 해 전에 돌아가셨어. 당뇨 합병증."

돌아가셨구나. 그동안 외할머니 자체를 잊고 살았던 무심했던 내가 마음속으로 잠겨 든다.

"할머니는 어떠셔?"

또 다른 내 할머니. 엄마의 시어머니였던 분의 안부를 내게 묻는다.

"아직 정정하세요. 큰아버지가 몇 해 전 돌아가셔서 그 뒤로 기력이 좀 달리시는 거 말고는 정신도 맑으시고 괜찮아요."

"징그럽게 오래 사시네. 그 양반 그럴 거라 생각 들더니."

엄마의 억센 표현에 내 이마가 살짝 찡그려졌다. 백세를 바라보는 할머니의 머리에 아직도 남은 검은 머리가 애처롭게 느껴졌다.

"돌아가실 무렵 너를 보고 싶다고 몇 번 말씀하셨는데 대놓고 너를 부를 수도 없고…….."

"당뇨라면…….."

잘은 몰라도 가족력이나 그런 게 혹시 엄마에게도 그럴까 하는 염려가 불쑥 밀고 들어왔다.

"나? 나는 괜찮아. 다행이지. 너도 건강하지?"

"네."

"다행이구나. 혹시나 좋지도 않은 걸로 고생이나 시키지 않을까 걱정도 가끔 했어. 요즘도 여름 많이 타?"

"좀 그래요."

"그럴 거라 짐작했어. 넌 네 아버지를 그대로 닮았어."

나에게서 아빠를 찾는 걸까? 엄마는 찬찬히 내 얼굴을 눈으로 더듬었다. 그런 시선이 부담스러워 고개를 숙이고 애꿎은 반찬만 깨작거렸다.

엄마는 일어서더니 접시를 들고 오셨다. 김밥 두 줄이 담겨 있다. 엄마는 김밥 꽁지만 작은 접시에 담아 밥공기를 밀어 놓고 내 앞에 놓아 주었다.

"유치원 소풍갈 때 내가 김밥 싸 주면 너는 꽁지를 얼마나 좋아했는지. 참 잘 먹었어."

세월만 흐른 게 아니다. 그런 기억이 없다. 나는 김밥의 꽁지는 먹지 않는다. 나를 길러 준 엄마는 내게 언제나 예쁘고 고운 것만 보고 크라고 했다. 그래서 김밥을 먹을 때도 제일 예쁜 것은 늘 내 몫이었다.

나는 그렇게 자랐다. 그런데 날 낳아 준 엄마는 내가 그걸 좋아했다고 한다. 20년 동안 좋아하는 것과 싫어하는 것이 바뀌었다.

"엄마가……."

목이 콱 잠겨 말을 해 놓고 한참이나 숨을 몰아쉬었다. 목울대가 저릿했다.

"지금 엄마가 말씀해 주셨어요. 저 고등학교 다닐 때 찾아오셨다고. 여기 주소도 지금 엄마가 알려 주셨어요."

지금 엄마라는 말이 적절한 표현인지 잘 모르겠지만 그것 말고는 달리 설명할 방법이 없었다. 엄마와 엄마를 사이에 둔 나는 지칭할 말조차 버거웠다.

"그래. 내가 그런 적이 있었지. 다 지난 일 지금 와서 그게 뭐 중요하다고. 한 번은 보고 싶었어. 어떻게 자랐는지. 얼굴 보니 마음이 놓인다. 이제, 다시는…… 찾아오지 마라. 그게 너를 키워 주신 분께 대한 예의고, 지금 내 딸은 다른 언니가 있는지 몰라. 이제 고등학생인데 혼란 주면 힘들어."

머리를 빗겨 주던 교복 입은 그 소녀가 이제 엄마의 걱정으로 남아 있다. 이해가 되면서도 툭툭 마음에 맺히는 멍울을 감당하기 버겁다. 무엇을 찾아 이곳을 왔을까?

엄마는 그렇게 잠깐 나를 쳐다보다 고개를 돌렸다. 마침 들어오는 손님에게 오늘 장사 끝났다는 말을 하고 그대로 주방으로 가 버렸다.

나는 차려 준 밥도 먹지 못하고 김밥의 꽁지도 안 먹고 엄마처럼 뒤도 돌아보지 않고 가게를 나왔다.

뜨거운 햇살을 머리에 이고 오후 내내 걸었다. 걷다 지치면 아이스 커피를 시켜 놓고 한참을 멍하게 있었다. 얼음이 미지근한 물이 되면 한꺼번에 마시고 걷고 또 걸었다.

그렇게 하루해가 저물었다. 이제는 감각도 무뎌진 다리를 이끌고 동네로 들어섰다. 우리 집 거실의 불이 훤하다. 또 다른 엄마가 나를 기다리고 있다.

나를 낳아 준 엄마는 이제 다른 딸의 엄마고, 나를 길러 준 엄마는 지원이 엄마다. 아빠는 애초부터 너무 멀었다. 변하지 않고 끝까지 내 곁에 머무는 것은 없을까?

집 쪽을 바라보다 한숨이 쏟아졌다. 지쳤다. 숨을 고르며 벤치로 걸음을 옮겼다. 빈 벤치 위쪽에 어둑한 그림자 하나가 있다. 야트막한 언덕이 길가의 경계를 나타내기 위해 둔덕을 만들어 놓은 곳에 그가 앉아 있었다. 손장난을 하고 있는지 가로등 불빛 아래 그의 손 그림자가 어지럽다. 한 걸음씩 다가가 그의 곁에 섰다.

당신은 내게 무엇일까요? 당신에게 나는 온전히 전부인가요?

"여기서 뭐 해요?"

나는 가방을 그의 옆에 두고 풀썩 뛰어 올라 옆에 앉았다. 키가 큰 그의 발은 내 옆에서 한참을 내려갔다. 홋카이도 어느 바닷가가 겹쳐

온다.

가만 보니 그의 옆에 삐죽하게 솟아 있던 강아지풀을 뜯어 바닥을 쓸고 있었다. 나를 기다리고 있었던 시간이 한참인지 옆에 뽑아 놓은 애꿎은 강아지풀이 쌓여 있다.

내 시선에 멋쩍은 듯 손을 탁탁 털고 나를 쳐다본다.

"왜 이렇게 늦게 다녀?"

"이제 10시가 넘었는데?"

"그게 일찍이야?"

배시시 웃음으로 얼버무려 보지만 그의 이마는 나를 보며 찌푸려졌다.

매미가 운다. 오늘부터 나는 휴가가 시작되는데 그는 회사일이 바빠 계속된 야근 속에 휴가가 없을 거 같다고 했다. 그래도 용케 나를 보러 올 시간을 만들었나 보다.

"하루 종일 뭐 했어?"

"그냥 걷고. 자꾸 걷고. 책도 사고."

"추리 작가 할 거야?"

"어? 어떻게 알았어요? 나 오늘 추리소설 샀는데. 내가 말했어요?"

그가 옆에 놓인 쇼핑백을 툭툭 친다. 내가 책을 산 서점의 문구가 그려진 쇼핑백이다. 그게 왜 저기 있지? 뒤늦게 내 손에 가방 말고 아무것도 없다는 것을 깨달았다.

"세상에, 그게 왜 거기 있어요?"

"확인해 봐. 지갑이랑 전화랑 다 같이 들어 있던데. 무슨 정신으로 다닌 거야? 돈도 없이 집까지 걸어왔어?"

"좀 걷고 싶어서 걸었어요. 서점 나와서 돈 쓸 일이 없어서 몰랐나 봐요."

그제야 하루 종일 구두 속에서 혹사한 발이 저려 왔다.

"내가 전화했더니 서점 직원이 받더라. 계산하고 바로 너 없어졌다고. 확인하고 챙겨 가라고."

"휴, 다행이다. 10만원에서 2,500원 빠지는 책이거든요. 휴가 때 책이나 실컷 볼까 하고 샀다 돈 날릴 뻔했어요. 근데 본인 확인도 안 하고 이런 걸 남한테 주고 그래요?"

"내 명함 주고 왔어. 지갑 확인해 봐."

"맞겠죠."

언뜻 베란다에 엄마가 서성거리는 그림자가 보였다. 아침 일찍부터 나가서 연락 한 번이 없는 나를 걱정하는 것이리라. 풀썩 올라왔던 그 동작으로 바닥으로 내려갔다.

"이제 집에 가요. 너무 늦었어요."

내려오지 않고 어둑한 나뭇잎 그림자를 드리운 그는 내게 얼굴을 보여 주지 않았다.

한참의 시간이 지나고 그의 얼굴이 그제야 내 눈에 들어온다. 마주치는 눈이 부끄럽다. 나른한 한숨이 그에게서 나온다. 그의 한숨이 가까이 와 내게 닿았다. 매미 소리와 강아지풀 냄새가 그에게서 난다.

"늦었다. 가자."

아직 난 그에게 취해 있는데 이 사람은 언제 내려왔는지 아래에서 내 가방과 쇼핑백을 챙겨 들었다. 나는 그의 손에 들린 내 가방을 다시 들었다. 서운해하는 그를 위해 책이 든 쇼핑백을 웃으며 건넸다. 몇 걸음 걷다 그를 마주했다.

"먼저 가요. 난 저기 만두가게 들렀다 갈게요. 엄마 왔거든요. 빈손으로 들어가기 그래서."

"너 들어가는 거 보고. 내일부터 뭐 할 거야?"

한 걸음 한 걸음 내가 왼발을 내밀면 그도 같은 발을 딛고, 내가 반대쪽을 걸으면 그도 같이 걸었다. 같은 걸음을 걷는 우리다.

"어머니 뵙고 가면 안 될까?"

"지금요? 너무 늦었어요. 다음에요."

늦었다는 핑계보다 내가 또 다른 엄마를 보고 와 나조차도 지금의 엄마를 보는 게 미안했다. 하루 종일 정신없이 이 엄마, 저 엄마에 내가 지쳤다.

"아저씨, 김치 만두 2인분 주세요. 아니 3인분 주세요."

먹성 좋은 지원이 생각이 나서 일인분을 더 추가했다. 기다리며 밖에서 서 있는데 가게 유리 문에 비친 그가 자꾸만 나를 치근댄다. 나는 고개를 돌리지 않고 물었다.

"할 말 있어요?"

"휴가 말이야. 우리 집에 와 있을래?"

"아저씨. 만두 2인분 더 주세요. 그건 포장 따로 해서요."

내가 대답도 하지 않고 주문을 추가하자 유리창에 비친 그가 시무룩해졌다.

"민석 씨, 휴가도 없다면서요. 주인도 없는 빈집에서 내가 뭐 해요?"

"우리 집 넓고 시원해. 너 좋아하는 농구 채널도 있어."

"지금 유치하게 집 자랑 하는 건가요?"

"그냥 네가 우리 집에 있으면 마음이 좋아서. 나 너희 집에서 자고 왔잖아. 그러니 너도 한번 우리 집에서 자고 가야 맞는 거지."

말도 안 되는 억지에 기가 막혀 그를 마주하고 쳐다봤다. 만두가 다 되었다고 타이머가 울었다. 가게로 들어가 계산을 하고 봉지를 챙겨 들었다.

"자, 이거 갖고 가서 먹어요. 여기 만두 맛있어요."

따로 포장된 만두를 건네는데 받을 생각도 안 한다. 나는 그의 손에 책이 담긴 쇼핑백과 만두 봉지를 바꿔 주었다.

"이제 돌아서 집에 가요. 내일 출근하려면 피곤하잖아요."

타박타박 걸음을 옮기는데 그는 만두 봉지를 달랑이며 내 곁에 붙었다. 참 귀찮게도 한다.

"거참 말 안 듣네. 알았어요. 선배 집에 갈 테니깐 이제 좀 가세요. 아까부터 우리 엄마 베란다에서 보고 있단 말이에요. 무슨 남자가 이리도 눈치가 없어요?"

그제야 그의 표정이 풀렸다. 전쟁터에서 이기고 돌아온 장군이 이처럼 환할까?

나도 그처럼 웃음을 달고 우리 집 베란다를 올려다보았다. 엄마의 그림자는 사라졌다. 그가 주변을 슬쩍 두리번거린다. 그러더니 빠른 입맞춤을 내게 남기고 돌아섰다. 나는 한참을 그대로 서서 붉어진 볼이 가라앉기를 기다렸다 집으로 돌아갔다.

· • ※ • ·

가만히 길을 걷다 그대로 멈춰 서서 하늘을 올려다보면 어지러웠다. 이제 8월의 시작되는 한낮은 완벽한 여름 한가운데 머물고 있었다.

이런 날씨니 한낮의 거리에는 걸어 다니는 사람조차 드물었다. 나는 한 손에는 갈아입을 옷 몇 벌과 또 다른 짐 꾸러미를 버겁게 들고 있었다. 어깨에는 노트북을 메고 그의 집 현관에서 숨을 골랐다.

덥석 가겠다고 했지만 주인도 없는 집에 들어가는 게 내키지 않아 바로 들어가지도 못하고 섰다.

들고 있던 짐이 무거워 옆에 내려놓았다. 안에 아무도 없는데 괜히 초인종을 한 번 눌러 보기도 했다. 그러다 밑에서 누가 올라오는 소리에 그가 알려 준 비밀번호를 꾹꾹 눌러 집으로 들어섰다.

막상 들어오긴 했어도 또 그렇게 현관에서 신발도 벗지 못하고 서 있었다. 그러다 빈집에 울리는 전화에 놀라 신발을 벗었다. 전화는 몇 번 그렇게 울리다 끊어졌다. 혼자 사는 남자 집에 집 전화도 있다는 게 신기했다.

챙겨 온 옷으로 편하게 갈아입고 나서야 한 번 왔던 집이라고 눈에 들어오기 시작했다. 정말 서랍을 열어 보면 우르르 뭔가 쏟아질까. 일단 겉으로 보면 정리 정돈 하나는 완벽했다.

혼자 사는 남자의 집은 저녁을 뭐 해 먹을까 하는 생활의 냄새는 전혀 없었다. 집조차 예전 그의 깔끔한 책상이 생각나 웃었다.

멍하니 앉아 있기 어색해 가져온 노트북을 꺼내 거실에 앉았다. 휴가라고 해도 아직 능력이 부족한 나는 보고서를 미리 작성해 놓아야 다음에 시작할 일이 편해진다.

종종 집에 서류를 챙겨 와 미리 검토하고 그러지 못하면 새벽에 일찍 출근해서 일을 해야 하는 준비성은 그를 통해 배웠다. 미리 준비하지 못하면 다음 업무까지 지장을 주니 힘들더라도 완벽하게 하라는 그의 조언이었다.

혀를 내두르고 치를 떨게 싫어했던 그의 업무 습관을 이제 내가 이어받고, 그런 그를 좋아한다. 희한하고 신기한 인연이다. 나는 그에게 무슨 습관을 나눠 주고 있을까?

그렇게 일을 하며 두어 시간이 지났을 때 또 집 전화가 울린다. 받을 수도 없고 난감해 전화를 노려보듯 쳐다보자 바로 뚝 끊겼다. 그리고 바로 몇 초 후 내 휴대전화가 신호를 이어받은 듯 울려 당황케 했다. 그의 전화다.

"여보세요."

아이처럼 '요' 자 끝을 길게 발음하며 짐짓 기다렸다는 표시를 유치하게 했다. 그러자 전화 저편에서 그가 기분 좋게 웃었다. 전화를 통해 듣는 그의 웃음소리가 좋다. 어쩜 이렇게 좋을 수가 있을까?

- 왜 전화 안 받아?

"지금 받았잖아요."

- 집으로 몇 번이나 했는데?

"민석 씨 전화였구나. 근데 왜 집으로 전화해요?"

- 정말 우리 집에 왔나 아닌가 감시 차원으로.

이런 말을 하고 또 전화 속에서 웃는 그다. 자꾸 이러면 나더러 어쩌라고. 나는 전화라 천만다행이다 싶어진다. 너무 좋아하는 표시가 나는 여자 매력 없겠지?

- 조금 있으면 퇴근해. 택시 타고 금방 갈게. 뭐 먹고 싶은 거 있어?

"버스 타고 와요. 거기서 여기까지 차 막히면 택시비가 얼마인데."

- 뭐 타야 하는지 몰라.

"내가 검색해서 보내 줄게요."

- 그래, 그럴게.

아침에 근처 사는 직원 차를 타고 같이 출근한다고 해서 물었더니 차가 수리 들어갔다고 했다. 전화를 끊고 집으로 오는 버스 번호를 메시지로 넣어 주었다.

얼른 몸을 일으켰다. 마음이 바빴다. 집에서 가져와 냉장고에 정리도 않고 넣은 보따리 뭉치를 풀었다. 남의 주방에서 열었다 닫았다 부산을 떨었다.

다행이다. 전기밥솥이 있다. 아무리 봐도 반짝반짝한 전기밥솥은 사 놓고 한 번도 작동한 적이 없어 보인다. 하긴 그가 여기에 쌀을 씻어 밥을 안치는 모습은 상상으로도 떠오르지 않는다.

엄마가 많이는 넣지 말고 몇 숟갈만 넣고 밥하면 고소하니 맛있다고 챙겨 준 흑미를 봉지째 갖고 왔다. 분명 쌀이 없을 집이라 짐작되어 함께 챙겨 온 쌀로 밥을 안쳤다.

보드라운 아기 엉덩이같이 탐스런 토마토를 엄마는 몇 개 안 된다고

226

지원이도 주지 말고 나만 먹으라 했다. 이것도 역시 챙겨 왔다. 설탕 뿌려 냉장고에 넣었다 먹으면 맛있는데. 이 남자는 이런 거 안 좋아하려나? 설탕 대신 녹차 가루를 뿌려 줄까? 그런 생각을 하다 웃었다.

우리 집에 와서 나박김치 잘 먹던 그가 생각나 작은 통에 덜어 왔다. 엄마가 만든 반찬까지 야무지게 챙겨 와 그의 집 냉장고에 넣어 정리하다 보는 사람도 없는데 부끄러웠다.

버스를 탔다는 메시지에 시간을 가늠하며 주방을 정리했다. 짠하고 마중을 나가고 싶었다.

버스 정류장에 서서 저편에서 오는 버스를 살폈다. 안내판을 보자 그가 탄 버스는 몇 분 더 있어야 했다.

그렇게 한 발이라도 먼저 보고 싶었다. 몇 번쯤 고개를 쭉 빼고 몸을 버스를 탈 것처럼 내밀었다.

버스가 도착했다. 문이 열렸다. 사람들이 거의 다 내려 이 버스가 아닌가 했는데 그가 마지막으로 내렸다. 사람 애간장 타게 일부러 그러나?

"서프라이즈!"

아이처럼 버스에서 내린 그 앞에 발소리를 쿵 하고 소리를 내며 섰다. 그의 눈이 커졌다. 어지간히 놀란 모양이다. 어어어 하며 말조차 못 하고 나를 보기만 바쁘다.

"놀랐죠?"

"기다리고 있었던 거야?"

"네."

그는 놀란 마음을 진정하고 환한 미소를 지으며 내 옆에 섰다. 나란히 선 우리가 좋으면서도 부끄러워진 나는 속도를 내 몇 걸음 앞섰다. 뒤에서 그가 성큼성큼 걸어와 곁에 나란히 섰다.

"저녁 뭐 먹을까?"

"밥했는데."

걸음을 멈추고 그가 놀란 얼굴을 했다. 뚫어져라 나를 내려다보는 눈빛에 내가 화답하듯 웃었다.

"나한테 자꾸 반하죠?"

"오늘 내 생일인가? 마중도 나와 주고. 더운데 그냥 사 먹어도 되는데."

그는 아닌 척하면서 배어 나오는 웃음을 쑥스러워했다. 한여름에 어울리지도 않게 헛기침을 했다. 내가 쳐다보자 주먹을 쥐고 아닌 척 입을 가린다.

"여기 마트 어디 있어요?"

"왜? 뭐 살 거 있어?"

"집에 모기약 있어요? 저 모기에 물렸어요."

"없는데. 마트는 지나왔고 저기 약국 있어. 저기서 사자."

그는 곧장 걷던 길을 틀어서 나를 이끌었다. 들고 있던 가방을 다른 쪽 손으로 옮기고 내 손을 잡았다. 슬쩍 손등을 스치는 손길에 나도 모르게 소리가 나온다. 아프다.

"왜 그래?"

그가 더 놀라 손등을 살폈다. 발갛게 달아오른 상처를 그가 본다. 음식하다 덴 상처를 가볍게 생각했는데 이제야 쓰라리다.

"기름에 좀 데였는데 이제 아프네. 괜찮아요."

걸으면서도 한참 동안 내 손을 들어 살펴본다. 조심성 없는 사람 같아져 부끄러워 손을 놓고 약국으로 먼저 들어갔다.

한쪽 바닥에 쌓여 있는 전자 모기향 중에서 향이 없는 것을 골랐다. 옆 진열장에 얼마 전 우리 회사에서 나온 건강보조제가 보였다. 냉큼 그게 먼저 눈에 들어온다. 슬쩍 하나 들고 살펴보니 포장도 괜찮게 나왔다.

"계산 다 했어. 뭐야? 필요한 거야?"

"이번에 우리 회사에서 나온 약. 이거 혈액순환에 좋대요. 나 이거 샘플 몇 개 있는데 줄까요?"

"너 그러니까 약장수 같아."

그가 약국에서 산 비닐봉지를 챙기자 나는 내가 들겠노라 하며 봉지를 달랑거렸다. 그의 집까지 걷는 우리는 늘 가는 길인 것처럼 자연스러웠다. 자분자분 서로의 하루를 일러 주며 집에 왔다.

마침맞게 취사가 완료됨을 알리는 소리는 요란했다. 그가 욕실로 가다 말고 식탁으로 와 차려진 밥상을 보고 놀란다. 조금 뿌듯했다. 음식 보따리를 힘들게 들고 온 수고가 이렇게 빛이 난다.

"손부터 씻고 와요."

"어. 그래."

밥을 푸고 오븐에 넣어 둔 생선을 꺼내 올렸다. 수저를 가지런히 챙겨 두었을 때쯤 그가 옷을 갈아입고 식탁 앞에 섰다.

"이게 다 뭐야? 이걸 다 직접 했어?"

"앉아요. 밥하고 생선은 제가 굽긴 했지만. 솔직히 말하면 엄마가 반찬 만들어 둔 거 가져왔어요."

"그럼 저 밥솥도 집에서 가져왔어?"

고개까지 돌려 자기 집에서 처음 보는 물건인 것처럼 전기밥솥을 유심히도 본다.

"이건 민석 씨 집에 있던데. 자기 집에 뭐가 있는지도 몰라요? 그럼 오븐도 한 번도 안 써 봤겠어요. 하긴 그럴 거 같더라. 그래서 내가 다 세척하고 일부러 공회전해서 오늘 생선 괜찮을 거예요."

"이 집에 오븐도 있어?"

수저를 들다 나는 크게 웃었다. 아마도 빌트인 된 주방용품을 이 남자는 한 번 열어 본 적도 없을 거 같았다.

"자, 저긴 오븐이고 그 옆에는 식기세척기랍니다. 뭐 또 궁금한 거 있어요? 아, 여기 빌라는 재활용품 수거일이 목요일인데 그건 알고 계신지요?"

그렇게 우리는 수십 년 살아온 노부부처럼 자연스럽게 마주 보고 앉아 밥을 먹었다. 지원이의 안부를 묻기에 엄마 따라 집으로 내려갔다 했다. 여름에 장어를 잡는 우리 집 풍경에 대해 설명을 해 주었다.

음식 솜씨 칭찬에 엄마 반찬이라고 다시 한 번 강조했다. 하지만 그는 생선도 잘 구워졌다고 자꾸 치켜세웠다. 사람들이 왜 결혼을 하는지 이제 이해가 되었다. 사랑하는 사람이랑 한 공간에서 맛있는 음식을 먹고 이야기를 나누는 일상이 그 무엇보다 소중하고 좋았다.

뒷정리를 그에게 맡겨 두고 나는 샤워를 하고 나왔다. 밥을 함께 먹고 이야기를 나누는 우리는 참 자연스러웠다. 하지만 머리가 젖은 채 수건을 감고 나오는 나는 또 다른 내가 되어 어색했다.

쭈뼛거리며 괜히 헛기침을 하는 와중에 그도 나처럼 씻고 나온 젖은 머리를 하고 거실에 놓인 내 서류를 살펴보고 있었다.

너무 편한 모습을 그에게 턱 내보이는 거 같아 거실 한쪽의 가방에서 화장품을 찾아 들고 다시 욕실로 들어갔다. 로션을 바르고 나왔지만 그는 아직도 서류를 쳐다보고 있었다.

"여기 와서 일한 거야?"

"네. 다음 주에 본사에 보고할 서류가 있어서요. 미리 정리해 둬야 마음이 편해서."

회사 내 기밀 서류는 아니라도 중요한 서류인데 그에게 보이는 게 마음에 걸렸다. 사실 아직도 예전 사수였던 그가 의식된다는 게 정확한 심정이었다. 서류를 챙겨 넣는데 뒤에 앉아 있던 그가 내 어깨를 끌어당겨 마주 보게 했다.

서류를 정리하는 내 손을 억지로 당긴다. 아까 덴 상처를 조용히 숨을 고르며 바라보던 그가 뭔가를 꺼냈다. 그의 정수리를 물끄러미 내려다보다 옆에 놓인 포장지를 들어 읽어 보았다. 상처를 흉터 없이 아물게 한다고 화상에도 좋다는 글이 자잘하게 적혀 있다.

"언제 샀어요?"

"모기약 살 때. 흉터가 안 생겨야 할 텐데. 하루 정도는 붙여 놓고 갈아야 한다네. 갑갑하다고 떼지 말고 참아 봐. 내일 다시 갈아 줄게."

지폐 크기의 절반 정도 되는 살색 밴드가 손에 붙었다. 어색해 자꾸만 손을 치켜들고 보게 된다. 지난봄에는 오른손을 다치더니 오늘은 왼손이다. 5만 원 주고 받아 온 처녀보살의 부적이 효험이 없나 보다.

자꾸만 손을 살피던 내 동작을 보던 그가 내 손에 얹어진 반지에 슬쩍 입을 맞추고 놓아준다.

"괜찮을 거예요. 제가 살성이 좋아서 잘 아물어요."

걱정하는 그에게 별거 아니라며 나는 과장해서 손을 털어 보였다. 그런 나를 그가 보다 웃는다. 또 웃는다. 자꾸 웃는다.

"왜 그래요? 사람 무안하게."

"미안. 가끔은 엄살 한번 부릴 만도 한데 너는 늘 씩씩했거든. 같이 일할 때 감기에 열꽃이 올라와도 자꾸 괜찮다고 했어."

왠지 손해 보는 기분이 든다. 지금 나는 그에게 후배가 아닌데. 내 안에 보드라운 숨결이 너울을 춘다.

"아, 아파 죽겠네. 손이 안 올라가요. 어쩌나? 나 남자 집에서 처음으로 밥해 보다 손까지 다쳤다네. 머리도 못 빗겠네. 이봐, 이봐. 정말 손이 안 올라가요. 나 커피도 못 마시겠어요."

노래처럼 음률까지 맞춰 엄살을 떨었다. 이것도 하던 사람이나 해야지, 하다 보니 점점 더 부끄럽고 수습이 안 된다.

얼굴이 붉어진다. 이쯤에서 도저히 마무리를 못 한 나는 괜히 바닥

231

에 놓인 밴드의 설명서를 보는 척했다.

내 머리 위로 그의 시선이 따갑게 느껴졌다. 그가 머리에 둘러진 수건을 걷어 갔다. 아직 젖은 머리가 내 목덜미를 덮었다.

당황한 내가 머리를 쓸어 올리며 일어서는데 그가 드라이어를 들고 나왔다. 윙 하고 요란하게 더운 바람을 뿜어낸다. 더운 바람에 귓불까지 뜨거워진다.

"내가 할게요."

"손이 아파서 머리도 못 빗겠다며? 바로 앉아. 말려 줄게."

말리던 손을 거두고 제대로 자리를 잡고 앉았다. 더운 바람이 불편했다. 손을 올려 드라이어를 들어 바람을 조절했다.

"나 뜨거운 바람 싫어해요. 여름에 더운 바람으로 머리 말리면 어지러워서요."

나를 낳아 준 엄마가 아직도 기억하는 내 체질은 그대로 변함이 없다. 곧 차가운 드라이어 바람이 시원하게 다가왔다. 그는 길지 않는 내 머리를 만지며 머리를 말려 준다. 남자의 손길이 머리에 닿는 느낌이 이런 거구나. 바람이 덥지도 않는데 얼굴이 더워진다.

어느 사이 다 마른 내 머리에 이제는 빗이 훑어 내렸다. 그 손길에 내 어깨가 움츠러든다. 머리를 빗겨 주는 이 사람. 빗이 머리를 쓰다듬고 나의 마음을 쓰다듬는다. 마음에 바람이 분다. 따뜻한 바람. 포근한 바람. 그 바람이 내게 괜찮다고 한다. 괜찮을 거라고.

"민석 씨, 부탁 하나만 들어줄래요?"

울렁대는 마음에 머리가 어지러웠다. 무릎을 가슴팍으로 당겨 몸을 웅크렸다. 그의 빗질이 따뜻한 바람이 되었다가 파도가 되었다가 심장이 울렁인다.

"다른 여자랑 결혼하고, 아이 낳고, 행복하게 살아도…… 그 여자 머리는 빗겨 주지 말아요. 내 머리만 빗겨 줘요. 다른 여자한테는 그러지 않았으면 좋겠어요."

그의 빗질이 멈췄다. 그러더니 들고 있던 빗으로 살짝 머리를 툭 친다.

"별 이상한 소리를 다 해. 그런 말을 왜 해?"

"이상한 말인 거 알아요. 아는데, 그래도 지금은 그냥 대답해 줘요. 그냥 아무 말 말고 응, 그렇게 해 주면 안 돼요?"

조금 긴 침묵이 흐른다. 몸을 더 웅크렸다. 깊은 한숨을 내쉬는 그의 숨결이 내 목덜미에 와 닿았다. 대답을 할까 말까 망설이는 그의 입술이 깊다. 입술이 내 머리카락에 닿고 정수리에 닿고 자꾸자꾸 옮겨 가지만 기다리는 대답은 없다.

나는 몸을 돌려 그의 얼굴을 바라봤다. 무수한 표정을 담고서 내 얼굴만 쳐다보는 그의 입술에 나는 손가락으로 그림을 그리듯 쓸어내렸다.

"대답 안 해 줄 거예요?"

"……그래, 평생 네 머리만 빗겨 줄게. 대신 다른 여자랑 결혼 같은 것도 없을 거고 너랑 오래오래 살 거야. 너도 이런 기분 안 좋은 이야기는 하지 마."

"꼭 그래야 해요. 꼭 그래 줘요."

별거 아닌 것처럼 감정을 누르려고 해도 자꾸만 떨려 마지막 말은 깨무는 입술에 조각나 마음에 박혔다. 어지러운 감정이 쏟아져 눈가가 무거워진다.

눈이 저절로 감긴다. 미운 한숨이 또 나온다. 내 한숨에 맞춰 볼을 톡톡 치는 그의 손길이 아까의 빗질처럼 부드럽다.

"무슨 우울한 일이 있으셨나요? 아니면 제가 마음에 안 드시는지?"

눈을 뜨고 바라보니 소곤거리듯 간지럽게 그의 목소리를 내 입술 안에 흘려 준다. 단어 하나가 또르르 입술을 열고 넘어왔다. 또르르 줄을 맞춰 예쁜 그의 말이 내 속으로 들어왔다.

기분이 좋아진다. 내가 웃는다. 내 웃음에 그가 방긋거리며 웃었다. 그 웃음이 너무 예뻐 나도 그처럼 입술을 환하게 웃었다.

서서히 다가온 그의 입술이 겹쳐 와 내 입술을 연다. 나를 푹 감싸 안는다. 열린 베란다 문으로 더운 여름 바람이 분다. 우리는 같이 더워진다. 더워 숨을 고르는 내 입술을 그가 깨물고 그대로 내게 넘어온다.

강아지풀 냄새가 난다. 살캉살캉 말랑한 그의 입술이 자꾸만 내게 보챈다. 같이 따라오라고. 같이 가자고.

어느 사이 나는 딱딱한 거실 바닥에 누워 그를 바라본다. 부끄러운 나는 손을 들어 그의 얼굴을 매만져 준다. 딱딱한 이 사람의 턱선이 내 손길에 말랑해진다. 나를 보고 그가 웃는다.

자꾸만 만져 보고 싶고, 느껴 보고 싶은 얼굴이다. 그런데 그는 내 손길이 마음에 들지 않나 보다. 자꾸만 내 손을 거둬 낸다.

그렇게 내 얼굴을 한참을 쳐다본다. 목덜미에 아까처럼 한숨을 쏟아 낸다. 뜨거운 한숨. 밭아 내는 한숨. 그 한숨에 나는 자꾸 몸이 오그라든다.

어느 순간 그가 내가 입던 티셔츠를 가져가 버렸다. 미처 드러나는 몸을 수습하지 못한 나는 얼굴이 자꾸만 붉어진다. 그는 내 얼굴을 보고 사악하게 웃는다.

몸을 일으키는 그는 자신의 윗옷을 벗어 던진다. 아무렇지도 않게 맨살이 그렇게 닿았다. 손을 잡을 때도 있었고 서로의 호흡이 진해지게 입술을 엮을 때도 있었다. 하지만 이건 달랐다. 너무 다른 느낌이다. 손이 아닌 피부가 닿자 서로에게 빨려 들어간다.

입술은 자꾸만 나를 재촉했다. 뜨거운 내 입술과는 반대로 그의 입술은 차갑다. 쉽게 따라가지 못하는 나는 숨이 가쁘게 그의 입술을 따

그는 조심스럽게 내 볼에 입술을 갖다 댄다.
그 입술 또한 황홀했다.
눈물이 흐를 것 같아 가만히 있는데 그의 목소리가
낮고 부드럽게 그리고 달콤하게 속삭였다.
"사랑해."

ROCOCO

라간다.

차갑다. 시원하다. 물을 마시듯 자꾸만 그의 입술을 붙들려고 하는데 그는 자꾸 어디를 간다. 내 속옷을 들추고 가슴을 만질 듯 애를 태운다. 덥다. 너무 덥다. 다시 그의 입술에 매달린다.

"차가워요."

조그맣게 신음처럼 내뱉는 말에 속옷을 들추며 가슴 언저리를 타고 오르던 그의 손이 멈췄다. 입술이 멈춘 자리를 대신해서 타고 올라와 목덜미에서 멈췄다.

"차갑다고?"

"네. 당신 입술이 차가워서 좋아요."

나는 겁도 없이 눈을 똑바로 뜨고 그의 눈에 나를 던졌다.

"나는 지금 다 타 버릴 거 같은데. 너는 내가 차가워?"

나를 바라보는 그의 표정은 신기했다. 언제나 다정하고, 가끔은 말도 안 되는 심술을 부리는 그가 아니다. 끈적한 욕망을 담은 남자의 얼굴이다. 그 눈빛에 내가 취한다.

내 눈빛을 그도 읽어 간다. 내가 이번에는 용기 내 그의 가슴을 만졌다. 나보다 조금 차가운 남자의 살결이 내가 지나갈 때마다 뜨거워진다. 그게 신기해 자꾸만 매만졌다.

내 손짓에 그는 아량도 없이 억세게 그의 손을 감아 왔다. 다시 그의 입술이 나를 집어삼킨다. 내 속에 그를 채워 넣는다. 그는 한 손은 내 손을 잡고 다른 한 손은 욕심을 부려 여기저기 헤집는다. 조금씩 내가 그를 따라간다.

숨결을 받아 마시고 마음이 따라 움직였다. 어느 사이 나도 그처럼 옅은 신음 소리가 나온다. 부끄러운 내가 입술을 깨물자 그가 웃어 버린다.

그는 갑자기 감정 조절이 힘들었는지 내 목을 세게 물어 버렸다.

깜짝 놀란 내가 몸을 움츠리자 입술로 살살 달래 준다.

"이러려고 너 우리 집에 오라고 한 거 아닌데."

속옷만 입고 있는 내 상태가 이제야 부끄러워 그의 품으로 파고들었다. 이럼 안 보이겠지. 눈 가리고 아웅을 한다.

"거짓말."

파고든 그의 품에서 살짝 몸을 틀어 그의 귓가에 소곤거렸다. 내 말이 정답인지 정수리에 쿡쿡거리며 입맞춤을 자꾸 남긴다.

"저기요, 민석 씨. 근데 나 오늘 어디서 자요?"

어, 너무 당황했나 보다. 이 상황에 엉뚱한 말이 나온다. 긴장했나 보다.

"다른 방 정리해 두긴 했는데, 훈아…… 나랑 같이 자면 안 될까? 걱정 마. 그냥 같이 잠만 자자고."

그는 나만큼 긴장했는지 잠만이라는 단어에 힘을 꼭 주어 말했다. 그의 품에 안겨 있는 내 웃음이 그의 살결을 간지럽힌다. 나는 더 재밌다고 웃는데 그는 속옷 속으로 손을 넣어 간질인다. 깔깔깔 웃음소리가 거실에 울려 퍼진다.

"그래요. 같이 잠만 자요. 그런데 침실이 어디예요?"

"오늘 집에 와서 뭐 한 거야?"

"주인도 없는 집 이 방 저 방 열어 보는 게 실례잖아요."

그가 갑자기 몸을 벌떡 일으켰다. 무방비 상태로 드러난 내가 당황해 몸을 웅크리듯 바닥으로 몸을 가렸다. 옆에 벗어 던진 옷을 그가 입혀 주다 다시 숨결이 다가왔다. 등 뒤에 와 닿는 숨결. 간질간질 혀가 목 아래를 정확히 짚어 핥아 낸다. 쓸린 자국이 그의 혀에 닿아 따갑다.

"모기 물렸어? 여기 빨개."

뒤에서 안아 오며 내게 묻는다.

"아, 옷 상표 라벨이 까슬거려 아프더니 쓸렸나 봐요. 괜찮아요."

괜찮다 하면서도 내 목소리는 자꾸만 한 번에 이어지지 못하고 그의 손길에 녹아들었다. 아, 이대로 죽는다 해도 천국이겠다는 다소 과장스런 생각을 혼자 하는데 그는 옷을 얌전히 입혀 주었다.

"벗은 것도 예쁜데 이러면 내가 곤란해서."

듣는 사람도 없는데 귀에 대고 아주 낮은 목소리로 그리 말한다. 능글맞아진 그가 미워 내가 주먹을 쥐고 장난스럽게 휘둘렀다. 재빠른 그가 먼저 자기 옷을 입고 저만큼 도망간다.

"여기가 침실. 뭐 특별한 건 없지?"

정말 없다. 말 그대로 침실이다. 달랑 침대만 있다.

"방이 왜 이래요?"

"귀찮아서. 이사 오고 시간도 없었고. 이렇게 두면 청소하기도 편하거든."

"세상에, 너무 썰렁해서 우리 말이 다 울리는 거 같아요."

"그런가? 나는 늘 살아서 모르겠는데."

딱 지원이가 좋아하겠다는 생각이 들었다. 청소에 목숨을 거는 지원이가 언젠가 청소기를 밀다 말고 침대만 하나 있는 방이었으면 좋겠다 했다. 지원이 눈에는 세상 모든 것이 먼지가 많이 쌓이는 청소와 그렇지 않은 청소로 나뉜다.

나는 돈 많이 벌어 방이 서너 개 있는 집으로 이사 가면 가능하다고 대꾸해 주었다. 그다음 날 지원이는 알바를 하나 더 늘려 나를 놀라게 했었다.

어느 쪽에서 자야 되나 싶어 내가 침대를 툭툭 쳤다. 그가 살짝 당황하며 주변을 두리번거렸다.

"근데 어쩌지? 베개가 하나뿐이야. 사다 둘 걸 그랬어."

침대 양 끝에 어색하게 앉은 그와 그만큼 어색한 나의 가운데에 놓인 베개를 두고 그는 난감해했다. 나는 혼자 자도 베개 두 개를 쓰는데 이 남자는 그렇지 않나 보다.

"괜찮아요. 내가 적당히 찾아볼게요."

나는 가방에서 옷을 챙겨 와 두툼하게 만들어 놓고 그를 보고 웃었다.

시간이 깊어 간다. 내가 먼저 이불을 들추었다. 높이가 안 맞는 옷을 베고 등을 돌렸다. 하루 종일 낯선 집에서 일을 하고, 저녁을 준비하느라 이제야 피곤이 몰려왔다. 어깨가 결렸다. 그가 저쪽 침대 끝으로 들어와서는 그대로 딱 굳어 버렸다.

"내가 덮칠까 걱정돼요? 그런 걱정은 안 해도 돼요. 내가 오늘 좀 피곤해서요."

하품을 길게 물고 망설이는 그에게 말을 건넸다. 그는 키득거리며 내 옆을 파고들었다. 이불을 들추며 자리를 잡더니 내가 베고 있던 옷을 빼내고 대신 베개를 밀어 넣어 준다. 그는 내 옷을 베고 눕는다.

나는 베개 한쪽을 툭툭 쳤다. 그는 이불을 들추던 손길만큼 조심스럽게 다가와 눕는다. 너무 가까이 닿는 서로의 숨결에 조금씩 어색해진 우리다.

아까의 짙은 스킨십보다 지금이 더 생경스럽고 가슴이 뛴다. 이런 마음이 나만 느끼는 게 아닌지 슬쩍 닿는 그의 어깨가 딱딱하다.

환한 불빛에 눈이 시려 팔로 덮는데 그가 불을 껐다. 이제는 어두운 방 안이 또 어색하다. 낯선 잠자리에 자꾸만 꼼지락대는 내 움직임에 이불의 바스락 소리가 유난히 크게 들렸다. 뒤에서 나를 가득 안고 목덜미에 뜨거운 숨결을 그가 토해 낸다.

"내일 베개 사러 갈까요?"

"빈 베개 침대에 두면 귀신이 와서 그거 밤새 베고 옆에서 같이 잔대. 너 가면 나 그 베개 어쩌라고?"

갑자기 공포영화라도 본 듯 소름이 끼쳐 왔다. 내가 기겁을 하고 몸을 돌려 그를 마주했다. 전혀 예상치 못한 곳에서 허를 찔렸다.

"이씨, 나 베개 두 개 두고 잔단 말이에요. 이제 잘 때마다 그 생각 나서 어떡해요?"

마주한 그의 가슴팍을 아프게 치는데 내 원망에 상관없이 잔뜩 신이 나 웃느라 바쁘다. 그게 미워 살짝 눈을 흘기며 등을 돌리고 못 본 척해 버린다. 뒤에서 그가 부스럭거리며 다가와 나를 푹 감싼다.

"잘 자."

목 뒤의 솜털이 부스스 다 일어선다. 당신은 이 상태에서 잠이 오겠어요?

저절로 한숨이 몰아 나온다. 나와 같은지 그의 한숨이 내 귓가를 간지럽게 했다.

슬쩍 민망해져 나는 팔꿈치로 그를 밀었다. 하지만 이내 단단한 몸이 더 감겨 올 뿐이다. 할 수 없이 포기를 하고 눈을 감았다. 잠에 빠지려는 단순한 동작이 오늘 처음으로 힘든 일이구나 하고 깨달았다.

몽롱한 의식이 잠과 현실의 세계에 반쯤 걸쳐 있었던 잠시의 시간이었던 거 같다. 내가 잠이 들었을까? 아니면 그냥 눈을 감고만 있었나? 분명 잠들기 힘들다고 했음에도 잠깐 잠이 들었다.

닿을 거 같지 않는 현실의 울타리 너머 한 발짝 발을 내미는 순간 비 냄새가 느껴졌다. 그러더니 우르르 쾅 천둥 번개가 따랐다.

"훈아? 자?"

내 이름을 부르는 소리에 순간 얼음이 된 내가 딱 멈췄다. 비 냄새를 흠뻑 들이켜던 나는 뒤에서 부드럽게 감아 오는 손길에 놀라 어깨를 굳혔다.

그제야 그의 집에서 한 침대에 몸을 겹치고 잠이 들었다는 걸 생각해 냈다. 몸이 노곤하게 풀렸다.

"정말 자는 거야?"

"응."

내 대답이 반가웠는지 자꾸만 등에 기대 이름을 부른다. 이름 닳겠네. 까무룩 잠이 들었다 깼다 반복하다 결국 그가 이겼다.

"자는데 왜 대답해?"

"이건 잠꼬대예요."

"훈아, 비 와."

그를 마중 나갈 때 바람에 비 냄새가 옅게 묻어 있다 싶더니 이제야 비가 내린다. 천둥 번개까지 제법 친다. 빗소리가 제법 크다. 바닷가 우리 집은 괜찮을까? 배는 아빠가 잘 정박해 뒀겠지?

남의 집 침대에 하나의 베개를 두고 멀리 있는 우리 집 걱정을 한다. 번쩍, 또 번개가 내려앉는다. 뒤에 붙은 그는 그 소리에 내게 더 바짝 붙었다. 이 남자 죄짓고 살았나?

"무서워요?"

생각해 보니 바닷가 우리 집에 내려왔을 때 어둡던 길도 내 팔에 의지해 걸었던 그다. 거기다 천둥도 무섭다 이런다. 아이고, 내가 이런 남자를 좋아하다니.

"무서운 거 아니야. 시끄러워 싫은 거지."

"우리 집 백구 생각나요."

"백구? 강아지 이름이야?"

자꾸 간지러워 죽겠는데 그는 내 등에 붙어 귓가에 가까이 대고 묻는다. 슬쩍 몸을 떼어 보려 하면 슬금슬금 손이 올라와 옷을 들추고 맨살을 간지럽게 한다.

"못 봤어요? 하긴 못 봤겠다. 우리 가게 뒷마당에 키우는 백구가 낯가림이 심해서 낯선 사람 오면 숨어요. 원래는 안 그랬는데 몇 년 전에 태풍이 크게 왔잖아요. 그때 가게도 조금 부서지고, 거기다 백구가 집이랑 휙 날아가서 근처 논에 콕 처박혔거든요. 오즈의 마법사 토토처럼."

"헉, 정말? 백구 많이 놀랐겠다."

그가 그날의 백구처럼 놀란 목소리로 뒷이야기가 궁금한지 재촉한다.

"엄마가 날 밝고 바로 찾아서 데리고 왔는데 무서웠는지 집에 안 오려고 해서 뒷마당으로 옮겼어요. 그 뒤로 오늘처럼 천둥이 치거나 비바람이 크게 불면 끙끙거려요. 딴에는 엄청 무서웠나 봐요. 하긴 그게 백구 입장에서는 그게 얼마나 큰 트라우마겠어요? 그래서 엄마가 이런 날은 특별히 가게 안에서 데리고 자요."

눈에 잡힐 듯 선명해지는 집 안 풍경에 신 나게 설명을 했다. 그런데 이 남자는 우리 집 백구의 설명에 심통이 났는지 점점 더 씩씩거렸다. 그게 우스워 나는 천둥 치는 밤에 소리 내어 웃었다.

"아!"

갑자기 내 어깨를 물어 버리는 그다. 아프지는 않아도 웃다가 너무 놀란 나는 정색을 하고 몸을 틀었다. 어둠 속에서도 그의 미소는 환했다. 어이가 없어서 따지려다 그 웃음에 나도 덩달아 웃었다. 그는 내게 꽃잎처럼 얼굴에 입맞춤을 흩날려 준다. 또 강아지풀 냄새가 난다.

"이제 진짜 자자."

품에 나를 안고 토닥토닥 어르고 달래 준다. 그의 손길이 점점 느려지며 숨결이 조용해졌다. 평생 이렇게 그와 잠만 자는 것도 할 만하겠다는 생각이 든다. 빗소리에 맞춰 나도 길게 하품이 나온다.

그의 집에서 며칠을 보내고 있는 나는 꼭 이 집이 내 집처럼 편했다.

퇴근하는 그를 기다리는 시간은 가슴이 콩콩 뛰었다. 출근하는 그를 베란다로 내려다보면서 괜스레 부끄러운 웃음이 쏟아져 입을 가려도 손가락 사이로 자꾸만 흘러내렸다.

그의 셔츠를 맑은 물이 똑똑 떨어지게 헹궈 손으로 탁탁 털어 말리면서 '아, 내가 이 사람을 이렇게나 좋아하는구나.' 미치게 좋다는 생각을 했다.

붉디붉었다. 누군가 손으로 툭 건들면 붉게 타고 있는 우리의 마음이 왈칵 쏟아질 정도로 찰랑찰랑 넘치게 흐르고 있었다.

"그만해요."

휴대전화 한쪽을 막고 낮게 말을 해도 그는 하던 손짓을 계속하고 있었다. 한 손에는 책을 들고 또 한 손에 든 부채로 내게 바람을 불어 주고 있었다.

며칠 동안 그의 집에서 지내면서 에어컨 바람에 목도 아프고 약하게 미열이 났다.

한밤중에 끙끙거리며 잠을 깨고 보니 그가 언제부터인가 내 옆에서 살랑살랑 부채질을 하고 있었다. 얼마나 그렇게 있었는지 튼튼해 보이는 모델하우스 광고 부채는 조금씩 너덜너덜해졌다.

"그래. 내일 보자. 내가 가게로 갈게."

전화를 끊고 마저 읽던 책장을 넘기는데 부채 바람에 책장이 그냥 넘어간다. 나는 책을 덮고 손에 들린 부채를 뺏었다. 그는 그제야 보던 책을 내려놓았다. 바쁜 그는 고작 휴가가 금토일뿐이라고 짜증을 부리며 투정을 해서 나를 어이없게 만들었다.

"내일? 내일 윤정 씨 만날 거야?"

귀신같이 남의 전화 통화까지 다 듣고 정색을 하며 묻는다.

"내일은 가야죠. 지원이도 돌아오는데."

"진짜 갈 거야?"

금요일 오후 우리는 늦잠을 늘어지게 자고 나서 근처 마트에 들러 대충 끼니를 해결했다. 수박 한 덩이를 사 들고 슬리퍼를 끌고 다시 집으로 왔다. 우리는 거실 바닥에 제멋대로 얽혀 누워 책을 보며 시간을 보내고 있다.

"너 가면 난 어쩌라고?"

그는 따지듯 물으며 내가 보던 책을 덮어 버렸다. 등장인물이 너무 많아 그렇지 않아도 머리가 지끈거렸다. 덮은 김에 쉬자 하고 몸을 바르게 하고 눈을 감았다.

"수박 이제 시원해졌겠죠?"

"진짜 갈 거야? 나는 이제 휴가인데?"

"가끔 생각하는데 수박 모종을 사다 심고 싶어요. 우리 동네 과일 가게가 좀 비싸거든요. 차도 없는데 낑낑거리며 마트에서 사 들고 오기도 힘들고."

눈을 감고 중얼거리는 내 말에 그는 머리를 팔에 괴고 다른 한 손으로는 내 머리를 쓸어내리고 있다. 내가 했던 말이 자꾸 그의 마음에 남았나 보다. 틈만 나면 내 머리를 쓰다듬는다. 자꾸만 그에게 취해 간다.

몸을 틀었다. 품으로 파고들자 옅은 한숨 소리를 내 머리에 쏟아붓는다.

"수박 모종 심을 필요 없어. 내가 사다 줄게. 펴엉생."

내가 그가 되어 입안에 '펴엉생'이라는 발음을 속으로 따라 했다.

"나는 자두 좋아하는데."

처음 듣는 그의 취향에 시선을 마주했다. 우리 집 뒷마당에 자두나무 있는데. 새콤한 자두. 빨갛고 제멋대로 생긴 자두. 우리 집 자두, 이 사람은 모르겠지?

"자두? 우리 아빠도 자두 좋아하시는데."

"그래? 아버님이랑 나랑 닮은 점이 또 있네."

그의 가슴팍에 그림을 그리듯 자두를 그려 본다. 내 손짓에 간지러운지 그는 몸을 자꾸 움츠렸다 폈다 했다.

"어머님이 그때 내가 아버님처럼 이마가 반듯해서 마음에 드신다고 했어. 너 고생 안 시키고 잘 살 거 같다고."

그림 그리기를 멈췄다. 고개를 올려 아래에서 그의 목울대를 쳐다보다 몸을 일으켰다. 그는 눈을 감고 있다. 내가 손으로 이마를 쓸어내려 본다. 정말 이마가 바르다. 마음에 안 든다. 일부러 손으로 머리를 헝클어뜨렸다.

살짝 놀란 그가 눈을 뜨고 내 손을 잡았다. 나는 손을 잡힌 채 다시 그의 옆에 누웠다.

"나는 이마 바른 남자 싫어해요."

왜냐고 그가 눈으로 묻는다.

"윤정이가 발에 뭐가 나서 그거 제거 수술 한대요."

무슨 엉뚱한 대답이냐고 눈치를 준다. 그의 눈동자가 저쪽에서 이쪽으로 나를 찾는다. 눈에서 서걱거리는 소리가 날 듯하다.

"내일 진짜 갈 거야?"

"진짜 아프겠죠? 윤정이 혼자 보내도 될까 몰라. 같이 가 줘야 할 거 같아요."

자꾸만 우리의 말은 어긋나고 있다. 심술이 나는지 내 얼굴에 바짝 붙어 소리 없이 입 모양으로 '맘에 안 들어.' 한다.

고개를 바깥으로 돌렸다. 열어 둔 베란다 창으로 바람이 들어온다. 바람에 매미 소리가 같이 왔다. 베란다에 허브 화분 두 개가 우리를 쳐다보고 있다. 그리고 그 옆에는 내가 아무렇게나 꽂아 둔 대파가 이 집과 어울리지 않게 삐쭉 솟아 있다.

거실 바닥에는 며칠 전 마트에서 산 대나무 자리를 깔았다. 우리는 그날 대나무 자리를 옆에 끼고 집으로 타박타박 걸어오면서 꽃가게를 들렀다. 거기서 화분을 샀다.

어제는 국을 끓이다 대파를 사 오라고 시켰더니 흙이 묻은 대파 한 단을 사 들고 왔다. 손질해서 냉동해 두려다 베란다 구석에 빈 화분이 쓸쓸해 보여 거기에 파를 심었다. 수수한 허브 옆에서 우습기만 하다.

시선을 가만히 화분에 숨겨 두다 마음을 옮겨 그의 곁으로 다가갔다. 내가 하는 모양을 바라만 보던 그의 시선이 자꾸만 손짓한다.

나는 손을 들어 그의 머리를 쓸어 내렸다. 콧잔등을 만지고 속눈썹을 쓸었다. 멀끔한 한숨이 묻어 나왔다. 손을 거둬 눕자 그가 내 손을 잡아다 다시 그의 얼굴에 놓는다. 나는 엄지손가락으로 그의 입술을 쓸었다.

"사랑해."

엄지손가락에 그의 고백이 묻어난다. 그의 볼이 그가 좋아한다는 자두처럼 붉어졌다 이내 사라졌다. 놀란 나는 손가락을 입술로 가져가 살짝 깨물었다. 사랑해. 나는 그 말을 꿀꺽 삼켰다.

혹시나 누가 가져갈까 냉큼 내 한숨과 함께 목 아래로 끌어 내렸다. 안으로 삼킨 그 말이 속에서 춤을 춘다. 머릿속에서도, 가슴속에서도, 저만큼 배 속에서도 춤을 춘다.

가만히 있어. 나는 속으로 달랬다. 반듯하게 누워 내 마음이 진정하길 기다렸다. 꼭꼭 소화되어 내 몸에 사랑이 스며든다.

"꿈같아요."

멀미하는 거 같다. 울렁인다.

"대답 안 해?"

눈을 감고 있는데 성급한 그가 되묻는다. 살며시 눈을 뜨고 바라보니 그가 내 이마까지 와 있다. 짐짓 못 들은 척 도도한 표정으로 아닌 척해 본다. 급하게 내게 몸을 실어 오는 그다. 나는 호응하듯 그의 목에 손을 감았다. 가만있어요, 잠깐만. 꿀꺽 마른침이 넘어간다.

"사랑해요."

그에게만 들리게 아주 작은 목소리로 그를 당겨 입술에 흘려 넣어 주었다. 나처럼 꼭꼭 씹어 잘 소화시키라고. 다시는 밖으로 넘어오지 말고 우리끼리만 알자고. 남이 시샘하지 않게, 훤한 햇볕에 내놓아 빛이 바래지 않게. 그렇게 소중하게 간직하자고.

내 마음을 들은 그가 자꾸만 내 눈에 그를 새겨 넣었다. 손으로 얼굴을 어르고 나도 그처럼 손을 들어 얼굴을 더듬었다. 갑자기 화가 난 듯 입술을 굳힌 그가 내 손을 잡고 못 만지게 했다.

"꿈 아니야. 지금 너하고 내가 같이 있어. 현실 속에 우리 둘이 사랑하는 거야. 꿈으로 생각하면 안 돼."

내 속에 들어왔는지 그가 알아 버렸다. 미안해서 배시시 웃었다. 그가 내 표정을 보고 알 수 없는 표정을 지었다. 그러더니 어느 사이 내 귓불을 깨문다.

피가 도는 느낌에 온몸이 쨍하고 깨어났다. 내 속을 파고들던 그가 몸을 일으켜 부끄럽게 눈을 감고 있는 나의 눈두덩이에 입을 맞춘다.

자꾸만 손에 힘이 들어가는 우리의 손이 얽힌다. 그의 손이 뜨겁다. 살며시 눈을 뜨고 바라보니 그가 눈으로 사랑을 묻는다. 생각이란 것은 필요가 없었다. 나도 꿈이 아닌 그가 보고 싶다.

사그락거리는 옷자락 소리가 낯설었다. 부서지는 여름 햇살에 빛나는 그의 상체가 보였다. 자꾸만 얼굴이 달아올라 슬며시 고개를 돌렸다. 돌린 시선에 그와 나의 옷이 우리만큼 어지럽게 얽혀 있었다.

같은 침대에 자면서 조금씩 짙어지는 스킨십에 익숙해지기도 했다. 하지만 지금은 그것과 달랐다. 부끄럽고 그럼에도 좋고 손을 들어 넘실거리는 햇살을 잡아 보려 하지만 주르르 우리 사이를 스쳐 갈 뿐이다.

이런 내 마음을 알았을까? 그가 덥석 나를 안아 들고 침실로 들어섰다. 눈을 꼭 감고 자꾸만 콩닥거리는 심장을 진정시키려 했다. 입을 열면 울컥하고 심장이 튀어나올 것만 같았다. 시트를 목까지 올려 쥐고 덜덜 떠는 내 손을 가볍게 잡더니 저만큼 치워 버렸다.

"추워?"

아니라고 고개를 저었다. 내 입술을 베어 무는 그의 입술도 떨렸다. 괜히 기분이 좋아졌다.

부드러운 입술이 곧 거칠어졌다. 조급하게 입술을 열고 그가 들어왔다. 눈이 저절로 질끈 감긴다. 머릿속에서 불이 날아다닌다. 정신을 차릴 수가 없다.

어색해진 내 손이 그의 머리카락을 더듬었다. 뭐라 알 수 없는 그의 중얼거림이 내 입술 속으로 쏟아져 왔다. 자꾸만 파고든다.

어깨를 더듬던 손이 아래로 내려가 긴 스커트의 지퍼를 슬쩍 내린다. 커다란 그의 손이 치마 속에서 여린 내 살을 더듬었다. 입술을 깨물고 붉어지는 내 뺨에 그의 손이 다가와 감쌌다. 시선을 마주하고서야 조금 편해졌다. 순간 마음을 놓는 그때 내 스커트는 침대 아래로 떨어졌다.

더 빨개져 버린 내가 눈을 꼭 감는데 그가 바지를 벗는 동작이 스쳐 지나갔다. 머릿속의 벌이 이제는 뱃속으로 내려갔는지 퍼덕인다.

"훈아, 눈 떠. 난 너 보고 싶은데 자꾸 눈 감으니깐 내가 널 볼 수가 없잖아."

그의 청을 받아들였다. 딱딱하게 굳은 어깨의 그가 안쓰럽다. 어깨를 더듬었다. 뜨겁다. 내 손에 그의 살결이 풀린다. 부드러운 그의 몸짓에 어느 순간 우리의 다리가 얽혀졌다. 그가 더 강하게 나를 품었다. 그에게 스며들고 싶다.

등 아래로 손을 넣어 브래지어 버클을 뚝 하고 여는 소리가 선명했다. 그대로 그에게 드러났다. 본능처럼 손을 들어 내 몸을 가리자 그가 내 손을 가져갔다.

뚫어져라 쳐다보는 눈길에 나는 그에게 입을 맞춰 내 몸을 숨겼다. 길게 입맞춤을 호응해 주던 그가 갑자기 얼굴을 떼어 내고 밑으로 내려간다. 자꾸만 입술이 떨려 오는 어느 즈음에 아, 내 가슴에 그가 느껴졌다.

발끝까지 새빨갛게 물들었다. 창문을 조금 열어 두었는지 시원한 바람이 불어왔다. 우리의 벗은 몸에 블라인드 그림자가 춤을 추었다. 이 사람은 입술에 불꽃을 달고 내 몸 여기저기에 열꽃을 피웠다.

입술이 배를 간지럽게 하고 한참을 내 가슴을 적셔 간다. 아릴 만큼 붉게 내 가슴을 탐한다. 나는 모래가 되고 그는 커다란 파도가 되어 나를 서서히 무너지게 한다.

갑자기 휘몰아쳤다. 스을쩍 밀려오던 파도가 방향을 바꿔 태풍을 싣고 왔다. 그의 손이 저 아래 얽혀 있던 다리 사이로 무너졌다.

아무것도 걸친 것이 없는 그와 내가 서로 녹아내리려 했다. 숨이 가빠진다. 내 숨결이 대책 없이 흩어진다. 빠르다. 빠르게 몰아치는 그의 숨결에 덜컥 겁이 난다. 억지로 그를 떼어 냈다. 그의 입에서 불만스런 한숨이 몰아 나왔다.

"좀…… 천천히 해요. ……따라가는 게 힘들어요."

숨 쉬는 법을 잊은 것처럼 나는 자꾸만 숨이 가빴다. 다시 부끄러워진 내가 고개를 돌려 옆을 바라봤다. 여전히 아무것도 없는 침실에 희뿌연 우리의 동작이 넘실거리듯 내 숨결에 섞여 든다.

"훈아."

부름에 얼굴을 마주했다. 그의 얼굴이 어쩌지를 못하고 있다. 무엇일까? 뛰어오르려는 그와 많이 두려운 내가 만났다. 손을 들어 그의 뺨을 감싸고 입맞춤을 했다. 나를 원한다고. 내가 좋다고. 나를 사랑한다고 말을 해 주던 남자의 눈동자가 나를 부른다. 그 손짓이 다시 춤을 춘다.

나를 무너지게 한다. 아, 내 신음 소리에 내가 놀라 눈을 질끈 감았다. 그 사람이 소리 없이 웃는 게 보였다. 그 손이 나를 더 높은 곳에 올려놓고 내려오지 못하게 한다. 헉헉거리는 내 호흡에 미칠 것만 같다.

갑자기 그의 손짓이 멈췄다. 그러지 말라고. 계속 다가와 달라고 나는 아이처럼 칭얼거렸다. 그의 눈동자에 내가 있다. 내가 고개를 끄덕였다. 그가 내 머리를 꼭 감싸 눈을 감지 못하게 했다. 따라오라고 같이 가자고. 그를 끌어안았다.

"사랑한다. 서지훈."

그가 내게 들어왔다. 산 같고 파도 같고 천둥 같았다. 저절로 몸에 힘이 들어갔다. 자꾸만 나를 재촉하는 그가 미워 팔을 세게 잡았다. 그가 멈췄다. 조금 편안해진 내가 숨을 몰아쉬었다. 나만큼 긴장한 그의 한숨이 내 얼굴에 내려앉았다. 포근해졌다.

"너를 보고 있으면 내가 바르게 살아야겠다 하는 생각을 해. 너를 위해서. 내가 좋아하는 너를 위해 살아야 하고, 숨을 쉬어야 하고. 혹시나 네가 나에게 실망하지 않을까 조심하게 만들어. 하루하루가 구름 속 같아."

눈가가 아려 온다. 콧날이 시큰거린다. 나를 위해 산다고 고백해 온다. 사랑한다는 말보다 좋아한다는 말보다 더 곱고 아름다운 말. 더 이상 좋아할 수 없을 만큼 이 사람이 좋다.

"나는, 나는요……."

나도 그처럼 멋진 말을 해 주고 싶지만 따라가지 못한다. 손이 떨려 그의 팔을 잡은 내 손이 힘들다. 그가 내 눈빛의 움직임을 잡았다. 그가 내 속에서 움직였다. 여전히 적응하지 못한 남자의 몸이 버겁다. 그래도 그에게 구름이 되고 싶다.

점점 빨라지는 우리의 몸짓이 한없이 춤을 춘다. 잠깐씩 그가 나를 위해 움직임을 멈추면 나는 옅은 미소를 띠고 재촉했다. 그럼 그가 또 같이 움직였다.

녹아들어 가고 있다. 점점이 없어진다. 내가 없어져 가고 있다. 눈을 감지 못하게 하고 자꾸만 호흡과 내 눈빛은 안타깝게 그만 좇아간다.

안타까운 욕망의 냄새가 내게 전달되었다. 숨을 헉 들이마시고 그의 목에 내 두 팔을 감았다.

그가 내 움직임에 우리의 몸을 일으켰다. 침대 헤드에 내 등을 기대게 하고 그가 내 안에 빠르게 젖어 들었다.

"훈아."

이름이 뚝뚝 끊어진다. 내 이름인데, 분명 내 이름인데 욕망이 실린 남자의 목소리가 덧입혀지니 낯설기만 하다. 그 입술이 다급하게 내 입술을 열었다. 흘러 들어온다.

그가 내게 완벽하게 왔다. 나는 그 움직임에 허덕였다. 자꾸 그를 잡고 영원히 이렇게 그가 나인 것처럼 내가 그인 것처럼 살고 싶다. 어지러운 신음 소리가 우리를 맴돌았다.

내 목덜미에 빠르게 숨결을 쏟아 놓던 그가 더 크게 움직였다. 떨어질 것만 같아 무서워 그를 꽉 붙잡았다. 더 높이높이 올라갔다.

그와 나만 존재했다. 이 세상은 지금 이 순간 서지훈과 김민석만 존재했다. 그대로 세상이 멈췄다.

"꼭 가야 해?"

그는 차 안에서 문을 열어 주지 않고 1시간 가까이 이렇게 보채고 있었다. 내리려고 하면 엉뚱한 이야기를 길게 늘어놓았다. 내 의견을 묻고 요즘 회자되는 정치 경제 문제가 다 나왔다.

그의 수가 뻔히 보이는데도 나는 모른 척하며 그의 말에 대답을 다 해 주고 마주 보고 웃기 바빴다.

우리는 사랑을 했다. 몸을 나누고 호흡을 같이 나눈 우리는 분명 어제랑 완전 다른 관계가 되었다. 이런 기분이 나만의 느낌이 아닌 듯 그는 더 애틋한 감정으로 내 이름을 불렀다.

"가야지. 지원이 오기 전에 집이라도 청소해야죠. 출근하기 전에 할 일도 있고."

내 대답이 마음에 들지 않는 그는 핸들에 놓인 손을 까딱거렸다.

집까지 오면서 얼마나 많은 그의 소리 없는 투정을 받아들였는지 모른다. 배도 안 고픈데 밥을 다시 먹고, 노트북을 숨겨 버려 찾는다고 시간을 또 보냈다. 오전에 집에 가려던 내 계획은 밀리고 밀려 여름날 긴 해가 다 없어지고서야 집 앞에 도착했다. 그것도 집에 올라가지 못하고 이렇게 차에 갇혔다.

잠이 들면 한 번씩 새벽에 훈아, 하고 불러서 내 잠을 깨우던 목소리가 아직도 귓전에 맴돈다. 잠 깨운다고 투정을 부리면 그는 부끄러운 듯 웃다가 "그냥 좋아서." 그리 대답했다.

그의 대꾸가 너무 좋아 나는 키스를 받고 일어난 공주처럼 잠이 깨었다. 그런 나와 반대로 그는 내 대답을 듣고 나서야 편안하게 잠을 잤다.

"나는 주말에 뭐 하라고?"

"이제 토요일도 다 지났고 내일 일요일이니까 집에서 쉬어요. 좋아하는 청소도 하고."

놀려 주고 싶은 내 마음이 그를 심술 나게 한다. 팽 토라진 그가 나를 노려보더니 그대로 내 머리를 끌어당긴다. 화가 났다고 표시 나게 내 입술을 깨문다. 이제는 내가 화가 나 그의 어깨를 두드렸다.

조금 부드러워진 숨결이 나를 마신다. 내가 물이 되어 그에게 찰방찰방 흘러간다. 멀어질 듯, 떨어질 듯 몇 번의 동작에 나를 놓아주고 차 문의 잠금장치를 풀어 주었다.

"나 두고 가면 네 마음은 편해?"

나도 그와 있고 싶다. 영원히 사랑에 눈이 멀어 그와 오두막이라도 짓고 살라고 해도 냉큼 그러겠다 대답할 수 있다. 하지만 그런 내가 점점 무서워지기 시작했다. 우리가 만났던 그 겨울을 기억 못 한다는 듯 그의 얼굴은 봄이다.

꽃피는 들판에 뛰어든 그와 달리 내가 디딘 발자국 아래는 얼음이 저벅저벅 밟힌다. 이 사람을 받아들일 때의 용기가 사라졌다.

"어서 가요. 가는 거 봐야지 나도 가죠."

그가 내 가방을 챙기고 한 손은 내 손을 잡았다. 일부러 천천히 걷는 걸음임을 나도 안다. 나는 모른 척 그의 속도에 맞췄다.

그가 걸음을 멈췄다. 내가 그런 그의 옆모습을 쳐다봤지만 그는 시선을 마주하지 않았다. 한 방향을 바라보던 그의 시선을 따라갔다. 그저 일상적인 동네 풍경이다.

왜 그러냐고 툭 옆구리를 장난스럽게 찔러 보아도 그의 시선은 움직이지 않았다. 멀리 넘어가는 그 사람의 시선을 좇았다. 우리가 같이 앉곤 했던 벤치에 유모차를 두고 앉은 젊은 부부의 모습이 다정하다.

"훈아, 우리 결혼하자. 우리도 저 사람처럼 예쁜 아이 낳고 살자. 서두르면 가을에 할 수 있겠지? 집은 네가 우리 집으로 들어오고, 지원이는 우리가 데리고 있어야겠지? 그래야겠어."

마법은 끝났다. 손발이 저릿해져 그의 손에서 내 손을 거뒀다. 갑자기 손이 허전해진 그는 나를 바라봤다. 나는 한 걸음 앞서 걸었다. 모래 바람을 한 숟가락 입안에 밀어 넣은 듯 껄끄럽다.

내게 스며드는 너의 한숨
2.

...

편의점에 들어선 민석은 생수 한 병을 사 들고 창가 쪽에 섰다. 느릿하게 해가 저물어 가는 시간에 이 근처에 볼일이 있어 왔다는 말은 사실 핑계다. 어쩌면 지훈이 집으로 가는 뒷모습이라도 볼까 하는 기대로 오늘도 이 동네를 찾아왔다.

일부러 피하는 지훈이 무슨 운명처럼 드라마처럼 그의 앞에 나타나는 일 따위는 일어나지 않고 있다.

지방에 지훈과 새벽에 내려갔다 혼자 올라온 지가 벌써 2주가 넘어간다. 용기 없는 지훈은 그의 전화를 받지도 않고 있다.

기다림 속에 민석은 서 있다. 저도 갑자기 밀려오는 지훈의 흔적에 당황스러워 마음을 돌아봤던 시간이 있었다. 홋카이도에서 돌아온 후 사진을 현상하고 그 속에 섞인 지훈의 사진을 몇 번이나 봤다.

불쑥 사진을 핑계로 전화를 하고 싶었다. 하지만 그에게는 지훈의 연락처조차 없었다. 몇 다리 거쳐 지훈의 전화번호를 알아냈다. 몇 번이나 썼다 지웠다 문자를 보내는 감정의 속삭임은 요란했다.

그래 놓고 무심한 척 다시 만났을 때는 연락처를 가지고 있었다는 거짓말을 했다. 지훈 역시 그런 과정이 뒤늦게 다가오고 있는 중이리라. 지훈이 제 마음을 어쩌지 못해 갈팡질팡하는 흐름을 그는 받아들이고 있었다.

그가 직접 오른손으로 옮겨 줬던 반지. 그 반지를 볼 때마다 울컥 답답함이 밀려왔다. 그랬던 반지가 마지막으로 봤을 때는 오른손에서도 없어졌다. 그렇게 민석은 지훈에게 완벽하게 넘어가 버렸다.

목이 타 생수를 들이켰다. 그때 편의점 문이 열리고 대학생으로 보이는 남자가 들어와 컵라면과 삼각 김밥을 계산하고 그의 옆에 섰다. 라면 물을 받지도 않고 전화를 먼저 귀에 끼고 가방을 뒤지는 모습을 무의식적으로 민석은 보고 있었다.

그러다 제 주머니에서 진동을 느껴 그도 전화를 꺼내 확인했다. 오늘 마무리 지어야 할 업무에 대한 메시지였다. 바로 통화 버튼을 눌렀다.

"김민석입니다. 현장 업무는 마무리했습니다. 사무실 들어가면 정리해서 메일 넣어 놓겠습니다."

지갑에 카드를 챙겨 넣던 학생은 갑자기 고개를 들고 민석을 뚫어져라 바라봤다.

모르는 이가 저를 너무 노골적으로 보는 시선이 불편해 등을 돌렸다. 전화를 마무리하고 도착한 업무 메일을 폰으로 확인했다.

"안 돼. 요즘 우리 누나 기분 별로라서 내가 저녁에는 일찍 들어가서 같이 있어 줘야 해."

익숙한 목소리다. 등 뒤에서 통화를 하는 이가 누군지 알았다. 아는 목소리에 반가움이 올라온다.

좀 전의 그가 통화를 하면서 내뱉은 이름에 지원이 먼저 알아챘었나 보다. 그러니 그렇게 그를 바라본 거였다. 민석은 저절로 얼굴이 부드럽게 풀어지는 걸 느꼈다.

가끔 지훈과 통화가 되지 않아 집으로 전화할 때가 있었다. 그때 지금 목소리의 지훈의 남동생이 받았다. 생면부지 통화 속의 남동생은 늘 그에게 날카롭게 칼을 세우고 그의 신상을 물었다. 대답을 듣고 나서야 마지못해 지훈의 부재를 알려 주거나 전화를 바꿔 주곤 했다.

얼마 전 연락이 끊긴 지훈을 기다리며 집으로 전화를 했을 때는 지원과 긴 통화를 하기도 했다. 우리 누나가 왜 저리 가라앉았는지, 왜 당신은 이렇게 애가 타서 집으로 전화를 하는지.

그 물음에 민석은 제대로 답은 못 했다. 지원은 불친절하긴 해도 제 누나의 상태를 감질나게 알려 주었다.

그랬던 목소리가 실체가 되어 그 앞에 섰다. 지원 역시 민석을 확신하고 떨떠름한 표정을 지었다. 결코 반갑게 대하는 얼굴은 아니다.

가시 돋친 남동생이 더 뾰족한 눈을 하고 그를 뚫어져라 보고 있다. 몇 번의 어색한 헛기침이 지원에게서 나왔다.

"음…… 저기, 우리 누나?"

먼저 말을 꺼내는 지원이 반갑다. 애매한 물음을 단번에 알아들은 민석은 그렇다는 표정으로 환하게 웃음으로 대답했다. 그런데 그게 끝이다. 이내 지원은 톡톡 폰에 메시지를 찍기 바쁘다. 애가 타는 민석은 생수만 다시 벌컥 마셨다.

"……누나 집에 있을까?"

불쑥 반말이 먼저 나오자 곧 후회했다. 이미 뱉어진 말을 주워 담을 수는 없었다. 종종 집으로 전화했을 때는 정중하게 말을 건넸는데 얼굴 봤다고 대뜸 반말부터 나오는 이가 지원의 눈에 그리 달갑게 보이지 않을 거다. 이런 후회는 늦게 해서 무슨 소용인가.

"외출했어요."

"어, 그래."

슬금슬금 지원이 곁눈질로 민석을 살펴보는 게 느껴졌다. 머리부터 발끝까지 훑으며 제 누나를 과연 멀쩡하게 서 있는 남자에게 보낼 수 있을까 고민하는 것이겠지. 좀 신경 써서 옷이라도 입고 나올 것을. 오늘 현장 업무라 편하게 입고 온 차림이 신경 쓰인다.

민석은 명함을 꺼내 지원에게 내밀었다. '나 이상한 사람 아니야 안심해.' 이런 신호를 명함에 실어 건넸다. 지원은 명함을 한참이나 보다가 지갑을 꺼내 행여나 구겨질까 조심하며 넣었다.

지훈도 그랬다. 그들이 처음 영화를 보러 가서 그가 내민 명함을 지금의 지원처럼 신경 써서 곱게 챙겨 넣었다. 그 모습이 꽤 오래 진한 여운으로 민석에게 남았다. 이 아이의 몸짓 어디에서 지훈을 닮은 구석을 발견한다.

괜히 머리를 한번 긁적이고 이제는 민석이 옆에 선 지원을 살폈다. 순한 얼굴의 지원은 지훈과 닮았다고 할 얼굴은 아니었다. 하지만 지훈이 입사했던 그 시기의 학생 느낌이 지금의 지원과 비슷했다. 정감이 간다.

학교를 갔다 오는 길이었는지 옆에 내려놓은 열린 백팩에 파일 하나가 삐져나와 있다. 눈에 익다. 그가 졸업한 학교가 표기된 파일은 반갑기만 하다.

"어, 지원이 나랑 같은 학교구나."

괜히 공통점 하나 발견해 반가워 민석은 처음보다 목소리가 더 높아졌다.

"반갑습니다, 선배님."

말이 떨어지기가 무섭게 허리를 굽혀 큰 소리로 지원이 인사를 하자 계산대에 있던 점원부터 물건을 고르던 손님까지 그들에게 시선이 쏠렸다.

많이 부끄러웠다. 지원도 습관처럼 나온 인사에 허리를 펴고 황당한 표정으로 아이씨 하는 입 모양을 그는 봤다.

그도 그랬던 시절이 있었다. 재학생으로 있을 때 선배는 하늘이었다. 이런 인사 받자고 같은 학교라 밝힌 게 아닌데 괜히 입장만 난처해졌다. 차라리 입 다물 것을. 서지훈 서지원 둘 다에게 선배로 한정지어지는 게 썩 달갑지 않다.

"그런 학연 지연 우리는 모른 척하자. 그냥 편하게 형이라 불러."

지원은 썩 내키는 표정이 아니다.

"음, 그럼…… 형이 홋카이도에서 만난 누나 회사 선배였어요?"

민석의 얼굴이 환해졌다. 떨떠름하게 형이라고 짜내어 말하는 게 분명했음에도 그래도 내치지 않는 게 어디냐 하고 조금 근심을 덜었다.

"지훈이가 내 이야기 했구나."

"네."

속으로 다행이다 했다. 어느 정도 신뢰가 쌓인 사이로 알고 있는 편이 민석 입장에서도 편했다.

"누나 요즘 잘 지내?"

"모르겠어요."

시무룩해지는 지원을 보며 민석은 지훈이 편안한 상태가 아님을 알았다. 기분이 묘했다. 저를 밀어 놓고 편하지 않은 지훈이 다른 의미로 다가온다. 너도 힘들고 나도 힘든 거. 서로가 신경 쓰고 있다는 공감대가 반갑다.

"누나가 홋카이도 여행 다녀와서 많이 아팠어요."

지원이 근심 어린 목소리로 제 누나의 사정을 이야기해 준다. 많은 생각이 지나가는 얼굴이다.

"지훈이가 그동안 마음이 많이 아팠나 봐. 홋카이도에서 그동안 힘들었던 거 이야기해서 나도 조금 알아.”

시린 홋카이도에서의 지훈이 눈앞에 펼쳐진다. 덩달아 목소리가 내려앉았다. 그런 그를 지원이 한참을 바라봤다.

“누나가 많이 믿는 분이신가 봐요. 우리 누나 자기 아픈 이야기 잘 안 하는데.”

그 말이 반갑다. 동생에게도 잘 안 하는 이야기를 제게 했다는 것이. 그게 좋아서 씩 웃는데 지원은 딱히 좋아하는 표정은 아니다.

서운함일까. 제 누나가 다른 남자한테 마음을 준다는 게 아직 받아들이기 힘든가. 민석은 그렇게 지원의 눈치를 본다.

“식사하셨어요?”

대답을 안 했는데 지원은 삼각 김밥 세트를 뜯어 그에게 나눠 준다.

“이거 드세요.”

설핏 웃음이 나왔다. 때수건을 주던 지훈이도 삼각 김밥을 나눠 주는 지원이도. 이 집 남매들은 이런 것도 닮았다. 그게 정겹게 보여 민석이 삼각 김밥을 받아 들고만 있자 지원이 먼저 자기 몫의 삼각 김밥을 뜯었다. 그도 지원을 따라 포장을 뜯어 한입 베어 물었다.

바삭 김이 부서지고 밥이 입안으로 넘어온다. 곧이어 입안에 누가 못을 수십 개 박아 버리는 느낌이 뒤따라왔다.

눈이 이렇게 커질 수 있나 싶을 정도로 커졌다. 목이 막힌다. 눈물이 부지불식간에 차올랐다. 목 뒤로 땀이 솟는다. 맵다는 표현은 여기에 너무 부족했다. 뱉지도 못하고 억지로 목 안으로 밀어 넣고 뜯어낸 포장지를 퍼즐 맞추듯 이어 붙였다.

뼈를 때리는 핫한 삼각 김밥. 이제는 친구랑 세트로 즐겨요.

친구랑 즐기래. 원수가 아니고? 대체 이런 걸 왜 먹어? 생수로 입을 헹궈 보지만 더 화끈하게 속까지 퍼졌다. 얼굴이 시뻘게져 고개를 저었다. 같은 삼각 김밥을 먹고 있는 지원은 멀쩡하다.

요즘 애들 입맛은 알 수가 없다고 생각하며 민석은 연신 물을 들이켰다. 아무 반응 없이 그를 보던 지원이 뭔가 하나를 골라 계산하고 그에게 밀어 주었다. 우유다. 급하게 뜯어 벌컥 마시다 또 목에 걸려 억지로 삼키고 우유를 살폈다.

민트 우유라고 적힌 걸 보고 어이가 없어 내려놓았다. 대체 우유에 왜 치약 맛이 나냐고. 민석은 직접 우유를 골라 숨도 쉬지 않고 한 번에 다 마시고 나서야 살 거 같았다.

"별로예요? 나는 좋아하는데."

혹시나 지원이 먹는 삼각 김밥은 다른 건가 싶어 뜯어진 포장을 다시 살폈지만 저와 같은 것이다.

아, 이 녀석 아군이 아니고 적군이었다.

"누나 올 때 되었는데 보고 갈래요?"

아직 뒤통수를 얼얼하게 때리는 기운이 가시지도 않았는데 이제는 아군인 척 한다. 저 손을 잡으면 불지옥으로 떨어질까?

"아니. 오늘은 그냥 갈래."

"네. 그러셔야겠어요."

지원은 민석의 얼굴을 보며 움찔했다. 편의점 창가에 비친 제 꼴이 보인다. 매운 기운이 얼굴을 붉게 만들었다. 거친 호흡으로 오만상을 찌푸린 얼굴이 밉다.

먹던 자리를 정리하고 지원은 휴대전화 메시지에 답을 했다. 민석은 그런 지원을 보며 멍하니 아린 혀를 진정하려 애썼다. 주머니에 든 전화가 울렸다. 꺼내려는데 지원이 손을 저었다.

"아, 저예요. 제 번호 저장하시라고. 힘든 일 있으면 연락하세요."

머리도 좋아. 아까 명함을 보면서 그사이에 전화번호를 외웠나 보다. 주머니에서 전화를 꺼내 지원의 연락처를 저장했다.

"아, 저기 우리 누나 와요."

창밖으로 지훈이 저 멀리서 오고 있다. 얼마 만인지. 몸이 먼저 쭉 앞으로 나간다. 그러다 다시 제 꼴이 신경 쓰여 안쪽으로 몸을 살짝 숨겼다.

"이거, 가져가셔서 드세요. 누나한테는 오늘 형 봤다는 이야기는 안 할게요. 그럼 안녕히 가세요."

꾸벅 인사를 하고 가방을 멘 지원은 민석에게 뜯지도 않은 컵라면을 건네주고 편의점을 나갔다.

지원은 뛰어서 저 멀리 지훈에게 달려갔다. 지훈이 점점 가까이 왔다. 좀 더 몸을 틀어서 그쪽에서는 보지 못하게, 그는 잘 볼 수 있게 몇 걸음 옮겨 남매를 바라봤다.

지원이 일부러 이쪽에서 잘 보이게 제 누나와 걷던 자리를 옮겨 주는 게 보였다. 매웠던 입맛이 서서히 걷힌다. 지훈이 집으로 들어가서 없어지고서야 민석은 웃었다.

편의점을 나서며 타박타박 지훈이 올라왔던 길을 그가 내려간다. 손에 들린 컵라면이 이제야 눈에 들어왔다.

아씨, 지원이 얘는 대체 정체가 뭐야? 컵라면은 극강의 지옥 불 맛이라고 시뻘건 글씨로 적혀 있었다. 힘든 일 생기면 전화하라는 말이 이거였어?

7.
그토록 많은 너의 생각들

아무 일도 일어나지 않았다. 그의 청혼이 있었음에도 나는 거기에 답을 하지 않고 한 달이 훌쩍 지난 중에 본사에서 다시 오라는 청이 왔다.

내게는 좋은 일이지만 나를 믿고 불러 준 지점장님께는 미안한 마음에 의논을 드렸더니 흔쾌히 축하해 주셨다.

그 때문에 나는 바빠졌다. 지점에서의 일과 본사 일을 두 개 동시에 진행 중이었다. 내가 그만두고 나올 때 여러 가지 상황으로 멈춰진 프로젝트가 새로 팀이 꾸려졌다.

나는 중간중간 본사를 오가며 이중으로 일을 처리하느라 입술이 짓물렀다. 연말까지 지점 일은 정리하기로 서로 협의 중이다.

환경이 바뀌는 준비를 하면서도 짬을 내서 그를 만나 밥을 먹고 전화 통화를 했다.

그만의 결혼 계획을 들으면서 나는 어떤 대꾸도 하지 못했다. 그의 친구가 결혼식을 했다는 호텔을 지나칠 때 나는 본사로 들어갈 걱정을 늘어놓았다. 같이 밥을 먹으며 신혼여행지에 대해 물을 때 그에게 나물 반찬을 밀어 주었다.

그렇게 몇 번이나 의도적으로 그런 대화를 피하자 그는 입을 굳게 다물었다. 소심하고 두려운 나는 바들바들 떨고 있었다.

결혼이란 게 너랑 나랑 좋다 그래서 손잡고 딴딴딴 하고 식장으로 가는 게 아니다. 그는 이런 내 마음을 전혀 모르는지 나만 속이 답답했다.

그렇게 우리는 어긋나고 있었다. 내 휴대전화가 멈췄다. 새로 사야지 하면서도 며칠 그냥 두고 있었다. 업무로 급한 전화는 회사로 받고 딱히 아직 그만큼 중요한 사람은 아니라 시간 외 일로 답답할 일은 없었다.

나는 비겁하게 그에게 전화도 하지 않고 내 안으로 잠겨 들어가기 시작했다.

무서웠다. 다시 연락을 먼저 하게 되면 결혼에 대한 답을 해야 했다. 어떤 식으로든 다시 겪고 싶지 않은 과정이다. 두려웠다. 내가 사랑하는 몫이 더 큰 것인지 그는 전혀 나의 이런 불편한 마음을 알지 못하고 있다.

어제는 점심 먹으러 나갔다 '당신의 미래를 알려 드립니다.' 라고 적힌 점집에서 며칠 분의 점심값을 지불하고 왔다. 도대체 내 돈을 어디로 먹었는지 신 받은 지 얼마 안 되었다는 무당은 나더러 자꾸 조상 귀신이 씌었다는 말만 했다. 그 조상들 기동성도 좋다. 남해 우리 동네 선산에서 서울까지 뭐하러 올라와서 나를 괴롭히나?

톡톡 쏟아지는 복잡한 생각에 넋을 놓고 커피 잔만 만지작거렸다. 본사 일을 끝내 놓고 같이 근무했던 직원들과 저녁 식사 약속을 잡았다. 먼저 일을 마친 나는 근처 카페에서 기다리고 있었다.

앉아서 밖을 내다보니 이 건물이 우리 회사와 그의 회사의 중간쯤이었다. 왼쪽 창가에 앉으면 우리 회사 방향이고 오른쪽은 그의 회사 방향이었다.

내가 다른 일행을 기다리려면 왼쪽에 앉아야 하지만 나는 망설일 거 없이 오른쪽 창가에 앉아서 보이지도 않는 그의 회사를 찾고 있었다.

나는 그렇게 혼자 내 마음을 지키고 있는 중이었다. 나만의 방식으로 기도를 드렸다. 나쁜 일을 많이 하면 세상이 나를 다시 벌 줄 거 같았다. 우리 사랑을 그렇게 방해받을까 모든 일을 조심했다.

동네 어귀에서 고되어 보이는 할머니가 파는 푸성귀를 가격을 묻지도 않고 다 사 왔다. 텔레비전을 보다가 힘든 사람을 위해 ARS 전화를 돌렸다. 종교방송을 보다가는 나와 전혀 상관없는 모든 종교에 후원모금 전화도 했다. 야근에 아무리 피곤해도 버스에서 자리를 양보하고 조금 불리하게 나눠지는 업무량도 따지지 않고 다 받았다.

"그럼 김민석 팀장님 들어오시면 한연수라고, 카페에서 기다린다고 전해 주세요."

테이블이 다닥다닥 붙은 옆자리의 어느 여자에게서 그의 이름이 나온다. 세상의 모든 공기가 다 없어진 기분이다. 꼴딱꼴딱 숨이 막힌다. 들어 본 낯익은 목소리와 선명하게 내 기억에 남은 그 이름 한연수.

상대를 한번 확인하고 고개를 숙였다. 내 손은 불안하게 반지를 빙빙 돌리고 있었다. 그러다 커닝하는 학생처럼 곁눈질을 몇 번 했다.

오른손으로 왼손을 쓸어 내렸다. 그의 집에서 음식을 하다 덴 상처는 자그마한 흉터를 남겼다. 크게 표시 나지 않아도 흉터는 미웠다.

그가 때맞춰 밴드를 갈아 주었지만 상처를 다 아물게 하지는 못했다. 나보다 더 내 상처를 신경 쓰던 얼굴이 떠올랐다. 흉터를 살펴보다 벌떡 일어섰다. 움직이는 동작이 과했는지 그녀와 눈이 마주쳤다.

분명 그 여자다. 이놈의 기억력은 나 스스로도 탄복할 지경이었다. 전화로 들었던 목소리가 얼굴에 덧씌워져 선명해졌다.

몇 년 전 식당에서 마주친 얼굴이 세월이 흘러 내 옆에 있다. 괜히 무안해져 웃어 버렸다. 그리고 나는 후회했다. 나를 미친 여자로 보는 거 아닐까? 다시 자리에 앉아 고개를 팍 숙이고 물을 마시는 척하며 또 쳐다봤다.

그 여자는 책을 펼쳤다. 갑자기 내 다리가 저절로 움직여 어느 순간 그녀의 앞에 섰다. 의아한 표정으로 여자는 책을 내려놓고 무슨 일인지 내게 눈으로 물었다.

"저기, 한연수 씨 맞나요?"

"네. 그런데 누구?"

뭐라 설명을 해야 하는데 다리에 힘이 풀려 맞은편에 덥석 앉았다. 상대는 노골적으로 불편함을 드러냈다. 그 눈빛에 몸이 오그라들었다. 민망했다.

"저기, 그게 엿들으려고 한 건 아닌데 그게, 들려서."

더듬더듬 말을 쏟아 내는데 불쑥 물 한 잔이 내 앞으로 왔다. 뭐야? 냉수 먹고 속 차리라고 하는 거야? 물 잔을 집어 든 내 손이 같이 떨렸다.

한 잔 쭉 들이켜고 나니 그제야 속이 좀 달래졌다. 쓸데없는 용기가 생겼다. 막말로 내가 지금 저 여자와 드잡이를 한다 해도 나는 나쁜 여자가 아니다.

"저 김민석 씨 사귀는 사람이에요. 우연히 옆에서 전화 통화를 들어서. 아, 아주 예전에 한 번 뵌 적이 있어서 기억하고 있거든요. 그쪽은 저를 모르겠지만……."

다시 말이 속으로 들어간다. 아직도 부족한 내 설명에 그녀는 옆에 두었던 책에 책갈피를 끼우고 가방에 넣었다.

"언제요? 우리가 언제 봤던가요?"

자신의 의사와 상관없이 관찰당했다는 사실에 날카롭게 칼을 세웠다. 이제야 내가 얼마나 예의 없는 짓을 하고 있는지 깨달았다. 호기롭던 용기는 푹 꺾였다.

"그게, 예전에 그러니까 그쪽에서 선배랑 회사 앞 식당에 있었는데, 제가 친구랑 거기 같이 밥 먹다가 봤어요. 그때 제가 인사하니깐 거기도 인사해 주고……."

자신 없는 내 말투가 자꾸만 꼬리를 잘라 먹었다. 몇 년이나 지난 별 특징도 없는 시간을 꺼내는 내가 한심스러웠다. 잠자코 내 얼굴을 바라보던 여자의 표정이 일순간 환해졌다.

"아, 기억나요. 거기가 칼국수집이었어요. 그 집 칼국수 맛있었는데 아직도 있나요?"

칼국수집이었구나. 그 집을 확인이라도 하는지 창밖으로 저쪽인가 이쪽인가 하는 고갯짓으로 두리번거렸다. 나는 그것까지는 기억이 나지 않는데 이 여자는 선명하게 기억한다. 그날이 이 여자에게 잊히지 않을 만큼 중요했던 시간이었을까?

"기억력이 좋으시군요."

바짝 날이 서서 상대에게 대꾸했다. 뱉어 놓고 보니 서늘한 대답에 미안해졌다. 나 혼자 놀음에 이 여자는 뭐가 그리 재밌는지 자꾸만 웃었다.

꼭 그처럼. 그도 내가 무슨 말만 해도 미소를 짓고 흐뭇하게 보고 그랬다. 이 여자처럼. 은근히 기분이 나쁘다.

"기억력이 좋다기보다는 그 무렵 민석이와 헤어지는 과정이어서 그 시간이 진하게 남아서 그래요. 신경 쓸 필요 없어요. 근데 참 신기하죠? 그때 눈인사할 때 제가 민석이한테 '참 예쁜 여자다.' 그랬거든요. 그런 우리가 이렇게 몇 년 뒤에 다시 만나 이러고 있는 게 재밌네요."

커피를 한 모금 마시고 그녀는 한결 더 편해진 얼굴을 했다.

"이름이 뭐예요? 그쪽에서만 제 이름 아니까 불편해서요."

"서지훈입니다."

다시 커피를 마시던 한연수는 풋 하고 웃었다. 오빠 이름을 가명으로 이야기하냐는 말을 듣기도 했고 '네?' 하면서 다시 묻는 사람도 있었지만 대놓고 이렇게 웃는 경우는 없었다. 이런 반응은 기분이 별로다.

한연수라는 이름은 참 여성스럽고 예쁜데 왜 내 이름은 이렇게 세게 보일까? 처음으로 개명 신청이란 것을 해야 되나 생각이 많아졌다.

"민석이 잘 지내죠? 아직 못 만났어요. 그냥 오늘 이 근처 볼일 보러 왔다 겸사겸사 볼까 했던 거니 오해 안 하셔도 됩니다. 민석이 기다리는 중이에요?"

"네."

거짓말을 한다, 다 큰 여자가.

"민석이 요즘도 스키 좋아해요?"

그는 스키를 좋아하나 보다. 나는 몰랐는데. 겨울에 만난 우리는 정작 겨울을 같이 보낸 적이 없다. 내가 모르는 그 사람의 겨울을 이 여자는 알고 있다. 나는 테니스를 좋아하는 김민석과 야구 선수를 친구를 둔 그 사람을 알 뿐이다.

"겨울이 되면 같이 스키 타러 많이 다녔어요. 가끔 생각나요."

과거를 꿈꾸는 듯 한연수의 얼굴에 미소가 어렸다.

'그 사람은 여름에는 자두를 좋아해요.'

언제부터인가 자두라고 발음하면 어금니 저 안쪽에서 새콤한 신맛

266

이 난다. 내게 사랑한다고 말하며 붉어지던 그의 얼굴. 한동안 침울하게 가라앉았던 사랑이 콩콩 춤을 춘다.

"민석이 사진 찍는 것도 좋아하고. 학교 때부터 그랬어요. 화려한 건물보다 초라한 옛날 집 그런 걸 좋아했어요."

"같은 과였어요?"

"아니요. 학교만 같았어요."

"네."

더 이상 무어라 할 말이 없어진 나는 어색한 미소를 거두고 애꿎은 물 잔만 만지작거렸다.

"우리가 헤어질 때 민석이 좀 힘들었어요. 아, 저 때문에 그런 건 아니고 집안 사정도 좀 있었고. 민석이, 형님 돌아가신 건 알아요?"

"네. 그건 알고 있어요."

"그때 형님 돌아가시고 민석이가 많이 방황했어요. 집안일이 좀 복잡했거든요. 제가 그때 곁에 있어 주지 못한 것이, 굳이 연인이 아니라도 친구라는 형식으로도 위로해 줬어야 하는데 그게 늘 걸렸어요. 그래서 이제야 얼굴 보고 미안했다 말하고 싶어서 왔는데. 오늘은 그냥 가야겠네요."

서로 아는 상황은 같은데 그 깊이가 다르다. 이 여자는 나보다 얼마나 다른 김민석을 알고 있을까?

"……민석 씨 한자 이름 어떻게 쓰는지 알아요?"

이런 자리에서 이런 엉뚱한 질문 너무 바보 같다.

"그게 잘 기억이…… 민첩할 민에 석은 잘 모르겠어요."

"아니에요. 그 사람 개명해서 이제는 온화할 민旼 자를 써요."

나는 허공에다 한자를 크게 그렸다. 기분이 조금 나아졌다. 이 여자는 그가 개명한 것도 모른다. 나는 아는데. 이렇게라도 잘난 척을 하고 싶다. 쾅쾅쾅 내가 그에게 도장을 찍었다. 내 마음에 사랑을 깊게 새겼다.

"민석이 좋은 친구였어요. 두 사람 잘됐으면 해요. 전에 통화할 때 결혼할 사람 있다고 하더니. 아······."

말을 하던 한연수는 이제야 알겠다는 표정으로 환하게 웃었다.

"그때 전화 받았던 분이 지훈 씨였군요."

"네. 그 전화 제가 받았습니다."

"그랬군요. 괜히 미안해지려고 하네요. 오늘은 저 이만 갈게요. 괜히 우리 세 사람 만나면 좀 우습잖아요. 민석이한테 안부나 전해 주세요."

차분하게 내게 이야기를 하고 한연수는 가방을 챙겨 들고 나갔다. 좋은 친구라고 한다. 나도 안다. 그가 좋은 사람이라는 걸. 하지만 굳이 다른 여자에게서 그런 소리를 듣는 건 그다지 좋을 것도 없다.

그녀가 나가고 나도 곧 동료의 전화가 와서 카페를 나갔다. 그가 한연수의 메시지를 받고 카페로 왔는지 어떤지는 나는 확인을 하지 못했다.

오랜만에 예전 동료들과 술도 좀 마셨다. 이제는 조금씩 찬 바람이 머리를 헝클고 지나갔다. 천 번쯤 고민하다 나는 그의 동네로 들어섰다.

고장 난 휴대전화를 대신하고 있는 손목시계로 시간을 확인했다. 아직도 어찌해야 할지 내 마음은 방향을 잡지 못했다. 일단 그부터 보고 말을 해야겠다 결심했다.

술이 용기를 주었다. 타박타박 그의 동네를 찾아 빌라로 들어섰다. 숨을 백번쯤 몰아쉬고 인사말을 속으로 연습하고 벨을 눌렀다. 하지만 허탈하게도 안에서는 기척이 없었다.

동네 어디쯤 공중전화가 있을까 기억을 더듬거리다 벽에 기대어섰다. 비밀번호를 알고 있지만 그렇다고 들어갈 용기는 없었다.

기다려 보자, 야근으로 늦는 걸까? 아니면 한연수 씨와 다시 약속을 잡았을까? 그것도 아니면 출장이라도 갔을까? 혹시 오늘 집에 안 오는 걸 아닐까?

이런저런 사정을 나 혼자서 수십 가지를 만들다가 높은 힐이 부담스러워 바닥에 털썩 앉았다. 센서 등은 꺼지고 어둠이 익숙해지길 기다렸다. 이대로 집으로 돌아간다면 다시는 용기를 내기가 힘들 거 같았다.

길고 긴 하루에 너무 지쳤다. 잠시도 쉬지 못한 내 머릿속은 엉킬 대로 엉키었다. 하루 종일 입으로 들어간 건 커피와 술이 전부다. 몸이 견뎌 내질 못했다.

피곤하다. 눈이라도 감고 있자. 기다리면 오겠지.

허, 어이없는 탄식이 저 어디서 쏟아졌다. 몸이 굳어 버린 듯 삐걱거렸다. 깜깜한 어둠이었는데 불빛이 새어 들어왔다.

고개들 들고 올려다보니 그가 나를 내려다보고 있었다. 기가 막힌다는 표정을 짓는 그다. 내가 뻣뻣하게 일어서도 잡아 줄 생각이 없는지 그저 뒤로 물러설 뿐이다.

어떡해야 할지 모르고 쩔쩔매는 나를 두고 그는 문을 열고 집으로 들어섰다. 문이 닫히기 전 용기를 끌어모아 따라 들어갔다. 그는 뒤를 돌아보지도 않고 가방을 턱 바닥에 내팽개치듯 내려놓았다.

재킷을 벗어 바닥에 두고, 갑갑한 듯 신경질적으로 타이를 풀어 역시나 거실 바닥에 던졌다. 헨젤과 그레텔의 과자처럼 나는 그걸 주워 가방을 거실 테이블에 두고 옷을 챙겨 옷장에 넣어 두었다. 그럴 동안 그는 말 한마디 없이 속이 타는 듯 물을 마시고 생수병을 구겼다.

"여기가 네가 내키면 오는 곳이야? 그동안 내 전화 피하다 이제는 전화까지 꺼 놓고. 안절부절못하며 찾아간 나를 두고 도망치던 너를,

269

나는 어떻게 이해해야 할까?"

아, 알았구나. 며칠 전 늦은 밤 집 근처 벤치에 앉아 있던 그를 멀리서 보고 나는 돌아섰다. 도저히 감당할 자신이 없었다.

그날 윤정의 집으로 가서 지원에게 전화를 했다. 밖에 그가 있다고, 나는 야근한다고 거짓말을 하고 그를 돌려보내라고 했었다. 근데 그는 알고 있었다고 한다. 머리가 아프다는 핑계로 도망치던 내 뒷모습을 이 사람이 봤다.

못난 내 모습을 들킨 것보다 상처받고 돌아섰을 그가 더 안쓰럽다. 변명할 말도 찾지 못하겠다. 그대로 서서 그는 나를 노려보며 상처를 드러냈다.

"너에게 나는 도대체 뭐야? 한 번 자고 나니까 재미가 떨어져? 내가 사랑한다고 할 때마다 얼마나 웃었어? 왜, 내가 불쌍해? 그래서 찾아온 거야?"

빈정거리며 그답지 않은 말을 했다. 내가 준 상처가, 공백의 시간이 그를 이렇게 만들었다. 씩씩거리는 그에게 다가가 손을 잡았다. 주먹을 쥐고 풀지 않는다. 더듬거리며 그의 어깨를 끌어안았다. 맞닿은 심장이 뛰었다.

내 머리 위로 아직도 화가 가라앉지 않는 그가 느껴졌다.

툭툭 떨어져라. 내가 다 받을게요.

자꾸만 그의 품으로 파고드는 나를 당황스럽게 받아들이는 그다. 얼마나 그러고 있었을까? 주먹 쥔 그의 손이 풀리고 내 머리를 어색하게 쓰다듬다 이내 부드러워졌다.

"이제 다 했어요?"

그의 한숨이 내 정수리에 쏟아졌다.

"미안해요."

"뭐가 미안한지는 알아?"

고개를 들고 그의 얼굴을 올려다본다. 여전히 입술이 굳어 있다. 낙엽 같은 얼굴이 더 어두워 보인다.

처음 그와 같은 베개를 베고 밤을 보냈던 날. 아침의 그는 내가 모르는 모습이었다. 그의 턱에 거뭇한 수염이 나 있었다.

언제나 깔끔하게 정리된 그의 턱선을 보다 하룻밤 사이에 달라진 그가 어색해 자꾸만 만져 보고 쳐다봤다. 내 손길에 그는 얕은 숨결을 남겼다.

"좀 생각할 게 많았어요."

"무슨 생각을 전화도 안 받고 나를 피하면서까지 하는 거야? 네 속을 대체 알 수가 없어."

"나도 알 수가 없어요."

다시 품에 얼굴을 묻고 중얼거렸다. 그런 나를 그가 억지로 떼어 내고 눈을 맞췄다.

"……우리가 어떻게 만났는지 알잖아요."

"무슨 말이야?"

"내가 현준이랑 헤어지고……."

잠잠해졌던 그의 눈빛이 거세졌다.

"여기서 그 자식 이야기가 왜 나와? 비교해 보니깐 내가 형편없어? 그래서 그만둘까 싶어졌어?"

길길이 날뛰려는 그를 잡아야 했다. 손을 들어 그의 입술을 건드린다. 울컥 쏟아 내는 말이 잦아든다. 내 손가락에 간지러운 한숨이 스쳐 지나간다.

얼마 만에 제대로 보는 얼굴인지. 얼마나 그리웠던 숨결인데. 너무 듣고 싶었던 목소리인데.

추운 겨울 같은 그의 눈빛이 마음에 들지 않았다. 까치발을 하고 살며시 그의 눈에 입술을 맞춘다. 그가 몸을 숙여 주었다. 속눈썹이 파르르 내 입술에 닿았다.

바들바들 떠는 그의 속눈썹. 내 입술에 와서 고운 잔디가 되어 푸르게 널따란 대지가 된다.

한참을 그렇게 입술이 맞닿고 서로 얼굴을 부비고 온기가 나눠졌다. 다시 그의 눈동자가 따뜻해졌다.

"그만 화내요. 내가 설명할게요. ……헤어진 이유 당신도 알잖아요. 내가 어떤 환경인지. 결혼하자는 선배 말 마냥 편하게 받아들일 수가 없었어요. 싫어서 그랬던 거 아니에요. 사랑한다는 말에 내가 얼마나 떨렸는데. 보고 싶어 죽는 줄 알았는데. 그런데 민석 씨는 화만 내고. 억지만 부리고. 나 그동안 얼마나 아팠는데."

말은 편하게 아무렇지도 않게 하면서도 내 마음은 서러웠다. 혼자 속 끓였던 시간이 스쳐 갔다.

자고 일어나면 마음이 버석거리고 자면서도 꿈속이 어지러웠다. 소리 없는 눈물이 마음에 흐른다. 이렇게 내 마음도 몰라줬던 그가 마냥 밉다. 얼마나 생각할 게 많았는데. 얼마나 힘들었는데. 그것도 모르고 나만 나쁘대.

"아, 미안해. 정말 몰랐어. 진짜 몰랐어."

전혀 짐작도 못 한 사정인지 그는 후회를 가득 담고 내 얼굴을 더듬었다.

턱, 내 마음이 바닥으로 떨어진다. 뿌연 먼지 같다. 이런 기분은 무얼까? 적어도 내가 피하는 그동안 이 사람은 어느 정도 예상하지 않을까 기대했다. 나는 그동안 무얼 했던 걸까?

"그래도 말도 안 하고, 전화도 안 받고, 그건 잘못한 거야. 이런 방식이 뭘 해결할 수 있을까? 그건 나쁜 거야. 나 따라갔던 출장지에서도 갑자기 먼저 간다 문자만 남겨 놓고. 그럴 때마다 내가 얼마나 속이 터지는지. 이제 절대 그러지마."

콩콩 뛰는 그의 심장을 느끼며 그의 손은 토닥토닥 등을 두들긴다. 박자가 맞아 간다. 한숨이 몰아 나온다.

"또 한숨 쉬네."

"아휴."

일부러 더 크게 한숨을 내어 놓는다.

"이제 네 한숨 내가 받아서 시원하게 날려 줄게. 나 믿을 수 있지?"

"기분이 좀 그래요. 그동안 민석 씨 연락 피하면서 그래도 조금은 나의 이런 심정 자기는 짐작하지 않을까 그런 기대를 했나 봐요. 우리 처음 만났을 때 내가 어떤 상태였는지 다 아는 사람이었으니까. 그게 좀 힘이 빠진다고 해야 하나? 설명하기가 힘들어요."

"……생각의 차이겠지. 미리 네 마음을 몰랐던 나도 문제지만 말을 안 한 네 잘못도 있어. 나는 그런 배경 따위는 문제 될 게 없단 생각이고, 너에게는 힘들었던 상처니 더 큰 산 같고 그럴 테고."

"같은 게 아니고 산이에요. 민석 씨는 잘 몰라요. 세상이 얼마나 거친지."

아들의 앞날이 걱정되어 이름까지 바꿔 주신 그의 부모님은 과연 세상이 등 돌리는 나를 받아들이실까?

"모르겠지. 내가 직접 겪은 일은 아니니까. 내가 잘난 척해서 지금 이 순간 다 이해한다고 말해도, 네가 나를 믿지도 않을 거잖아. 하지만 네가 앞에 겪었던 일 다시 일어날 일은 없어. 네 마음만 고달팠던 거야. 그런 걱정 할 필요 없어. 그러니 바보같이 잠수타지 말고. 이 오빠만 믿으면 돼."

오빠란다. 뜻밖의 호칭에 예쁘지 않은 웃음소리가 나온다. 오랜만에 근심 걱정을 털고 그의 품에서 웃었다. 오빠만 믿으라니. 옛날 영화 같다. 아직 마음 한구석은 불안해도 듬직한 오빠 하나 생겨 조금 편안해졌다.

"거짓말하기는 싫어요."

"알아. 네가 어떤 마음인지."

"일부러 우리 집 숨기고 그런 거 싫다는 말이에요."

생각이 많아지는 그의 얼굴이다. 나 역시 그의 얼굴과 별반 다르지 않겠지.

"난 우리 집이 그렇다는 걸 잊고 살았어요. 그게 무슨 문제인가 했는데 어찌 되었든 상대편은 내가 숨겼다고 거짓말했다고 너무 싫어했어요. 우리 엄마, 아빠 나쁜 사람은 아닌데 그 중간에서 나는, 나는……."

속이 자꾸만 울렁거려 눈을 감고 달랬다. 어느 정도 진정되어 눈을 뜨자 걱정스런 그의 얼굴이 보였다.

"잠깐 굳이 이런 상황 이야기 안 하는 게 좋을 거 같다라는 생각을 했어. 어차피 결혼은 우리 둘이 하는 거고. 괜히 좋은 일에 나쁜 말 안 듣는 게 좋을 거 같아서."

"그러다 알면 내 입장만 힘들어요. 혹시나 나중에 어떤 일이 일어나면 내가 더 비참해요. 앞에 그런 일을 겪고 나서 세상에 비밀은 없다고 느꼈어요. 내 말 이해해요? 일부러 숨기긴 싫어요."

"그래. 알겠어. 네 마음이 어떤지. 근데 이런 걱정 하는 거 우습다. 하나도 걱정할 게 아닌데."

별거 아닐 걸로 치부하려는 그와 굳이 끄집어내 속을 헤집는 나는 서로 각자의 회오리가 분다. 한참을 생각에 빠진 우리다. 그렇게 가만히 우리는 서로의 들숨과 날숨을 들이 마시고 있었다.

나는 시선을 돌리다 물 한 잔을 들고 베란다로 나갔다. 스커트가 바닥을 쓸지 않게 한쪽으로 접고 앉았다. 화분에 쪼르르 물을 주었다. 나를 따라 나온 그가 곁에 딱 붙어 물을 받아 마시는 화분을 물끄러미 보고 있었다.

"허브가 목이 엄청 말랐나 봐요. 잎이 바짝 말랐어요. 물 좀 챙겨 주지."

"내가 화분에 물 줄 정신이 있었겠어? 그리 걱정되면 네가 와서 챙겼어야지. 한동안 심술만 부리다 짠 나타나서 고작 걱정되는 게 화분이야?"

밉게 중얼거리는 그다. 화를 내면서도 누렇게 말라 버린 잎을 정리해 준다.

"폰이 고장 났어요. 집에 전화해야 하는데 전화나 줘요. 지원이가 걱정해요."

"지원이 걱정하는 것만큼 내 걱정도 좀 해."

계속 투덜거리는 게 오래도 할 모양이다. 전화를 가져다줄 생각도 없이 타박만 한다. 그의 잔소리를 못 들은 척하며 나는 너저분한 베란다를 정리했다. 언제나 깔끔한 사람이 들어올 때부터 옷을 아무렇게나 두고, 내가 그를 살짝 삐뚤게 만들었다.

"그러다 지원이 애인이라도 생기면 어쩔래? 아니지, 이미 있는지도 모르지."

"정말 우리 지원이 사귀는 사람 있어요? 민석 씨 뭐 아는 거 있어요?"

"우리 지원이? 아주 그냥 절절한 남매 사이야."

비꼬듯 꼬아 듣는 그이다.

"……노력해야 되는 관계라 그런가 봐요. 그게, 우리 남매는 좀 다르니까. 내가 조금이라도 잘못하거나 실수하면 엄마도 지원이도 나를 싫어할지 모른다는 생각이 있는 거 같아요. 나 좀 바보 같죠?"

다시 살펴보니 파가 꽃이 피었다 누렇게 시들어 갔다.

"그래, 바보 맞아. 너만의 생각이야. 지원이에게 물어봐. 정말 그런 이유로 너를 챙기는지. 어머니도 네가 그냥 딸이니 사랑하는 거야.

너무 깊게 생각하지 마. 다른 사람 힘들어."

여덟 살 때 학예회 연습을 마치고 머리에는 도화지로 만든 별을 머리에 꽂고 집에 가는 길이었다. 그때 나는 연극에서 잠깐 나왔다 사라지는 별 중에 하나였다.

해가 살짝 저물어 가는 시간에 대문을 들어섰다. 그때 마루 끝에는 엄마와 아빠 그리고 지원이가 밥을 먹고 있었다. 무슨 이야기가 그리 즐거운지 내게는 생전 보이지 않던 아빠의 웃음소리가 담을 타고 넘어갈 정도로 웃고 있었다.

아빠는 양반다리를 하고 있었다. 엄마는 한쪽 다리를 댓돌에 놓고 있었다. 그 댓돌 아래는 그동안 있는지도 몰랐던 내 생모의 낡은 슬리퍼가 있었다. 그 옆에 지원이 엄마의 발이 움직이다 그 신발을 툭 건드려 떨어지게 했다.

그 짧은 순간에 무에 그리 놀랐는지 나는 더럭 무서워 그대로 뒷걸음질 쳐 나갔다.

어린 나는 그렇다고 갈 곳이 있는 것도 아니어서 담벼락에 기대어 앉았다. 고개를 들자 이제 바다가 해를 한 입 두 입 집어삼키고 있었다. 그 붉은 빛이 어찌나 무섭던지.

더 쳐다보기 힘들어 흙길에 내가 연극에서 맡은 별을 그리기 시작했다. 땅이 어찌나 딱딱한지 아무리 용을 써 보아도 별은 그려지지 않았다. 오기로 나중에는 서러운 눈물까지 흘리며 땅을 헤집었다.

그때 삐그덕대며 낡은 우리 집 대문이 열렸다. 지금과 다르게 아주 작았던 지원이가 내 옆에 나처럼 앉았다. 미웠다. 지원이도 밉고 그 아이 엄마도 미웠다. 별을 그리던 작대기를 집어 던지고 지원이를 밀어 버렸다.

그래 놓고 나는 울었다. 내 울음소리에 지원이는 나를 보고 바닥에 엉덩이를 찧은 채 "누나 울지 마." 했다. 그 소리에 더 서러워 지원이처럼 엉덩이를 바닥에 깔고 울어 댔다.

난데없는 울음소리에 엄마 아빠가 달려 나왔다. 그날 난 엄마의 품에 안겨 눈물을 뚝뚝 흘리고 마당 수돗가에서 엄마의 손길에 얼굴을 씻었다.

그래도 쉬 그치지 않았던 눈물은 밥 한 숟갈에 눈물이 같이 들어가고, 김치를 먹으면 그것보다 더 맵게 눈물을 흘렸다. 그런 나를 보며 지원이도 나만큼 울었다.

갑자기 지금 와서 이 기억이 왜 나는지 모르겠다. 끝없이 이어지는 과거의 기억이 결코 반갑지 않다.

스산한 기분에 멍해졌다. 그가 바로 앞에서 뭐라고 한다. 못 듣고 있다 내가 고개를 살짝 숙이자 그가 눈을 찌푸렸다.

"집 전화 써. 내 폰 없어."

"고장 났어요? 얼른 바꾸지. 외근도 많은 사람이 그러면 다른 사람들이 불편해해요."

"그런 너는?"

배시시 웃으며 나는 상관없다는 듯 손을 내저었다.

"저는 외근직이 아니라서요."

"고장 난 거 아니야. 내가 던져서 부서졌어."

나머지 화분의 잎을 정리하고 시든 파를 쑥 뽑아 흙만 남은 화분을 토닥이며 그가 대답했다. 저 구석에서 모종삽을 가져와 흙을 다듬고 쓰레기를 정리했다. 한쪽 수돗가로 가 손까지 씻고 왔다. 순식간에 베란다는 말끔해졌다.

"멀쩡한 폰을 왜 던져요?"

나처럼 고장 난 것도 아니고 왜 물건을 던질까? 이해가 안 가서 멍하니 쳐다보는 나의 볼을 그가 장난처럼 쓰다듬었다. 방금 씻은 그의 손이 차갑다.

"네가 전화를 안 받으니 성질 나서."

닫혔던 내 입술이 놀라서 석류 알이 익어 벌어지듯 쫙 열렸다.

"그런 거 나빠요. 우리 엄마가 제 성질에 못 이겨 물건 때려 부수는 남자는 절대 안 된다고 그랬어요. 세상에, 나 불효하나 봐. 예전에 지원이가 책 집어 던져서 우리 엄마한테 얼마나 맞았는데. 그거 나쁘다는 건 알아요?"

호들갑스럽게 목소리까지 높여 가며 수선을 피웠다. 이제는 그가 아까의 내가 되어 입을 벌리고 멍해졌다. 벌떡 일어난 나는 잔소리쟁이가 되어 그를 정신없게 했다.

"아니 그게, 그게 아니고, 그게 어떻게 된 거냐면…… 버릇이라니? 버릇 아니야. 딱 한 번 그랬어. 너는 통화도 안 되지 얼굴도 안 보여 주고. 집에 전화해도 지원이만 받고. 나더러 어떡하라고. 다시는 안 그래. 걱정 마. 나도 전화 던지고 후회했어."

점점 뒤로 갈수록 말이 작아지는 그다. 기가 죽어 내 눈치만 본다. 그래 오늘은 내가 그동안 잘못한 게 많으니 봐줘야겠지?

그의 옆에 못 이기는 척하고 앉았다. 푹 고개가 꺾어진 그의 얼굴을 잡고 내가 씩 웃어 주었다.

예쁘게, 한없이 예쁘게, 한없이 사랑을 담아, 이제야 그의 얼굴이 밝아졌다.

그가 자리에서 일어나 응차 하며 나를 일으켜 세웠다. 잡은 손에 힘을 주어 나를 그의 품에 넣어 준다.

"보고 싶었어. 키스하고 싶어 죽는 줄 알았어. 안고 싶어 미치는 줄 알았어."

그가 작은 속삭임으로 내 귀에 흘려 주었다. 내 볼이 붉게 물들었다. 보여 주기 부끄러워 그의 가슴에 얼굴을 묻었다.

그는 그런 나를 그냥 두지 않았다. 머리를 쓰다듬던 손이 내 얼굴을 쓰다듬고 이내 입술을 묻어 왔다. 아플 만큼 물고 숨 쉴 틈을 주지 않았다.

정신없이 쏠려 가던 우리는 소파에서 몸을 겹쳤다. 서로의 다리가 얽히고 그의 손에 의해 블라우스 단추가 열렸다. 부끄럽게 내비치는 속옷. 그 사이로 더 부끄러운 속살. 가슴이 열리고 몸은 자꾸만 뜨거워졌다.

그가 살짝 몸을 일으켜 셔츠를 급하게 열고 내 스커트는 맥없이 허벅지를 보였다.

정신없는 와중에 보이는 벽시계 바늘이 나를 붙들었다. 늦은 시간이다. 걱정할 지원이 먼저 떠올랐다. 그러나 좋기만 한 깊은 입맞춤. 아직은 정신이 조금 남은 내가 그를 밀었다. 너무 쉽게 밀려나 서운한 마음이 들었다. 그게 끝이 아니었다.

스커트 속에서 벗겨지는 스타킹. 맨살이 공기에 닿아 서늘해졌다. 그 안을 파고드는 손길에 몸은 자꾸만 뜨겁다. 이러면 안 되는데. 너무 늦었는데. 자꾸 내 몸을 타고 내려가려는 그의 얼굴을 잡고 눈을 마주했다.

눈동자를 맞추자 그의 손길이 더 분주하다. 가슴을 더듬고 허리를 간질이고 입술을 여기저기 찍어 눌렀다. 나는 다시 한 번 정신을 차려 그의 얼굴을 마주했다.

내가 먼저 그의 입술을 물었다. 깊게 들어오는 그의 입술을 맞이했다. 깊은 입맞춤, 한없이 빨려 가는 키스. 떨어지고 싶지 않은 마음을 억지로 눌렀다.

"너무 늦었어요. 집에 가야 해요."

"나 말려 죽일 셈이야?"

조금 미안하기도 하고 아쉽기도 한 내 감정을 떨어내려고 그를 밀고 일어났다. 등을 돌려 흘러내린 속옷을 추스르고 치마를 내렸다.

벗겨진 스타킹을 민망해하며 다시 신었다. 음음 호흡을 가다듬고 그를 다시 마주했다.

"내가 그동안 지원이한테도 좀 미안한 게 많아서요. 집에 늦게 들어가고 그랬어요. 전화도 안 되는데 많이 걱정해요."

더 이상 붙잡아 봐야 안 될 걸 알았는지 그도 옷을 갖춰 입고 일어섰다. 그런 그에게 나는 됐노라는 손짓을 했다.

"여기 앞에 택시 많은데 그냥 갈게요. 민석 씨도 내일 출근해야 하는데 피곤하잖아요."

"훈아, 이 시간에 너를 택시 태워 보내면 내 마음은 편할까? 정말 그럴 거라 생각해?"

무슨 말인지 이해는 간다. 이러지도 저러지도 못하는 나는 가방을 들고 현관 앞에 서서 망설였다. 그런 나를 그가 손을 잡고 이끌었다.

"가자."

차는 막힘없이 쌩하니 우리 동네로 왔다. 나는 편하게 왔지만 그는 늦은 시간 혼자 쓸쓸히 불 꺼진 집으로 가겠지. 나올 때 불이라도 켜 놓으라 할걸. 별 걱정이 다 든다.

"어서 들어가. 피곤하겠어."

깊은 입맞춤을 뒤로하고 뒤에 놓인 내 가방을 챙기며 그가 말했다. 다시 운전해서 집까지 가야 할 그가 걱정된다. 회사 일도 많거니와 그 와중에 나까지 보태 힘들게 했으니 그런 그가 얼마나 피곤할지. 걱정이 먼저 앞선다. 차라리 내가 못 이기는 척하고 그의 집에서 잔다고 할 것을. 이제 와서 후회와 걱정이 밀려왔다.

이 순간 나는 깨달았다. 이게 사랑이구나. 사랑이란 것이 이렇게 구체적인 실체가 되어 내게 왔다.

"자고 갈래요?"

"어디서?"

"우리 집, 내 방에서."

"지금 나 유혹하는 거야?"

"지원이도 있는데 무슨 그런 말을. 민석 씨 지금 운전해서 가는 거 피곤하잖아요. 내가 미안해서. 아니 아니, 미안보다 걱정이 돼서요. 이게 맞는 말 같아요."

내 눈을 들여다보던 그가 내 진심을 읽는 게 느껴졌다. 내 사랑의 실체가 그에게도 내보인다.

"아, 내가 생각이 짧았어요. 아침에 다시 집까지 가서 옷 갈아입고 그런 게 더 번거로울 텐데."

"아니야. 나 회사에 갈아입을 옷 있어. 출장도 있고 그래서 늘 준비해 두거든."

냉큼 대답이 빠르다. 피곤해 보이던 얼굴이 활짝 피었다. 따뜻해진다. 사랑은 이런 거구나.

"근데 지원이랑 인사는 하지 말고 조용히 몰래 들어와야 해요. 시간도 늦었고, 잠만 자는 거예요."

그렇게 우리는 도둑고양이처럼 숨어들었다. 지원이가 제 방에서 나오지 못하게 내가 먼저 설레발 쳐서 큰 소리로 들어왔노라 소리쳤다. 그는 조심해서 씻고 나는 베란다 빨래 건조대에 널린 지원의 옷을 가져와 그에게 건넸다.

살금살금 좁은 내 침대에서 서로의 몸을 겹쳤다. 뜨거운 몸은 어쩔 수 없지만 최소한의 양심은 있어서 우린 그저 몸을 맞대고 숨만 골랐다.

"있잖아요, 그때 민석 씨 집에서 빈 베개 두면 귀신이 베고 잔다고 해서 나 그 뒤로 베개 한 개만 둬요. 생각할수록 무서워서."

하나의 베개로 같이 누워 이유를 설명했다. 나를 끌어안은 그가 옷

281

었다. 그 웃음이 내 몸을 흔들었다. 그의 손길이 머리를 만지고 어깨를 더듬고 목덜미에 키스를 하며 눈을 마주했다. 어둠 속인데도 반짝이는 눈빛이 선명했다.

"훈아, 침대에 귀신이 있는 게 무서울까 아니면 사람 있는 게 더 무서울까?"

이게 뭐야? 상상만으로도 소름이 돋았다.

"이제 귀신 따위는 안 무섭지?"

"아, 뭐예요? 더 무섭잖아요. 나 이제 침대 밑에 누가 있을까 걱정돼서 잠도 못 자. 책임져요."

조용히 나지막이 웃는 그는 재밌어 죽겠다는 표정으로 나를 놀려댔다.

"이제 네 침대에서 이걸 기억해."

그러더니 보드랍게 다가와 간지럽힌다. 깨물고 핥고 호흡이 섞이고 이제 다른 의미로 내 침대는 기억될 듯했다. 그렇게 깊은 밤은 저물었다.

아직 어둠이 깔려 있는 시간. 웅크린 채 좁은 침대에서 잠을 자던 나는 부스럭 소리에 눈을 떴다. 멍하니 시선을 두는 끝에 검은 물체가 등을 돌리고 있다.

지원이가 이 시간에 왜 내 방에 있나 했다가 돌아서는 모습에 정신이 들었다. 옷을 갈아입고 있던 중이었는지 버둥거리던 니트에서 얼굴이 쑥 나왔다.

"언제 일어났어요?"

목소리를 낮춰 물으며 나도 일어나 머리를 쓸었다. 시간을 보니 아직 이른 새벽이다.

"더 자. 나는 지원이 깨기 전에 가야지."

"잠깐 기다려요. 아침 먹고 가요."

카디건에 팔을 꿰며 나가려는 나를 그가 잡았다.

"이 시간에 너는 아침 준비하고 나는 식탁에 앉아서 먹을까? 그럼 우리 어제 숨어서 여기서 같이 잔 거 대놓고 광고하는 거야. 나는 상관없는데 넌 괜찮아?"

진지하게 지적하는 말에 나는 한 박자 늦게 아, 했다. 그건 좀 부끄럽다. 조심해서 방문을 열고 현관으로 나갔다. 신발을 신고 돌아서는 그를 잡았다.

"저기요, 전에 이름 가르쳐 주면서 왜 '석' 자 한자는 안 가르쳐 줬어요? 생각해 보니깐 반쪽만 알고 있는 거 싫어서."

"손 내밀어 봐."

내가 멀뚱하게 쳐다보기만 하자 직접 손을 끌어다 손바닥을 펴게 했다. 뭔가를 그려 준다. 그가 가르쳐 준 온화할 민旼을 써 준다.

이번에는 다른 쪽 손을 펴게 하고 한자를 그려 넣었다. 그의 손가락이 내 손바닥을 간지럽게 한다. 간질간질 머리부터 발끝까지 흔들었다. 다음에 내 이름도 꼭 이렇게 가르쳐 줘야지.

"클 석奭. 잊지 마."

어젯밤 들어왔던 도둑고양이가 다시 나간다. 나가는 고양이를 보며 주먹을 꽉 쥐었다. 현관문이 닫히고 내 손에는 온기가 아직 그대로다. 손바닥에 그가 있는 것만 같다. 마음이 꽉 찬 기분이 들었다. 벅차오르는 감정을 주체를 못 하겠다.

그 순간을 깨 버린 건 지원의 방문이 급하게 열리는 소리였다.

"나가려면 좀 빨리 나가지. 현관 앞에서 뭔 말들이 그리 많은 거야. 화장실 가고 싶어 죽는 줄 알았어!"

소리를 버럭 지르며 지원이 욕실로 들어갔다. 나는 부끄러워 시뻘게진 얼굴로 허둥지둥 어쩔 줄을 몰라 했다. 곧 욕실 문이 열리고 지원이 나왔다.

"형은 왜 자꾸 내 옷을 입는 거야? 이제 자기 옷 들고 다니라 그래."

· · ✽ · ·

나는 손바닥에 그의 이름을 담고 다녔다. 일을 하다가도 손바닥을 바라보는 일이 잦았다. 그가 무의식적으로 내 손의 반지를 확인하는 이유와 같은 게 아닐까 했다. 우리는 평온한 일상을 유지했다.

서로 일로 바빠 만날 시간도 부족했다. 그럴 때면 밤늦게 우리 집 근처에서 차를 주차해 놓고 마음이 바쁘게 말을 나눴다.

나 역시 본사로 들어갈 문제로 지점과 본사 일을 병행하느라 머리가 쉴 틈이 없었다. 같이 있을 시간도 부족하고 짧게만 보고 가 버리는 그의 뒷모습을 보면서 아쉽기만 했다.

그러다 결혼을 한다면 이렇게 허전하지만을 않을 텐데 하는 생각을 하는 나를 발견했다. 사랑이 구체적으로 다가오고 결혼에 대한 열망도 같이 따라왔다.

이제는 내가 애가 탔다. 자꾸 같이 있고 싶고, 보고 싶고 그리웠다. 이런 마음을 담고 있는 내가, 나를 바라보는 그의 눈길이, 우리가 같이 있을 때의 숨결이 너무 좋아서 현실 같지 않았다.

그날은 그저 평범했다. 평소와 같이 회사 일을 하던 그런 날이었다. 그랬는데, 파일을 꺼내면서 갑자기 드는 불안한 생각이 나를 짓누르기 시작했다. 이렇게 좋아도 되는 건가 하는 나의 조바심이 신호도 없이 파고들었다.

곧이어 낯선 번호가 뜨는 전화 한 통. 그의 형이라는 밝힌 이는 내게 볼 수 있냐고 정중하게 물었다. 그는 전날 출장을 떠났다.

약속을 잡고 서로 괜찮겠냐는 질문과 답에 각자 무거운 말투로 그러자고 했다. 몇 번이나 손바닥에 배어난 땀을 치마에 닦아 보지만 낯선 긴장감은 내려가지 않았다. 그가 출장을 떠나고 없는 회사 앞 공원에 도착했다.

여름날 점심을 같이하고 커피를 마셨던 그 카페에 이번에는 그의 형을 만나러 왔다. 목소리를 몇 번 가다듬고 번호를 누르자 가까이에서 신호가 울렸다. 옆에서 마른기침 소리가 나를 찾았다.

"서지훈 씨?"

그의 가족사진 속에 있던 사람이다. 형이라는 분의 얼굴 어디에 아니면 목소리에, 그것도 아니면 다가오는 몸짓에 혹시나 그와 닮은 점이 있는지 여기서도 그를 그리워하면 찾고 있다.

"네. 안녕하세요. 제가 서지훈입니다."

"단번에 알아봤습니다. 막내 책상에 사진이 있어서."

막내. 그렇구나. 그래, 그 사람 형제 중에 막내라고 했다.

내가 알던 김민석이란 사람 말고 또 다른 세상 속에 사는 사람이라는 사실이 조금씩 다가온다. 뭐라 대꾸할 말도 못 찾고 저 건물 어디에 그가 지금도 있을 것만 같다.

"갑갑한데 우리 나갈까요?"

더운 여름날 그와 앉았던 자리에 그의 형과 함께 앉았다. 그때는 햇볕이 따가웠는데 오늘은 아직 겨울이 아님에도 손이 시렸다.

"우리 민석이 어디가 좋아요?"

그걸 말로 할 수 있을까? 그냥 그 사람이라 좋은데.

"오늘 내가 부른 거 민석이한테 말했어요?"

"아니요."

"미안합니다. 이렇게 부르는 거 실례인데 좀 상황이 곤란하게 되었습니다. 민석이가 결혼하겠다고 했어요. 근데 부모님이랑 이런저런

285

관계가 좀 우리 쪽에서……."

말하는 당사자도 듣는 나도 거북하기만 했다. 내게 머리 위의 뿔을 묻는다. 슬쩍 서늘한 바람이 손끝에 맴돌다 넘어간다.

"어디서부터 이야기해야 할지. 몇 년 전에 저희 다른 형제가 사고로 갑자기 멀리 갔습니다. 혹시 아시는지?"

대답은 하지 않았지만 내 표정을 읽은 그의 형은 다시 말을 이어 갔다.

"그 형이 사실 집안 반대를 무릅쓰고 결혼을 했어요. 자식 이기는 부모 없다고 결혼 승낙은 했지만 행복하지 못했어요. 부모님도 형네 부부도. 교통사고긴 하지만 애초에 그런 결혼을 하지 않았다면, 이런 후회를 늘 하게 되죠. 저희 부모님에게 민석이는 애틋해요. 기왕이면 형처럼 힘든 결혼 말고. 좀 편했으면 합니다."

다 알고 나온 자리구나. 점잖게 말하지만 그래도 내가 싫다는 말이다.

"저희 형 그렇게 가고 민석이가 아버지 회사로 들어오고 얼마 뒤에 사고가 있었습니다. 교통사고로 차를 폐차시킬 정도로 컸는데 하늘이 도왔는지 민석이는 멀쩡했어요. 그때 우리 부모님 놀라서 한동안 일어나시질 못했습니다. 둘째 형 그렇게 가고 혹시나 막내도 그럴까 해서 말입니다. 아버지가 이부자리 털고 일어나 제일 먼저 했던 일이 그놈 개명 신청이었습니다. 혹시나 또 그런 사고가 일어날까 해서요. 실은 민석이랑 저희 아버지 회사 문제로 좀 의견 충돌이 있기도 했습니다. 근데 둘째 형 그렇게 가면서 그 자리 대신해서 애쓰는 걸 보면서 이제 괜찮아지나 했는데 다시 이런 일이."

그 사람의 개명 신청이 이런 이유라고 한다. 또 다른 깊이로 그 사람을 만났다. 이런 사연의 깊이를 한연수는 알고 있었구나. 그래서 내게 그런 말을 했었다. 그걸 이제 알았다. 저 명치 끝에 있던 한숨이 쑥 목으로 올라온다.

"민석이 사표 냈습니다. 아세요?"

또 내가 모르는 이야기다. 나는 내 전부를 그에게 다 말했는데 그는 내게 이런 건 보여 주지 않았다.

"지훈 씨가 보기에는 우리 부모님 고지식하고 이해하기 힘들겠지만 어른들이 그래요. 기왕이면 좋은 곳에서 바르게 자란 자리에 결혼시키고 싶어 하시죠. 이해 바랍니다. 형 그렇게 가고 우리 어머니 한겨울에도 뜨거운 국 한 사발, 따뜻한 차 한 잔을 제대로 못 마십니다. 속에서 늘 화기가 넘어온다고요. 지금은 잘 지낸다고 그래도 자식을 먼저 보낸 부모 마음이 그렇습니다. 그런 분한테 민석이 결혼까지 상처 준다는 건 못 할 짓입니다."

"죄송합니다."

나 정말 바보 같다. 지금 상황에서 이런 대답이 맞는 걸까? 푹 고개를 숙이는데 그의 형이 그런 나를 한참을 보는 게 느껴졌다. 한없이 가라앉고 초라해졌다.

이런 나와 반대로 그의 형은 처음보다 한결 편안해진 것 같았다. 그의 형도 악역은 하기 싫은 보통의 사람이겠지. 정당한 이유로 집안의 입장을 합리화하고 문제를 풀어낸 가벼움이 보였다.

"지훈 씨가 죄송할 이유는 없는 거죠. 그냥 세상이 그런 거라. 아마도 제가 결혼을 안 했고 자식이 없다면 그냥 무시했겠죠. 그러니 우리 부모님 심정 이해가 갑니다. 제 자식도 그만큼 좋은 부모 아래 자란 상대와 맺어 주고 싶은 마음 과한 거 아니라고 생각합니다. 우리 민석이가 착해요. 모르겠지만 일말의 동정심도 있을 거예요. 서로 비슷한 처지의 분과 위로받고 사시는 게 지훈 씨도 편하실 겁니다. 괜히 지금처럼 낯선 사람한테 싫은 소리 듣는 거 별로란 거 저도 압니다. 제 말 이해해 주셨으면 합니다."

손등과 손바닥을 마주하고 서 있는 기분이다. 나는 손등, 저쪽은 손바닥. 죽어도 서로를 이해할 수 없고 서로 보이는 부분이 전부인 세상. 나는 그곳에 갇혔다. 넘어가지 못하게.

손에 쥔 커피를 만지작거리는데 그의 형이 조심스럽게 내 손에 놓인 커피 컵을 가져간다.

"제가 대신 버려 줄게요."

툭, 쓰레기통에 정확히 들어간다.

"전 이만 들어가 봐야 할 거 같은데."

많이 바쁜지 그의 형은 휴대전화로 시간을 확인했다. 어색한 고개를 숙이고 건물 속으로 사라졌다. 무슨 미련이라도 남은 걸까. 나는 그의 형이 사라진 건물을 한참을 바라보고 있었다. 잠시 후 그의 형이 다시 나와 그런 나를 보고 난감한 표정을 지었다.

고개를 숙였다. 뭔가 잘못한 듯한 심정이 드는 건 왜일까? 쓰레기통에 버려진 종이컵. 다시 떠올리고 싶지 않은 기억들. 밀어 두었던 어느 날이 쏟아졌다.

작년 가을이었다. 그날은 꽃집의 소국이 유난히 예쁘게 빛나던 날이었다. 나는 풍성한 소국 한 다발을 사서 현준의 집으로 갔다. 가는 내 발걸음은 꽃처럼 환하고 밝았다. 걸을 때마다 풍기던 꽃향기에 나는 어지러웠다.

늘 집 안으로 들어서면 나와서 나를 반기던 현관이 그날은 허전했다. 집에 무슨 일이 있나 싶어 급하게 들어섰다. 현준의 어머니는 안방에 누워 계신지 불편한 헛기침만 새어 나왔다.

"왔어?"

그의 누나는 내가 사 온 소국을 받아 들지도 않았다. 꽃병을 찾는다고 주방으로 들어서자 내 손에 들린 꽃다발을 거칠게 가져가 식탁에 내려놓았다. 뭔가 골치가 아프다는 표정으로 이마를 짚으며 얼굴을 찌푸렸다. 그때 안방 문이 열리고 현준의 어머니가 나오셨다.

"어디 편찮으세요?"

쌩하게 바람이 불어 대는 현준의 어머니는 나의 물음에 대꾸가 없으셨다. 어찌할 바를 모르는 그때의 나는 안절부절못했다. 현준의 어머니는 누나에게 물을 한잔 청해 마시고 나를 식탁에 앉게 했다. 귀찮다는 듯이 식탁의 소국을 저만치 밀어 버렸다.

"막돼먹은 것."

처음에는 잘못 들은 거라고 생각했다. 좀처럼 무슨 일인지 짐작하지 못해 그런 단어가 나를 지칭하는 말로 쓰일 줄은 몰랐다. 정신이 멍해졌다. 제대로 된 사고를 할 수가 없었다.

"어머니. 무슨 말씀이신지."

"네 남동생 배가 다르다면서? 네 아버지 바람난 여자 들인 거라며! 그랬으면서 멀쩡한 집안인 척해? 네 동네가 요란하게 니네 엄마 쫓아내고 지금 와이프 들였다면서. 그런 걸 비밀로 해? 어디 근본도 없는 것이. 남이 들을까 무섭다. 얼마나 요란했으면 남해에서 여기까지 이야기가 흘러 들어와? 그런 집에서 네가 뭘 배웠겠어? 너 이거 엄연하게 사기결혼인 거 알기나 해? 이 결혼 난 못 시킨다. 내 아들 장모가 두 명 있는 집 못 보내."

목소리에 칼을 실어서 현준의 어머니는 내게 그렇게 말했다. 사기결혼. 막돼먹은. 바람. 배가 다른. 어디 일일드라마에서나 나올 법한 단어가 우리 집 이야기다.

정신없이 몰아붙이는 말에 대답조차 못 하고 나는 앉아 있었다. 그런 나를 두고 현준의 어머니는 쌩하니 등을 돌려 안방으로 들어갔다.

그제야 옆에 있던 그의 누나가 말을 거들기 시작했다.

"우리는 지훈이가 이런 사람인 거 몰랐어. 우리 엄마가 세게 말했지만 입장 바꿔 생각해 봐. 현준이 녀석 혼자 길길이 뛰고 있는데 우리 아버지도 안 된다고 해. 이쯤에서 접어. 그게 서로를 위해서 좋아."

너무 놀라 눈물도 안 나왔다. 정신없이 쏟아지는 비를 맞고 있는 기분이었다. 손에 힘이 들어가지 않아 현관문을 제대로 열지 못했다. 나오는데 쓰레기통에 내가 사 온 소국이 꽃잎이 으스러진 채 버려져 있었다.

과거를 헤매다 서늘한 바람에 현실로 돌아왔다. 나는 그대로 굳어 한참을 그가 일한다는 그 어디쯤 창문에 넋을 놓았다. 오늘은 눈이 맵다.

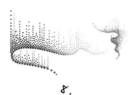

8.
네 어깨에 실린 한숨

이제 제법 가을다운 티를 내는 날씨에 내 마음은 바람결에 넋을 놓고 살고 있었다.

설거지를 하면서 창밖으로 멍하니 시선을 두다 뜨거운 느낌에 손을 멈췄다. 온수를 틀어 놓았나 했는데 개수대에는 붉은 물이 퍼져 나가고 있었다. 그제야 내가 손을 베었다는 것을 알았다. 씻던 칼이 그대로 손가락을 쓱 스쳐 지나갔다.

"훈아, 뭐야? 손 베인 거야?"

옆에서 도마질을 하던 엄마는 놀라 피가 뚝뚝 흐르는 내 손을 잡아챘다. 잽싸게 마른 행주를 가져와 감싸 준다. 흰 행주에 붉은 피가 선명하게 번져 나가기 시작했다.

"무슨 생각 하고 있었던 거야? 조심해야지."

엄마가 약품 상자를 챙겨 와 빠르게 손을 놀렸다. 피가 쉽사리 멈추지 않는다. 꾹꾹 지혈을 해 보지만 애타는 엄마의 속도를 따라오지

291

못한다.

"병원 가 봐야 되는 거 아니야? 옷 챙겨 입어. 나가자."

"괜찮아. 지혈제 뿌렸잖아."

옆에 내팽개친 행주와 손바닥은 온통 피투성이다. 엄마가 깨끗한 수건을 가져와 닦아 주고 밴드로 감아 준다.

"정말 괜찮아? 욱신거리지 않아?"

엄마, 욱신거려. 마음이 막 누가 쥐어짜는 것처럼 아려.

차마 입 밖으로 내지 못하고 나는 속으로만 대답했다. 얼굴은 정말 괜찮은 것처럼 밝게 웃었다.

엄마는 친척 결혼식이 있어서 동네 사람들과 함께 전세 버스를 타고 올라오셨다. 오신 김에 볼일도 보신다며 며칠 동안 지원이랑 나의 밥을 챙겨 주고 계신다.

"좀 누워 있어. 오늘 김 군이랑 만난다고 했지? 나가지 마. 피도 많이 흘렸는데 어지럽잖아."

"누가 들으면 전쟁에서 총알이라도 맞은 줄 알겠어. 이게 뭐라고."

"그럼 한숨 자고 가. 아직 시간 있지?"

"약속 시간 다 됐어. 그 사람도 벌써 나왔을 텐데 지금 와서 취소하면 미안하잖아."

"그래? 그럼 김 군이랑 맛있는 거 먹고 잘 놀고 와. 우리 딸 한창 좋을 때인데. 엄마도 예전에 네 아빠가 며칠 동안 안 들렀다 오면 저 멀리서만 봐도 심장이 두근거렸어."

엄마는 꿈을 꾸듯 내 얼굴을 보며 과거의 기억을 더듬는 듯했다.

엄마, 지금 내게 이런 말 하지 말아야 하는 거 아닐까? 내가 넋을 놓다 손을 베인 이유가 그건데. 엄마랑 아빠의 두근거림에 내가 엄마가 둘이나 생기고 지원이가 생겼는데. 그 때문에 나는 지금 마음이 복잡한데. 엄마는 지금 내 앞에서 그런 이야기를 하고 싶어?

나도 모르게 한숨이 터져 나왔다. 내가 이러면 안 되잖아. 이러면 내가 가져간 소국을 내팽개치던 현준의 어머니와 동정하듯 바라보던 그의 형과 뭐가 다르겠는가? 나의 이중적인 면이 여기서도 나온다.

복잡해진 마음으로 엄마의 손을 잡았다. 거칠다. 찬찬히 살펴보면 그다지 곱지도 않다. 시골 아낙인 엄마는 처음부터 그랬다. 손에는 로션 냄새보다 비린내가 더 어울렸다. 나의 졸업식에 입고 왔던 어색한 정장 속의 엄마의 어깨는 굽어 있었다.

바닷가 횟집으로 내려가기 전에는 아빠가 운영했던 인쇄 공장 특유의 냄새가 늘 엄마 몸에 배어 있었다. 사랑이란 것이 멋진 왕자와 공주만 하는 것은 아니지만 아빠가 이혼까지 하면서 엄마에게 품었던 감정은 도대체 무엇이었을까?

"엄마는 아빠랑 어떻게 만났어? 아빠 어디가 그렇게 좋았어?"

내가 하던 설거지를 마무리하러 일어서는 엄마를 나는 그렇게 붙잡았다. 잠깐 그대로 돌이 된 듯 굳어 버린 엄마의 한숨이 내 곁에 같이 앉았다.

"……네 아빠 배꼽이 마음에 들었다."

배꼽? 무슨 우스갯소리도 아니고 엄마는 저 멀리 아빠가 서 있기라도 하는 듯 멍해졌다.

"그때가 내가 처음 결혼하고 얼마 못 살고 나왔을 때였다. 네 아버지 다니시던 면사무소 앞에서 나는 밥집을 했지. 다른 직원들은 다들 도시락을 싸 갖고 다니더만, 네 아버지는 매일 우리 식당에서 밥을 먹었어. 가끔씩 고장 난 수도도 고쳐 주고, 부서진 식탁 다리도 만져 주고, 어떤 날은 술 먹고 행패 부리는 사람들 말려 주기도 하고 그랬어."

내가 모르던 그 시절의 엄마와 아빠가 이렇게 내 앞에 섰다.

"어느 날 형광등이 고장 난 거야. 아무리 해도 나는 안 되는데 네 아버지가 고쳐 줬어. 그때가 여름 끝이었나? 얇은 홑겹 셔츠를 입은 양반이 두 팔을 쭉 뻗어 등을 가는데 네 아버지 배꼽이 참 불쌍하게 보이더라. 멀쩡하게 생긴 양반이 도시락 대신 우리 집 밥을 먹고, 면사무소 직원들은 전부 하얀 셔츠를 칼같이 다려서 입고 다니는데 혼자만 아니었거든. 그 전등을 갈면서 셔츠 아래 보이던 네 아버지 배꼽이 안쓰럽더라."

혼자 상상해서 포장하기로는 대충 아빠 엄마가 예전부터 사랑했었지만 어쩔 수 없는 상황에 각자 결혼했다 서로를 못 잊은 그런 흔한 스토리라고 짐작했다. 어느 정도 눈물과 신파가 섞인, 피할 수 없는, 그래도 이해가 되는 스토리인 줄 알았다.

그러나 이건 정말 바람나서 깨어진 사랑이다. 전혀 낭만적일 것도 없고, 동정도 가지 않는다. 그런데도 우리 부모님의 사랑은 그들에게만 눈이 부시게 빛나서 내 생모를 밀어내고 지금껏 유지하고 있다.

"나도 이렇게 내가 네 아버지랑 지원이까지 낳고 살지는 몰랐다. 어떻게 하다 보니 지원이가 생기고, 네 아버지가 나를 버리지도 못하고, 나는 어디 숨지도 못하고. 그냥 살게 되었다. 그래도 지원이 호적에는 올려야지 어쩌나 속만 타는데 한동네에 네 아빠랑 내 소문이 그리 파다해도 아무 소리도 없던 네 엄마가 찾아왔더라. 와서 아무 말도 안 하고 지원이 얼굴만 보더니 이름만 묻고 그냥 가더라. 그리고 얼마 뒤 네 아버지랑 헤어지셨다. 그때 무슨 일이 있었는지는 나는 몰라. 그냥 일이 그렇게 되었어. 그냥 그렇게 세월이 살아지더라."

이런 말을 엄마는 차분히 내게 하셨다. 남 일처럼, 아니 너무 오래되어 감정이 무뎌진 걸까? 허망한 기분이 든다.

그들만의 세상. 그의 부모님은 그분들이 세상에서 편안하게 살아가고 계시기에 나를 받아들일 수 없다 하고. 엄마와 아빠는 또 그 안의 세상에서 그냥 그렇게 세월 따라 사신다고 한다. 누굴 원망할 수도 없는 그들만의 세상에서.

지금 나는, 당신은 어디쯤의 누구로 살고 있나요?

"내 죄는 내가 다 받고 가련다. 무슨 일이 있어도 다시 훈이 네게 해 가는 일은 없게 할 거야. 하늘도 있으면 도와주겠지. 죽어 지옥이라도 가서 갚을 수 있으면 그걸로 나는 족하다. 훈이, 너는 걱정할 거 없어. 네가 무슨 잘못이 있다고. 아무 걱정 마."

내가 현준과 파혼을 하고 나서 엄마는 다니시는 절에 백일기도를 다녔다. 절에 무슨 법회가 있을 때마다 가서 일을 도왔다. 이번에 추수하는 쌀도 한 가마니 뚝 떼어 공양미로 올린다고 했다.

가게에 내 또래의 여자가 오면 하나라도 더 챙겨 주는 것을 나는 봤다. 엄마는 내가 어디 밥 먹으러 가면 그 사람도 그렇게 너에게 좋은 밥을 줬으면 좋겠다고 그랬다. 나는 모든 종교에 ARS 성금 전화를 누르는데 엄마는 또 다른 방식으로 나를 지키고 계셨다.

나는 그의 형과 만났던 이야기를 하지 않았다. 그도 집안일을 말 안 하고 나도 입을 다물고 있다. 서로 모른 척하면서 우리는 몸을 나누고 사랑을 속삭인다. 술래 없는 숨바꼭질을 시작했다. 서로 숨기만 바쁘다.

꼭꼭 숨어라 마음이 보일라.

"훈아, 무슨 일 있는 거 아니지?"

애써 담담하게 묻지만 엄마가 가진 육감으로 얼마 전부터 내 눈치를 살피신다. 그때마다 아니라고 했지만 엄마는 마음을 놓지 못한다.

"무슨 일 생길 게 뭐 있어?"

별거 아닌 것처럼 헤헤거렸다. 엄마가 나를 바라보는 눈빛은 아련하다. 다친 내 손을 엄마는 차분히 살폈다.

"그 처녀보살이 가짜인가 보다. 시집도 안 간 딸 손을 왜 이리 엉망으로 만들게 하는고."

"엄마, 내가 다친 거야. 처녀보살이 그런 거 아니잖아. 다음에는 비싼 부적으로 써. 싼 거라 그런가 봐."

실없는 소리를 하며 손을 거뒀다. 시계를 보며 호들갑을 떨었다. 다른 날보다 더 예쁘게 차려입었다. 아리던 손은 내 안의 근심 걱정이 너무 커서 느낄 겨를이 없었다.

외출하는 내게 엄마는 베란다까지 나와 "아프면 병원 가." 하며 소리를 질렀다. 엄마가 와 있는 줄도 몰랐던 그는 놀라 집으로 들어와 인사를 하고 나왔다.

"어머니 오셨으면 말하지. 그럼 뭐라도 사 들고 왔을 텐데. 손은 괜찮아?"

"괜찮아요. 별로 심각한 것도 아닌데."

"아프면 말해."

"민석 씨, 우리 엄마 같아요."

웃으며 나는 다정하게 대꾸했다. 내 대답에 덩달아 뜨는 그의 미소가 마냥 고왔다.

차는 한가한 교외를 달리고 있었다. 고요한 차 안에 음악이 흐른다. 평온했다. 아무것도 말하지 않고 있는 그와 알고 있지만 아는 척하지 않는 나의 불안한 행복은 언제까지 갈까?

– 바흐의 무반주 첼로 곡은 대단히 유명하죠? 클래식을 모르는 사람도 한 번쯤은 들어 봤을 만한 곡입니다. 첼로라는 악기가 인간의 목소리를 가장 닮았다고 하죠. 이번에 내한하는…….

라디오 클래식 채널에서 바흐의 무반주 첼로 곡에 대한 긴 설명과 유명한 연주가의 내한 소식이 흘러나왔다. 볼륨을 높이는 나를 보고 그도 느긋하게 첼로 소리에 귀를 기울였다.

"클래식 좋아해?"

"그냥 이 곡만 좋아요. 고등학교 때 학원에서 시험을 엉망으로 보고 나왔어요. 그때 어디선가 이 곡이 나왔거든요. 모르는 곡인데도 마음이 우울해서 그런지 한참을 서서 들었어요. 이거 참 긴 곡인데 말이죠. 그렇게 한참을 듣고 있으니 현준이가 알려 주더라구요. 바흐의 무반주 첼로곡이라고. 그 뒤로 자주 들었어요. 클래식은 이거랑 몇 개 말고는 몰라요."

생각해 보니 우리가 홋카이도에서 만났을 때 기차 안에서 그가 이 곡을 입술에 물고 나타났었다. 내가 듣고 있는 이어폰 속의 첼로와 그의 입 모양이 겹쳐졌다.

그때 내가 쓸데없는 감상에 빠져 기차를 놓치지 않았다면.

내가 이 사람의 부름에 대답하지 않았다면.

내가 밥을 먹자고 먼저 청하지 않았다면.

우리는 어떻게 되었을까요?

조금 잠잠해졌던 두통이 또 움직인다. 우리가 숨바꼭질을 시작한 뒤로 집요하게 따라오는 자잘한 두통은 이렇게 내게 얹혀 있다.

"무슨 일 있어?"

능력 없는 숨바꼭질 놀이는 머리카락이 보이려고 한다. 아직은 아닌데. 좀 더 즐겁고 싶은데. 이 사람을 더 사랑하고 싶고, 아름다운 하늘도 그저 아름답게만 보고 싶다. 고민은 아직 꺼내고 싶지 않은데 그래도 될까?

"……본사 들어가는 일이랑 지금일 골치가 아프고 좀 피곤해서요."

그는 더 뭔가 말을 하려다 입을 다물었다. 저 사람도 힘들겠지. 도저히 선택할 수 없는 문제 앞에서 많이 힘들겠다. 나는 내가 가진 뿔이라 이렇게 아픈 게 당연하지만 저 사람은 그런 나 때문에 힘들다. 한없이 미안해진다.

"무슨 영화 볼까?"

"우리 영화 보기로 했어요?"

"왜 그래? 정말 무슨 일 있어? 아까부터 훈이 너 혼자 딴생각하고 있어."

다분히 짜증이 섞인 그이 목소리다. 내가 먼저 들키는 걸까? 이렇게 우리는 지쳐 가는 걸까? 변명할 말도 없다. 억지웃음도 안 나온다. 또 두통이 몰려온다.

지끈거리는 관자놀이를 꾹 누르고 있는 사이 차는 낯선 어디를 달리고 있었다. 나무가 보이고, 밭도 보이는 곳으로 접어들었다. 갑갑한지 그가 창문을 열고 조금 차갑게 들어오는 바람을 다 맞고 있다.

쭉 이어 오던 침묵이 이제 더 무겁게 자리 잡았다. 차가 멈추었는데 그는 미동도 안 하고 앉아 있다. 인상을 찌푸린 채 앞만 본다. 그런 모습이 미워 그의 뺨을 쓰다듬었다. 그제야 그가 나를 돌아봤다.

"화났어요?"

"지훈아."

맨날 훈아, 하고 부르는데 그가 지훈아 하고 부르는 것이 어색하다. 거리감이 느껴진다. 쉽게 대답이 안 나온다.

"저기, 음…… 낳아 준 엄마 계속 만나는 거야? 그 때문에 좀 힘든 거야?"

내 얼굴이 하얗게 질려 간다. 이제 숨바꼭질은 끝나는 것인가?

"우리 결혼할 사이인데 모르고 살았다면 모를까. 인사라도 가야 하는 거 아닌가 생각했어. 그 뒤로 네가 다른 이야기가 없어서 기다리고 있었거든."

한쪽으로 몰려 있던 두통에 눈을 감았다. 대답을 해야 하기에 눈을 떴더니 두 눈으로 두통이 몰려왔다. 한숨이 소리도 없이 슬며시 나와 버린다.

"그 뒤로 다시 갔어요. 이제 내가 누군지 알아요."

다시 한 번 숨을 몰아쉬고 두통이 잠잠해지길 기다렸다. 생각을 정리했다. 아직 이대로 쏟아지지 말기를. 조금 더 버텨 보기를. 더 숨어 있기를.

"이 문제는 내 문제예요. 선배 좋은 사람이라 이런 부분까지 신경 써 주는 거 미안하고 그래요. 내게 엄마는 지금 엄마예요. 쓸데없는 자존심일 수도 있지만 내가 사랑하는 사람에게 이렇게 복잡한 사정을 만들어 주기는 싫어요. 이해, 해 줄 수 있죠?"

움찔 그의 어깨가 움직였다 어색하게 내려앉았다.

"……그래, 네 말 이해해. 내가 성급했어. 머리 많이 아파?"

아프다고 말하지 않았는데 그가 먼저 알아챘다. 아니라고 흔드는 고갯짓을 따라 둥둥 두통이 따라왔다. 그런 나를 알아챈 그가 살짝 나를 옆으로 앉게 몸을 돌려 준다. 시원한 손이 이마를 짚고 머리를 빗어 내듯 머리카락을 쓸어 준다. 스르르 눈이 감긴다.

나무 냄새, 풀 냄새, 그의 향기, 우리의 애절함.

머리를 빗겨 주는 것처럼 쓰다듬는다. 더 매달리고 싶어 몸을 자꾸만 그에게 기댄다. 나는 그에게 이렇게 마음을 내 맡긴다. 언제부턴가 그의 빗질에 왈칵 눈물이 쏟아지려 했다. 거둬들이는 손길이 아쉽다.

"저기 찻집 보이는데 따뜻한 거 마시자."

차에서 내려 그가 가리킨 찻집으로 향했다. 나무 문을 살며시 밀고 들어서니 문에 달린 종소리가 넓게 퍼졌다. 그리고 같이 실려 오는 첼로 소리. 아까 라디오에서 듣던 바흐가 여기까지 따라왔다.

우리는 창가 자리에 앉아 밖을 물끄러미 바라봤다. 비가 한두 방울 창문을 적시고 있다. 주르르 빗방울이 아래로 맺히다 떨어졌다.

툭툭 털자. 잊어버리자. 쭉 마음속의 지퍼를 올린다. 내 마음이 쏟아져 내리지 말기를.

"뭐 마실래?"

"레모네이드."

바흐가 레모네이드를 부른다. 내가 레모네이드를 좋아한다고 알고 있는 친구. 잘 지냈으면 좋겠다. 이제는 아주 편해진 현준과 나.

현준아, 그런데 나는 이제 그런 편한 사이를 이 사람이랑은 못 할 거 같아. 이 사람이라서.

그와 만나면 내 몸은 언제나 그에게 기울어 있었다. 중심축이 어긋 난 듯 마냥 그에게 끌어당겨져 있었다. 그의 마음에 기울어져 반쯤은 먼저 나가 기대고 귀가 그에게 열렸다. 내 중심은 그였다.

"날씨가 추워. 따뜻한 거 마셔."

불현듯 밀고 들어오는 그의 형의 이야기. 추운 날에도 속에 담긴 먼저 간 아들 탓에 뜨거운 걸 못 먹는다는 그의 어머니. 그 말이 이 순간 머리를 스친다. 가슴을 스친다.

아, 나는 왜 그의 부모님 마음이 이해가 되는 걸까?

뜨거운 차가 부담스러워진다. 내 안에 뜨거운 불기둥이 치솟는다. 목이 확 잠긴다.

"현준아, 나 그냥 레모네이드 마실래."

얼굴이 확 굳어 버리는 그의 얼굴을 멍하니 바라보았다. 내 대답이 짝을 잘못 찾았다고 한 박자 늦게 내 머리를 두들겼다. 고여 있던 두통이 툭 한숨과 같이 흘러내렸다.

그는 연락이 없다. 내가 그에게 다른 이름을 말하고 그는 굳은 얼굴을 풀지 않았다. 돌아오는 차 속에서 변명이라도 할까 했지만 내게는 그만큼의 기운이 남아 있지 않았다. 그렇게 나는 길 한가운데 내팽개쳐 있었다.

가을이 깊게 저물고 있을 무렵 나의 생모의 가게를 찾았다. 오늘은 장사를 안 하는지 한쪽만 셔터가 내려져 있었다. 멍하게 바라보니 '점포 세'라고 적힌 종이 한 장이 나풀거렸다.

한 귀퉁이에 붙여진 테이프가 제 기능을 못해 불어오는 바람이 종이를 흔들었다. 접혀진 테이프 끝을 손톱으로 펴서 다시 붙여 보지만 이미 접착력이 떨어진 테이프는 기능을 상실했다. 손 글씨는 빈말이라도 잘 쓴 글씨라 할 수가 없었다.

한참을 그렇게 글자를 보고 있는데 불쑥 셔터가 올라갔다. 놀라서 한 걸음 뒤로 물러섰다. 안에서 엄마가 나왔다. 서 있는 나를 보고도 놀라는 기색이 없이 빤히 바라봤다. 그러다 안에서 울리는 전화에 내가 뒷걸음질 치자 그제야 엄마는 그런 나의 팔을 잡았다.

"왔어?"

전화벨은 계속 울렸다. 엄마는 내 팔만 잡고 있을 뿐 안의 전화벨 따위는 들리지 않는 듯 신경을 안 쓴다.

"왔으면 들어와."

조금 힘을 주어 나를 안쪽으로 당겨 놓고 엄마는 밖에 점포 세 가 적힌 종이를 떼어 들고 들어왔다.

"가게 세 놓으셨어요?"

"응. 원래 은주 고모가 하던 가겐데 좋은 자리라 남 주기 아깝다고 해서 내가 했거든. 근데 여기 학교도 이사 간다 그러고, 요즘은 다들 편의점 가지 애들이 분식집 별로거든. 은주 아빠도 집에 그냥 있으라고 하기도 하고. 가게가 쉽게 나갈지 모르겠다."

그날 빗질해 주던 엄마의 또 다른 딸의 이름이 은주구나. 그때는 다시는 오지 말라고 하고는 지금은 또 아무렇지 않게 나를 앞에 두고 다른 딸의 이름을 올린다. 여기만 오면 마음이 복잡하다. 그걸 알면서 나는 왜 또 여길 왔을까?

엄마는 나의 이런 감정 상태와 상관없이 종이를 가져와 '점포 세'라는 글씨를 다시 쓰신다. 자꾸만 글씨는 제각각이다. 글자가 일정하지

301

않고 어느 글씨는 작기도 하고 크기도 하고 제멋대로다. 세 장까지 종이를 구기는 걸 보고 내가 나섰다.

"……내가 너에게 한글을 가르쳐 주지도 못했는데. 이렇게 네 글씨를 보게 되는구나."

점포 세란 글씨가 뭐라고 엄마는 한참을 고개 숙여 바라보다 종이를 들고 나가셨다 다시 들어오셨다. 슬그머니 그 종이를 가게 카운트 안쪽에 두는 것을 나는 봤다.

나는 그 모습에 괜스레 목이 메여 일부러 잔기침을 했다. 엄마가 겉옷을 하나 가져와 어깨에 걸쳐 주었다.

"감기 걸렸어? 환절기라 추운데 잘 입고 다니지."

무엇 때문에 왔는지도 모르고, 할 말도 없는 나와는 반대로 엄마는 주방으로 가서 소리가 요란했다. 괜히 바쁜데 온 거 아닌가 싶어 일어설까 망설일 때쯤 불쑥 김밥 두 줄이 내 앞에 놓였다.

"올해가 스물여덟이라고 했지? 그때 너를 두고 나오던 내 나이가 딱 지금의 너였어."

오늘 처음으로 내가 엄마의 나이를 알았다. 이제는 마흔여덟의 엄마가 내 앞에 있다.

"스무 살 때 네 외할머니가 시집을 보냈어. 그때는 내가 뭘 아는 것도 없고 나이도 어렸지. 네 외할아버지가 아프셔서 나보고 일찍 시집가라고. 돌아가시기 전에 나라도 짝을 맺어 주고 싶어 했거든. 그래서 결혼을 해 보니 네 아버지가 참 무심하셨다. 정도 없고 거기다 시어머니는 엄하고, 어디 한 자리 정 붙이고 있을 곳이 없더라. 얼음 같은 네 아버지는 쳐다만 봐도 무섭고. 뭐라고 하는 양반도 아닌데 지금 생각해 보면 내가 지레 겁을 먹고 다가가는 게 어려웠어. 세월 흘러 나이를 먹고 보니 네 아버지와 난 연분이 아니라서 그랬던 게 아닌가 싶다."

나를 두고 나오던 스물여덟의 엄마. 내 나이에 엄마는 어떠했을까? 엄마에 대한 애잔함이 스며들었다.

"네 이름 내가 지었어. 몰랐지? 우리 친정 동네에 지훈이라는 남자애가 있었는데 걔가 어찌나 그 아비를 닮았는지. 밥 먹는 모습, 걸어 다니는 뒷모습까지 그게 참 부럽더라. 그 아들이랑 가족들이 너무 단란해서 부러웠어. 그걸 보면서 네 아버지를 닮은 아들을 낳으면 정이 생기겠지 그랬다. 지금 생각하면 말도 안 되는 거 같지만 그때 내 마음은 절박했어. 내가 아들을 낳으면, 네 아버지를 닮은 아들을 낳으면 그 지훈이라는 아이의 엄마처럼 행복하게 될 거라 생각했어."

엄마는 한숨을 길게 내뱉었다. 그 한숨의 끝에 엄마의 눈에 어린 눈물을 나는 보았다. 그때의 엄마가 지금 내 앞에 있다. 어렸던 엄마, 외로웠던 엄마. 손을 들어 눈물을 훔쳐 주려다 손은 허공에서 멈춰 다시 내 무릎에 내려왔다.

지훈이라는 이름을 지어 준 딸. 그리고 지원이라는 이름을 달고 있는 남편의 아들. 견디기 힘드셨겠지. 지원이의 이름을 묻고 돌아섰던 엄마가 이제 20년이 지나서 다른 이의 엄마로 살아가고 있다.

나는 누구의 딸일까?

그렇게 우리는 현실을 마주하고 엄마가 아닌 엄마와 딸이 아닌 딸로 남았다.

· · ✳ · ·

발톱이 빠졌다. 가만 보고 있으면 혼자만 삐쭉 말캉한 분홍빛 살결들 드러내고 시위 중이다.

무언가 기대하게끔, 매달릴 상대가 필요했다. 마트에서 백혈병 어린이 돕기 모금함에 지폐 뭉치를 넣고 오다 어딘가 잘못 디뎌 제법 크게 다쳤다. 그때는 아픈 줄도 모르다 집에 와서 양말이 피에 의해 젖은 걸 지원이 이야기해 줘서야 알았다.

모금함에 돈을 넣으면서 기도했다. 우리가 편해지길. 내가 흔들리지 않기를. 그렇게 절절하게 마음을 쓰다듬고 돈을 넣었다. 그러다 툭 하고 빠진 발톱. 이건 무슨 뜻일까? 사심을 담아 모금을 하는 내가 잘못된 걸까? 이런 걱정을 하면서도 나는 여전히 종교방송에 ARS 모금 전화를 하고 있다.

마음을 가볍게 하고 싶어 생모를 찾아 갔지만 나는 더 무거운 이름을 달고 살아가고 있다. 어디 가서 내 이름을 밝힐 때마다 무거운 한숨이 어깨를 짓눌렀다. 내 이름이 점점 더 밉기만 했다.

크게 심호흡을 하고 통화 버튼을 눌렀지만 그는 전화를 받지 않았다. 몇 번을 연이어 해 봐도 받지 않았다. 심장이 터져 버릴 것만 같았다. 소리치고 싶을 만큼 절박했던 나는 그의 회사로 전화를 했다.

전화를 받은 이는 그가 아파서 조퇴를 했다고 했다. 이런 이야기를 내게 알려 주던 이의 목소리에는 걱정이 실려 있었다. 아프다는 것도 걱정도 다 남을 통해 듣게 되는 게 싫었다.

빠진 발톱을 하고 그의 집 앞에 섰다. 꾹꾹 비밀번호를 누르고 들어서자 현관에 아무렇게나 벗어 던진 구두가 나를 반겼다.

내심 안도했다. 혹시나 집에 없으면 어쩌나 했던 걱정이 사라졌다. 거실에 내팽개친 가방을 챙기고, 옷을 들고 방 앞에 우두커니 섰다. 문이 조금 열린 그의 방으로 망설이다 들어섰다.

날씨가 흐려 어두운 방 안에 커다란 그림자로 그가 누워 있었다. 불규칙한 숨소리. 갑갑한 듯 자꾸만 몸을 뒤척였다. 혹시나 내 움직임에 깰까 봐 까치발로 다가섰다. 무릎을 꿇고 그늘진 그의 얼굴을 급하게 담았다.

너무 보고 싶었다. 퉁퉁 부은 얼굴이 안쓰럽게 내게 새겨진다. 이런 내 마음을 모르는 그는 잠만 잔다. 괜히 심술이 난다. 한참을 그렇게 쳐다보는데 그가 눈을 떴다. 그러고 이내 그런 적 없다는 듯 다시 눈을 감고 몸을 돌렸다.

"왜 왔어?"

눈을 감고 몸을 돌리고서 그렇게 나를 외면해 놓고서는 묻는다. 내가 몸을 기울여 그의 이마를 짚는데 매정하리만큼 손을 탁 쳐 낸다.

"그 자식한테 가. 나 너 보기 싫어. 가."

이제는 이불까지 뒤집어쓰고 나를 거부한다. 그와 반대로 나는 그리움이 솟아오른다.

툭 발에 뭔가 걸렸다. 발톱이 빠진 살에 누군가 바늘을 꼭 박아 놓은 듯 고통이 스민다. 주저앉아 뭔가 살폈다.

화분이다. 흙이 조금 쏟아져 손으로 쓸어 담았다. 손에 닿는 흙이 촉촉했다. 옆에 놓인 물 잔으로 물을 준 듯했다. 잠깐 해가 보이는 그 틈에 컵을 비춰 보니 뭔가 반짝였다. 아직 녹지 않은 설탕 입자가 반짝였다. 허브 화분을 사 올 때 꽃집 주인이 가끔 설탕물을 주면 영양분으로 좋다고 했다.

내가 보기 싫다고 하면서도, 아파서 끙끙 앓고 있으면서도 화분에 설탕물을 주는 남자다. 침실에 다른 물건은 두면 거슬린다고 귀찮아하는 남자가 옆에 화분을 두고 잔다.

꽃집 주인은 우리보고 신혼부부냐고 물었다. 그는 그렇다 대답했다. 나는 그 곁에서 거짓말 때문인지 부끄러움 때문인지 얼굴을 붉혔다. 그날 화분을 들고 나올 때 귀 뒤로 넘어가던 여름의 뜨거운 공기가 생생하다.

"……나 갈게요. 혼자 있고 싶었을 텐데 미안해요."

화분을 들고 일어서는데 그가 불쑥 손을 잡는다. 손이 뜨겁다.

"가지 마."

그렇게 말해 놓고 손을 놓는다. 손이 닿은 게 꿈 같아 슬쩍 다른 손으로 더듬었다. 그가 닿은 내 손은 뜨겁다. 걱정이 밀려온다.

손을 들어 이마를 짚었다. 이마를 내려온 손이 그의 눈을 만지고 뺨을 더듬었다. 내 손길에 그에게서 기분 좋은 숨결이 묻어 나왔다.

"많이 아파요?"

자꾸만 손에 새길 듯 그를 만졌다. 내 손에 잠이 묻어 온다. 힘없이 눈을 뜨고 내 왼손을 들어 반지를 확인했다. 그는 습관처럼 내 손의 반지에 시선을 두었다. 같이 밥을 먹다가도 바라보고, 사랑을 나누다가도 손가락을 더듬었다. 길을 걷다가도 잡힌 손에서 반지를 찾았다.

"좀 자요. 그럼 괜찮을 거예요."

땀에 푹 젖어 버린 옷이 신경이 쓰였다. 보이는 것보다 더 아픈 거 같아 속이 상했다. 좀 더 일찍 올걸. 전화라도 빨리 해 볼걸. 망설인 내가 원망스럽다. 이불을 바꿔야겠다 싶어 일어서는데 그가 나를 잡는다.

"어디 가?"

같이 일어나 강한 힘으로 나를 주저앉혔다. 그러다 머리가 울리는지 손으로 감싼다. 그런 그를 다시 눕게 했지만 말 안 듣는 아이처럼 버둥거렸다. 살짝 그의 입에 입을 맞추자 그제야 움직임이 멈췄다. 바삭 마른 입술이 뜨겁다.

"누워요. 어디 안 가. 수건이라도 적셔 올게요. 온통 땀이네. 이렇게 자면 나중에 더 아파요."

그의 더운 기운이 내게 전해 온다. 체온이 꽤 높아진 게 느껴졌다. 차가운 물에 수건을 몇 장 준비해 다시 방으로 들어섰다. 들어오길 기다리고 있었는지 눈은 방을 들어서는 나를 따라왔다.

"잠깐 일어나 볼래요?"

내가 몸을 일으켜 주자 냉큼 안겨 온다. 얼굴을 내 목덜미에 두고 입술로 살며시 더듬어 내렸다. 이 사람의 입술은 강아지풀처럼 기분 좋은 따끔함을 남겼다. 그런 그를 살짝 떼어 내고 다 구겨진 셔츠를 벗기고 몸을 닦아 냈다.

아무리 아픈 사람이라고 해도 건강한 체격의 그를 내가 감당하긴 버거웠다. 그래도 아무렇지도 않은 척 바지까지 벗겨 잠옷으로 갈아 입혔다. 그가 일부러 내게 안겨 아이처럼 구는 걸 안다.

새 이불을 꺼내 덮어 주었다. 베개 커버도 바꾸고 탁탁 쳐서 고르게 만들어 머리를 뉘어 주었다. 벗겨 낸 옷이랑 수건을 들고 일어서자 그가 불안한 눈빛으로 나를 잡았다.

"갈 거야?"

"아픈 사람 두고 내가 어딜 가요."

"보고 싶었어."

그런 말을 눈도 안 마주치고 남 이야기하듯 무심히 내뱉는다.

"자장가라도 불러 줄까요?"

그의 머리를 쓸어 주었다. 나른한 숨결이 묻어 온다. 마냥 좋기만 한 이런 기분은 내 머리를 빗겨 줄 때 그도 같은 느낌일까?

"노래는 부르지 마. 너 노래 진짜 못해."

"내 노래 들어 본 적 있어요?"

"전체 부서들 회식 때. 그때 엄청 못 불렀는데 점수는 잘 나와서 돈 다 가져갔잖아. 그때 무슨 노래를 저리도 못 부르는 여자가 있나 했는데. 내가 그런 음치랑 사귈 줄은 꿈에도 몰랐어."

머리를 쓰다듬던 내 손이 뒤로 넘어가 그의 등을 아프게 때렸다. 쫙 하는 소리에 내가 더 놀라 때린 부위를 살살 매만졌다. 끙끙거리던 신음 소리가 다르게 퍼져 간다.

"나도 이렇게 엄살 많고, 잘 삐치는 남자랑 사귀게 될 줄은 몰랐어요."

필히 내 말에 투덜거릴 거라 예상하고 기다리는데 조용한 숨결이 퍼졌다. 아까보다 편해진 얼굴로 잠이 들었다. 이불을 어깨까지 올려 주고 일어섰다. 뭐라도 먹고 자는지 걱정이 되었다.

역시나 주방에는 뭔가 먹은 흔적은 없었다. 죽이라도 끓일까 하다 아플 때마다 엄마가 죽 대신 누룽지를 끓여 주신 기억이 떠올랐다. 집 안에 넣을 재료도 없고 그렇다고 멀겋게 끓인 죽보다 나을 거 같아 냄비를 꺼냈다. 쌀을 씻어 전기밥솥에 넣었다.

여덟 살 때였나? 그래 맞다. 그때 엄마가 나를 두고 떠난 해였으니. 저녁 무렵 밥을 하던 엄마가 나를 불렀다. 쌀을 씻어 밥솥에 넣고 내게 손을 넣어 보라고 하셨다. 주먹을 꽉 쥐고 밥솥에 손을 넣는데 엄마는 손을 펴라고 하고 물을 부었다.

쫙 벌린 손가락 사이로 물에 불은 생쌀이 닿는 느낌이 생소했다. 장난처럼 쌀을 만지작거리는데 "여기까지 물을 부으면 돼." 그러면서 내 손등 어느 부분까지 뭉툭한 손톱으로 문질러 주셨다.

손등을 바라보았다. 그때의 손이 오른손이었는지 왼손이었는지 기억이 없다. 두 손을 펼쳐서 번갈아 한참을 바라보다 손을 내렸다. 그날 엄마는 어떤 생각으로 어린 내게 밥을 하는 법을 알려 주었을까?

복잡해지는 상념을 일부러 접으려 텅 빈 냉장고에서 용케 된장을 찾았다. 내가 그의 집에 휴가를 보내러 왔을 때 챙겨 왔던 된장이다. 그때 얼려 두었던 육수와 야채도 그대로다. 녹아 가는 육수에 풍덩 된장을 풀었다. 두부라도 하나 있으면 더 좋았을걸.

내게 밥을 하는 법을 알려 주었던 엄마는 두부를 손바닥에 두고 칼질을 했다. 칼이 손바닥을 베지도 않고 두부만 자르는 게 어린 내 눈에는 너무나 신기했다.

하지만 지금의 엄마는 두부를 칼로 자르지 않는다. 수제비를 떼어 내듯 숟가락으로 숭덩숭덩 떠서 넣는다. 밥을 할 때도 지금의 엄마는 손등 대신 전기밥솥 옆의 눈금에 물을 붓는 법을 가르쳐 주셨다.

스물여덟이 되어 살아가는 나는 밥을 할 때는 눈금으로 물을 맞추고 된장의 두부는 손바닥에 두고 칼질을 한다. 이런 생각을 한 번도 하지 않고 살았는데 그의 집 부엌에서 어린 나와 지금의 나를 돌아본다. 복잡하고 어지럽다.

그가 즐겨 마시는 녹차를 찾아 잎을 띄웠다. 꼬물꼬물 녹차 잎이 춤을 추며 활짝 퍼진다. 흐린 날씨의 햇볕 한 조각이 아쉬워 거실 한 구석에 우두커니 섰다.

거실 장에 놓인 그의 가족사진으로 빛이 쏟아진다. 찻잔을 옆에 두고 사진을 들었다. 내 속도 모르는 사진 속의 그는 밝기만 하다.

한참을 그렇게 쳐다보다 액자를 조심스럽게 내려놓고 돌아섰다. 언제부터 거기 서 있었는지 문에 기댄 그가 나를 빤히 보고 있다.

"이제 괜찮아요?"

"응."

내가 주방으로 향하자 그가 따라온다. 그동안 떨어져 있던 시간이 이제야 어색해져 왔다. 그 역시 아까의 투정은 잠기운이었는지 어색한 눈빛을 하고 식탁에 앉았다.

냄비에 밥을 퍼서 만든 누룽지에 물을 붓고 끓였다. 식탁에 앉아서 어색하게 내 등만 보고 있는 그가 보지 않아도 느껴졌다. 누룽지를 담아 그의 앞에 놓았다.

"내가 죽은 잘 못해서요. 누룽지인데 부드럽게 끓여서 먹을 만할 거예요. 우리 집은 내가 아프면 엄마가 이렇게 해 줘요. 된장국 끓여 뒀어요. 밥도 해서 뒀으니깐 내일 아침에 이거랑 해서 밥 먹고 출근해요."

대답도 없이 그는 숟가락으로 누룽지를 휘휘 젓기만 한다. 그의 손등을 살짝 때려 주자 그제야 수저를 바로 잡는다. 한술 뜨자 그 위에 내가 오이지를 올려 주었다. 꿀꺽 한 숟가락 넘긴다. 잘 먹는다. 다행이다.

"……내가 오늘 안 왔으면 언제까지 삐쳐 있었을 거예요?"

"훈이 네가 잘못한 거잖아. 네가 먼저 연락해야지."

"그래서 내가 왔잖아요."

"일주일을 넘겨서?"

"미안해요."

"미안해요."

내가 한 말을 비꼬듯이 따라 하는 그다. 다시 숟가락에 오이지를 올려 준다. 제비 새끼처럼 잘 받아먹는다. 그렇게 그릇이 비어 간다.

"더 줄까요?"

"이제 배불러."

"약은 먹었어요?"

"응."

"정말 괜찮은 거예요?"

"응."

대답만으로는 미심쩍어 그의 이마 한 번 내 이마 한 번 짚어 가며 체온을 확인했다. 확실히 아까보다 뜨거운 기운은 가셨다. 가릉가릉거리며 버겁게 더운 숨을 내쉬던 것도 한결 편해졌다.

밥을 하다 찾은 복숭아 통조림을 그릇에 담아 왔다. 내가 처음 그의 집에 왔을 때 사 왔던 통조림이다. 수저로 동그란 복숭아를 잘라 떠서 그의 입에 넣어 주었다. 아까 누룽지처럼 착하게 받아먹는다.

"어릴 때 아프고 나서 이거 먹으면 참 맛있었어요. 먹을 만해요?"

"응. 맛있어."

달게도 먹는다. 그는 직접 숟가락을 들고 내게 먹어 보라는 말도 없이 한 그릇을 다 비웠다. 놀란 내가 그릇을 들고 그의 얼굴 한 번

빈 그릇 한 번 번갈아 보았다. 그는 부끄러운지 웃었다.

빈 그릇을 개수대에 넣고 그는 내가 챙겨 둔 자신의 가방에서 뭔가 하나 꺼내 온다. 슬그머니 아무것도 아닌 척하면서 봉투 하나를 밀어 준다. 흑백 사진을 담아 건네던 그때의 그가 겹쳐 온다.

그때 난 사진을 받지 말았어야 했을까.

다시 약속을 잡지 말았어야 했을까.

우리는 삿포로 역에서 안녕 인사를 마지막으로 인연을 짓지 말아야 했을까.

낯선 봉투를 앞에 두고 고개를 숙인 내게 만약이라는 물음이 쏟아져 내렸다. 그런 내가 답답한 듯 그가 봉투를 집어 내 앞에서 흔들며 뭔가를 꺼냈다.

"이 공연 가고 싶었지? 유명한 사람이라 예매한다고 고생 좀 했어. 우리 같이 가자."

그를 이렇게 아프게 했던 그날. 차에서 같이 들었던 첼로 소리가 그의 손가락에 묻어 왔다. 매정한 나는 그를 힘들게 했는데도 이런 내가 뭐가 좋다고.

못난 나라서 답답한 나라서. 그런 내가 답답했다. 내 한숨이 그렇게 내린다. 그가 들었다, 내 한숨을. 들켜 버렸다.

"훈아?"

숙였던 고개를 들었다. 목이 콱 막혀 침을 한 번 삼켰다. 그래도 답답한 속은 내려가지 않는다.

"언제까지 숨기려고 했어요?"

먼지 같은 어둠이 우리 발밑으로 깔려 들어온다. 툭, 그의 손가락에 담겨진 첼로 소리가 멈춘다. 식탁으로 떨어진 티켓을 내가 봉투 안으로 밀어 넣었다.

"지금…… 무슨 이야기 하는 거야?"

서늘하게 묻는 그의 목소리에 진저리 치게 아프다. 묻지 말지.

"민석 씨 형님이라는 분 만났어요. 지금 당신 집안 사정 이야기 다 들었어요. 나 때문에 당신도 당신 가족들도 다 힘들다고 하는 거."

조용하다. 내 대답에 무거운 침묵이 흘렀다. 차마 얼굴을 마주하지 못하고 나는 일어섰다. 조금 더 시간이 흐르고 돌아선 내 등 뒤로 무감각한 그의 말이 흘러 나왔다.

"그래서 넌 뭐라고 한 거야?"

"……아무 말도 못 했어요."

그가 일어섰다. 화난 그의 몸짓에 의자가 뒤로 쿵 넘어갔다. 감정 조절이 힘든지 같은 자리만 자꾸 왔다 갔다 한다. 저러면 머리 아플 텐데. 이 와중에 아직 몸이 성하지 않을 그가 걱정된다. 서성이는 그를 잡으려 했지만 매정하게 뿌리친다. 이제 내가 머리가 아프다.

"왜 아무 말도 못 해? 너 바보야? 좋아한다고 말해야지. 나랑 결혼할 거라고 해야 하잖아. 그런 거 문제 안 된다고 해야지. 내가 그런 일로 널 보낼 거라 생각했어?"

머리가 울리게 소리만 지른다. 차분하고 이성적인 그는 없다. 뭐라도 하나 집어 던질 기세다.

"……바보 같은 거 아는데 정말 아무 말도 못 하겠더라구요. 그때는 정말…… 무슨 말을 할 수가 없었어요. 그렇다고 당신이 회사를 그만두는 건 아닌 거 같아요. 나 때문에 일을 더 크게 만들지 말아요."

"허, 고작 이런 소리나 하려고 오늘 온 거야? 넌 도대체 우리 관계에서 더 이상 진척을 이루고 싶은 생각은 없어? 나를 받아들일 용기는 있는 거야? 지금 나 혼자 짝사랑해?"

힘들겠지. 저이도. 좀처럼 그의 목소리는 제자리를 찾을 줄을 모른다. 자꾸만 언성을 높이는 그의 불안한 모습에 내 마음은 더 흔들린다.

"······확률이란 것을 생각했어요. 내가 현준이랑 그렇게 헤어지고 다시 다른 사람을 만나게 되면. 그때는 이런 일이 또 생길까? 딱 절반 이잖아요. 50대 50의 확률. 민석 씨가 결혼하자고 하고 나서 속으로 혼자 빌었어요. 50이잖아. 괜찮을 거야. 그런데 이렇게 아닌 쪽의 50으로 넘어가 버렸어요. 웃겨요. 결국 숫자 놀음이었는데. 그게 무슨 소용이라고. 내가 가진 쪽은 기댈 수 있는 50이 아니고 돌아서 있는 100이었어요."

"그래서 넌 지금 나와 헤어지겠다는 이야기야? 고작 우리 부모님이 반대한다고 해서?"

탁, 마음이 닫힌다. 나는 그에게 헤어지자는 말을 한 적이 없다. 차마 무서워 꺼낼 수도 입 밖으로 낼 수도 없었는데 그는 저런 말을 한다.

말로도 글로도 몸짓으로도 내 감정을 설명할 수가 없다. 내딛는 걸음마다 현실의 벽이 옥죄어 온다. 식탁에서 그의 휴대전화가 울리다 멈췄다.

"나는 네가 상처받지 않았으면 했어. 그래서 말을 안 한 거지. 곧 잘될 거라 생각했어. 그래서 받아들일 네 입장은 생각 못 했어. 미안하다. 하지만 바보같이 아무 말도 못 하고 고민만 하는 널 보고 있는 내 생각은 왜 못 해? 이것도 저것도 아니면 우리끼리 결혼하면 돼. 넌 그럴 용기도 없어? 우리가 사랑하는 것보다 뭐가 더 중요해?"

"지금 뭐가 더 중요하고 그런 이야기가 아니잖아요."

"제발 우리만 생각해."

자꾸만 억지를 부리는 그가 답답하다. 또 전화가 울린다. 전화에 형이라는 단어가 뜬다. 호흡을 가다듬고 그의 전화를 바라보았다.

"전화 받아요."

끊어지지도 않는 전화의 통화 버튼을 눌러 그에게 내밀었다. 그가 마지못해 전화를 받는다.

"형 나중에 통화해."

가방을 챙기는 나의 팔을 그가 세게 붙잡았다. 그는 전화를 끊지도
못하고 내게 했던 큰소리를 전화에 대고 한다.

"더 이상 내 문제에 형도 신경 쓰지 마. 아버지 허락 같은 건 이제
필요 없어."

한숨만 푸욱 나온다. 요즘은 반복 재생하는 드라마 속에 있는 기분
이다. 버려진 종이컵과 소국 한 다발. 눈을 감으면 더 선명해져 온다.
지쳐 가던 내 모습과 도저히 나아질 거 없는 상황들이 자꾸 보인다.

다시 시작되었다.

관자놀이를 연신 눌러 보지만 그렇다고 두통이 가라앉지는 않는
다. 나는 그에게 뒷모습을 보이고 나왔지만 그는 나를 잡지 않았다.
그렇게 우리는 간신히 이어지고 있던 끈을 또 놓아 버렸다. 우리는 지
금 서로가 무얼 하고 있는지 모른다.

답이 없는 감정싸움을 하고 그의 집에서 나와 돌아가는 버스 안에
서 뜻밖에 현준의 전화를 받았다. 라디오에서 내한 공연 안내 멘트가
나올 때 다른 공간에서 현준도 그 소식을 들었다고 나를 생각했다 했
다. 꼭 나와 같이 보러 가고 싶다고. 그래야 할 거 같다고.

"너 회춘하냐?"

현준은 팸플릿을 한참을 보고 있는 나를 뚫어져라 보더니 한마디
했다. 무슨 말인지 멀뚱하게 입만 벌리는 나를 보다 손가락으로 자신
의 이마에 줄을 그리듯 끝에서 끝까지 그어 낸다. 현준의 이마에 뭐가
묻었나 살펴보지만 깨끗했다.

"앞머리."

"아, 이상해?"

"아니. 어려 보여서."

"이 나이에 어려 보이면 안 예쁘다는 소리라고 하던데. 많이 이상해?"

"아니야. 예뻐서 그래. 앞머리 내린 건 처음이지? 아직 눈에 안 익어서 그렇긴 한데 예뻐."

며칠 전 밤에 샤워를 하고 머리를 수건에 감고 거울을 보는데 내이마가 반듯했다. 엄마가 말한 대로 아빠를 닮아 반듯한 이마를 가진 나였다.

반듯한 이마를 가진 그가 아빠처럼 누군가에게 반대로 나쁜 사람일 수도 있다는 생각을 했었다. 그건 나에게도 해당되는 말이었다. 자꾸만 도망가려고 하고 용기 없는 나는 반듯한 이마를 가졌다. 다음 날 생각할 것도 없이 미용실에 가서 앞머리를 내렸다.

"티켓값 비쌀 텐데 괜찮아? 커피로 대신하려는 거 미안해지는데. 다음에 밥 살게."

"괜찮아. 나 연봉 높아. 대신 다음에 너 결혼 선물은 없어."

현준의 입에서 나온 결혼이란 단어에 손이 바르르 떨렸다. 또 발톱 빠진 발가락이 아파 온다.

도로에 수많은 차가 달려가는 것을 보면 그 속으로 몸을 던지고 싶은 충동이 일었다. 거기에 몸을 던지면 이 복잡한 생각으로부터 자유로워질 거 같았다. 그러기에 온몸의 힘을 발에 주고 있어야 했다. 아니면 내가 나를 놓아 버릴 거 같았다.

"미안했어."

갑자기 타고 올라오는 발가락의 고통에 인상을 찌푸리고 있는데 난데없는 현준의 고백이다. 무슨 말이냐는 표정으로 고통을 잠시 접고 현준을 바라봤다.

"너 떠나보낸 거."

"내가 헤어지자고 했잖아. 갑자기 왜 그래?"

오늘 만나자마자 기분이 좋은지 그동안 있었던 일을 수다스럽게 떠들었던 현준이다. 어느 때보다 밝고 건강하게 보여 잘 지내는 친구가 좋았는데 갑자기 이렇게 어색한 말을 한다.

계속 발이 아파 와 힐을 살짝 벗고 다시 현준의 눈과 마주했다. 힘든 고백이라도 하는 듯 목소리를 조금 낮췄다.

"아마도 네가 말하기 전에 내가 포기……했을 거야. 나 좀 약한 남자였나 봐."

"……네 입장 이해해."

"그래도 그 사람이랑 너 잘되는 거 보니 우리 인연은 거기까지였나 그런 생각도 했어. 이 공연 같이 보러 오자고 전화할 때도 많이 떨렸어. 혹시 안 받을까 걱정도 했거든."

"그럴 거까지는 없는데. 소개팅했다며? 잘돼 가는 거야? 우리 이렇게 만나면 안 되는 거 아닌가?"

현준은 거기에 대한 대답은 없었다. 커피만 마신다. 슬며시 피어오르는 미소가 얼굴도 모르는 그 여자의 몫이라 생각이 든다. 아마도 현준은 나와 헤어지는 그 과정이 처음으로 겪는 세상의 계단이었으리라. 창창하게 펼쳐진 세상에 내가 돌이 되어 넘게 했고, 잘 이겨 내고 살아간다.

"날은 잡았어? 언제야?"

"무슨 날?"

"올해 안에 결혼한다며?"

"누가?"

공연 시간이 다 되어 간다. 식은 커피를 한 번에 마셨다. 두통이 시작되면서 약한 미열에 풀어 놓은 스카프를 가방에 넣었다.

"김민석 씨랑 통화할 때 그렇게 말하던데. 올해 안에 결혼한다고."

316

"언제?"

"며칠 전에. 말 안 해?"

둘이 무슨 사이라고 전화를 했다는 건지 속이 답답하다. 말보다 몸이 먼저 움직여 눈짓으로 물어도 현준은 그저 느긋하다.

"티켓 예매하면서 좌석 때문에 전화했거든. 너 전화 안 받더라. 급해서 전에 명함 받은 거 있어서 그래서 김민석 씨한테 했어. 나중에 전해 달라고. 그러면 안 되는 건가? 그냥 나는 별 상관 없겠다 싶어서. 같이 공연 보러 가기로 했다고 말했어."

"그랬어?"

"몰랐구나. 나는 말한 줄 알았는데. 나중에 나 때문에 싸우는 거 아니야?"

"아니야. 그 사람 바쁜 사람이라 잊었나 봐."

과연 이런 일을 잊을까? 대충 현준에게는 둘러대었다. 이미 많은 사람들로 주변은 웅성거렸다. 유명한 이의 공연이라 티브이에서만 보이던 저명인사들의 얼굴로 더 시끄러웠다.

현준은 잠깐만 하더니 저쪽에서 팸플릿을 하나 사 오고, 또 잠깐하더니 화장실을 다녀오고 짧은 시간에 몇 번이나 사라졌다 나타났다. 여전히 변함없는 성격의 친구다.

그 사람은 어디를 갈 때 이런 상황이면 꼭 나를 데리고 다녔다. 그래야 마음이 편하다 했다. 쇼핑을 가도 나는 내가 볼 것만 본다고 어느 순간 사라져 그를 곤란하게 만들기도 했다. 지금의 현준처럼 말이다.

얼마 전에는 같이 마트를 갔다 필요한 물건을 고르고 그가 있던 곳으로 갔다. 카트를 밀고 두리번거리는 그의 뒤에 서 있는데 마침 지나가는 직원이 그에게 친절히 무얼 찾느냐고 물었다.

그때 그의 대답은 "우리 훈이 못 봤어요?" 그랬다. 그 직원은 아이를 잃은 아빠인가 싶어 미아 방송을 해 준다고 권했다.

뒤에서 내가 기가 막혀 그의 등을 툭 치자 그제야 환하게 미소 짓던 그 사람이었다. 그런 우리를 번갈아 보던 직원은 한참을 그대로 서서 웃었다. 이런 상황에서도 그를 떠올리는 나다.

"폰 꺼. 진동 소리도 공연에 방해된다고 꺼 두라고 적혀 있어."

"응."

휴대전화의 전원을 끄며 그에게 말할 기회를 놓친 나는 그렇게 사람들 틈에 묻혀 들어갔다. 현준은 나를 조심스럽게 잡고 좌석을 찾았다. 예매한다고 고생했다는 현준의 말이 이해가 되었다.

"지훈아, 네가 안으로 들어가. 저쪽이 더 좋은 자리 같아."

좌석을 확인하고 현준이 내 가방을 받아 주며 먼저 앉게 했다. 내가 앉자 그제야 현준도 곁에 앉았다. 앉자마자 잠깐 잠잠했던 두통이 툭 밀려와 고개를 숙였다. 현준은 그런 내가 신경이 쓰이는지 곁눈질을 했다.

"어? 어떻게 오셨어요?"

지끈거리는 머리에 연주가의 사진이 춤을 춘다. 옆에서 갑자기 현준이 일어서는 바람에 머리가 더 울렸다. 눈을 감고 잠깐 가라앉길 기다리다 다시 눈을 떴다.

부산스럽게 움직이는 현준을 쳐다봤다. 현준의 놀란 얼굴로 나를 보고 다시 내 옆쪽에 시선을 두었다. 아는 사람인가 싶어 고개를 돌려 시선을 따라갔다.

그다. 얼굴이 나처럼 엉망이 된 사람. 그리고 그 옆에는 환하기만 한 한연수가 있었다.

굳어 버린 나는 움직이지 못했다. 그런 나와 반대로 그녀는 아주 자연스럽게 인사를 했다. 바로 내 옆의 그는 그런 우리 네 명의 관계가 남인 듯 눈조차 마주하지 않는다. 그런 그가 못마땅한지 한연수가 뭐라고 하자 몸을 그녀에게 기울였다.

"어떻게 된 거야?"

현준은 조명이 어두워지고 사람들의 말소리가 줄어들자 귓속말로 내게 물었다. 뭐라고 내가 답을 하겠는가? 딱 굳어 버린 나는 곁눈질도 못 하고 정면만 응시했다.

내가 이 공연을 현준과 같이 온다고 알고 있는 사람.

여기에 나 보란 듯이 한연수를 데리고 온 이 사람.

나와 한연수가 만났다는 이야기를 그녀는 했겠지. 뭐라고 했을까?

둥 하고 낮은 음의 첼로 연주는 시작되었다. 도망가고 싶은 마음에 일어설까 했지만 타이밍을 놓쳤다. 첼로 소리가 머릿속을 파고들기 시작했다. 앞으로 첼로 소리를 더 이상 좋아할 수는 없겠다. 이미 공연 따위는 내 관심 밖이다.

조심해서 움직이는 한연수의 움직임과 그녀의 움직임에 맞춰 불편하지 않게 자세를 바로 잡는 그의 몸동작이 나를 흔들었다. 살짝 귓속말을 하려는 그녀에게 몸을 낮추는 그의 움직임만 크게 와서 부딪쳤다.

주먹을 꼭 쥐고, 눈을 감고 소리를 지르지 않기 위해 애를 썼다. 입술을 얼마나 깨물었는지 비릿한 피 맛이 넘어오기 시작했다. 더 이상 내 주먹은 그의 이름을 혼자 간직하고 싶어 애를 쓰던 그것이 아니었다.

"어디 안 좋아?"

살짝 귓속말로 현준이 내게 물었다. 미안해진 나는 아니라고 대답해 주고 억지로 몸을 바로 세웠다. 속으로 울컥 넘어오는 생각들에 어지러워 반쯤은 넋이 나가 버렸다. 가까스로 정신을 차리고 보니 이미 1부 공연이 끝났다.

"커피 한 잔 한다고 나갔어. 20분 쉬는데 우리도 나갈까?"

걱정 어린 목소리로 현준은 옆 자리를 눈짓으로 가리키며 말했다. 어느새 그와 한연수의 자리는 비어 있었다. 그제야 꽉 쥐었던 주먹을 풀어냈다.

"나 집에 가고 싶어."

"싸운 거야? 김민석 씨 일부러 저 여자 데리고 온 거 같은데. 저 여자 아는 사람이야? 나쁜 사람 같지는 않은데."

가방을 들고 일어서는 나를 현준이 다시 주저앉혔다. 가방에서 생수를 꺼내 마시게 했다.

"정말 갈래? 무슨 이유인지 모르겠는데 이대로 가면 더 이상하지 않을까? 지훈아, 김민석 씨한테 우리 만난다는 이야기 안 하고 왔지? 화나서 일부러 그러는 거 같기도 하고. 좀 유치하긴 하지만 남자인 내가 볼 때는 이해가 되기도 해."

불안한 표정의 나를 보고 현준은 차분하게 이야기했다. 여기서 더 고집을 부리며 나간다 할 수도 없었다. 자꾸만 속으로 잦아들려고 하는 마음을 억지로 달랬다. 그런 나를 바라보던 현준은 고개를 들게 하고 자신의 어깨에 기대게 했다.

"얼굴이 너무 안 좋아. 아픈 거야?"

이제는 친구 이상의 관계는 없는 현준의 어깨는 편했다. 살짝 기댄 쪽으로 두통이 둥실 넘어가 그대로 고였다. 조금이라도 편해 보려고 움직이면 그쪽으로 두통은 따라왔다. 포기하고 그대로 눈을 감고 있는데 옆의 그림자가 넘어온다.

공연이 시작되었음을 알리는 낮은 소리의 종이 울리고 조명은 꺼졌다. 다시 시작된 첼로 소리에 두통은 그에 맞춰 춤을 춘다.

현준에게 기댄 머릿속의 두통은 이제 고이지도 않고 전체를 다 물들였다. 나는 현준에게서 떨어져 허리를 낮춰 몸을 숙였다. 현준이 그런 나를 걱정하며 눈을 반짝이는 게 어두운 조명에서도 보였다.

"괜찮아? 힘들면 나갈까?"

아니라고 고개를 가로젓는데 저쪽에서 한연수의 목소리가 낮게 넘어왔다.

"지훈 씨, 어디 아파요?"

그녀의 말에 정신이 번쩍 들었다. 억지로 허리를 꼿꼿이 세우고 고개를 들었다. 이제는 더 이상 통제할 수 없는 상태로 두통이 번져 갔다. 신음 소리가 낮게 쏟아져 입술을 깨물었다.

아무 미동도 없이 앞만 바라보는 그가 야속하다. 내 모습에 시선을 떼지 못하는 한연수가 그를 쿡쿡 찌르면서 눈치를 준다. 그것조차 밉고 싶다. 그럼에도 나를 살펴보지도 않는다.

"지훈 씨 정말 괜찮아요?"

목소리를 한껏 낮춰 또 내게 묻는다. 나는 억지로 표정을 풀고 그녀에게 살짝 고개를 숙였다. 부스럭거리는 우리에게 뒤에서 불편한 심기를 알렸다.

돌림노래 같은 곡이 드디어 끝났다. 바흐의 무반주 첼로 곡은 더이상 내게 아름다운 추억이 아니다. 그를 홋카이도 기차 안에서 만나게 했던 곡도 아니다. 내 머릿속을 쑤셔 대는 날카로운 송곳으로 변했다. 사람들이 앙코르를 연발할 때는 찬물이라도 끼얹고 싶을 정도로 내 상태는 최악을 달렸다.

나는 빠르게 현준의 팔을 잡고 공연장을 나섰다. 어서 빨리 여기를 벗어나고 싶었다. 이 끔찍한 두통과 발가락의 고통은 나를 눈멀게 했다.

"지훈 씨, 우리 차 한잔 해요. 그날 우리 차도 다 못 마시고 헤어졌잖아요. 오늘은 내가 맛있는 차 대접할게요."

언제 따라왔는지 그와 한연수가 커플이 되어 우리 앞에 섰다.

"아니요, 저는……."

"그럴까요? 이렇게 만난 것도 인연인데."

말도 안 되는 현준의 대답에 기가 막혀 바라보다 나는 그대로 앞서 걸었다. 인연이든 악연이든 알아서 해결하길. 급하게 걷는 내게 현준이 뒤에 서 있는 그들의 눈치를 살피며 따라왔다.

"이대로 가면 너 김민석 씨하고 풀지도 못해. 무슨 사정인지 들어는 봐야지."

멍하게 현준의 손에 끌려 들어가 앉고 보니 기가 막혔다. 네모난 테이블에 그와 한연수, 나와 현준이 앉았다. 도대체 이 상황이 뭔가 싶어 말도 안 나온다.

현준은 그녀와 통성명을 하고 명함을 주고받고 있다. 그러더니 오늘 공연에 대한 이야기가 깊어졌다. 천성이 밝은 현준은 나도 알지 못하는 그녀의 신상을 빠르게 주워 담았다.

"뭐 마실래요? 민석아, 커피 마실래?"

"응."

내가 아는 그는 커피를 즐기지 않는다. 그런 그가 한연수의 말에 그냥 응이라 했다. 지갑을 챙겨 들고 일어선 그녀는 나를 바라봤다.

"지훈아, 우리는 뭐 할까?"

현준이 다정하게 내게 물었다.

"레모네이드."

다정한 현준을 이용해서 커피를 시킨 그의 눈동자에 차가운 레모네이드를 쏟아붓는다. 그의 눈동자가 멈췄다. 그것도 잠깐 그대로 고개를 돌려 한연수에게 내게 들리지 않게 무언가를 묻는다. 그녀는 살짝 웃으며 뭐라 대답한다.

"싸운 거예요? 민석아, 무슨 말이라도 해."

"아니."

그러더니 그는 잠깐만 하고 휴대전화를 들고 나갔다. 곧 진동 벨이 울리고 현준이 주문한 음료를 받아 왔다. 속이 갑갑한 나는 레모네이드를 단숨에 비웠다. 갑자기 속으로 들어온 차가운 음료가 두통을 덧칠했다.

진정하려 시선을 건너편에 두었다. 한연수가 그의 몫으로 나온 커피 잔 받침을 들어 뚜껑처럼 덮어 주었다. 뚫어져라 그 모습을 보던 내가 의식되었는지 나를 보고 활짝 웃었다.

"민석이, 미지근한 거 싫어하거든요."

몇 달 전 현준과 그와 내가 만났을 때가 겹쳐 왔다. 잠깐 내가 화장실을 다녀왔을 때 덮어 있던 잔 받침이 이런 거였다.

그 습관은 한연수라는 여자와의 추억에 겹쳐 있던 흔적이었다. 그런 것도 모르고 따뜻한 사람이구나 했는데. 이제야 마주한 현실에 덮여진 잔 받침을 던져 버리고 싶다. 그런 충동을 누르느라 손톱이 손바닥을 아프게 파고들었다.

그가 돌아와 자연스럽게 받침을 내려놓고 커피를 마셨다. 터져 버렸다. 나도 나를 주체할 수가 없다. 손을 뻗어 테이블에 놓인 그의 팔을 잡았다.

날 아프게 했던 이 모든 것을. 내가 당신을 아프게 하고 있는 이 상황을.

"그만해요."

그리 말하고 나는 고개가 통 부러진다. 모든 기운을 소진했다.

"저 먼저 일어설게요."

정신없이 카페 문을 열고 나왔다. 갑자기 불어온 바람에 마음이 에인다. 잔뜩 움츠러든 마음처럼 어깨를 옹송그린 채 거리로 나섰다. 몰려가는 사람들에 머리가 어지럽다. 눈앞에 보이는 수많은 차는 요란하다. 그대로 뛰어들고 싶은 마음이 먼저 나갔다.

내 발은 이미 도로에 내려앉았다. 털썩 나도 모르게 발걸음이 도로 속으로 다가선다. 발끝에 실린 힘이 발가락을 짓눌렀다. 모든 고통이 거기에 다 실렸다. 두통도 그와의 복잡한 마음도 발끝에 엄청난 고통으로 내려갔다. 이렇게 잊을 수 있을지도 모르겠다.

탁, 생각이 멈췄다. 안도의 한숨이 나왔다. 모든 세상의 소리가 멈췄다.

"미쳤어?"

격한 말소리에 끊어진 세상의 소음이 어지럽게 다시 섞여 들어왔다. 내 두통을 알려 주는 차 경적 소리. 창문을 열고 욕하는 소리. 낯선 내 발. 빙글빙글 돌았다. 정처 없는 내 몸이 바닥으로 가라앉으려 했다.

그때 낯익은 숨결이 나를 붙들었다. 부들부들 떠는 빠른 심장 소리에 서서히 내 의식은 거기로 기울어졌다. 부서질 듯 무너져 내리는 나를 그가 도로에서 끌어냈다.

멍하게 흔들리는 대로 끌어당기는 대로 그에게 밀려갔다. 봉제인형처럼 움직이는 방법을 잊었다.

어느 사이 나는 그의 차에 안전벨트를 매고 앉아 있었다. 차 밖으로 오토바이 하나가 제멋대로 지나가자 그가 낮게 욕설을 내뱉었다. 그제야 눈에 모든 것이 제대로 맺히기 시작했다. 누군가와 통화를 하는 그의 얼굴은 딱딱하게 굳어 있었다.

"예. 알겠습니다."

휴대전화를 신경질적으로 뒤로 던지고 내가 없는 것처럼 대했다. 얼마간 잘 달리던 차가 섰다. 차 문을 열고 무서운 얼굴을 지으며 "그대로 있어." 하며 어딘가로 뛰어갔다.

"먹어. 잘난 너의 친구분께서 너 머리 아픈 거 같다고, 약부터 먹이라고 전화까지 해서 친절히 알려 주시네."

내게 봉지를 던져 주고 이를 갈며 성질을 부린다. 그래도 분이 안

324

풀리는지 핸들을 세게 내려쳤다. 그 소리에 놀란 두통은 또 제멋대로 춤을 추기 시작했다. 생각할 것도 없이 내 손이 그의 손을 급하게 잡았다. 그러지 말라고 고개를 저었다.

무릎에 놓인 봉지를 열었다. 생수와 두통약. 이대로 있다가는 정신을 잃을 거 같아 물로 입술을 적시고 약을 넘겼다. 빈속이다시피 한 위장에 퍼지는 약 기운이 생생했다.

"지원아, 오늘 누나 못 들여보내겠다. 같이 여행 가기로 했거든. 지금 잠깐 잠들어서 내가 전화해. 그래, 미안해."

내 가방에서 멋대로 전화를 꺼내 통화를 하고 전원까지 꺼 버린다. 그러더니 아까 던진 자신의 휴대전화처럼 내 것도 뒤쪽으로 던져 버렸다. 나와 그는 전화처럼 그렇게 침묵했다.

차는 시내를 벗어나 어두운 국도변을 한참 달렸다. 갑갑해서 열어 둔 창문으로 바다 냄새가 실려 왔다.

끝없이 어둠만 지속될 거 같은 풍경 속에서 갑자기 나타난 호텔 앞에 차는 멈췄다. 순순히 그를 따라 내렸다. 그가 프런트에서 키를 받아 들었다. 깊어진 시간에 우리는 낯선 지역, 낯선 호텔 안에 들어섰다.

줄곧 말이 없는 그와 나였다. 눈도 서로 마주치지 않았다. 호텔 방으로 들어와서 그는 커튼을 걷고 속이 갑갑한 듯 크게 숨을 들이마셨다. 나는 그렇게 그의 뒤에 서서 한참을 바라봤다. 뒷모습에 어린 그의 무게감도 다 내 것이리라.

천천히 그가 돌아섰다. 피곤하고 버거운 표정의 얼굴이 안쓰럽다.

"……네 입장에서 수천 번을 생각했어. 그 친구하고 헤어질 때도 이렇게 비겁했을까, 또 그렇게 도망가는 건 아닐까. 아닐 거라고 생각했어. 이제는 상대가 나니까. 근데 넌 또 도망가 버렸어. 나와 그 자식을 같이 생각한 거야? 기분 더럽더라. 내가 그날 널 안 잡은 이유는 다시 생각해 봐도 우리라는 걸 깨닫길 바랐기 때문이었어. 내게 다시 힘차게 걸어오라고. 근데 넌 엉뚱한 자식 만나 내 속 긁어? 그래, 나도 너처럼 아프게 해 주고 싶었어. 연수랑 같이 약속 잡고 너를 그 장소에서 다시 봤을 때 화도 내지 않는 너를 보면서. 나를 떠날 생각을 하고 있구나, 그걸 느낀 내 심정을 넌 아니? 내가 너에게 그렇게 가벼운 사람이야?"

"……그런 거 아니에요. 떠나려고 했던 것도 아니고 무서웠어요."

버겁게 숨을 몰아쉬고 나는 속을 달래려고 노력했다. 서늘해진 그가 싫고 정작 나를 두고 떠날 사람은 그인 것처럼 두려웠다.

"두 번이란 거 조금 덜 아플 줄 알았어요. 한 번은 겪어 봤으니 아, 이만큼만 아프고 견디면 되겠지 했는데. 내가 민석 씨 많이 좋아하고 사랑하는데 다른 사람이 내가 아니라고 하는 소리를 듣는 게 힘들었어요. 누군가에게 절대적으로 싫은 사람이 되어 버린 기분 당신은 모르겠죠? 그런 사람한테 어떻게 설득을 하고 이해를 구해요? 나는 정말 모르겠어요."

"요즘 네 얼굴이 또 처음이랑 같아졌어. 바다로 뛰어들 거 같은 그 얼굴이야. 나와 헤어지고 그런 얼굴로 살면 마음이 편할 거 같아? 그래서 또 도망갈래?"

자기는 나보다 더한 얼굴을 하고 있으면서 이런 소리를 한다. 우리는 서로 거울을 보고 있다. 갑자기 파도처럼 밀려오는 피로에 의자에 앉았다. 나는 앉아 주먹을 꼭 쥐고 바닥만 바라봤다. 검은 그의 머리가 내게 물어 왔다.

"사랑이 왜 힘든지 알아요? 상대편 마음은 어차피 내가 볼 수 없는 거라 모르는 게 당연한데. 정작 내 마음을 내가 모른다는 게 힘든 거 같아요. 나는 당신을 사랑하는데 왜 내가 이렇게 힘드나. 왜 자기를 힘들게 하나. 문제는 우리 둘의 문제가 아닌데 왜 나는 망설이나 정말 모르겠어요."

"미안하다. 너에게 좋은 것만 보여 주고 싶은데."

바르르 떨리는 손으로 그의 머리를 매만졌다. 손가락 사이로 빠져
나가는 머리카락이 아쉬워 또 한 번. 이대로 맞대고 지내고 싶은 마음
에 다시 한 번. 내 손에 그가 물들고 내가 그에게 스며들어 간다.

두두둑 뜨거운 눈물이 그의 머리에 떨어졌다. 검은 눈물이 떨어진
다. 미처 빠져나오지 못하는 화가 속에서 넘실거렸다.

울음이 속으로 잠겨 가지 못하고 쏟아지려 했다. 넘어오지 말라고
손등을 깨물며 억지로 눕게 했다. 그런 나를 보던 그가 내 손을 가져
가자 참고 있던 불덩이가 그대로 쏟아졌다.

넘어오는 내 마음이 쏟아져 이미 선을 넘어 버렸다. 그는 내가 깨
물었던 손등의 선명한 잇자국을 따라 입술을 내리누른다. 자꾸만 볼
을 타고 내리는 눈물을 그의 입술이 따라왔다.

"지훈아, 너를 믿어. 이제 너를 믿는 거야. 나를 좋아하는 네 마음
만 믿고 그렇게 따라오면 되는 거야. 그럴 수 있지?"

목이 잠겨 고개만 끄덕이는 나에게 대답을 하라고 눈짓을 보냈다.
목소리로 확인받으려는 이 사람. 나는 잠겨 가는 내 속을 꺼냈다. 그
렇게 하겠다고. 이제 당신을 따라가겠다고 대답했다. 그러자 그는 폭
풍이 되어 다가왔다.

지금이 끝인 것처럼, 내일이 없는 것처럼 다급했다. 거칠게 입술을
묻어 오고, 나를 일으켜 옷을 벗겨 냈다. 등 뒤로 침대가 닿을 때 불
안한 그의 눈동자도 내게 와 닿았다.

"사랑한다고 말해."

먹먹해진 그의 마음이 다가왔다. 자꾸만 확인을 받으려는 그였다.
손가락을 애무하면서 반지를 만지고 눈을 들여다보며 사랑이란 단어
를 듣고 싶어 했다.

자꾸만 눈물이 나서 내 시선에 맺힌 그가 뿌옇게만 보였다. 그게 꼭 우리의 앞날 같기만 해 서러움이 밀려온다. 눈물을 훔치고 그의 얼굴을 더듬자 아프게 그가 내게 들어왔다.

"사랑해요."

더 가까이 가고 싶어 매달렸다. 더 깊이 안아 달라 보챘다. 우리의 마음이 부서지지 않기를. 그가 무너지지 않기를. 내가 주저앉지 말기를. 매달리고 또 매달렸다.

해는 뜨지 않고 날이 서서히 밝아 오기 시작했다. 잠깐의 잠에서 깨어났다. 뒤에서 나를 안고 있는 그의 팔을 머뭇거리다 쓰다듬었다. 내 손짓에 그 역시 잠이 깨고 나의 맨어깨에 입술이 다가왔다.

급하게 다가오는 그에게 나를 내어 주고, 잠깐의 여유도 없이 다시 파고드는 그에게 눈물을 보이기 싫어 몇 번이나 입술을 깨물었다. 그럴 때마다 어김없이 깨무는 내 입술을 그가 달래 주던 게 몇 번이었던가.

마지막으로 정신을 차리고 있었을 때가 욕실의 물줄기에서 숨길 것도 없이 눈물을 흘리고 있었을 때였지. 그가 내 눈물을 대신 입술로 마셨지.

자꾸 울기만 하는 나를 아이처럼 달래며 안아 주던 그의 손길이 좋았다. 잠깐이라도 떨어지게 되면 그게 마지막일까 봐 필사적으로 그에게 매달렸다. 잠결에도 서럽게 울며 그를 찾아 댔다. 손에 닿는 그를 느끼고서야 잠깐이라도 잠들 수 있었다.

"회사 그만둘 거예요?"

내 팔을 만지던 손길이 멈췄다. 목덜미에 닿던 숨결이 조금 더 뜨겁게 변했다. 그의 감정 변화가 두렵다. 무슨 생각을 하고 있을까? 물으면 대답해 줄까?

"그러지 말아요. 그런다고 해결될 문제도 아니잖아요. 나에게 좋은 것만 보여 주고 싶다고 했던 말 잊지 마요."

그의 한숨이 내 말을 짓이겨 버린다.

"서지훈아?"

"응."

"지훈아?"

"응."

"훈아?"

"응."

"대답도 참 잘해."

"응."

"앞으로 레모네이드 마시지 마."

"응."

"절대로 그 자식 만나지 마."

"응."

"첼로도 좋아하지 마."

"응."

하지 말라는 그의 요구는 끝도 없다. 어디까지 내가 대답했던가? 다른 사람한테 너무 예쁘게 웃지 말라고 했을 때였나? 아니면 넌 나야 했던 소리였나, 아니다 나는 너야 그런 이야기였나, 잘 기억이 안 난다. 그 어디쯤에서 내 대답은 잠 속으로 빠져들었다.

제법 쌀쌀해진 바닷가의 해변은 날씨에 아랑곳없이 넘쳐 나는 웃음소리에 소란스러웠다. 저 한편에는 대학생 무리가 이런 날씨에도 가위 바위 보를 하며 한 걸음씩 바다 속으로 걸어 들어가고 있었다.

보고만 있어도 한기가 서려 어깨를 잔뜩 움츠렸다. 그런 나를 보고 그는 허리에 둘렀던 팔로 어깨를 감쌌다.

새벽녘 다시 잠이 들었다 나를 깨운 건 발가락을 간질이는 그의 손길이었다. 실눈을 뜨고 보니 발톱이 빠진 내 발을 한참 들여다보고 있었다. 딱지가 지려고 하면 또 피가 맺히고 자면서도 이불이 스치면 아팠다.

호텔 프런트에서 얻어 왔다는 소독약을 발라 주었다. 따끔한 고통에 저절로 발이 움츠러들었다. 싫다고 발을 숨기려는 나를 아프게 찰싹 때리며 "가만있어." 그랬다.

시키는 대로 말 잘 듣는 아이처럼 발을 내밀고 나른하게 그의 정수리를 내려다보았다. 솜씨 좋게 밴드를 감는 그의 손길에 마냥 기댔다.

"왜 발이 이래? 손도 엉망이고. 어머니 말씀대로 그 처녀보살이 가짜인가 보다."

"착한 일 하다 그랬어요."

"거짓말은."

지금도 내 발을 감싸 주던 손길이 느껴진다. 애써 그 감각을 눌러보려고 그를 바라봤다. 바람이 불면서 그의 머리카락을 어지럽게 흩트리고 지나갔다.

"다음 주에는 집에 인사하러 내려가자."

갑자기 쌩하고 불어오는 바닷바람이 눈을 감게 했다. 감은 내 눈에 대고 그가 말했다. 바람이 묻어나는 목소리로.

"우리 집 말하는 거예요?"

"응."

스카프가 펄렁이며 내 얼굴을 가렸다. 그가 다시 풀어지지 않게 목덜미 안으로 꼼꼼하게 밀어 넣어 주었다. 그의 손에 실린 바람 냄새가 좋다.

"가서 인사드리고 정식으로 결혼한다고 말씀드리자."

내 왼손을 꽉 잡는다. 잡은 손에서 반지를 확인한다. 나는 꽉 쥔 손을 들어 그의 손에 입을 맞췄다. 여기에도 바람이 묻어 온다.

"내가 먼저 가서 말씀드릴게요. 우리 부모님도 마음의 준비를 해야지. ……좀 힘드실 게예요."

잠시 서로 길을 잃어버린 우리는 말이 없었다. 구두에 달라붙는 젖은 모래의 서걱거림만 선명했다. 저쪽에서 물장난하던 대학생 무리가 우르르 우리 쪽으로 다가왔다. 남학생이 덩치에 어울리지 않게 수줍은 듯 휴대전화를 내밀었다.

"사진 한 장 찍어 주실래요?"

대답도 안 했는데 학생들은 이미 자세를 잡고 단체사진 그림으로 들어가 버렸다. 다양한 포즈를 취하는 학생들에 맞춰 몇 번이나 찍어 주고 휴대전화를 건넸다. 단체로 고맙다는 소리를 크게 하고 웃으며 지나갔다.

내가 사진을 찍고 있는 동안 나를 바라보기만 하는 그의 표정은 슬펐다. 어서 오라고 팔을 벌리는 그에게 다가가 푹 안겼다.

"웃어요."

억지로 웃어 주는 그다. 그러더니 내 손을 잡고 다시금 반지를 더듬는다. 잡힌 그의 손이 차갑다. 그런 손에 호 하고 따뜻한 입김을 불어 주었다. 억지웃음이 이제야 환해졌다.

"손 펴 봐요."

내 이름을 그의 손바닥에 하나씩 새겨 주었다. 그가 했던 것처럼.

"이를 지至, 향풀 훈薰. 잊어버리지 말아요."

그는 아무것도 보이지 않는 손바닥을 빤히 오랫동안 바라보았다. 그러더니 내가 했던 것처럼 주먹을 쥐었다. 그게, 나는 너무 좋아서 울컥해 버렸다.

엄마는 지금 이 시간에 무얼 하고 계실까? 손님을 받고 있을까? 어떤 고기를 고를까 고민하는 손님께 모둠회를 권하고 있겠지. 그것도 아니면 손님이 없는 휑한 식당에서 드라마 재방송을 보고 있을까? 아빠는 그 곁에서 노곤한 몸을 누이고 낮잠이라도 주무실까?

엄마, 미안해. 나 엄마가 말한 대로 이 짐 엄마가 다 지고 갔으며 좋겠어. 나 정말 나쁜 딸이지. 이 사람이랑 정말 행복하고 싶어. 아이도 낳고 예쁘게 사랑하고 싶어. 그냥 결혼해 버릴까? 그래도 될까?

9.
다시 그곳에서

어제는 첫눈이 내렸다. 내리는 눈을 보며 지난겨울을 생각했다. 푸지게 눈이 내리던 홋카이도에서 만난 그 사람. 벌써 이렇게 시간이 흘렀다. 해가 짧은 겨울이라 순식간에 어둠이 내려앉았다.

나는 그의 집 베란다를 한참을 바라보고 있었다. 퇴근 무렵이라 차가 하나둘 주차장으로 들어가는데 그의 집은 아직도 불이 켜지지 않고 있다.

저기 저 어두운 그의 집 가족사진은 언젠가부터 없어지고 내 사진이 자리를 잡고 있다. 자꾸만 초조해져 어두운 그의 집을 보면서 휴대전화로 시간을 확인했다.

얼마 전, 지금 하고 있던 일을 마무리 지었다. 인수인계를 끝내 놓고 본사에 복귀하기 전까지 얼마간의 휴가를 받아 냈다. 그동안 집에도 다녀와야 하고 복잡한 속을 정리해야 한다.

언젠가 말씀을 드려야지 하면서 버틴 게 해가 넘어가려 했다. 말은 안 하고 있지만 그의 조바심이 느껴졌다.

그는 그대로 나는 나대로 서로 감내하며 현실을 견디는 중이었다. 회사와 집안일이 어찌 되고 있는지 그는 내게 말을 해 주지 않고 있다. 나 역시 그처럼 좋은 얼굴로만 그를 대하고 있다.

주머니를 뒤져 고속버스 표를 꺼냈다. 오늘 밤 남해로 내려가는 심야버스 티켓이다. 다시 표를 주머니에 넣고 발로 의미 없이 바닥을 톡톡 찍어 댔다. 추운 겨울의 구두는 딱딱해서 발까지 아프게 했지만 지금은 그것보다 아직 불이 켜지지 않은 그의 집이 더 신경이 쓰인다.

그때 그의 차가 시야에 들어왔다. 지하 주차장으로 들어가는 뒤꽁무니를 한참을 바라봤다. 차에서 내린 그가 집으로 들어간다. 1. 2. 3. 4……. 한참을 숫자를 세고 나서야 집에 불이 켜졌다. 예상했던 시간보다 오래 걸렸다. 아니면 내 조바심이 더 성급했을까? 그동안 그는 어둠 속에서 무얼 하고 있었을까?

휴대전화를 꺼내 통화를 눌렀다. 이번에는 숫자가 5까지 갔을 때 그의 목소리가 나왔다.

"집에 들어왔어요?"

- 응. 넌 어디야?

"그냥 밖."

- 그냥 밖?

"네."

그래 놓고 둘 다 말이 없다.

"날씨가 추워요. 옷 잘 챙겨 입고 다니고, 운전 조심해요. 귀찮아도 머플러 꼭 두르고. 지난번처럼 몸살 나서 아프면 안 돼요."

- 그 말 하려고 전화했어?

"네. ……보고 싶어요."

대답이 없다. 계속 그의 집만 바라보는데 시끄러운 구급차 소리가 내 곁을 지나간다.

– 훈아, 어디야?

"그냥 밖이래도."

– 너 지금 어디 있어?

베란다에서 그가 전화를 들고 두리번거린다. 그러다 저만큼 가는 구급차를 보고 아래에 있는 나를 발견했다. 베란다에서 그가 사라졌다. 짧은 숫자를 세고 있는데 그가 내 앞에 섰다.

"추운데 얼마나 이러고 있었어?"

쿨럭 마른기침을 쏟아 내는 나를 보고 그가 따뜻하게 손을 잡아 준다.

"자기 조금만 늦게 왔으면 못 보고 갈 뻔했어. 나 오늘 집에 내려가요. 심야 버스 예매했거든요."

다시 주머니에서 티켓을 꺼내 팔랑팔랑거리며 웃었다.

"가서…… 이제 말하려고요."

"괜찮겠어?"

가만 고개를 끄덕였다.

"데려다줄게."

들어간 지 얼마 안 된 차를 다시 타고 나왔다. 시간이 더디게 갔으면 좋겠는데 야속한 차는 금방 나를 터미널로 데리고 갔다. 그냥 가라는 내 말은 듣지도 않았다.

표를 꺼내고 엄마한테 전화를 했다. 통화하는 사이 잠깐만 하던 그는 어느 사이 사라졌다. 버스 출발 시간이 임박했는데 혹시 못 보고 가게 될까 조바심이 일었다. 그를 찾는다고 두리번거리며 목이 쑥 올라간다. 저기서 그가 뛰어와 뭔가를 내밀었다.

"일주일 뒤에 오는 차편이야. 버스로 오기 불편하면 나 불러. 내려갈게. 꼭 와야 해."

꼭 와야 한다는 말이 어떤 의미인지 안다. 그에게 다시 오라는 말.

나는 대답 대신 웃었다. 기다림이 머무는 그의 얼굴이다. 손을 들어 그의 뺨을 만지고 돌아섰다. 영원히 안 볼 것도 아닌데 애절한 느낌이 자꾸만 파고들었다.

돌아선 나의 손을 잡아 다시 그를 보게 했다.

"훈아, 네가 있는 곳이 내가 있는 곳이야. 혹시나 힘들어서 못 오겠거든 거기 그대로만 서 있어. 내가 찾아갈게."

버스를 타고 오면서 그가 했던 말이 자꾸만 나를 흔들었다. 누워 있으면서도 천장이 울렁거렸다.

내가 있는 곳이 그가 있는 곳이라 했다. 손을 한쪽으로 포개어 몸을 옆으로 돌렸다. 엄마한테 어떻게 말해야 하나 속으로 연습해 보지만 이틀이 지나도 나는 아무런 말도 못 하고 있다.

오늘 아빠는 치과를 다녀오신다고 가게 문도 열지 않았다. 장사도 하지 않으면서 엄마는 바빴다. 내게 아침밥을 차려 주고 어딘가 나가셨다. 멀뚱하게 누워만 있다 속이 갑갑해 일어섰다. 가게 문을 열고 엄마가 들어오신다.

"점심 먹자."

아침 먹은 지 언제라고 또 밥 걱정을 한다. 입맛도 없는 내가 괜찮다고 손을 내저었다.

"배 안 고파."

"그래? 그럼 나도 생각도 없는데 나중에 배고프면 엄마 불러. 밥 줄게."

"엄마, 배고프면 내가 알아서 먹어."

밭에 비닐이며 쓰레기를 치우다 들어왔다고 먼지를 털어 내던 엄마는 욕실로 들어가셨다. 입술만 잘근잘근 씹다 씻고 나오는 엄마를 따라 방으로 들어갔다.

손에서 일거리를 놓지 않는 엄마는 아빠의 바지를 들고 살피고 있었다. 코끝에 안경을 걸치고 바늘귀를 찾는다. 냉큼 다가가 그걸 대신했다. 바늘을 받아 든 엄마는 빙긋 웃으셨다. 나는 그 옆에 아이처럼 몸을 웅크리고 누웠다.

"엄마, 바람 소리 시끄러워."

"밭 갈 때 보니깐 고구마가 땅속으로 깊게 들어가 있더니. 올해 겨울이 많이 추울 모양이다. 네 아버지는 점심이나 잡수셨을란가?"

"엄마, 김치 부침개 먹고 싶어."

"그래? 이거 하고 해 줄게."

나른하게 누워 겨울바람 소리를 듣고 있다. 괜히 배도 안 고프면서 엄마한테 말을 걸려고 부침개 핑계를 댄다. 엄마가 이불을 가져와 덮어 주는 손길에 비린 냄새가 실려 왔다.

나는 할 말이 있는데, 자꾸만 잠이 온다. 몸을 뒤척이다 벽에 걸린 시계에 시선이 간다.

3시다. 어제 엄마 옆에서 저녁을 먹고 어민 신문을 보고 있을 때도 3시였다. 생각해 보니 지난봄 여기 방에서 똑같은 자세로 누워 뒤척일 때도 3시였다.

"엄마, 시계 고장 난 거야? 볼 때마다 3시야."

"약이 다 된 거지."

"그게 무슨 힘든 일이라고 건전지도 안 갈고 살아?"

평소 자잘한 물건을 넣어 두는 서랍장에서 건전지를 찾았다. 허리 굽어 시계를 못 내리는 노인들도 아니고 그게 뭐라고 저러고 사셨는지 좀 짜증까지 났다.

건전지를 바꾸고 폰으로 시간을 확인해 맞춰 다시 걸었다. 엄마는 시곗바늘이 가는 걸 한참을 치켜보다 내게 몸을 돌렸다.

"재작년인가 보다. 저 시계 네가 명절에 내려와서 건전지 갈아 주

337

고 갔잖아. 네 아버지가 그 생각이 나는지 직접 안 갈고 너 오면 해 달라고 해야겠다 하셨어. 힘든 일도 아닌데, 아무나 하면 되는데 그냥 저 시계만 보면 네 생각이 나는 건지."

별 이유 같지도 않은 핑계를 들으며 나는 이 이야기 어디에서 어떤 감정을 느껴야 하는지 알 수가 없었다. 그럼 내가 내려오면 이야기나 하시든지. 복잡한 마음에 짐만 하나 더 늘었다.

이불을 다시 푹 뒤집어썼다. 정신없는 속을 하나씩 헤집고 있다 어느 사이 잠이 들었나 보다. 비린 엄마의 손 냄새가 나를 깨운다.

"훈아, 부침개 먹어. 먹고 싶다고 했잖아."

자고 일어나 멍해진 시선이 벽시계에 꽂혔다. 째깍째깍 시계는 기운차게 달리고 있었다. 지금 그는 뭐 하고 있을까? 내가 내려온 뒤로 우리는 서로 연락이 없다.

"아빠가 오래 걸리시네."

"진주까지 가서 그래. 몇 번 더 가야 된다고 하던데. 괜찮아야 하는데."

부침개를 조금 먹다 말고 젓가락을 놓았다. 접시를 밀어 놓고 식혜를 한 모금 마시고 다시 누웠다. 자꾸만 몸에 기운이 빠져 앉아 있기도 서 있기도 힘이 들었다.

다시 이불을 뒤집어썼다. 옆에서 엄마가 내가 남긴 식혜의 밥알을 잔소리하며 드신다. 엄마가 만든 식혜를 그의 집으로 가져간 적이 있다. 그때 그가 꼭 그랬다. 내가 남긴 식혜의 밥알을 아무렇지 않게 엄마처럼 다 먹었다. 자기는 그게 맛있다면서.

또 뭐가 있지? 그래, 꽈리 고추 넣은 멸치 볶음. 그는 멸치만 먹고 고추를 안 먹는다. 그럴 거면 그냥 멸치 볶음을 좋아한다고 해야지 왜 굳이 꽈리 고추를 넣어 먹어야 되냐고 물었더니 그래야 맛이 있단다.

멸치만 먹는 그와 남은 고추를 먹는 나. 우리는 그렇게 하나의 음식을 다툼 없이 남김없이 잘 먹었다. 그러다 먹던 고추의 매운 기운에 내가 입술까지 부르터서 쩔쩔매자 그날 이후로 그가 고추를 먹고 나는 멸치를 먹는다.

"아침에 네 아빠 따라 병원 다녀오면 좋았잖아. 옆에 딸 끼고 다니면 체면도 서고 네 아버지 좋아했을 텐데."

방바닥을 훔치는 엄마의 눈 끝은 나를 향했다. 그러다 괜한 말을 했다 싶은지 걸레를 저만치 밀어 놓았다.

"아빠, 나 별로잖아. 엄마도 알면서 왜 그래?"

"딸을 싫어하는 아버지가 세상 천지에 어디 있어? 그게 네 아버지 속병이야. 훈이 네 결혼 그렇게 잘못되고 속으로 얼마나 참았는지. 너는 모를 거다. 어디 가서 말도 못 하고 혼자 삭인다고 이를 어찌나 악물었는지. 그러니 잇몸이 남아나겠어? 치과 같이 갔더니 의사 선생님이 그러시더라. 가끔 네 아버지처럼 화병 나서 이 악물고 버티는 사람이 있다고."

지난겨울 내가 터뜨린 말에 조용히 마당에 나가 혼자 서 있기만 했던 그 아버지가 말이다.

그 뒤로 아빠를 돌아볼 여유가 없었다. 나 살기도 버거웠다. 그랬는데 내 뒤의 아빠는 잇몸이 내려앉도록 속을 참고 계셨다 한다.

"네 아버지가 그런 양반이다. 겉으로 무심해도. 지금에서야 하는 말인데 너 결혼한다고 이야기 나오고 나서 네 아버지 고기도 안 잡았어. 좋은 날 받아야 하는데 생명 있는 거 함부로 죽이는 거 아니라고. 그런 양반인데 그렇게 일이 틀어지고 얼마나 속이 문드러졌으면. 멀쩡한 잇몸이 그렇게나 주저앉았을까."

다시 이불을 뒤집어썼다. 아직도 엄마의 말이 믿어지지 않아 나도 아빠처럼 이를 악물어 본다. 아빠가 이렇게 살았다고? 그럼 속이 달래지는 것일까?

엄마가 머리에 덮인 이불을 내렸다.

"엄마 잠깐 나갔다 올게."

"어디?"

"봄동 아짐네 개밥 주러."

"남의 집 개밥까지 챙겨?"

나는 멀겋게 누워 일어서는 엄마를 올려다봤다. 개밥만 주러 가는 게 아닌 모양인지 옷도 제대로 챙겨 입으신다.

"봄동 아짐네 아들집 갔거든. 산 짐승 밥은 줘야지. 살아 있는 거 천대하면 벌 받아. 그래야 너도 잘되고 지원이도 잘되는 거지. 내가 없으면 우리 집 백구도 챙겨 주는 양반인데."

엄마는 따라나서려는 내게 춥다고 손짓을 하고 나가셨다. 가게 밖으로 나간 엄마는 종종걸음으로 내 시야에서 사라졌다. 다리에 힘이 풀렸다.

나 할 말이 있는데. 꼭 해야 하는데. 차라리 말을 하지 말지. 엄마는 왜 아빠 이야기를 한 거야? 나보고 어쩌라고. 잇몸이 내려앉도록 참는 아빠에게 그 집에서 나 싫다는 말을 어떻게 해? 남의 집 개밥까지 챙겨 주는 엄마한테 그 사람 집 이야기를 무슨 수로 설명해? 나 이제 어떡해?

미어터지는 한숨을 쏟아 냈다. 가게 주방으로 들어가 보이는 큰 사발에 소주를 부었다. 술을 물처럼 벌컥 들이켰다. 그대로 등을 기대 너른 가게 주방에 몸을 쪼그렸다. 밖에서 멀리 개 짖는 소리가 들렸다.

봄동 아주머니네 개가 엄마 보고 반긴다. 그 집 개 이름이 뭐였더라? 다 부질없는 것인데. 끅, 역한 휘발유 냄새 같은 술기운이 올라온다. 얼마를 그렇게 있었을까? 차가운 주방 바닥에 엉덩이를 깔고 있던 몸에 한기가 서렸다.

자꾸만 올라오는 취기에 몸을 가누기 힘들다. 후욱 내뱉는 숨에 술 냄새가 묻어 왔다. 술을 따라 마셨던 사발을 씻어 엎어 두었다. 오늘 장사도 안 했는데 소주병을 나뒹굴게 둘 수 없어 뒷문으로 나가 창고에 숨기듯 정리해 놓고 2층으로 올라갔다.

이불도 안 펴고 머리를 손에 베고 그대로 누웠다. 창으로 저무는 해가 무섭게 방을 물들였다. 넘어가는 노을이 뺨을 때리듯 내 볼을 스쳐 간다. 후두둑 눈물이 쏟아진다. 꾹꾹꺽꺽 넘어오는 설움에 눈물이 한없이 흘러내린다.

한번 터진 눈물이 제어가 안 돼 나는 소리까지 내어 가면서 울어 댔다. 저 멀리서 신발 소리가 들렸다. 나는 급하게 일어나 이불을 꺼내 머리까지 덮고 이불깃을 물었다. 발자국 소리 커지고 내 방 문이 열렸다.

"훈아 자?"

"엄마, 나 좀 피곤해서. 그냥 잘래."

엄마는 잠에 취하려는 목소리쯤으로 아셨는지 그대로 내려가셨다. 나는 그날 밤 내 마음처럼 너덜거리는 이불깃을 붙잡고 한참을 그렇게 있어야 했다.

다음 날 아빠는 파도가 거세다고 배를 띄우지 못했다. 다른 날보다 일찍 일어난 나는 엄마를 방으로 밀어 넣고 아침밥을 준비했다. 눈금으로 밥물을 맞추고, 손바닥에 두부를 올려놓고 칼질을 해서 된장찌개를 끓였다. 엄마는 방 안에서 드라마를 보면서도 엉덩이를 붙이지 못하고 주방 쪽으로 몸을 쭉 빼고 불안해했다.

"먼저들 먹고 있어. 개밥 주고 오마."

다 차려진 밥상 앞에서 엄마는 겉옷을 챙긴다. 그런 엄마를 내가 앉히고 엄마의 옷을 내가 대신 입었다.

"내가 갔다 올게. 엄마 밥 먹어."

"사람 먹기 전에 무슨 개밥이야. 우리부터 먹고 주면 돼. 지훈이 너도 앉아."

아빠는 밥상 앞에서 부산스런 엄마와 나를 짜증스럽게 바라보다 버럭 하셨다.

"봄동 댁 개가 배고프잖소. 주인도 없는데 밤새 얼마나 구슬펐겠어? 배라도 불러야지."

아빠는 엄마를 보고 혀를 차다 일어나셨다.

"내가 다녀오마."

점퍼를 챙겨 입는 아빠를 보며 엄마가 앞을 여며 주셨다. 추운 날 아침부터 나가는 엄마가 마음에 안 드시는 거다. 가게 문을 나서는 아빠 등에 엄마가 우리 백구 밥도 주고 들어와요, 그런다. 그게 다가 아닌지 가게 밖으로 따라 나가는 아빠의 뒷모습을 챙긴다.

"훈아, 넌 먼저 먹어."

그럴 수는 없는지라 나는 멍하게 엄마처럼 가게 문만 바라보고 있었다. 국이 식어 가 다시 데워 오는데 엄마는 아빠가 오는 소리를 용케 알아듣고 밖으로 나가셨다.

가게 밖에서 찬물에 손을 씻고 들어오시는 아빠의 빨간 손을 수건으로 닦아 주시며 잔소리도 함께 하셨다. 아빠는 잠자코 손을 맡기고 듣고 있었다.

"엄마, 나 오늘 갈래."

안 올까 봐 걱정하던 그는 일주일만 있다 오라고 했는데 나는 고작 사흘 만에 집에 간다고 했다.

밥 한 숟가락을 입에 밀어 넣던 엄마는 꿀꺽 삼키고 무슨 소리냐는 표정을 지었다. 아빠는 그 곁에서 예상대로 아무 말이 없었다. 하고 가야 되는 말, 꼭 해야 하는 말을 나는 아빠처럼 앙다물었다.

"왜? 좀 더 있다 간다며?"

"그냥. 친구들도 만나고, 봐야 할 책도 있고. 회사 들어가기 전에 할 일이 좀 있어."

"여기서는 못 보는 책이야? 있다 가지."

"젊은 애가 여기 무슨 재미가 있다고 더 있으라고 잡어?"

아빠는 버럭 성을 내셨다. 엄마는 아빠를 쳐다보며 덩달아 같이 목소리를 높였다.

"아니 뭐가 그리 화낼 이야기라고 아침부터 역정이셔? 내가 뭐라 그랬다고? 훈이 온 김에 며칠 더 잡고 싶은 것이 엄마 마음이지."

나는 입안이 까슬해져 수저를 놓고 일어섰다. 그런 나를 아빠는 가만 쳐다보다 일어나셨다. 엄마는 주방으로 들어가 냉장고를 열고 닫고 봉지를 꺼내고 바쁘다.

"뭐 해? 밥 먹다 말고."

"훈이 갈 때 뭐라도 챙겨야죠. 당신은 먹고 있어요."

"지훈이가 보따리 바리바리 들고 버스 타고 싶겠어? 애만 더 고생이지. 다음에 택배로 보내."

그렇게 나는 못 한 말의 응어리를 달고 집을 나섰다. 아빠가 춥다고 터미널까지 데려다주신다며 운전대를 잡으셨다. 같이 차를 타고 가는 내내 아무 말도 없던 아빠는 바람이 차다고 먼저 표를 끊고 오겠다고 가셨다.

"1시간쯤 남았는데 밥이나 먹자."

대답을 듣지도 않으시고 아빠는 차 문만 열어 표만 불쑥 내밀고 저만큼 걸어가셨다.

터미널 근처 장날에만 북적거리는 식당에 국밥 두 그릇이 우리 앞에 놓였다. 두꺼운 겨울옷이 불편해 벗고 있는 사이 아빠는 고기 몇 덩이를 내 그릇으로 옮겨 준다.

"다 먹어. 아침도 몇 술 안 뜨고. 속이 따뜻해야 덜 춥지. 아침은 먹고 다녀?"

"네."

그 뒤로 우리는 말이 없었다. 여전히 안 넘어가는 밥을 억지로 몇 숟갈 밀어 넣다 그대로 수저를 놓았다. 이렇게 아빠와 단둘이 밥을 먹어 본 기억이 내게는 별로 없다. 그렇게 기억을 더듬어 가다 작년 어느 시간에서 멈췄다.

지원이는 MT를 가고 혼자 있는 주말이었다. 아빠가 연락도 없이 오셨다. 엄마와 함께 볼일 보러 오시는 경우는 있어도 혼자만 오시는 일은 없었다. 무슨 일인가 놀라 눈만 껌뻑이는데 들고 온 아이스박스에서 살아 있는 커다란 농어를 꺼내셨다.

그놈은 기세 좋게 어찌나 펄떡이던지 무서울 정도였다. 너무 좋은 놈이라 팔기가 아까웠다면서 우리를 먹이고 싶었다고.

횟집 딸이니 그 생선이 얼마나 비싸고 좋은 것인지 한눈에 보였다. 내가 옆에서 뭔가 거들 게 있나 왔다 갔다 했지만 아빠는 좁은 주방에서 능숙하게 칼을 갈아서 회를 떠 주셨다.

아마도 그게 내가 기억하는 범위 내에서 나와 아빠가 제대로 머리를 맞대고 밥을 먹은 날이었다. 어색한 나는 젓가락질이 서툴게 왔다 갔다 했다. 무슨 맛인지 모를 회만 씹었다.

그런 마음은 아빠도 마찬가지인지 마주 앉은 식탁에서 오래 있지도 않으시고 매운탕을 끓여 준다고 일어서셨다.

그렇게 아빠는 설거지까지 손수 다 하셨다. 제대로 엉덩이 한 번 안 붙이시고 그날 밤 그대로 트럭을 타고 가셨다. 주무시고 가시라고 잡아도 소용이 없었다. 내일 아침에 그물 거둬야 하신다며 바쁘게 가셨다.

그때 아빠는 무슨 생각으로 그렇게 바람처럼 다녀가셨을까? 지원이가 없다는 걸 알고 계셨는데.

서른이 다 되어 가는 딸에게 다정한 말 한마디 못 하고 사시면서, 그 속은 곪아 가고 있다. 꾹꾹 눌러 두고 사는 것은 나만이 아니다. 홋카이도 바닷가에서 그가 했던 말. 짊어지고 가다 보면 짐이 아니고 내 것이라고 했던 말이 이제 와서 이해가 된다.

내 아버지를 부정할 수 없고, 엄마를 다시 아프게 할 수 없는 이런 마음들. 이런 이기심이 그를 아프게 할지라도 내가 더 이상 어찌할 수 없음을. 이 말을 해 줄 때 그는 이런 상황을 짐작이나 했을까?

"아빠, 내 이름 누가 지었어요?"

나는 아버지에게 지원이 이름을 왜 내 이름을 따서 지었냐고 다르게 물었다. 아버지, 지원이 이름이 지원이가 아니었다면 나의 엄마는 그냥 인내하고 참고 살았을까요? 그랬다면 난 지금 이렇게 아플 이유가 없었을까요?

"왜, 이름이 마음에 안 들어?"

"너무 남자 이름 같잖아요."

"낳아 준 네 엄마가 지었다. 나도 남자 이름 같아 싫다고 했는데 꼭 그 이름을 고집하더라. 옥편에서 한자를 찾아 가며 며칠 밤을 자지도 않고 한참을 고민하더니. 몇 번씩 종이에 써 보고 배냇짓하는 네 얼굴에 대고 자꾸만 불러 보더라. 네 이름이 그런 이름이야. 그러니 내가 거기서 남자애 이름 같다고 하지 말자는 소리를 더 못 했어."

와르르 무너졌다. 엄마가 행복해지고 싶어 지었다는 이름. 그 속에 나는 이렇게 존재한다. 지훈이라는 이름 속은 이렇게 따뜻한 것을 나는 왜 몰랐을까? 그리고 그 사람의 이름 평온하라고 무탈하길 기원한 그의 부모님이 주신 이름 온화할 민旼 자를 쓰는 민석. 우리는 왜 이렇게 이름이 무거운 사람들일까?

자꾸만 손끝이 저려 와 주먹을 꽉 쥐고 버스에 올랐다. 아빠는 검은 봉지에 귤 몇 개와 김이 모락모락 오르는 찐빵을 두어 개 담아 내게 들려 주었다. 버스를 타고 애써 창밖을 보지 않는 척했지만 알고 있다. 아빠는 버스가 사라지고 한참 동안 그렇게 서 있었음을.

도착해서 집으로 전화를 했더니 아빠는 내가 호박죽을 먹고 가지 않아 엄마는 서운해서 앓아누우셨다고 짧게 전하고 전화를 끊으셨다.

나는 예정보다 일찍 집에 왔음에도 그에게 도착했다는 말을 하지 못했다.

집에서 돌아온 다음 날 그의 집으로 갔다. 출근을 하고 없는 그의 집은 허전했다. 곳곳에 내가 묻어 있고 그 곁에는 어김없이 그가 함께했다.

엄마가 떠난 그해의 산은 유난히도 푸르게 물들었다. 우리 집 마당에서 보이는 산에는 바람이 일렁일 때마다 옷 갈아입기를 보여 주는 나무의 푸르름에 멀미가 날 지경이었다.

눈을 뜨면 보이는 바다와 어지러울 만큼 푸른 산은 내 스케치북의 단골 그림이었다. 엄마가 그렇게 나를 두고 나가고 크레파스의 초록색은 이내 짧아졌다.

그때처럼 허브 화분은 눈치도 없이 푸르다. 그때의 멀미가 솟구친다. 쓱 만져 보니 초록색이 손에 묻어날 듯 아려 왔다.

너는 데리고 가야겠다.

화분을 침실에서 거실로 가지고 나왔다. 그렇게 하나씩 거슬리는 나의 흔적들을 지워 내기 시작했다. 욕실에 내가 쓰던 빗이며 머리끈도 챙겼다. 아직도 거실에 깔려 있는 겨울에 어울리지 않는 대나무 자리는 잘 접어 넣어 두었다. 찬 바람 불면서 치우자고 했는데 못 들은 척하던 그의 고집으로 이어진 여름을 내가 접었다.

소리 없이 나를 두고 갔던 엄마처럼 나도 그렇게 이별을 시작했다.

옷장 한편에서 내 옷을 끄집어냈다. 하나씩 개어 가방에 넣다가 어느 순간 바르르 내 손이 떨렸다. 옷에 붙어 있어야 할 목 뒤쪽 라벨이 하나같이 깔끔하게 잘려 있다.

여름휴가를 그의 집에서 지낼 때 라벨에 피부가 스쳐 아프다고 했는데 그 뒤로 별 탈 없이 입어서 신경도 안 쓰고 살았다. 지금 보니 솜씨 좋게 잘라 낸 자리만 보였다. 왈칵 눈물이 터져 나와 손으로 훔쳐 내도 자꾸만 눈물은 새어 나왔다.

할 말을 못 하고 떠나온 나와 나를 기다리는 그 사람이 여기 있다. 펼쳐 놓은 내가 너무 많아 주워 담기가 힘들다.

"언제 온 거야? 전화를 했어야지."

생각에 빠져 있던 나를 깨운 건 그였다. 언제 들어왔는지 미처 현관문도 닫지 않고 신발을 신은 채 반갑게 웃는다. 그에게서 겨울 냄새가 난다. 기차 안에서 수줍게 웃던 그 사람.

"나 보고 싶었어요?"

진지하게 내가 묻는데도 그 말에는 빙긋 웃을 뿐 대답이 없다. 퇴근하고 돌아온 남편처럼 매일 있는 일상인 듯 나는 그의 가방을 챙겨 들었다. 옷을 갈아입고 나오던 그가 뭔가 이상한 듯 거실을 두리번거렸다.

"어, 여기 대나무 자리는?"

"저녁은 먹었어요?"

추궁하듯 묻는 질문에 나는 거기에 대한 대답은 안 하고 다른 말로 물었다.

"응. 너는?"

"그럼 차나 한잔 할래요?"

이미 나는 주방으로 들어가서 차를 준비해서 거실로 들고 나왔다. 김이 모락모락 올라오는 찻잔을 테이블에 두고 거실 바닥에 앉았다.

내 옆자리를 툭툭 쳤다. 그가 내 옆에 앉자 조금 길어진 그의 머리를 옆으로 넘겨 주었다. 내 손끝에 묻어나는 그리움의 냄새. 내가 그의 눈을 맞추고 이야기할 때 망설이며 내 뺨을 어루만지던 손길과 그 손길에 묻어 버린 내 한숨들…….

"민석 씨, 가족 이야기 해 줘요."

"갑자기 왜?"

"그냥 듣고 싶어서."

"별로 할 이야기 없는데?"

그는 내게 묻고 싶은 말이 있으면서도 재촉을 안 한다.

"그래도 듣고 싶어요."

"음…… 뭐가 있나? 내가 막내라 늘 관심 밖이었어. 군대 갈 때 아무도 안 따라왔다면 말 다 한 거지."

"정말이요? 우리 지원이는 나까지 다 따라가서 눈물 바람으로 난리였는데."

"그래, 그게 정상이지. 근데 난 그날 아침 혼자 갔어. 아무도 신경 안 쓰고. 대문을 나서는데 그래도 너무 서운해서 다시 집으로 들어갔거든. 나 군대 간다고. 그랬더니 형이 너만 군대 가냐고. 다 갔다 온 군대 생색내지 말고 가라고 잠 깨웠다고 난리였어. 아버지는 모임 때문에 일찍 나가셨고 엄마는 집에도 없더라. 엄마 말로는 새벽 미사에나 군대 잘 다녀오라고 가셨다고 그랬는데. 아니, 말이 되냐고. 기도가 중요한 게 아니고 내 얼굴을 봐야 하는 거잖아. 그러다 나중에 넌지시 고백하셨지. 그때 날짜를 착각해서 까먹은 거라고. 아들만 네 명이라서 뭐든 무덤덤하셔."

그게 어제 일인 듯 서운한 표정으로 이야기하는 그를 보며 이제 이 사람을 제자리에 돌려주기로 했다. 아들의 안위가 걱정되어 이름까지 바꿔 준 그의 부모님에게. 그의 가족에게. 각자의 이름으로 우리는 살아야 했다.

나는 웃던 얼굴을 숙이고 무릎을 끌어모아 얼굴을 묻었다. 갑자기

변해 버린 내 표정을 보여 주고 싶지 않았다. 커다란 손이 머리를 쓰다듬었다. 머리를 들게 하자 얼굴을 보여 주기 싫어 그의 어깨에 얼굴을 묻었다. 곧 부드러운 손이 머리카락을 쓸어내렸다. 툭 고여 있던 눈물이 얼굴을 타고 내렸다.

"민석 씨?"

내 목소리에 어린 물기를 알아챈 그가 급하게 어깨에서 나를 떼어 냈다.

"우리 이제 그만해요."

멍해진 그의 얼굴과 자꾸만 타고 흐르는 내 눈물이 우리의 현실이다.

"훈아, 우리 봄에 벚꽃 구경 가자. 생각해 보니 우리 같이 봄을 본 적이 없어."

"……자기가 했던 말, 짊어지고 가다 보면 짐이 아니라 내 것이 된다고 했던 말. 맞는 말인가 봐요. 아무리 발버둥 쳐도 벗어나질 못하겠어요. 그냥 편안하게 갈게요. 그만해요, 우리."

"몇 년 전에 찍은 벚꽃 사진이 참 예쁘던데. 거기 가서 너 찍어 줄게. 꼭 같이 가자."

멈췄던 손길이 다시 내 머리를 쓸어내린다. 바들바들 떠는 그의 손길이 머리부터 발끝까지 전해졌다. 내가 손을 들어 그의 손을 붙잡았다.

"왜 자꾸 너는 도망만 가? 나는 우리 부모님도 다 버리고 너한테 갈 수 있는데 너는 왜 안 된다고 하는 거야? 자꾸 아프기만 하는 너를 보면 내 심장을 도려내는 거 같아. 그런데 넌 왜 아닌데?"

그가 귀가 아프게 소리를 지르고 화를 낸다. 자꾸만 가슴이 먹먹해져 온다. 뭔가 울컥울컥 넘어와 마음이 버겁다.

"내 이름 낳아 준 엄마가 지어 주셨대요. 한자를 며칠을 고민해서 그렇게 지었대요. 민석 씨 부모님이 이름을 바꿔 주신 이유랑 같은 거라 생각해요. 그게 그분들만의 방식인 거예요. 세상이 이런 거 당신

349

도 나도 부모님 탓도 아니에요. 그냥 우리 원래 자리로 돌아가요. 내가 많이 사랑했던 거 미안해요. 그러지 말았어야 했는데. 누군가 나 때문에 아프다는 게 힘들어요. 많이 노력했던 우리 엄마, 내가 이렇게 당신한테 가면 우리 엄마 평생 한이 될 거에요."

"너 때문에 아픈 나는? 나는 이렇게 죽을 거 같은데 다른 사람이 무슨 소용이야? 차라리 내가 죽어 버릴까? 그럼 내 마음을 알겠어? 넌 비겁해. 네 감정을 책임지고 싶지 않은 거잖아. 우리 집, 너의 이름 다 이거 핑계잖아."

할 말이 없다. 정말 할 말이 없다. 내가 알던 그 사람이 아니고 헐벗고 상처만 가득한 사람이 내 앞에 있다. 그가 가엾고 내가 싫다. 나만큼 아픈 그만 남았다. 눈가가 빨갛게 변한 그가 내 앞에 있다.

고운 잔디 같은 속눈썹을 쓸어내리자 차마 흘러내리지 못하고 맺힌 눈물이 내 손에 묻어났다. 손바닥을 펼쳐 보았다. 그냥 맨손인데 낙인처럼 그의 이름이 손바닥에 한 자 한 자 새겨져 아프다.

한참을 그렇게 손바닥을 바라보는데 그가 내 왼손을 움켜잡았다. 텅 비어 버린 내 손가락. 없어진 반지. 내 손을 잡은 그의 손이 바들바들 떨린다.

차마 그의 얼굴을 쳐다보지 못했다. 자꾸만 떨리는 그의 손을 꼭 잡아 주었다. 그러다 고개를 들었다. 텅 비어 버린 그의 까만 눈동자. 내 손을 잡은 그의 손이 맥없이 떨어졌다.

나는 일어섰다.

문을 열고 나오는 등 뒤로 크게 뭔가 부서지는 소리가 아스라이 들렸다가 끊어졌다.

'실연당했다고 울고 다니지 말고. 겨울에 울면 머리도 아프고 더 추워.'

눈가가 아려 왔다. 목울대가 저릿했다. 눈물이 머리끝까지 찼는데 울고 싶은데 그의 말이 귓전을 맴돌아 차마 울지도 못한다. 내려가는 계단이 자꾸만 푹 꺼졌다. 발을 딛는 도로가 움푹 파여 발끝에 힘을 주어 걸어야 했다.

'엄마, 사는 게 왜 이리 힘든지 모르겠어.'

풀썩 주저앉았다. 거리를 지나는 사람들이 내 곁으로 지나가면서 힐끔거리며 뭐라 했지만 한동안 그 자리에서 일어설 수가 없었다.

여전히 세상은 밝다. 평일 오전 근처 마트에 갔다 집으로 올라가는 길이었다. 한숨을 속으로 삼키고 살아가고 있다. 세상은 그런 나를 돌아보지 않고 해는 뜨고 시간은 흘러가고 있다. 변한 것은 아무것도 없었다.

매일 걷는 길인데도 숨이 찼다. 그가 나를 기다리던 벤치에 오늘은 혼자 앉았다. 한없이 넋을 놓고 있는데 주인을 잃은 기억들은 조각을 찾지 못하고 있다. 저 멀리 아득하게 보이는 신기루는 당신이거나 혹은 나일까?

며칠 전 저절로 움직인 내 발걸음은 그의 집 앞에 멈춰 있었다. 시간이 늦었음에도 불이 켜지지 않는 집에 조바심이 났다.

몸이 꽁꽁 얼어 가는 것도 모르고 어두운 집을 보고 또 보고 그랬다. 그렇게 한참 뒤 술에 취한 것인지 비틀거리며 들어가는 그의 걸음걸음마다 내 걱정이 같이 실렸다. 그의 집은 내가 떠날 동안도 불이 켜지지 않았다.

멍한 생각으로 벤치에 한참을 머물다 억지로 다리에 힘을 주고 일어섰다. 한 걸음씩 꾹꾹 힘을 주어 계단을 올라 현관 앞에 섰다. 비밀번호를 누르려던 손가락이 길을 잃었다. 집 비밀번호가 생각이 나지 않는다. 어이없는 이 상황에 헛웃음만 나온다.

뜬금없이 떠오른 1028 그의 집 비밀번호. 회사 팩스 번호를 비밀번호로 쓴다는 그가 생각난다. 그때 그 비밀번호에 나는 한참 웃었다. 난 그때 예뻤는데 그도 그날 얼마나 멋졌는데. 우리가 얼마나 아름다웠는데. 그는 그날을 기억할까?

돌아오는 지원이랑 우연인 듯 마주쳐야겠다. 비밀번호가 생각이 안 난다는 말은 차마 못 하겠다.

곱아진 손에 검은 비닐봉지가 달랑인다. 봉지 안에는 슈퍼에서 사 온 귤 한 봉지랑 복숭아 통조림이 담겨 있다. 물끄러미 쳐다보다 아래로 세게 던져 버렸다. 탁 소리를 내며 맞은편 벽에 부딪쳤다. 아래로 통통 소리를 내며 내려갔다.

지겹다. 숨 쉬는 것이, 살아가는 것이…….

"누나, 이게 다 뭐야? 넘어졌어?"

밑에서 지원이가 터져 버린 귤을 주워 들고 올라왔다. 복숭아 통조림은 찌그러져 한구석에 뒹군다.

"아니, 놓쳤어. 들어가자."

지원이는 집으로 들어와 멀쩡한 귤이 하나도 없는 걸 확인하고 그대로 쓰레기통에 넣었다. 며칠 전 그의 안부를 묻는 지원이에게 간단하게 헤어졌다고 말했다. 이유를 묻는 동생에게 나는 입을 다물었다.

그때처럼 나는 입을 꾹 다물고 세탁기에서 빨래를 꺼내 베란다로 가다 식탁에 놓인 찌그러진 복숭아 통조림을 집어 들었다. 내 눈썹이 통조림처럼 미워졌다.

무슨 겨울 햇살이 이렇게 눈이 부실까? 자꾸만 눈이 감겨 머리가 멍할 정도였다. 눈을 몇 번이나 감았다 떴다 하며 숨을 몰아쉬고 빨래를 집어 들었다. 빨래를 널다 말고 베란다 문을 열고 햇살 아래 가만히 섰다.

온몸에 수천 개의 바늘이 박혀 있는 느낌이다. 심장에는 더 많은 바늘이 나를 짓누르고 있었다. 숨을 쉴 때마다 살이 아려 왔다.

서늘한 한기에 손을 뻗어 햇살을 움켜쥐었다. 차갑다. 손가락 사이로 시린 겨울 햇살이 빠져나간다. 발걸음이 저절로 베란다 창가로 걸어간다.

일렁이는 저 너머에 그가 웃고 있다. 손을 뻗었다. 잡히지 않는다. 한 손에 들고 있던 수건 하나가 저 아래로 떨어진다. 나비처럼 날아서 나풀나풀 떨어진다. 수건 잡아야 하는데. 신고 있던 슬리퍼가 발에서 떨어지고 나도 모르게 상체가 난간에 반쯤 실린다.

"누나 미쳤어?"

수건이 바닥으로 떨어지는 그 순간 나는 베란다 바닥으로 끌어당겨졌다. 멍하니 잡힌 옷을 따라 올라가니 지원이의 얼굴이 보인다.

"고작 청승 떨고 있다 하는 일이 이런 거야? 이대로 죽으려고 했어? 누나 그것밖에 안 돼? 그러면서 왜 먼저 헤어지자고 한 거야?"

정신을 못 차리겠다. 제멋대로 움직이는 내 감정은 죽을 만큼 복잡하고 아프다는 단어로는 설명이 부족했다. 멈춰지지 않는다. 쏟아지는 그리움의 끝은 어디란 말인가?

"수건이 떨어졌어. 그거 쳐다보다 그런 거야. 나가서 주워 올게."

천천히 일어서는 나를 지원이 다시 주저앉혔다.

"내가 내려갔다 올게."

지원이가 문을 열고 나가는 소리가 들렸다. 앉은 옆으로 베란다 창문에 어떤 여자가 보인다. 멍하니 아무 초점 없는 여자가 나를 보고 있다. 쓱 그 여자 얼굴을 닦아 주다 나는 그대로 정신을 놓아 버렸다.

잠깐 의식이 돌아오면 지원이가 내 옆에서 얼음주머니를 이마에 얹어 주고 있거나, 약이 내 입안으로 들어오곤 했다. 하룻밤을 그렇게 꼬박 앓았다.

질척한 물수건을 머리에서 내려놓고 거실로 나왔다. 지원이는 거실에서 지친 듯 몸을 웅크리고 잠들어 있었다. 이불을 꺼내 덮어 주고 나는 맨발로 베란다에 섰다. 문을 열자 차갑다 못해 머리를 짓이겨 버리는 차가운 바람이 아프게 했다.

내 어깨에 바람이 앉았다 일어설 줄을 몰랐다. 저 멀리서 해가 떠오른다. 어디서 새 한 마리가 날아왔다. 겁 없는 새는 내가 서 있는 베란다의 한쪽 끝에 날갯짓을 버둥거리다 날아갔다.

방으로 다시 들어가 책상에 바르게 앉았다. 그러다 내 시선이 머문 곳은 고속버스 티켓이었다. 그가 예매해 준 남해에서 서울까지 돌아오는 고속버스 표였다.

그때 이 버스 티켓을 그대로 간직하고 있었다. 이미 날짜가 지나버린 버스표를 보며 멍해졌다.

포르르, 얇은 옷을 입은 내 팔뚝에 소름이 돋았다.

갑자기 마음이 바빠졌다. 여권을 챙기고 잡히는 대로 옷을 챙겨 넣었다. 지갑을 확인하고 가방을 꾸렸다. 지원이가 깨지 않게 조심하는데 잔기침이 새어 나왔다. 그 소리에 지원이가 깨서 놀란 눈으로 나를 보았다.

"누나 어디 가?"

걱정이 뚝뚝 묻어나는 얼굴로 일어나 가방을 든 내 손을 잡았다.

"갑갑해서. 어디 좀 다녀올게. 걱정 마. 도착하면 전화할게. 내 방화분에 물 좀 챙겨 줘."

그렇게 나는 쌩하니 지원이한테 걱정을 한 덩이 던져두고 집을 나섰다.

변한 것은 없었다. 여전히 우라지게 춥고 비행기는 쏟아지는 눈에 한참 동안 공중을 선회했다. 예전보다 많아진 관광객에 입국 심사는 길었다. 긴 줄 끝에서 나는 기침을 참았다. 관광 안내소에서 적당한 호텔을 추천받아 나섰다.

호텔을 찾아 체크인을 하면서 근처 병원을 물었다. 이대로 잠들어 버리면 지원이에게 약속한 건강하게 다녀오겠다는 말을 지키지 못할 거 같았다. 마침 가까운 곳에 위치한 병원을 찾아가 번역기를 돌려 가며 진료를 받고 나왔다. 그렇게 나는 호텔 방으로 들어가 이틀을 꼬박 앓아누웠다.

이틀을 앓고 난 아침은 고요했다. 소리 없는 눈이 호텔 밖을 장식하고 있었다. 입안이 타 버릴 거 같은 갈증에 물을 마시고 얼음을 씹고 나서야 허기가 몰려왔다.

샤워를 하고 1층 식당으로 내려왔다. 멀건 죽 같은 수프와 빵으로 배를 채웠다.

몸은 한결 가벼워졌다. 기운이 딸리긴 해도 내가 살아났구나 하는 기분이 들었다. 앓고 있는 와중에도 지원이에게는 꼬박꼬박 안부 전화를 했다. 오늘 아침에는 한결 나아진 목소리로 전화를 했더니 지원이는 울먹이는 목소리로 잘 지내다 오라고 했다.

나만의 방식으로 그를 찾아 나서기 시작했다. 그와 만났던 찻집을 다시 찾았다. 기억을 더듬어 그때 마셨던 라떼를 마시고 같이 갔던 라멘집에서 그와 앉았던 자리에서 라멘을 먹었다. 변함없는 주인은 나를 기억하지는 못했지만 여전히 친절했다.

그의 집에서 화분과 같이 가져왔던 노트를 지도 삼아 맛있게 먹었던 빵집도 다시 찾았다.

꼭 누군가 같이 있는 것처럼 걸음을 멈추고 뒤를 돌아봤다. 추워지는 날씨에 손을 비벼 얼굴을 감싸면서 그도 지금 춥겠지 하는 생각을 했다.

그리고 다시 홋카이도를 찾은 목적인 그와 갔던 바닷가를 찾아갔다. 아무 생각 없이 그를 따라갔던 기억을 더듬어 기차를 타고 버스를 탔다. 잘못 알고 내린 곳에서 바닷바람을 맞아 가며 길을 걸었다.

다시 버스를 타고 도착한 그곳은 그때의 시간으로 나를 맞이했다. 어둠이 내려앉기 시작하는 시간과 하나씩 켜지는 가로등 불빛은 따뜻했다. 비린내 섞인 바람 냄새도 바닥에 닿는 찬기 서린 겨울 기온도 모든 게 다 그날과 같았다.

마음이 편해졌다. 콜록거리던 기침이 한숨이 되어 어둠 속에 섞여 들어갔다.

그렇게 한참을 앉아 있다 가방에서 그의 노트를 꺼냈다. 얼어 버린 손에 호 하고 입김을 불어 넣었다. 살짝 펴지는 손가락으로 노트를 폈다. 업무용으로 쓰는 용어들인지 알 수 없는 단어가 빼곡하게 적혀 있었다.

그렇게 몇 장을 한참 넘기면 이제는 내가 그 내용을 줄줄 읊을 정도로 다 외워 버린 나를 위해 그가 적어 준 여행 안내가 있다.

파란색 볼펜은 굵은 펜이었는지 뚱뚱하게 글씨가 나오고 붉은색 볼펜은 가늘다. 몇 번이나 매만진 글자는 이제는 내 손가락으로 파고 들어 가 버릴 거 같다.

노트를 바닥에 두고 바닷물이 밀려오는 소리에 귀를 기울였다. 밀려오는 바닷물이 빠르게 내 발 아래를 찰방거렸다. 발을 그 아래로 내리고 싶은 마음을 눌렀다.

거센 바람이 나를 스치고 지나갔다. 옆에 놓인 노트가 바람에 같이 너풀거리며 넘어간다. 노트를 붙잡다 중간에 펼쳐진 부분이 나를 부른다.

언제나 정리 습관이 깔끔한 그는 중간부터 노트를 사용하지 않았다. 그런데 노트의 한가운데 빼곡히 남겨진 그의 글씨. 와락 눈물이 쏟아졌다.

거기에는 내가 있었다. 한 바닥을 다 채운 내 이름. 바다 같아 보였던 그의 얼굴을 봤던 그날 가르쳐 주었던 내 이름이 한가득이었다.

지훈至薰이라는 내 이름이 한자로 그렇게 남아 있었다. 그의 모습이 거기에 묻어 나올 듯 뚫어지게 보다 자꾸만 눈물이 떨어져 글씨를 얼룩지게 했다. 노트를 끌어안았다. 꼭 그의 품인 것처럼.

그이를 생각하면 까슬했던 강아지풀이 생각나고 눈동자를 바라보고 있으면 우물 같은 그의 눈에 내가 비쳐 도저히 빠져나갈 수가 없었다.

아, 내가 당신을 잊고 살 수 있을까요?

급하게 노트를 가방에 넣고 일어섰다. 이 사람을 찾으러 여길 왔던 거다. 놓고 살 수 있다고 생각했는데 그건 바보 같은 변명이었다. 잊겠다고 했으면서 그를 느끼고 싶어 여길 다시 왔다. 이걸 이제 알았다.

이제는 내가 가야 한다. 그 사람에게로.

쓱 손을 들어 뚝뚝 흘러내리는 눈물을 닦았다. 서둘러야 하는데 차가운 눈물은 계속 바람이 되어 나를 스쳐 간다. 힘차게 걸어오라는 말. 나는 이제 지킬 수가 있게 되었다. 마음이 급해져 뛰는 걸음이 바쁘다.

갑자기 앞으로만 달리는 내 발길을 누군가 멈추게 했다. 아프게 덥석 잡아 오는 손짓에 놀라 고개를 들었다. 하지만 눈물 때문에 아무것도 보이지 않았다. 턱을 타고 흐르는 눈물을 몇 번이나 훔치고 앞을 바라봤다.

"어디 가? 천천히 걸어야지. 다쳐."

눈을 감고 숨을 멈추더라도 알 수 있다. 그 사람이다. 언제나 나의 콧잔등에 아스라한 향기를 머금게 하고 절대 내려놓지 못하게 곁을 맴도는 그 사람. 눈물은 하염없이 쏟아진다. 시린 손 하나가 눈물을 쓱 날려 준다.

내가 그 손을 잡아 내렸다. 추운데 장갑도 안 끼고. 바보 같은 사람. 찬찬히 내려다보던 그가 뜨거운 입술을 내게 닿게 한다. 정말 당신이군요.

"내가 가려고 했어요. 이제 내가 당신에게 가려고. 그래서 여기 왔는데 왜 또 미안하게 당신이 온 거예요? 내가 이제 당신 말대로 힘차게 걸어가는데. 어디라도 당신 찾으러 갈 수 있는데……"

우는 모습은 보여 주기 싫다. 억지로 눈물을 삼켜 보지만 밉게도 내 말은 중간에 끊어졌다 한참을 웅얼거리게 된다.

"내가 울고 다니지 말라고 했잖아. 겨울에 울면 머리도 아프고 추워."

"미안해요. 정말 미안해요. 내가 바보였어요. 너무 바보 같아서 당신이 나인 줄 몰랐어요. 내가 아프면 당신도 그만큼 아픈데 내 생각만 했어요. 내가 바보라서 안 보고 살면 나도 당신도 안 아플 줄 알았어요."

"손 내밀어 봐."

얼어 버린 손을 주먹을 쥐고 그에게 내밀었다. 부드러운 그의 손이 손바닥을 펴게 했다. 그는 아무것도 없는 손을 한참을 보다 내가 놓고 간 반지를 끼워 주었다.

"이제 절대 빼지 마."

익숙하게 자리를 찾아가는 반지를 바라보다 고개를 들었다. 그의 얼굴이 대답을 기다리고 있다. 얼음을 삼킨 듯 부들거리는 내 입술은 눈물을 머금어 무겁기만 하다.

말을 하고 싶은데 벅차오르는 감정에 애꿎은 입술만 깨물게 된다. 몇 번이나 숨을 몰아쉬고 호흡을 가다듬었다.

"나 그동안 충분히 아팠어요. 많이 고민했어요. 그럴 시간이 필요했던 거 같아요."

"그래 알아."

꿀꺽 넘기기 힘든 한숨을 몰아쉬었다. 다음 말을 준비하는 내게 그가 응원하듯 내 입술을 손가락으로 쓸어내렸다.

"그래도 결론은 내가 당신을 잡아야 한다는 거예요. 내가 고민했던 거 충분히 힘들었던 거 그 끝은 당신이에요. 그럴 수밖에 없어요. 아무리 애를 써도 수천 번을 망설였어도 내가 찾아온 곳은 여기예요."

시원하게 쏟아졌다. 가슴에 맺힌 불덩이가 넘어갔다. 참았던 울먹임을 다 쏟아 내고 나니 이제 안도의 눈물이 터진다. 그런 나를 안고 토닥이는 그의 가슴이 뜨겁다.

"그래, 이제 내가 네 옆에 걸을게. 우리 쉬엄쉬엄 편하게 잘 걸어가자."

그는 붉어진 내 얼굴을 자꾸만 쓸어내렸다. 그 손길에 안도의 한숨이 터진다. 내가 이제 온전히 이 사람 속으로 들어갔다.

우리는 지금 시작하고 있다. 만나는 순간이 시작이 아니고 내가 이 사람에게 걸어가는 지금이 시작이다. 충분히 아팠던 거 다 이 사람을 만나기 위한 과정이었다. 여기에 와서 나는 그걸 알았다.

한숨 속에 우리는 만났다. 힘들어하던 내 한숨을 이 사람은 편안하게 걸어오라고 쉬어 가는 한숨으로 바꿔 내 곁으로 왔다. 앞으로 더 큰 한숨을 쉬어야 할 일이 기다리고 있겠지만 이제는 내가 그의 한숨을 내 것처럼 받아서 쉬게 해 주어야겠다.

어쩌면 변하지 않는 상황일 수도 있다. 우리는 이렇게 제자리에서 힘들어할지도 모른다. 하지만 내 이름 같은 사람. 버릴 수 없는 내 이름처럼 그를 내 안에 새겼다.

우리는 물방울이 아니었을까? 호랑이 장가가는 날 즈음에 잠깐 내린 비가 조용히 나뭇잎에 내려앉았다. 잠깐의 비라 금방 그치고 끝날 인연이라 생각했었다. 하지만 그 물방울은 시냇물로 흐르고 계곡을 만나고 강을 만나 거센 물줄기에 때때로 힘들었다.

그러다 다시 바다가 되어 우리는 만났다. 우리는 다시 태풍이 불지도 모르고 거센 풍랑을 만날지도 모른다. 이제는 무섭지가 않다. 결국 우리는 파도로 스며들거나 넓은 바다 한가운데서 같은 물이 되어 있으므로······.

내게 스며드는 너의 한숨
3.
• • •

"서지훈 씨, 현장에 제작 공정표 아직 안 보냈어?"

메일을 확인하다 서류가 아직이라는 재촉에 민석은 인상을 찌푸리며 지훈을 불렀다.

"아, 그게 정식 발주된 사안도 아닌데 기계 제작 공정표를 보내 드릴 수는 없다고 해서요. 일단 현장 사무실에서 오늘 중으로 발주서 보내면, 바로 공정표 주신다고 하셨습니다."

민석은 지훈의 씩씩한 대답에 의자를 돌려 벌떡 서 있는 지훈을 바라봤다. 여기서 뭐가 잘못되었는지 짐작도 못 하는 지훈의 표정에 그의 머리가 지끈거렸다.

곧 퇴사할 회사다. 그의 밑에 들어온 신입은 의욕은 넘쳤으나 그래 봤자 신입이다. 낮게 숨을 고르고 서 있는 지훈에게 앉으라 손짓했다.

"현장에 들어가는 기계 가격이 억대야. 이런 기계를 구입하는데 말로만 하는 거 아니잖아. 서로 계약서가 오갔고 보증보험까지 다 들었어. 서지훈 씨가 그 서류 각자 담당 부서에 전달했잖아. 그러니 발주서보다 계약서로 이미 승인 난 사안이야. 아직 요령이 없어서 모르겠지만 이럴 때는 이런 상황 그쪽에 설명해 주면 돼. 거기 담당자도 발주서 타령 하는 거 보면 너 같은 신입인가 보다."

지훈은 어쩔 줄 몰라 하는 표정으로 허둥거리며 전화를 들었다. 민석은 제가 하겠노라 손짓했다. 곧 바로 전화를 넣고 지훈에게 눈짓을 보냈다. 눈치가 빠른 지훈은 이내 등을 돌려 메일을 확인하고 바로 들어온 공정표를 출력해서 그에게 내밀었다.

"이건 파일에 정리해 두고 메일로 온 건 현장 사무실에 보내. 잊지 마. 보내고 꼭 확인 전화하는 거."

차라리 혼자 일하는 게 백번 편하다. 설명하고 한 번에 못 알아들으면 다시 확인하고 제대로 들어갔나 또 확인하고. 일하면서 딱히 말 수가 없는 민석은 신입인 서지훈을 받고부터는 이러다 입술이 부르트지 않을까 심각하게 고민도 했었다.

다분히 짜증 섞인 손길로 서류를 정리하는데 그의 눈치를 살피는 지훈의 눈길이 느껴졌다.

"서지훈 씨, 오늘 신입들 교육 있다면서. 가 봐야 하는 거 아니야?"

"가도 될까요?"

파일을 정리하면서 풀이 한껏 죽은 목소리로 그를 제대로 쳐다보지도 못한다. 괜한 악역 느낌이 썩 반갑지 않다.

"그런 눈치를 왜 봐. 가. 늦어서 야단 듣지 말고."

지훈을 보내 놓고 그제야 민석도 편안하게 의자에 기댔다. 오늘 중으로 처리해야 할 일만 해도 벅차다. 중간에 자꾸만 질문을 해 대고 알려 줘야 할 부분을 체크하면서 일하는 게 쉽지만은 않았다. 제 천성이 이렇게 남에게 가르침을 행할 부류는 아니란 것을 여기서 깨달았다.

"민석 씨, 살살 해."

"네?"

지나가던 과장님이 파티션 너머로 불쑥 참견을 한다. 평소 수더분하고 아랫사람들을 잘 다독여 주는 분이시라 그도 날 선 신경을 살짝 내려놓고 눈을 마주했다.

"민석 씨는 그만둘 사람이니 일이 신경질 나고 바쁜데 신입이 귀찮은 거 이해해. 하지만 지훈 씨는 회사 입장에서 우리가 앞으로 같이 갈 사람이잖아. 그러니 신경 좀 써 줘."

"제가 부족했습니다. 제 사정이 바빠서. 좀 더 신경 쓰겠습니다."

"아니, 그렇게 미안해하면 내가 더 미안하지. 그런 말이 아니고 좀 편안하게 대해 주라고. 자네, 서지훈 씨 별명이 뭔지 아나?"

"별명이요?"

뜬금없는 질문에 의자에서 일어나 엉거주춤 서 있던 자세를 바로 하고 되뇌며 물었다. 다른 동료가 그들의 대화를 듣고 실없는 웃음을 지으며 지나갔다. 아마도 자신 빼고 다들 아는 이야기인 듯했다.

"지훈 씨 별명이 '서지훈 씨'야."

"그게 무슨?"

도통 말의 맥락을 파악하지 못한 민석은 속이 답답해져 무언의 재촉을 했다.

"하도 민석 씨가 목소리 깔고 성도 안 떼고 꼬박꼬박 '서지훈 씨.' 그러니 다들 별명처럼 그리 불러."

"아, 제가 그랬나요?"

"그래. 너무 정 없이 아랫사람을 대하는 거 같아서 좀 그래. 자네가 알아서 잘하겠지만 그렇게 딱딱하게 설명하면 궁금한 거 다시 못 물어봐. 좀 봐줘라."

손을 흔들며 장난스럽게 미소 짓고 과장님은 자리로 갔다. 민석은 잠깐 지훈과 어색한 사이를 되짚어 보다 그럴 여유가 없다 싶어서 이내 다듬던 서류를 재빠르게 정리하기 시작했다.

하나가 빠진 서류 목록에 아침에 지훈에게 말해 둔 것이 생각나 뒤돌아 지훈의 책상을 살폈다. 딱 눈에 보이게 있는 서류를 목록에 채워 넣었다.

내내 업무지시서와 보고서를 작성하는 와중에 지훈이 돌아왔다. 눈인사를 하고 제 책상에 놓인 완결된 서류를 들고 관련 부서에 가는 모양이다. 이제야 한숨을 돌린 민석은 눈을 감고 의자에 기댔다.

눈치 빠르게 따라와 준 지훈 덕분에 퇴사를 좀 당길 수 있을 거 같다. 남은 연차를 쓰기로 하고 퇴사 일정을 조율했다.

시원섭섭하다는 말이 이제야 와 닿는다. 숨을 고르는데 지훈이 돌아와 자리에 앉는 기척이 느껴졌다.

"서지훈 씨, 서류 전달했어?"

"네. 근데 그게 좀……."

말끝을 흐리는 기척에 민석은 뭐가 잘못되었나 싶어서 눈을 뜨고 몸을 돌려 지훈을 바라봤다. 벌떡 일어나 몸이 굳은 채 뭔가 설명을 하려는 후배의 자세에 민석은 눈살을 찌푸렸다.

제가 그리 어려운 사람인가 했다가 방금도 성도 떼지 않고 부른 호칭에 별수 없구나 혼자 웃었다. 그런 제 웃음에 의아한 표정을 짓던 지훈은 목소리를 가다듬고 뭔가 어려운 말을 꺼낼 듯했다.

지훈의 입술이 열리기 전에 방금 서류를 전달하고 온 부서의 과장의 구두 소리가 요란하게 그의 앞에 나타났다. 이번에는 민석이 벌떡 일어나 몸을 바르게 했다.

"민석 씨, 퇴사한다고 일을 이런 식으로 해?"

"무슨 말이신지?"

"기본적인 년도 확인도 안 하고 서류를 넘기면 어떡하자는 거야? 그리고 이제 그만둔다고 이런 서류를 신입한테 보내? 위아래도 없어? 아무리 그만둔다고 해도 기본은 지켜야지. 자네들이 내 뒤에서 무슨 말 하는지 나도 아는데. 내가 그래도 속은 두부야. 여려. 좀 잘 해."

서류를 험하게 팽개치고 최 과장은 가 버렸다. 파티션 너머 다른 이들이 엉거주춤 일어나 이 사태를 안됐다는 눈빛으로 그들에게 건넸다.

"신경 쓰지 마. 최 과장님 하루 이틀 저러시는 거 아니잖아. 뭐 그게 대외비 서류라고 신입이 전달하면 어때서. 어차피 작성도 지훈 씨가 했을 텐데."

딴에는 달래 준다고 친한 동료가 어깨를 툭 치고 말을 거들어 주었다. 늘 그러시는 분이시고 이제는 크게 마음 상하지 않는다고 생각했지만 그래도 그가 제대로 살피지 못한 서류에 민망했다.

"죄송합니다. 제가 작성하면서 확인을 못 했나 봐요."

지훈은 앉지도 못하고 그처럼 벌 받는 자세로 서서 그보다 더 크게 최 과장의 야단을 직접적으로 들은 셈이다. 얼굴이 붉어져 안절부절 못하는 지훈을 보면서 민석은 마음이 쓰였다.

그야 이제 마무리만 하고 떠나면 되는 회사다. 그가 나가면서 부서조차 와해되는 마당에 지훈이 어디에 정을 붙일 수 있을지 조금 신경이 쓰였다.

머리가 지끈거려 민석은 이마를 짚으며 의자에 앉았다. 슬금슬금 그의 눈치를 살피던 지훈이 서랍을 열더니 뭔가를 그 앞에 내밀었다.

"머리 아프신 거 같은데 두통약이에요. 죄송합니다."

약을 보고 민석은 고맙다는 눈짓을 하고 보던 모니터를 살폈다. 뒤에서 탕탕 두들기는 소리가 강하게 들렸다. 뭔가 싶어 뒤돌아보니 지훈이 스테이플러 찍힌 서류를 다듬는다고 두들기고 있다.

이게 무슨 병 주고 약 주고인지. 두통약을 주면서 더 두통을 유발하는 소리라니. 뭐라고 한마디 하려다 지훈의 책상을 바라보면서 묘한 기분에 잠깐 시선이 머물렀다. 어느 날 지훈이 민석의 책상과 서류 파일을 보면서 물었다.

'선배님 서류 파일은 왜 이렇게 단정하죠?'

서류가 단정하다는 말이 의아해 쳐다보니 지훈은 제 서류와 민석의 서류 파일을 펼쳐 놓고 손으로 짚었다.

'보세요, 선배님. 제 서류는 이렇게 불룩한데 선배님 서류는 튀어나온 부분 없이 평평해서요.'

뭔가 대단한 발견이라도 한 듯 지훈은 눈을 반짝이며 그를 바라봤다. 별걸 다 궁금해한다 싶어 민석은 귀찮았다.

'이거 봐. 스테이플러가 찍힌 게 이렇게 파일이 되면 두꺼워지면서 미워져. 다음에 자료 보관하러 들어갈 때도 불룩해져 자리 많이 차지하고. 이렇게 찍힌 부분을 바르게 해 두면 훨씬 보기 좋지?'
'아, 그러네요. 저도 그럼 그렇게 할래요.'

그 뒤로 지훈은 서류 정리부터 파일 색인 목록까지 그의 방식대로 따라 했다. 지훈에게 그가 좋은 사수이기만 한 건 아닐 텐데 싫다 소리 한 번 안 하고 잘 따라와 준 것이 고마웠다.
"점심 먹고 와야지."

"선배님은요?"

"난 괜찮아. 좀 쉬고 싶어서. 신경 쓰지 마."

"죄송합니다. 년도 확인 기본으로 하라고 말씀해 주셨는데 제가 실수했어요."

"이러면서 배우는 거지. 근데 최 과장님 본인 스스로 두부라고 여린 사람이라고 이야기하는 건 너무 웃기지 않아? 말끝마다 욕에다가 매너도 별로인 분이."

민석은 순간의 감정에 욱해져 의자에 파묻힌 몸을 지훈에게 틀었다. 짜증 섞인 목소리의 민석을 지훈이 빤히 봤다. 그제야 제 꼴이 우습다. 후배를 데리고 윗사람 흉을 보는 게 뭐 좋은 거라고. 저는 뭐 다를 거라고. 순식간에 아닌 척 입을 다물었다.

"뭐 두부란 게 꼭 우리가 아는 그 두부만 있는 것도 아니잖아요. 취두부도 두부니."

취두부? 민석은 최 과장 얼굴에 취두부가 난데없이 겹쳐져 크게 웃었다. 웃는 그도 스스로 놀랐지만 그의 웃음에 지훈은 더 놀라 입을 벌렸다. 그 모습에 민석은 웃음을 거두고 표정을 다듬었다.

"지훈 씨, 덕분에 내가 웃고 넘어가."

그러자 지훈은 눈이 더 커져 그를 보고 놀란다. 후배의 우스개에 성까지 떼고 부를 정도로 제가 너무 맞장구를 쳤다. 민석은 좀 전의 그 모습은 아닌 척했다.

"근데 서지훈 씨, 너희들끼리 상사 흉보고 그런 거야 안 보이는 곳에서 나라님도 욕하는 거 누가 뭐라 할 건 아니지만. 조심해야 해. 별명처럼 입에 붙으면 나중에 어디서든 실수해."

곧 뒤따라 온 생각은 괜히 말했다였다. 괜한 오지랖이 아닌가 후회했다.

"네. 조심할게요. 감사합니다. 선배님 말씀 들으니 이해 가요. 저 생각해서 이런 말씀도 해 주시고 고맙습니다."

진심으로 고마워하는 표정의 지훈을 보며 미안해졌다. 어느 말 하나 허투루 듣지 않는 지훈이다. 그와 똑같이 만들어 놓은 파일처럼, 그가 정리하는 컴퓨터 속의 서류 서식처럼 이렇게 맹목적으로 잘 따라오는데. 그는 마음 한구석 지훈을 귀찮아했다.

"내일부터 신입 워크샵이지?"

"네."

"잘 다녀와."

마음과 다르게 민석은 정리할 서류를 떠올리며 자리로 갔다.

다음 날 지훈은 워크샵을 떠났다. 민석은 예정보다 일찍 지훈이 없을 때 퇴사를 했다. 다른 이들이 지훈 씨 서운해하겠다는 말에 따로 전화를 하겠다 했으나 그러지 못했다.

나중에 지훈이 회사로 돌아와 민석이 인사도 없이 갔다는 말에 서운해했다고 전해 들었지만 그도 지훈도 그 이상 연락할 정도로 서로의 거리는 좁히지 못했다.

에필로그 1.

"훈아, 유진이 옷 어디 있어?"

여전히 낯가림이 심한 백구가 낯선 목소리에 귀를 접고 어슬렁거리며 집으로 들어갔다. 쏟아지는 봄 햇살에 엄마는 이불을 몽땅 마당 빨랫줄에 널어놓았다.

그의 목소리가 이불 너머로 들려온다. 보던 책을 덮고 평상에서 일어나 앉았다. 이불 사이로 작은 아이 옷이 나풀거렸다.

맨발에 슬리퍼를 꿰차고 일어나는데 아이를 안은 그가 뒷마당으로 들어섰다. 아이를 받아 안고 보니 살짝 옷이 젖어 있다. 아까의 요란스런 웃음소리가 물놀이 때문이었나 보다. 냉큼 옷 하나를 걸어 와 입히려는데 엄마 목소리가 먼저 온다.

"땡볕에 말린 옷을 어디 바로 입히누? 애 엄마가 그리 몰라서야."

혀를 끌끌 차며 엄마는 내 손에서 유진이를 안아 들고 가게로 들어갔다. 영문도 모르는 그와 나는 멀뚱히 사라지는 엄마를 보다 씩 웃고

369

만다.

지원이가 결혼을 하게 되어 오랜만에 집으로 내려왔다. 지원이는 그동안 감쪽같이 옆 동네 친구와 사귀고 있었고 결혼을 하기로 했다.

둘 다 같은 고향 출신이라 처음부터 서로의 사정을 다 아는 터에 나와 같은 결혼의 반대는 없었다. 내가 힘들게 결혼을 하고 나서 남자인 지원이는 더 힘들지 않을까 걱정을 했는데 이렇게 쉽게 풀려 얼마나 다행인지 모른다.

"유진이는 재웠어. 사부인이 알까 겁나네. 애 엄마가 햇볕에 뜨거워진 옷을 그냥 입히려고 해? 아직 어려 말을 못 해서 그렇지 여린 살에다 뜨거운 옷 입으면 유진이가 얼마나 아프겠어? 화상 입어, 조심해."

"무슨 화상까지야?"

"또 그런다. 새겨들어야지. 이런 날 옷이 얼마나 뜨거운데. 바로 입히지 말고 식혔다 입혀."

옷을 식혀 입는다는 표현이 우스워 혼자 웃는데 옆의 그는 진지하게도 듣는다. 엄마는 나보다 그가 더 마음에 드는지 흡족하게 쳐다보다 또다시 눈썹이 살짝 올라갔다.

뭐 또 우리가 잘못했나?

"김 서방, 이제 유진이도 있는데 안사람 이름을 그리 불러 쓰나? 너희들끼리 있는 것도 아니고 그렇게 불러 버릇하면 사돈어른 계실 때 실수해. 이러다 유진이가 엄마 보고 훈이라고 부르겠네."

엄마는 결혼을 준비하는 과정부터 그의 집안 눈치를 많이 살피셨다. 내가 그러지 말라고 해도 스스로 가진 자격지심이 나만큼이나 깊었다.

시어머니는 겉으로는 남을 힘들게 하시는 분은 아니셨다. 하지만 엄마는 혹시나 내가 눈 밖에 나는 일이 없을까 늘 노심초사였다. 그런 자신의 모습조차 혹시나 내게 누가 될까 상당히 신경을 쓰고 사신다.

내가 딸아이를 낳고도 엄마는 아직도 그런 마음의 짐을 덜어 내지 못하고 있는 것을 보면 마음 한편이 씁쓸하다.

물 한 모금 넘길 수 없는 입덧에 힘들어할 때 시어머니는 내가 듣고 있는 줄도 몰고 그에게 못마땅한 기색을 표시하셨다. 입덧이란 것은 친정 어미를 닮는데 뭐 당기는 음식을 알아보려고 해도 지금 사부인한테 묻지도 못한다고 불편한 심정을 이야기하셨다.

시어머니가 나를 나쁘게 생각하시는 게 아니라는 걸 안다. 하지만 그날 밤 나는 서러움에 엄마에게 전화로 아무 말도 못 하고 울기만 했다.

얼마 후 그가 계절에 어울리지 않게 호떡을 집에서 만들어 주었다. 한여름에 감기까지 들어 버린 나 때문에 에어컨도 못 켜고 불 옆에서 땀을 흘리면서 말이다.

눈만 멀뚱히 뜨고 쳐다보는 내게 먹을 수 있을 거라며 건네주던 호떡은 입술에 닿자마자 꿀이 뚝뚝 흘러 예쁘게 먹을 수는 없었다.

하지만 신기하게도 입덧은 가라앉았다. 그리고 며칠 후 나는 날 낳아 준 엄마의 전화를 받았다. 호떡은 잘 먹었냐고 머뭇거리며 말씀을 꺼내셨다.

서로 연락은 안 하고 살지만 전화번호와 어디 계신지 정도는 알고 있었다.

그래도 전화는 뜻밖이었다. 그가 어떻게 알고 내 생모를 찾아갔는지는 나는 묻지 않았다. 결혼 전에 그 문제로 힘들었던 그에게 아직도 나는 미안하고 또 고맙다.

"여보."

엄마가 가게 안으로 들어가자 그가 냉큼 나를 그리 부른다. 뭐가 그리 웃긴지 킥킥 웃기가 바쁘다. 저 사람은 그게 부끄러운 단어라도 되는 듯 한 번 불러 놓고 얼굴이 빨개진다. 제 풀에 우스워 넘어간다.

"유진이 자는데 우리는 이제 뭐 할까? 나 칼 다 갈았는데 동네 산책이나 할래?"

이 사람이 내 남편이 되고 우리 집에 와서 제일 먼저 했던 일은 칼을 가는 것이었다. 바닷가에서 고기를 잡는 우리 동네는 남자란 태어날 때부터 칼을 갈 수 있어야 했다. 결혼하고 우리가 집으로 왔을 때 아빠는 무딘 칼을 그에게 턱 내밀며 칼을 갈아 오라고 했다.

마당에서 칼을 건네받은 그의 얼굴은 새파랗게 질렸다. 아빠는 그날로 그에게 숫돌에 칼을 가는 방법을 가르치고 내친김에 생선을 잡고 회를 장만하는 요령을 알려 주었다. 하지만 그는 질겁을 하며 싫어했다.

그리고 나는 그의 집에 가서 태어나 한 번도 먹어 본 적 없는 토란국이란 것을 끓여야 했다. 내가 사는 고장은 토란은 그 줄기만 먹을 뿐 토란으로 국을 끓여 먹는 일은 없었다. 시어머니는 토란국을 잘 모르는 날 엄청 이상해하셨다.

나를 붙잡고 토란을 장만하는 방법부터 알려 주셨다. 집안 행사에 한 번씩 올라가는 국이라고 하시면서 잘 배워야 한다고 하셨다. 재밌게도 남편이 된 그는 토란국을 즐기지 않는다. 그리고 뱃멀미도 한다. 그것도 아주 심하게.

우리는 나란히 집을 나섰다. 팔짱을 슬쩍 끼우는 그에게 웃어 보였다. 불쑥 저기 콩밭에서 누군가가 고개를 삐죽 들이민다. 놀란 내가 팔을 홱 뿌리쳤다.

"지훈이 왔어? 어, 김 서방도 내려왔네. 유진이 잘 크지?"

"네. 콩이 좋아 보여요."

아직도 동네 어른들 얼굴과 관계를 다 외우지 못한 그가 먼저 나서서 반가운 척을 했다.

"좋기는 무슨. 아직 여물지도 않았는데."

괜히 좀 아는 척했다가 무안만 탄다. 그래도 주는 막걸리 잔을 넙죽 받아 마시고 온다. 다시 동네를 천천히 걸었다.

"여기는 누구 집이야?"

잘 다니지 않던 동네 안쪽으로 들어서 대문을 닫아 놓은 집 앞에 걸음을 멈췄다. 또 어디 먼 친척 집이라도 되는 줄 알고 그가 물었다. 내가 슬그머니 삐걱거리는 대문을 열자 이내 힘없이 쉽게 열렸다. 손에 붉은 녹이 묻어났다.

"빈집이야?"

"응. 여기 살던 할머니가 작년에 아들네로 가셨거든."

내가 들어오라고 손짓을 하자 그가 쭈뼛거리며 들어섰다. 우물도 그대로 있고 빨랫줄도 그대로다. 마당의 세숫대야는 주인을 잃고 흙먼지를 쓰고 있다.

"여기 나 어릴 때 살던 집이야."

"여기 살았어?"

"응. 다른 엄마하고 살던 집. 우리가 이사 가고 작년까지 동네 할머니가 혼자 사셨어. 너무 옛날 집이지?"

"그러게."

"이제 빈집이라 아빠가 여기 허물고 밭을 만드시려고 하나 봐. 요즘 시골에 들어와 사는 사람도 없고."

저기 우물에서 엄마가 수저로 감자 껍질 벗기고, 저 안방의 텔레비전에서 만화영화를 봤다. 잠그지 않은 방문을 열었더니 잡초가 내 키만큼 자라 있었다. 문득 쓸쓸한 기분이 들어 다른 이에게는 보이지 않게 방문을 꼭 닫았다. 그마저 문은 아귀가 맞지 않아 덜렁거렸다.

대충 손으로 먼지를 쓸어내고 마루에 앉았다. 댓돌에 내 신발을 슬그머니 올려 본다. 그런 내 모습을 지켜만 보던 그가 옆에 앉아 나처럼 맨발이 되어 신발을 올려 둔다.

"고마웠어."

"뭐가."

난데없는 내 말에 신발을 벗고 두리번거리던 그가 나를 마주했다.

"유진이 가지고 입덧할 때 호떡 만들어 준 거. 나 호떡 안 좋아하는 데 그거 참 맛있었거든. 그때 고맙다는 말 했어야 하는데 그 말 하면 눈물 날 거 같아 못 했어."

"아예 죽을 때 이야기하지 그랬냐? 갑자기 엉뚱하기는. 혹시 또 호떡 먹을 일 생겼어?"

기가 막혀 입을 쩍 벌리는데 그는 진지하기만 하다.

"아니야. 그 호떡 왜 만들어 줬는지 알고 있었거든. 그거 먹고 며칠 뒤에 엄마……한테 전화 왔어. 당신 다녀갔다고. 내가 어떤 사람이랑 결혼해서 사나 궁금했는데. 얼굴 보여 줘서 너무 좋았다고 했어. 당신한테 고맙다고 나한테 그랬어."

"……그 뒤로 다시 연락하는 거야?"

"아니. 서로 연락은 이제 안 해. 거기도 딸이 있고, 아마도 이제 더 이상 연락하고 살 일은 없을 거 같아. 그냥 인연이 거기까지다 그렇게 생각해."

"여기 오니까 생각나?"

"모르겠어. 이제 생각날 것도 없는 거 같기도 하고. 너무 희미해서 잘 기억도 안 나. 있잖아, 내가 유진이를 낳고 제일 먼저 든 생각이 우리 엄마는 날 어떻게 두고 갈 수가 있었을까 그랬어. 내 속으로 품어서 낳고 이렇게 소중하고 예쁜 딸을 안 보고 사는 게 가능할까, 한동안 유진이 낳고 그거 때문에 좀 힘들었어."

멍하니 앞만 보고 있는 나를 그가 무릎에 놓인 내 손을 잡았다.

"그런 이야기는 안 했잖아. 힘들었으면 말을 하지."

"그냥 그런 거까지는 말하고 싶지 않았어. 그런데 내가 유진이를 키우면서 생각이 많이 변하는 걸 느껴. 잘 때 본능처럼 내 품에 안겨 오는 아이를 보면서 이런 딸을 두고 간 우리 엄마 마음은 더 힘들었겠다 싶어. 여자는 좀 다른 거 같아. 열 달을 품어서 그런지 마음이 짠해."

"그렇구나. 잘 모르겠지만 나도 비슷한 거 같아. 처음에 우리 유진이 보고 심장을 누가 꾹 누르는 거 같기도 하고. 내가 남자라 그런지 그게 뭐라고 할까. 책임감이라고 할까. 그런 게 먼저 생기던데. 돈 많이 벌어야겠다, 뭐 그런 거? 설명이 이상한가?"

피식 웃음이 먼저 나온다. 아마도 우리 둘이 부모가 되고 나서 느끼는 지금의 생각은 모래알 같을지도 모른다. 아이가 태어나고 몇 해 보내지도 못했으니 살아가면서 더 많은 감정을 느끼게 되리라.

"고마워. 나하고 결혼해 줘서 고맙고, 결혼 전에 당신 속상하게 했던 거 미안해."

"왜 이러실까? 서지훈 씨, 오늘 왜 그래?"

"좋다고 고백해도 받아 줘야 감동도 있는데. 이렇게 나온다 이거지? 흥, 그냥 봄바람 난 걸로 해."

조금 심각해지려는 대화를 적당히 잡아 준 그가 고맙다. 아마도 더 대화가 깊어졌으면 난 마무리도 못하고 부끄럽기만 했을지도 모른다.

결혼을 하기까지 그간의 시련은 그도 힘들었다. 그의 집에서 반대한다는 이야기가 우리 집으로 전해졌다. 우리 부모님은 버텨 내질 못하셨다. 엄마는 하룻밤 사이에 입술이 다 말라 버렸다. 아빠의 머리는 하얗게 세어 버렸다.

그는 죄도 없으면서 내 부모님 앞에서 얼굴을 들지 못했다. 내가 결단을 내려야 했다. 그에게 말을 하지 않고 혼자 그의 부모님을 찾아 뵈었다. 얼마 후 시부모님은 마지못해 나를 받아들이셨다. 정식으로 상견례를 하고 결혼 날짜를 잡았다.

시간이 약이라고 시부모님은 결혼을 하고 한 번씩 마주치게 되는 우리 부모님을 이제는 처음의 선입견 없이 대하신다. 시부모님이 이름 붙은 날에 신경 쓴 선물을 우리 부모님에게 보내시면 엄마는 나라님 선물이라도 받는 듯 고마워하신다.

나는 또 그게 마음이 쓰인다. 그냥 평범하게 좋아하면 될 것을 이 마음조차 내 욕심인가 보다. 아마도 엄마와 아빠는 평생 자신들의 입장을 나를 통해 거울처럼 보게 되실 거 같다. 부디 이제는 그 짐을 버겁지 않게 짊어지셨으면 한다.

얼마 전에는 아직 어렵기만 한 시어머니 앞에서 사과를 깎고 있는데 신기한 듯 내 얼굴을 한참이나 보셨다. 무안해져 시선을 어디다 둘 줄을 몰라 했다. 시어머니는 "사과를 나처럼 깎는 며느리는 처음이다." 그러셨다.

사과를 돌려 가며 껍질을 깎지 않고 네 등분으로 나눠 껍질을 자른다고. 내가 당신과 똑같다면서 신기해하셨다.

별것도 아닌 그게 뭐라고 그래도 한 뼘쯤은 가까워진 거 같아 그날 밤 집으로 돌아가는 길이 가벼웠다.

"훈아, 우리가 이 집 살까?"

내가 다시 댓돌에 놓인 신발을 신고 일어서자 그가 내 손을 잡아 주저앉힌다.

"뭘 사? 이 집을?"

"응. 너한테는 좋은 추억이잖아. 여기 집 장만해 두면 유진이 자라면서 방학 때마다 놀러 와도 좋고. 형들 가족이랑 오기도 좋고. 좋을 거 같은데?"

"그건 좀 그렇지 않을까? 아빠가 이 집 허물고 밭으로 만들겠다고 한 거. 꼭 못 팔아서가 아니라 지금 엄마 때문일 거야. 좀 불편하고 그런 거."

손에 묻은 먼지를 탁탁 털고 마당을 가로질러 우물로 갔다. 덮어 놓은 우물 뚜껑을 만지자 바스락거리며 한 귀퉁이가 부서졌다. 부실하게 보이는데도 좀처럼 한쪽으로 밀어지지 않아 끙끙거렸다. 어느새 그가 곁으로 와 쉽게 열어 주었다.

우물 속으로 햇살이 쏟아져 내렸다. 우물은 말라 있었다. 끝이구나.

"훈아, 물이 하나도 없어."

"그러게 아무것도 없네. 다 말라 버렸나 봐."

뭔가 싸늘한 마음에 콧날이 시큰해졌다. 날 낳아 준 엄마는 우물가에서 참외를 씻던 기억을 갖고 있을까? 너무 소소한 일상이었던 어느 날의 시간들은 이제 흔적도 없이 말라 버렸다.

다시 우물을 닫고 삭아 버린 빨랫줄을 거둬 마당 한쪽으로 치웠다. 대충 눈에 보이는 쓰레기를 정리했다.

우리는 그 집의 대문을 닫았다.

"자기 피곤하지 않아?"

"괜찮아. 그런데 아버님은 어디 가신 거야? 아침에 보이시더니."

"내일 어머님, 아버님 내려오시잖아. 그래서 광어 있나 보러 가신다고."

"갑자기 광어는 왜?"

"지난달에 아빠가 광어 올려 보내셨던 거. 그거 미역국 끓여서 어머님 아버님 해 드렸더니 입에 맞으시는지 잘 드셨거든. 아빠한테 고맙다고 이야기했더니 나이 드신 분들 보양으로 좋다고 찾아본다고 나가셨나 봐."

"그럼 광어 잡으러 가신 거야? 와, 신기해. 아버님은 낚시만 하면 광어가 잡혀?"

그는 깜짝 놀라며 걷던 논두렁에서 휘청했다. 중심을 못 잡고 엉뚱한 소리를 하는 그의 팔을 잡고 살짝 때렸더니 아프다고 엄살이다.

"우리 아빠가 무슨 용왕님이야? 광어가 그냥 잡히게? 우리 며칠 장사 안 해서 고기 없잖아. 그래서 근처에 알아보신다고 나가신 거야. 좋은 거 찾는다고 오래 걸리시나 봐."

지나가는 바람이 따뜻해서 내 얼굴에 미소가 실린다. 시부모님은 모레 있을 지원이 결혼식에 내려오겠다고 하셨다.

다 키운 자식을 하늘로 먼저 보낸 시부모님은 겨울에도 뜨거운 것을 못 드신다고 그렇게 그분들만의 고통을 가지고 계셨다. 그래도 세월이 약이라고 유진이가 태어나고 손녀가 자라는 것을 보면서 삶의 위안을 찾아 가시고 계신다.

얼마 전 시어머니는 내게 당신이 미안했노라 내 손을 쓰다듬어 주셨다. 자식 먼저 보낸 부모가 뭘 그리 욕심을 냈는지 모르겠다고 하시며 많은 생각이 스쳐 지나가는 듯 눈시울을 붉히셨다.

그날 어머니는 내가 끓인 미역국을 한 김 나가길 기다려 천천히 맛있게 드셨다. 그렇게 우리 부모님도 그의 부모님도 각자의 인생을 하루하루 살아가신다.

"아주버님 운전해서 오시려면 힘드실 텐데."

"괜찮아. 여행 삼아 겸사겸사 내려오시는 거라. 근처 펜션도 알아봤다는데? 며칠 계시다 가실 건가 봐."

"그걸 왜 지금 말해?"

"나도 아까 전화 받고 알았어. 괜히 장모님 따로 신경 쓰실까 봐 아버지도 미리 말하지 말라고 하셨어."

두런두런 지원이의 결혼식 이야기를 하고 오다 보니 어느새 다시 집이다. 아직 아빠는 돌아오지 않으셨다. 햇살 아래 이불은 잘 마르고 있었다.

"한숨 자. 어젯밤에 내내 운전하고 당신 피곤할 거야."

"그럴까?"

2층으로 그를 먼저 올려 보내고 마당의 이불을 거뒀다. 잘 마른 이불의 감촉이 좋다. 이불을 펴 주다 낼름 와서 눕는다. 시원하게 하품을 한다.

"근데 처남은 모레 장가가면서 왜 이리 바빠?"

"오늘 밤에 내려온다고 하던데. 우리 결혼식 생각나."

"그래 생각나. 지원이 펑펑 울고. 남동생이 그리 우는 결혼식은 처음 봤어. 무슨 내가 죄라도 짓는 기분이었다니까. 훈아, 너도 지원이 결혼식에 그렇게 울 거야? 한복 옷고름 비틀어 쥐고?"

"유진 아빠, 그냥 주무세요. 좋은 날 내가 왜 울어? 유진이 데리고 올게."

"나 잠들 때까지 기다렸다 가. 어머니 유진이 자주 못 봐서 늘 보고 싶으실 텐데. 네가 냉큼 데려가면 서운하시지."

"응. 그럴게."

시원한 바닷바람이 기분 좋을 만큼 창문을 타고 들어왔다. 왱왱거리는 소리에 고개를 들어 보니 벌 한 마리가 하얀 분가루를 입고 있다. 아침에 인절미를 좋아하는 그를 위해 엄마가 집에서 조금 장만했다. 그사이 벌이 콩가루를 꽃가루 대신 입고 날갯짓을 한다.

나는 옆에 놓인 부채로 혹시나 그의 잠을 방해할까 벌을 살살 내쫓는다. 부채 바람에 헝클어진 그의 머리를 손으로 빗겨 주자 나른하게 두 팔을 올려 기지개를 크게 했다. 불쑥 윗옷이 올라간다. 빼꼼 배꼽이 보인다.

"어, 자기 배꼽 예쁘다."

"부끄럽게 갑자기 왜 그래?"

정말 부끄러운지 냉큼 손으로 가린다.

"남자가 부끄러워하기는. 근데 정말 당신 배꼽이 예뻐."

"그래? 내가 뭐 하나 빠지는 게 없긴 해."

그의 허세에 우리 둘 다 시원하게 웃음이 쏟아졌다.

바람이 분다. 아주 따뜻한 바람이. 우리 둘 다 나른한 한숨이 흘러 나왔다. 슬슬 눈을 감는 그의 곁에 나도 나란히 누웠다. 배꼽이 예쁜 그 사람 옆에.

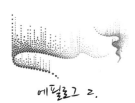

에필로그 2.

　초가을 따사한 햇살이 기분 좋게 바닥으로 내려앉는 오후다. 민석
은 동네 어귀에 들어서다 가깝게 들리는 노랫소리에 빠른 걸음을 멈
췄다. 어느 건물에서 누군가 힘을 주어 부르는 노랫소리가 넓게도 퍼
지고 있었다.
　빈말이라도 잘 부른다 할 수 없는 노랫소리에 민석은 피식 웃었다.
노래방을 지나쳐 동네 어귀로 들어서는데도 노랫소리는 오래도 꼬리
를 물었다.
　점점 노랫소리가 희미해질 즈음 갑자기 떠오르는 희미한 기억의
한 조각이 그를 웃게 했다. 가만히 서서 흐려진 기억이 선명하게 소리
로 다가오는 것을 느꼈다.
　그들이 같이 근무하던 시절, 회사에서의 회식 후 노래방이었다. 각
자 부서의 명예를 걸고 정신을 한 자락은 놓은 채 노래를 부르던 무리
들 중에 지훈과 민석은 조용했다. 일단 인원부터가 밀리는 데다가 전

혀 친하지 않은 그들이 노래방에서라고 해서 뭐가 달랐겠는가?

노래방 모니터에는 물에 젖은 지폐가 몇 장 떡하니 붙어 있었다. 다들 그 돈을 목적으로 나왔고, 온갖 트로트와 최신 곡들이 흘러 나와 어지럽게 했다.

요란한 소음에 귀가 피곤해진 그는 이쯤에서 모른 척 빠져나가도 될까 기회를 엿보는 중이었다. 그때 옆에 그처럼 얌전히 박수나 치던 지훈이 벌떡 일어났다.

'이번에는 제가 부를게요.'

갑자기 일어서 중앙으로 나가는 지훈에 당황한 민석은 빠져나갈 기회를 놓쳤다. 지훈은 망설임 없이 번호를 눌렀고 곧 귀에 익숙한 트로트가 반주가 흘러나왔다. 그 뒤로 지훈의 모습에 민석은 넋을 놓아 버렸다.

제가 소주를 몇 병 마시고 기분 좋게 오른다 해도 저렇게 신 나게 노래를 부를 수 없을 거다. 결코 잘 부르는 노래는 아님에도 흥을 돋아 부르는 지훈의 색다른 모습에 다른 부서 직원들까지 기세 좋게 가담했다. 결국 모니터에 붙은 지폐는 지훈이 싹 쓸어 갔다.

일 잘하고 성격이 밝고 딱 여기까지가 그가 아는 서지훈이었다. 역시나 밝은 후배였다. 그 모습이 좋아 보여 특별하게 남은 시간이었다. 그는 지폐를 거머쥔 지훈을 신기하게 쳐다봤다.

'선배님, 우리 이 돈으로 다음에 맛있는 거 먹으러 가요.'

그랬는데 그때의 기분에 취한 말이었는지 그의 기억에는 지훈과 따로 밥을 먹은 적이 없다. 기대했던 건 아니었다. 서로 어색한 사이에 도리어 청을 해 오면 어떤 방식으로 거절해야 하나 걱정까지 했었다.

불현듯 세월이 한참이나 흘러 지훈은 그 돈으로 무엇을 했을까 궁금증이 생겼다.

아파트 입구 상가 떡집 앞에 섰다. 색이 고운 무지개떡을 쳐다보는 민석의 입꼬리가 저절로 올라갔다. 망설일 것도 없이 떡을 집어 들었다. 한 손에는 서류 가방을 들고 한 손에는 무지개떡이 든 검은 봉지가 달랑거렸다.

그들의 신혼여행지는 홋카이도였다. 꽃이 예쁘게 피는 홋카이도를 지훈에게 보여 주고 싶었다. 살이 떨리게 추운 마음이 시렸던 겨울의 홋카이도 말고 아름다운 계절의 홋카이도를 선물해 주고 싶었다.

그가 야심차게 흐뭇해하며 보여 준 사계채의 언덕을 보고 지훈은 '우와 무지개떡 같아.' 그랬다.

그때의 생각으로 마음이 무지개처럼 꽃이 핀다. 민석은 걷는 속도를 내어 모퉁이를 돌았다. 저기에 두 개의 무지개가 떠 있다.

"아빠!"

지훈의 등에 업혀 있던 유진이 내려 팔랑팔랑 걸어 제게 안긴다. 포근하고 보드라운 아이. 오랜만에 보는 아이는 여전히 눈부셨다. 격하게 환영하듯 뽀뽀를 날리는 아이를 끌어안고 일어섰다.

"유진이 무거운데 업고 있었어?"

여섯 살이 된 수다스러운 아가씨는 이제 제법 무거워 업기가 힘들 텐데 지훈의 등에 업혔던 게 신경이 쓰였다. 외가로 내려갔던 아이는 내일 오기로 했다. 하루 일찍 온 유진이 반가우면서도 푹 쉬었으면 했던 지훈이 아이에게 시달렸을 생각을 하면 또 안쓰럽기도 하고 그랬다.

"떽. 그런 말 하는 거 아니라고 했잖아. 어머니도 우리 엄마도 아이한테 무겁다 가볍다 하는 거 아니랬어."

손 맵게 그의 팔뚝을 때리는 지훈을 보며 괜찮아졌나 싶어져 그저 웃고 만다. 바둥거리며 내려 달라는 아이는 뱅그르 돌면서 저를 보란 듯이 뒤를 보여 준다.

"유진이 좀 봐 줘. 피곤해서 씻고 자자고 했더니 아빠한테 머리 보여 줘야 한다고 기다렸어."

그제야 아이의 머리를 살펴보니 곱게 머리를 땋아 올렸다. 딱 봐도 장모님 손길이다. 부산스럽고 한창 몸으로 놀기 좋아하는 아이가 고운 자태를 아빠에게 보여 준다고 기다렸다 한다.

지난주 그는 하루걸러 지방 출장으로 집을 비우게 되었다. 지훈이는 회사 프로젝트로 계속된 야근이었다. 그런 상황을 안쓰럽게 본 장모님이 유진을 데리고 있어 주마 하고 함께 내려갔다. 낯가림도 없고 늘 밝고 활기찬 수다쟁이 아가씨는 신나 하며 유치원이 지겨웠다며 좋아했다. 여섯 살 아이 입에서 나온 지겹다는 소리에 지훈과 민석은 어이없어 웃었다.

"우리 딸. 인디언 소녀가 되었네."

바닷가를 누비며 수다를 떨고 동네 참견을 다 했을 딸은 까맣게 건강하게 보였다. 제 손을 잡고 꼼지락거리던 아이가 눈을 비볐다.

"너무 까맣게 탔지? 우리 유진이 밤에는 못 알아보겠어."

졸린 아이를 다시 들쳐 업고 민석은 금방 잠이 든 아이의 새근거리는 숨소리에 미소를 지었다.

아이를 업은 손에 달린 비닐봉지와 가방은 지훈이 대신 들었다. 안에 든 내용물을 확인하던 지훈이 방금 유진이 웃었던 것처럼 환하게 웃었다.

"무지개떡이네. 맛있겠다. 나는 이걸로 저녁 해야지."

"아직 저녁도 안 먹었어?"

"입맛도 없고. 유진이는 지원이가 먹이고 데려왔어. 지원이가 어제 집에 아빠랑 의논할 일 있다고 내려갔거든. 그 편에 유진이 같이 올라 왔지."

그게 그렇게 된 거구나. 내일 장모님이 유진이와 올라오시기로 했는데 하루 일찍 무슨 일인가 했다.

"그렇다고 밥을 안 먹으면 어떡해? 내가 안 먹고 올 걸 그랬어. 어디 밥 먹고 들어가자."

"밥보다 잠이 더 고팠어. 이제 살 만해. 유진이도 자는데 어디서 밥을 먹고 가."

"이제 괜찮아?"

"응. 어제 마무리 다 해서 최종 승인까지 떨어졌어. 그동안 우리 팀원들이 고생 많이 했지."

"너도 고생 많이 했어."

"어, 자기 지금 예전의 선배 같아서 기분이 이상해."

"왜? 싫어?"

"아니. 좋아서. 연애하는 거 같아서."

부끄럽게 웃으며 지훈은 두어 걸음 앞서가다 뒤돌아섰다.

"우리 마음에서 차 한잔 하고 갈까? 오랜만에 베이글 먹고 싶어. 유진이 때문에 좀 그러나?"

아파트 앞 '마음'이라는 곳은 그들의 단골 카페다. 베이글이 맛있는 그 집은 민석의 회사 동료가 하고 싶은 일을 하자, 하고 사직서를 내고 차린 카페다. 정작 하고 싶은 일보다 때마다 오는 세금에 하기 싫은 일이 더 많다고 했지만 얼굴 표정은 좋았다.

부부가 작지만 알차게 꾸려 가는 가게는 종종 지훈과 민석의 데이트 장소가 되었다. 지훈이 앞장서 문을 밀고 들어서자 등에 업힌 유진이 깼다.

"어머, 유진아, 오랜만이야. 이모가 얼마나 보고 싶었다고."

"이모, 나 봐요. 예쁘죠?"

다시 한 번 유진은 뱅그르르 돌며 머리를 자랑했다. 종알거리며 딱 붙어서 바닷가에서 있었던 일을 주절주절 이야기한다.

지훈은 그 곁에 서서 그동안 안부를 물으며 길게도 담소를 이어 갔다. 민석은 눈인사를 하고 카운터로 갔다.

"여보, 뭐 주문할까? 밤이라 커피는 그렇고 밀크티 할래?"

"아니. 나 레몬네이드. 더워."

살짝 기분이 상했다. 쌀쌀해지는데 무슨 레몬네이드래. 분명 노래방에서 그 돈 챙겨서 그 자식이랑 밥 먹은 게 분명해. 여태껏 신경 쓰지 않고 살았던 과거가 부지불식간에 끓어올랐다.

"플레인 베이글이랑 밀크티 두 잔 주세요."

"네? 저기 레몬네이드라 하시던데."

알바생이 먼저 그들의 대화를 듣고 의아하다는 듯 되물었다.

"날씨가 춥잖아요."

멋쩍게 웃으며 주문을 바꾸지 않았다. 유진은 머리를 자세하게 보여 주고 팔을 들었다 내렸다 무슨 동작을 하며 설명하기 바빴다. 바쁜 사람을 잡고 제 아이가 민폐를 끼치는 거 같아 민석은 무안해서 유진에게 가까이 갔다. 지훈은 그사이 회사에서 온 전화로 심각한 표정을 한 채 한창 통화 중이었다.

"유진아, 이모 바쁘시잖아."

"괜찮아요. 보시다피시 손님도 없고. 유진이 보고 있으면 기분이 좋아요. 어찌 이리 이쁜 아이가 있나 싶기도 하고. 우리는 결혼을 일찍 해서 그이도 저도 낳고 키우기만 바빠서 잘 몰랐어요. 이렇게 예쁜 아이인데 그때는 몰랐어요. 유진 아빠도 그러니 지금을 즐겨요."

행여나 맞벌이로 바쁜 부모의 마음이 부족할까 늘 걱정하며 염려

386

하며 키운 아이다. 어디 가서 치이지나 않을까. 하지만 착하고 밝은 아이는 고맙게도 누구에게나 사랑을 받고 자라고 있다.

"네. 감사합니다. 재호는 어디 갔습니까?"

부부가 같이 운영하는 카페에 그의 직장 동료였던 이가 보이지 않자 눈으로 찾다 물었다.

"다른 지점 오픈 준비 중이라서요. 거기 갔어요."

마침 나오는 음료를 받아 들고 자리에 앉았다. 유진이 팔랑거리며 그들에게 왔다. 지훈이 베이글을 조그맣게 잘라 아이 입에 넣어 주자 제비처럼 따박따박 잘 받아먹는다. 그러더니 졸린 눈을 하고 민석의 옆으로 와 기댄다.

"유진이 졸려? 집에 갈까?"

지훈이 마시지도 않은 음료를 챙기며 일어설 준비를 했다. 그가 눈으로 앉으라 하자 유진이 신발을 벗고 기다란 소파에 조그만 몸을 기대고 머리를 민석의 허벅지에 누인다.

"아빠, 엄마랑 빵 다 먹으면 나 깨워."

그러더니 그대로 곯아떨어졌다. 남해에서 여기까지, 에너지 넘치는 아이에게도 피곤한 여정이었다.

"자기야. 일어서. 집에 가자."

"괜찮아. 유진이가 다 먹고 깨워 달라잖아. 먹고 일어서자."

염려스럽게 쳐다보던 지훈이 아이를 보고 편한 미소를 지으며 베이글을 베어 물었다. 맛있게도 먹는다. 배가 고팠던 모양이다. 밀크티를 지훈에게 밀어 주자 환하게 웃으며 마신다.

웃는 얼굴이 유진이랑 똑같다. 한없이 밝고 고운 얼굴이 누가 봐도 알아볼 수 있을 정도로 웃는 모습이 닮았다. 민석은 흐뭇하게 자는 아이와 지훈을 번갈아 봤다.

"어, 레모네이드는?"

"날씨가 차. 따뜻한 거 먹어."

제가 심술을 부린 줄도 모르는 여자는 그를 한 번 아이를 한 번 번 갈아 보느라 바쁘다. 그러더니 잔을 내려놓고 조용해진다.

유진이가 몸을 틀어 그에게 더 깊게 안겨 왔다. 입을 살짝 맞추고 지훈을 바라봤다. 무슨 생각인지 한참을 그대로 있더니 눈을 감았다.

"바흐다."

무슨 소리인가 싶어 귀를 기울이니 카페 내에 울리는 음악이 바흐의 무반주 첼로곡이다. 그가 싫어하는 곡. 지훈이는 좋아하는 곡. 기분이 확 상해 애꿎은 티슈만 몇 장 구겼다.

"훈이 너 예전에 우리 같이 근무할 때 노래방에서 그 돈 가져가서 뭐 했어? 나하고 같이 밥 먹기로 했잖아."

감았던 눈을 뜬 지훈은 무슨 소리인지 이해도 못 한다. 괜히 유치한 사람이 된 거 같아 제 풀에 포기를 했다.

"자기가 훈이라고 하니깐 기분이 이상해."

그들이 결혼을 하고 아이를 낳고 장모님이 염려대로 아이가 말을 시작하자 엄마를 훈이라 불러 그들을 난처하게 했다. 때때로 연애 때 습관이 남아 선배라 부르는 민석에게 아이가 선배선배 하는 바람에 호칭을 고쳐야만 했다.

"오늘 정말 우리 연애하는 거 같다 그치? 있잖아, 여보. 내가 유진이 낳고 키우고 이런 거 너무 벅차게 행복하고 좋은데 그래도 자기도 나도 힘들 때가 있잖아. 늘 출퇴근길에 아이를 태우고 나오면서 습관처럼 유진이가 없어도 동요만 들어서. 동요가 아닌 클래식이 이렇게 반갑네. 자기도 그렇지?"

속으로 뜨끔한다. 민석은 혼자만 애태우고 질투한 아이 같은 자신이 바보 같아 헛기침을 한번 했다. 그들은 천천히 차를 마시고 한참을 그렇게 첼로 소리를 듣다 일어섰다. 민석이 아이를 업고 가을밤을 조

388

용히 걸었다.

지훈과 민석의 회사가 서로 가까이 있어서 집도 회사 근처로 옮겼다. 다행히 지훈의 회사가 운영하는 어린이집이 있어서 맞벌이 부부는 그렇게 전쟁 같은 육아를 그나마 수월하게 시작했다.

그래도 오가며 서로의 부모에게 기대기도 하면서 그렇게 그들은 몇 년을 보냈다. 아이는 어른들 틈에 자라 그런지 또래보다 유독 말이 빨랐다. 조리 있게 따박따박 어찌나 말을 잘하는지 웃는 소리는 그보다 더 예쁘다. 보면 볼수록 기특하고 사랑스럽다.

"유진아, 엄마랑 목욕하자."

현관문이 열리고 아이가 깼다. 잠이 눈에 고롱고롱 달린 유진을 지훈이 안아 들고 욕실로 들어갔다. 민석은 손을 씻고 방으로 들어가 아이의 속옷과 지훈의 옷을 챙겨 욕실에 밀어 넣어 주었다.

민석은 집 안을 대충 정리하고 다른 욕실을 사용해 씻고 나와 잠깐 회사 업무를 정리했다. 아이의 방에서 두런두런 소리가 들려 슬쩍 들여다보니 제 엄마랑 뭐가 그리 할 말이 많은지 졸린 눈을 하고도 말이 바쁘다.

"유진아, 오늘은 아빠가 책 안 읽어 줘도 돼?"

"응. 엄마한테 할 이야기 많아."

그러면서 귓속말로 지훈에게 한참을 이야기한다. 조금 서운한 기분이 들기도 한 민석은 다시 노트북을 들여다보며 하루를 마무리했다.

얼마쯤 시간이 지났을까? 뻣뻣한 고개를 들고 거실로 나왔다. 머리도 말리지 못했는지 수건을 두르고 지훈이 뭔가를 잡고서는 손이 바쁘다. 대체 뭔가 싶어 가까이 다가가 쳐다보다 살짝 놀란 그가 주저앉았다.

"깜짝 놀랐어. 이게 뭐야?"

그제야 옆을 본 지훈은 신경도 안 쓰고 다시 손을 왔다 갔다 했다. 지훈이 잡고 있는 것은 두상 마네킹이었다. 긴 머리의 마네킹을 보고 휴대폰을 보면서 따라 하고 있었다. 옆에 놓인 휴대폰에서는 장모님이 유진의 머리를 땋으면서 하는 방법을 일러 주고 있었다.

- 할아버지, 잘 찍고 있어요? 할머니, 예쁘게 해 주세요. 엄마한테 보여 줄래요.
- 그래. 할머니가 천천히 하고 있어. 나중에 엄마한테 이렇게 해 주세요, 해.
- 네. 할아버지, 그쪽 말고 이쪽에서도 찍어 주세요. 한쪽만 찍으면 우리 엄마 몰라요.
- 유진아, 주말에는 유치원 안 가잖아. 그럼 늦게 일어나도 돼. 엄마도 피곤하니까 좀 늦잠 자게 둬.
- 네. 할머니. 근데 아빠가 더 일찍 일어나서 괜찮아요.
- 유진 애미는 그냥 살림이나 살면 될 걸 뭐하러 일한다고 김 서방이나 유진이 고생을 시켜. 저 아니라도 먹고사는 살림이면서.
- 여보, 그런 소리 하지 말라니깐. 나는 훈이가 일하는 게 좋더라. 우리 훈이도 공부할 만큼 다 했는데 왜 여자만 집에 있으라 해요. 얼마 전에 유진 애미 회사 갔더니 차장님, 차장님 하면서 다들 그러는데 내가 얼마나 뿌듯하던지. 행여나 당신 훈이 앞에서 그런 소리 마. 안 그래도 애 키우면서 회사 다니는 훈이 입장에서는 얼마나…….

"엄마는 별소리를."
지훈이 여기서 동영상을 꺼 버렸다. 그에게 들려주기 조금 민망한 모양이다.
남해 지훈 횟집의 카운터에는 액자가 하나 걸려 있다. 지훈의 회사 사보에 실린 인터뷰 지면이다. 일하는 여성, 이런 식으로 테마를 정한 주인공이었다.

지훈은 기겁을 하며 액자를 만들어 놓은 부모님께 내려 달라 했지만 장모님은 그게 자랑스러워 늘 아침마다 액자를 닦고 어루만지신다.

부모님에게는 자랑스런 딸이고 유진에게는 사랑스런 엄마고 그에게는 말로는 부족한 아내다. 괜히 흐뭇한 기분이 들어 조용히 지훈을 바라보는데 노트북을 켜고 뭔가를 찾고 있다. 곧 머리를 땋는 동영상이 하나 나왔다.

"대체 뭐 하는 거야?"

화면 한 번 보면서 마네킹의 머리를 땋고 다시 아니다 싶은지 되돌려 보면서 손을 놀려도 지훈의 손아래 머리는 전혀 동영상과 같지 않았다. 점점 손에 힘이 풀리고 인상이 구겨졌다.

"당신 딸 머리 예쁘게 해 달라고 주문이 얼마나 많은지. 나는 이런 것도 못하고. 우리 엄마는 한 번에 이렇게 잘하는데. 나는 딸을 둔 엄마가 몇 번을 따라 해도 안 돼."

그러면서 마네킹 머리를 풀고 또 해 본다. 그런다고 더 잘되는 것도 아니다. 그걸 아는 지훈은 맥이 빠진 얼굴을 했다. 아이고, 딸도 아내도 쉽지가 않다. 민석은 테이블에 놓인 쇼핑백을 치우다 묵직한 무게에 뭔가 싶어 꺼냈다.

"캐릭터 도시락 모음집? 이건 또 뭐야?"

책을 펼쳐 보니 아기자기한 별별 모양의 캐릭터 도시락 레시피가 끝도 없이 쏟아져 나왔다. 세상에, 비엔나소시지로 문어도 만들어. 어라, 이건 이불을 덮고 있는 곰돌이다. 이불은 계란 지단으로 만든다고 적혀 있다.

신기해서 민석은 한참 페이지를 넘겨 보다 다시 쇼핑백에서 같이 딸려 나온 뭉치를 들었다. 가만히 살펴보니 아마도 이런 도시락을 만들기 위한 도구들인 모양이었다.

"유진이가 친구들이 소풍 도시락 이런 거 싸 온다고 만들어 달라잖아. 우리 때는 김밥이면 최고였는데 요즘은 아닌가 봐. 문화센터에 캐릭터 도시락 만드는 강좌도 있다던데 가 봐야겠어. 근데 머리도 못 땋는 내 손재주가 과연 이런 걸 할 수 있을까?"

자신감이 없어진 지훈은 땋던 머리를 놓고 기가 훅 빠져 버렸다. 그런 모습이 우습기도 하고 안쓰럽기도 해서 민석은 두상 마네킹을 끌고 와 앉았다. 멈춘 동영상을 처음부터 차분하게 바라봤다. 어느 사이 그의 손은 동영상을 따라 하고 있었다.

양쪽으로 머리를 땋아 화관을 씌운 듯 예쁘게 두상을 감아 올라갔다. 그가 하는 양을 가만히 보던 지훈이 완성된 모습에 허탈한 듯 입을 벌리고 쳐다봤다.

"당신은 한 번에 하는 걸 나는 몇 번을 해도 안 되고. 이게 뭐야. 나는 엄마도 아니야."

아이처럼 지훈은 거실 바닥에 벌러덩 누워 칭얼거리듯 앙탈을 부린다. 민석은 따라 거실에 누워 지훈과 눈을 마주했다. 가만 보니 눈꼬리에 눈물이 맺혀 있다.

"울어?"

"아니야."

"그럼 이건 뭔데?"

민석은 부드러운 손길로 눈물 한 방울을 쓸어 낸다.

"당신도 내가 쓸데없는 고집이라 생각해?"

"뭘?"

"내가 직장 다니는 거. 이렇게 아이 도시락도 제대로 못 싸면서. 머리도 못 땋아 주면서 나는 일이 좋다고 야근하고 발 동동 구르면서 사는 게 과연 잘 하는 일일까?"

"훈아, 네가 직장을 안 다닌다고 해도 너는 곰돌이가 이불 덮고 누운 도시락 그런 건 못 만들 거 같아. 그리고 머리 땋는 재주도 없어 보여. 그러니 그거랑 이거는 별거 같은데?"

"지금 나 무시하는 거야?"

"기억 안 나? 유진이 가졌을 때 애착인형인지 뭔지 만들어 준다고 했다가 사탄의 인형같이 만들어진 거?"

그 생각만 하면 민석은 신나게 웃었다. 태교에 좋다면서 어디서 듣고 왔다고 지훈은 한참을 바늘과 씨름을 했으나 결과는 좋지 못했다. 오히려 스트레스만 쌓이고 아이는 사랑으로 키우면 된다며 지훈은 팽 토라졌다. 지훈은 속상하고 민석은 재밌기만 했던 추억이라 저절로 웃게 된다.

지훈은 그때의 기억과 맞물려 이런 재주가 자신에게 없다는 사실을 깨달았는지 표정이 별로다.

민석은 실수했다 싶어 지훈을 살폈다. 눈꼬리에 달린 눈물이 툭 떨어졌다. 어, 이런 뜻이 아니었는데. 그는 놀란 손짓으로 지훈을 끌어안았다. 꽤나 서운한 말이었는지 속으로 눈물을 삼키는 지훈이 느껴졌다.

"유진이보다 못한 엄마네. 유진이는 네가 그런 걸 못해도 그저 좋은 엄마라고 생각해. 그리고 머리 좀 못 땋으면 어때? 대신 내가 잘하잖아. 아빠가 해 주면 되지. 도시락은 우리 같이 해 보자. 하다 보면 늘겠지."

늘 아이를 끼고 지내지 못하는 미안함은 그에게도 지훈에게도 존재했다. 오늘은 그 강도가 더 심한 거 같아 민석은 지훈의 얼굴을 살폈다.

대학을 졸업도 하기 전 그의 후배로 들어왔던, 많이 어렸던 여자는 한 아이의 엄마가 되어 그와 마주하고 있다. 복사기 다루는 법을 1. 2. 3번 순번을 적어 놓고도 낯선 기계에 더듬거리던 그 손이 이제는 그와의 사이에서 아이를 낳고 키운다.

그때의 너와 나는 세월이 흘러 이런 사이가 될 거라 짐작이나 했을까? 뭔가 벅차오르는 느낌이 들어 그는 지훈의 얼굴을 더듬었다. 눈을 마주한 지훈은 이제야 얼굴을 풀고 웃었다. 그러다 갑자기 지훈이 눈을 반짝였다.

"아, 기억났어. 그때 노래방에서 내가 딴 돈. 그거 선배한테 저녁 먹으러 가자고 내가 그랬어. 마감 다 해 놓고 선배한테 내가 조심하면서 물었잖아."

전혀 기억에도 없는 일이라 민석은 멍한 표정으로 바라봤다. 지훈은 답답하다는 듯 벌떡 일어나 앉았다.

"당신 그날 입은 옷까지 다 기억해. 파란색 셔츠. 그 정도로 생생한데 선배는 기억이 안 나? 내가 우리 이걸로 밥이라도 먹을까요, 그랬는데 의자에 푹 기대서 귀찮다는 듯이 나보고 대꾸도 안 했어. 그때 내가 얼마나 무안했는데."

"내가 그랬나? 그래서 넌 그 돈으로 뭐 했어?"

"회사 안내데스크에 결식아동돕기 그런 모금함에 넣었지. 근데 갑자기 왜, 그건?"

그랬구나. 민석은 이제야 답이 맞아 가는 수학 문제를 푼 것처럼 개운해졌다. 하지만 지훈은 그런 그와 반대로 그때의 서운함이 생각나는 듯 씩씩거리며 벌떡 몸을 일으켰다. 어깨를 토닥이고 다시 바닥에 눕게 했다. 깍지를 끼고 가까이 끌어당겼다.

얽힌 손에는 그들의 커플링이 여전히 빛나고 있었다. 결혼하면서 따로 예물을 하긴 했지만 그도 지훈도 커플링에 대한 의미가 깊어 손가락에서 빼지 못했다.

얽힌 손에 입을 맞추고 머리를 쓰다듬고 키스를 했다. 지훈이 자그마한 웃음을 흘렸다.

"우리 여기서 이러면 안 되는 거 같은데. 유진이 나오면 어떡해?"

"괜찮아. 우리 유진이 오늘 엄청 피곤한 데다가 우리 딸 중간에 안 깨고 잘 자잖아."

깊어 가는 손길이 머리를 쓰다듬고 품으로 이끌었다. 고요한 스침. 품으로 안겨 오는 지훈을 부드럽게 안았다. 조용조용 숨소리가 깊어졌다.

아이가 없어 얼굴을 마주하니 지훈은 잠이 들었다. 잠이 더 고팠다는 말이 생각나 깨우지도 못하고 아이를 재우듯 다독였다.

다음 날 주말 아침. 민석은 지훈이 깨지 않게 조심해서 침대에서 나왔다. 씻고 아이 방으로 가 조용히 문을 열었다. 아직 이른 시간이라 아이도 지훈도 잠 속에서 빠져나오지 못했다.

거실로 나와 어제 보다 펼쳐 놓은 캐릭터 도시락 책을 열심히 읽어 내렸다. 유진이 눈을 비비며 나왔다.

"아빠."

"그래, 우리 유진이 잘 잤어? 씻을래?"

아이를 씻기고 옷을 갈아 입혔다. 재잘재잘 그동안 할머니 집에서 있었던 이야기를 온몸으로 설명하는 아이는 예쁘기만 하다.

"할머니가 조개를 손바닥에 놓고 이렇게 칼로 탁 해서 껍질이 벗겨졌어. 아, 아빠. 할머니가 조개 냉동해서 보낸다고 엄마한테 조개탕 끓여 달라고 하면 된대."

손바닥을 딱 치며 조개를 발라내는 흉내를 내던 아이는 벌떡 일어나 냉동실을 열어 보며 이거라고 말했다. 일찍부터 바지런히 움직이는 아이의 머리가 나풀거렸다.

"유진아, 앉아 봐. 아빠가 머리 땋아 줄게."

화사하게 웃으며 아이는 앞으로 다가왔다. 어제 본 동영상을 기억해 가며 머리를 땋아 올렸다. 좀 엉성한 듯해도 그럭저럭 모양은 갖췄다.

"아빠, 거울."

커다란 손거울을 가져와 뒤를 비춰 주자 유진은 마음에 들었는지 이를 드러내며 웃었다.

요즘은 제 엄마가 화장이라도 하고 있으면 옆에서 장난감 화장품으로 눈썹을 그리고 분첩을 톡톡거리는 게 우습기만 했다. 엄마가 하는 건 다 예쁘다고 따라 하고 싶은 아이를 보며 어찌 이리 곱고 예쁜 아이가 제 딸인가 신기할 따름이다.

"유진이 일찍 일어났네."

푹 자고 일어난 지훈은 밝은 얼굴을 하고 거실로 나왔다. 아이는 쪼르르 제 엄마에게 달려가 어제처럼 뱅그르 돌았다. 머리를 봐 달라 폴짝폴짝 뛰었다. 지훈은 그런 아이를 보며 입맞춤을 해 주고 쓰다듬어 주었다.

"엄마, 아빠가 해 줬어. 아빠 잘하지?"

"그래. 네 아빠가 엄마보다 낫구나. 엄마가 미안해. 이렇게 예쁜 머리 못 해 줘서. 엄마도 열심히 연습해서 해 줄게."

"괜찮아. 아빠가 잘하잖아."

아이의 말에 지훈과 그는 마주 보고 웃었다.

'괜찮아.' 이 말은 그들이 많이 쓰는 말이다. 아이를 키우는 맞벌이 부부라 늘 변수가 존재하고 서로 신경이 곤두서는 일이 많았다. 때때로 그들도 부부라 싸울 일이 생긴다. 그럴 때마다 서로 신호처럼 '괜찮아.' 하며 서로를 다독이고 아이에게도 부드럽게 타이를 때 쓰는 말이었다.

그걸 아이가 이제 따라 한다. 가족이 되어 이렇게.

"아빠, 엄마 머리도 이렇게 나랑 똑같이 해 줘."

"유진아, 엄마는 어른이라 그런 머리 안 해도 돼."

지훈은 주방으로 가며 아이의 말을 가볍게 거절했다.

"왜? 예준이는 엄마랑 같은 옷도 입고 머리도 같이 하고 마트도 가고 그러던데."

내심 그게 부러웠는지 아이는 입이 쭉 나온다.

"여보, 이리로 와."

"엄마, 앉아."

유진은 엄마의 손을 잡고 그의 앞에 주저앉혔다.

"아빠 내 머리 잘 봐. 엄마도 이렇게."

조그마한 손가락으로 제 머리를 빙 둘러 가며 짚어 간다. 지훈도 민석도 그런 아이를 보며 웃기 바쁘다. 일어나려다 포기한 지훈이 머리를 맡겼다. 제 아이와 닮은 보드라운 머릿결. 민석은 천천히 머리를 땋아 올렸다.

얼추 비슷해졌다. 조금 흐트러진 아이의 머리를 다시 매만져 주었다. 지훈은 난데없는 머리 모양에 어이가 없어 웃으면서도 딸과 자신의 머리를 거울로 비춰 가며 웃었다.

결혼 전 지훈이 다른 여자 머리는 빗겨 주지 말라 했던 말이 떠올랐다. 그 말을 어긴 셈이다.

훈아, 그래도 괜찮지? 그게 너와 나의 아이라서.

-The end-

작가 후기

작가후기를 쓰는 이 느낌이 참 묘하군요. 2008년 3월에 《한숨 쉬
며 만나다》가 처음 나왔습니다. 10년이 훌쩍 넘었지요. 그런 글을 개
정판으로 다시 세상에 내놓는 이 기분이 어찌 글로 다 설명이 될까요.

개정판 이야기가 나오고도 이런저런 사정으로 마음에만 담아 두었
어요. 밀린 숙제 같은 기분이었습니다. 계속 미루고 미루다 이제야
세상에 내놓습니다. 핑계지만 글이 나오고 싶은 시기가 있었나 봅니
다.

고슴도치같이 가시를 바짝 세운 과거 속의 지훈을 다듬으며 많은
고민이 들어갔어요. 더불어 제가 그때는 참 까칠하게 글을 썼구나 하
는 것도 알았구요. 지난 세월을 돌아보며 제 감정이 어떤 식으로 흘러
갔는지 엿보는 재미도 있었어요. 같이 힘들었던 지훈과 민석이었지만
쓰는 과정은 즐거웠습니다.

그동안 저는 늘 제가 쓰고 싶은 이야기만 썼습니다. 불편하고 마음

이 쓰이는 인물들이었지요. 이 글 역시 그랬어요. 그리고 앞으로 쓸 다른 글도 아마도 그렇겠지요.

대중에게 읽어 달라 내놓는 글인데 너무 제 기준에서 맞춘 글만 쓰고 있는 게 아닌가 하는 고민이 늘 따라붙었습니다. 이래도 되나, 내 이기심 같은 글을 일기가 아닌 소설로 남에게 읽어 달라 해도 될까 그런 생각들 말입니다.

이제야 그 고민의 답을 찾은 듯합니다. 이 개정판이 제게 용기를 주었다고 할까요?

계속 쓰고 싶은 글을 써도 된다는 일종의 응원 같은 기분입니다.

느리게 가는 제 글인데도 간간이 소식을 물어보시던 분들에게 이 글이 대답이 되었으면 합니다.

개정판의 기회를 주시고 제 책이 세상에 나오게 같이 도움 주신 출판사 분들께 감사드립니다.

부끄럽지만 저 스스로에게도 고생했다고 다시 기운을 채워 열심히 써 보자 응원해 봅니다.

그리고 읽어 주신 모든 분들에게 감사드립니다. 읽어 주는 이가 있다는 게 그 무엇보다 큰 힘이란 것을 매번 느낍니다.

고맙습니다.

오월 어느 날에 민혜 올림.